수필, 제대로 쓰려면

수필,
제대로 쓰려면

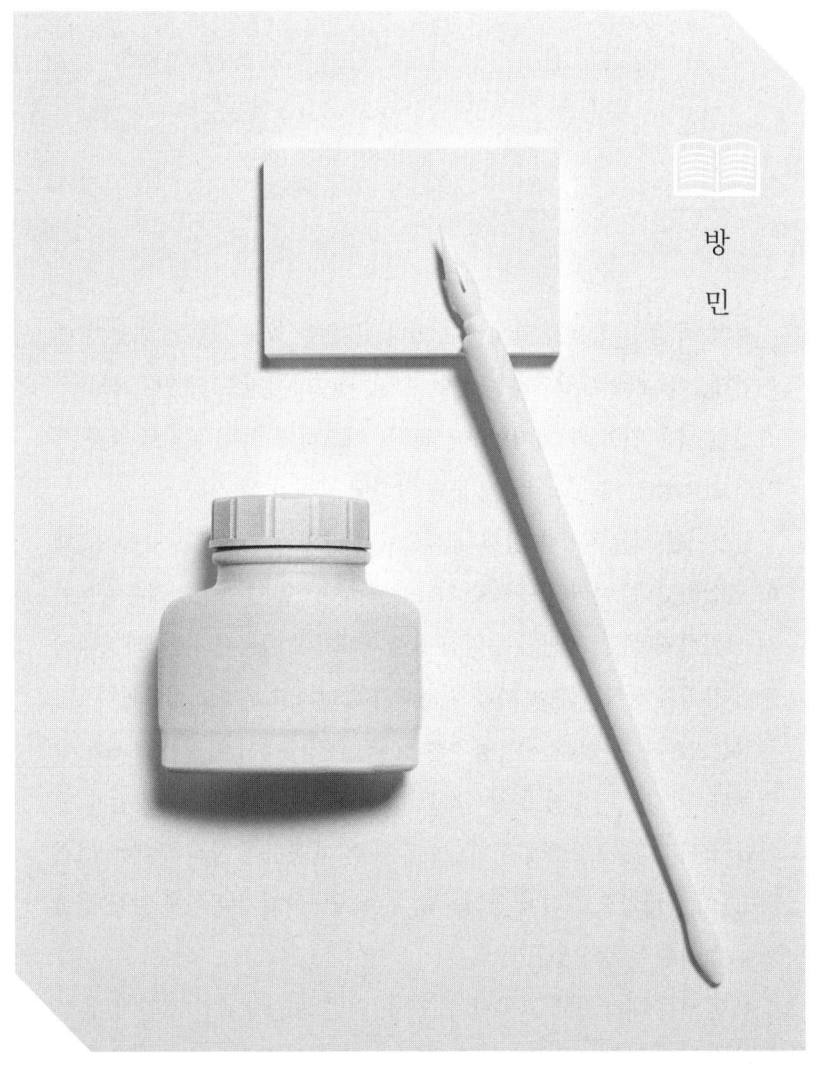

방
민

태학사

| 서문 |

여러 해 동안 작문을 강의하고 있다. 유용한 작문 교재를 만났기 때문인데, 이 교재로 강의하는 동안 수필가로 나서기도 하였다. 산문을 간간히 써온 지는 꽤 되지만, 학생들을 지도하기 위해 실제로 작품 생산의 필요성을 깨닫고 뒤늦게 문단 말석에 자리한 셈이다.

글쓰기를 가르치거나 실제 창작해보니 강의와 쓰기에 도움을 줄 책이 절실하였다. 여러 방면으로 자료를 찾아 읽고 연구하고 적용해보면서 세월이 흘렀고, 세권의 수필집을 상재하기에 이르렀다. 이 과정에서 수필 강의와 창작 수련에 나름의 문제를 발견하고 불만도 쌓여왔다.

그간 만나온 관련 교재와 공부한 창작 이론 책에서 일정한 문제를 발견했다. 이것은 강의하며 창작하고 탐구하는 과정에서 자연스럽게 솟아난 것이겠다. 수강생에겐 합당한 논리를 제공하여 창작 문제를 해결하고, 이를 바탕으로 실제 창작에 필요한 지침이되거나 기본 양서로 삼기에는 매우 부족하였다.

이 문제는 대략 둘로 요약할 수 있다. 일반 작문에 관한 것인데, 논설문이 중심인 글쓰기의 대학생용 교재로 강단의 학자가 펴낸 문장 작법서의 문제가 하나요. 감상문 위주의 수필 작법인데, 일반인용 교재로 경험이 풍부한 수필가가 펴낸 책의 문제가 둘이다. 전자는 일반 산문이 갖춰야 할 작문법에 중심을 두니 문학 수필에 적용하는 데는 일정 부분 한계가 있고, 후자는 창작 경험 중심의 실제성에 초점을 맞추다 보니 이론적 근거가 박약하고 작문 기본법에 미흡한 것이다.

전자의 대표적 저술은 최명환의 『글쓰기 원리 탐구』와 金昌辰의 『작문의 정석』이고, 후자는 윤모촌의 『수필 쓰는 법』과 손광성의 『손광성의 수필쓰기』이다. 이 책들은 장점과 한계를 모두 가지고 있는데, 이를 넘어서고자 하는 것이 본서를 집필하게 된 동기요, 목적이다. 고쳐 말하면 본서의 목표는 산문에 합당한 작문법의 기본 요건을 갖추며, 동시에 수필의 문학성을 살리는 글을 쓰기 위한 이론과 창작 실제를 갖추고자 함이다.

넘어선다는 것은 이를 밟고 간다는 의미가 아니라, 그것을 바탕으로 그 위에 보태어 새롭게 세운다는 뜻이다. 마땅히 상당 부분 위 책들의 도움을 여러모로 받았다. 용어와 개념, 체제와 아이디어 등을 빌려와 빼거나 보태기도 하며 변형시키고 그동안 강의와 창작, 비평 경험까지 버무려서 이 책을 쓰고자 하였다. 물론 이 과정에서 서양의 이론서도 참고하였다. 여러 권을 훑어보았으나 가장 많은 도움을 받은 것은 Edward Proffitt 『PROSE IN BRIEF-Reading and Writing Essays』이다. 결국 이들에게 많은 부채가 있음을 이 자리에서 고백하지 않을 수 없다.

한 걸음 더 나아가 실효적 창작 수련을 보강하기 위해 이 책의 자매서로 워크북(『수필, 이렇게 써보자』)을 별도로 시도한다. 본서에서 이해하고 깨달은 바를 직접 써보고 확인하며, 제시한 예문과 해설을 참조하여 수필 창작의 능력 향상을 꾀하려는 취지다. 자주 많이 써보는 것이 효율적인 수필 습작에 지름길임을 확신하기에 제작한 것이다. 이것은 한 편으로 전통적인 문장 수련법인 삼다三多(多讀, 多作, 多商量)를 신봉한 결과이기도 하다.

창작 이론서와 곁들여 워크북『수필, 이렇게 써보자』를 함께 내보이는 것은 새로운 방식이다. 이것은 무엇을 어떻게 글로 써야 하는지를 지식으로 알기만 해서는 실제 기능 발달에 별 도움이 되지 않는다는 강단 경험에서 연유한 해결 방책이다. "구슬이 서 말이라도 꿰어야 보배"라는 속담은 조상의 삶의 지혜에서 비롯한다. 글쓰기도 마찬가지다. 아무리 수필과 창작에 대한 지식이 넘친다 해서 좋은 글을 저절로 쉽게 쓸 수는 없기 때문이다. 남모르게 수많은 수련의 시간을 축적해야 제대로 글 한 편을 쓸 수 있기에 그 출발선에 워크북을 놓고자 한다.

본서는 크게 3부로 나뉜다. 제1부는 수필 글쓰기의 일반적 이론이다. 산문 작법에 기반을 두면서 문학 수필 창작에 적합한 이론을 공통적인 글쓰기 절차에 맞추어 다룬다. 제2부는 수필의 문학적 속성을 이해하기 위한 여러 특성을 예문 중심으로 제시한다. 제3부는 시와 소설과 연극과 다른, 수필만의 독자성을 타 장르와 비교하여 알아본다. 수필을 제대로 쓰려면 그 내포적 속성이 무엇인지, 다른 문학 장르와 외연상 어떤 관계망으로 얽히는지 이해하는 것이 필요하기 때문이다.

이 책을 잘 활용하는 방법을 안내하자면, 본서 제1부의 이론을 순서대로 이해한 뒤에 연관된 워크북의 수련 과제를 해결해보는 것이 좋다. 해설을 참고하여 제시한 수련 과제를 익히고 그 다음 단계로 진행하길 권한다. 이 과정에서 제2부와 제3부는 제1부를 이해하기 전에 미리 보아도 좋고, 순서대로 제1부와 워크북을 병행 학습한 뒤에 보아도 괜찮다. 상호보완적인 내용이므로 필요에 따라 자유롭게 활용할 수 있다. 수필을 잘 쓰기 위한 것이라면 개인적인 어떠한 응용 방식도 괜찮다.

끝으로 이 책이 지향하는 바가 본격 학술서는 아니다. 수필을 쓰고자 하는 일반 작가 지망생을 위한 안내서이자 교양서이다. 때문에 참고한 위 책들의 세부적 내용을 일일이 밝히지 않는다. 그렇다 해서 위 책의 일부 내용을 그대로 옮기지는 않았다. 적절히 가공하고 수정하여 필자 방식의 표현으로 변형하여 사용하고, 이 중 대부분의 용어와 개념은 이미 오래전에 일반화되고 통용되어 특별히 밝히기도 불가하거니와 그럴 필요가 없다고 판단하였기 때문이다. 물론 이와 다른 경우는 출전을 밝힌다.

여러 책의 도움을 입었지만 본서는 필자만의 저술이다. 분명 위 책들과 다른 부분과 독창적인 데가 있기에 감히 세상에 내놓는다. 이 책이 수필가로 입문하는 길에 나선 분들께 환한 등불로 비추길 바란다. 넘치는 책의 바다에 작은 돛배를 띄우는 데는 태학사 지현구 사장의 결단과 편집진의 전폭적 지원이 있었기에 출항이 가능했다. 무사 항해를 빌며 감사한다.

2017년 6월

壽峯樓에서

제2부

수필 제대로 알아보기

제3부

수필 제대로 바라보기

제 1 부

수필 제대로
써 보기

1

수필의 쓸거리를 골라보자

1) 제재 고르기

글을 쓰고자 한다면 쓸거리가 필요하다. 이것을 일컫는 말은 소재素材, 글감, 제재題材다. 소재는 작품의 재료가 되는 모든 내용 대상을 가리키고, 글감은 글로 쓸 만한 소재이며, 제재는 주제를 나타내기 위해 사용한 재료이다. 글에는 세상의 모든 것이 대상이고 내용이 될 수 있다. 이에는 세상 만물을 포함하고 나아가 보이지도 않고 만질 수도 없는 생각이나 감정, 의견과 주장 등 모든 것을 망라한다. 이 모든 것을 '글감'이나 '소재'라 일컫는데, 이 글감과 소재 중에서 필자가 특별히 잡은 주제에 맞게 선택한 재료가 제재이다.

소재를 찾고 제재를 고르는 과정이 글쓰기에서 매우 중요하다. 주제에 적합한 제재를 바로 찾으면 글쓰기의 반을 해결한 셈이다. 알맞은 제재를 발견하면 글쓰기의 실마리는 자연스럽게 풀린다. 글은 주제를 먼저 잡는 경우와 반대로 제재가 앞서는 경우, 주제와 제재를 거의 동시에 만나게 되는 경우가 있다. 삶의 체험이 주요 글감인 수필에서는 보통 제재를 먼저 발견하고 뒤이어 주제를 잡는 경우가 많다.

글의 제재를 마련하는 일은 주제를 살리고자 하는 '얘깃거리'의 선정이기도 하다. 대부분의 미숙한 필자가 글쓰기를 어려워하고 싫어하는 이유는 '무엇'을 글로 써야 할지 모르기 때문이다. 글로 쓸 '무엇'을 선택하고 나면 이것에서 적합한 주제나 제목을 결정하는 일은 조금 수월하다. 이 제재를 골라 결정하는 일은 글쓰기에서 제일 먼저 해야 하는 일이다. 그리고 이것을 문단으로 구성하고 문장으로 쓰는 '어떻게'가 그 다음의 작업이다.

제재를 고르는 방법은 체험과 관찰, 조사, 독서 등이 있다. 경험은 인간이 살면서 겪게 되는 모든 것을 말한다. 이 중에서 직접 경험하는 것을 특히 체험이라 하는데, 수필은 주로 체험을 제재로 선택한다. 인간의 체험 중에서 많은 부분을 차지하는 것으로 오감을 동원한 다양한 관찰은 체험을 풍성하게 하고 깊은 사고와 감정을 동반하게 한다. 조사는 글을 쓸 목적으로 현장을 답사하고 문헌 자료를 살피며 관련 인물을 인터뷰하는 등의 글의 제재 선정에 필요한 활동을 말한다. 넓게 보면 독서도 조사의 하나이나, 그 폭이 좁고 목적이 분명한 조사와 구별하는 것이다. 독서 역시 본질적으로는 간접 경험의 일종인데 체험을 심화시키거나 확장하며 사고와 감정을 발전시켜 보다 훌륭한 제재를 형성한다. 이 밖에도 다른 방법이 있을 수 있으나 이 셋이 주요한 유형이다. 이 중의 하나만으로도 글을 쓸 수 있지만 실상은 둘 이상을 서로 연계시켜 활용하는 경우가 더 많다.

2) 제재 고르는 요령

글을 쓰는 과정은 주제가 정해진 경우와 그렇지 않은 경우가 다르다. 제재를 고르는 요령도 주제에 알맞은 것을 골라야 하는 경우와 글감에서 주제를 찾아야 할 경우가 다르다. 주제가 정해진 뒤에 제재를 찾아야 하는 경우는 백일장이나 논술문 시험 따위가 있다. 이런 경우엔 평소 체험으로 쌓아 놓은 생각을 떠올리고 더 필요한 자료를 추가하는 활동이 필요하다. 이와 달리 글을 전문적으로 쓰는 사람은 평소에 다양한 경험으로 얻어진 글감에서 주제를 얻는 경우가 더 많다. 보통 제재는 체험, 조사, 독서에서 고르는 것이 일반적 방법이다.

다음은 제재를 고르는 요령이다. ① 주제를 뒷받침할 수 있는 제재를 골라야 한다. 불필요한 자료는 문단의 응집성과 연결성을 해친다. ② 풍부하고 다양한 자료를 수집해야 한다. 풍부한 자료는 글의 내용을 충실하게 만든다. ③ 객관적이고 구체적이며 출처가 분명한 자료를 엄선해야 한다. 출처가 불확실한 자료는 글의 신뢰성을 떨어뜨린다. ④ 독자의 흥미와 관심을 끌 수 있는 참신한 제재일수록 더욱 좋다.

선정한 제재를 분류하여 주제에 맞게 정리해야 문 구성할 때 사용하기 좋다. 그 요령은 다음의 셋이다. ① 서로 관련되는 내용과 관점이 동일한 것끼리 묶는다. ② 핵심적인 것과 종속적인 것을 구별하여 주요한 사항을 앞세운다. ③ 제재가 편파적이거나 편견에 빠지지 않도록 주의한다.

3) 제재 고르는 방법

(1) 체험한 것

경험이란 사람이 외계外界와 상호작용하는 과정이나 그 성과를 일컫는다. 감각활동이나 관찰에서 얻는 것, 또는 그 획득 과정을 말한다. 교육이나 철학에서는 경험이란 말을 많이 쓰지만, 문학에서는 '체험'이라는 말을 더 많이 쓴다. 경험은 글쓰기에서 매우 중요하다. 주제가 주어지기 이전의 글쓰기나 전문적인 글쓰기에서는 더 말할 나위가 없다. 그래서 넓고 깊은 경험과 관찰은 좋은 글을 쓰는 요건이 된다. 경험한 내용이 두뇌에 저장되고, 이것들이 연결, 조직, 배열, 구성 따위의 사고 작용을 일으켜 제재를 형성한다.

체험(體驗)은 사람이 살면서 겪는 모든 경험 중에서 직접 부딪쳐 얻은 것을 말한다. 감각작용이나 관찰로 얻는 것과 그 과정이며, 넓고 깊은 체험은 좋은 글을 쓰는 바탕이 된다. 수필의 가장 일반적이고 우선적인 글감이기도 하다. 체험에서 특히 관찰은 감각기관(시청각, 후각, 촉각, 미각 등)에 의한 의도적이고 계획적인 체험이다. 체험 중에서 관찰은 특히 계획과 관점이 명확해야 의미 있는 효과를 얻을 수 있으며, 관찰 대상의 전체 구조와 고유한 특징이 잘 드러나야 하고 시간에 의한 변화, 주변 사물과의 관계를 함께 탐구해야 한다.

18

꽃자리

오세윤

"원장님, 편지요오~."

두툼한 편지를 전하는 간호사의 말투가 야살하다. 보일 듯 말 듯 돌아서며 흘리는 웃음이 시큼하다. 참, 하루도 건너지 않는군. 모르는 척 나는 편지를 그냥 서랍 속에 넣는다. 가운을 걸치고 환자부터 진료한다.

발신인 불명의 편지를 받기 시작한 지 두 달째, 한 주에 두 통씩

온다. 화요일과 금요일, 날짜도 정확하다. 또박또박 쓴 글씨가 단정하고 예쁜 데다 문장도 수려하다. 맞춤법도 틀린 데 하나 없다. 국어과 출신의 초등학교 선생님이 아닌가 추정도 해보지만 내 진료실에 드나드는 아기 엄마 중에 아직 그런 분은 없다. 날이 갈수록 궁금증이 더해갔지만 드러내놓고 탐문할 일도 아니어서 못 받은 척 시치미를 떼고 진료에만 전념했다.

전문의 과정을 마친 나는 당시 모 국립병원에 새로 개설된 소아과에 봉직하며 개인의원 개설을 준비하고 있었다. 선친의 바람이기도 했고 아랫사람을 가르치고 거느리는 일이 적성에 맞지 않는 나 자신의 뜻이기도 했다. 퇴근 후에는 집 위층에 진료실을 차려놓고 야간에 환자를 돌봤다. 편지가 오기 시작한 건 야간 진료실을 차린 지 두 해째에 접어든 늦은 봄 무렵부터였다.

편지의 내용은 한결같았다. 그립다고 했다. 오매불망 그립다고 했다. 목련꽃 더불어 피어난 그리움이 모란이 져도 가실 줄을 모른다고 했다. 음악을 들으면 그리움이 사무쳐 요즘은 오디오도 멀리하고 지낸다며, 시조차도 읽지 못한다고 했다.

처음엔 잘못 배달된 편지인 줄 알았다. 주소를 착각하고 써서 부친 줄 알았다. 하지만 K구 H동 하는 주소며 오 아무개 원장님 귀하라고 쓴 내 이름도 글자 하나 틀린 곳 없이 정확했다. 진료하는 내 모습도 정확하게 표현했고 진료실의 내부 정경도 생생하게 묘사했다. 병원 내에 흐르던 브루흐의 바이올린 협주곡이 너무 좋아 대기실에 한참이나 앉아 듣다 왔다는 이야기라든가 책상 위에 읽다 놓아둔 크로닌의 『천국의 열쇠』가 궁금해 자기도 영풍문고에 나가 구했다는 이야기 등. 엊그제 장미 꽃꽂이를 배우는 게 유행이어서 개중에는 자기가 만든 작품을 병원에 들고 와 장식하거나 쓰고 남은 꽃을 화병에 꽂아 놓기도 해 진료실엔 늘 꽃이 있었다. 하여 나는 그런 엄마 중 한 사람이 편지를 보내는가 싶어 내밀히 살피기도 했지만 누구 한 사람 의심이 갈 만큼 어색해하거나 부자연스럽게 행동하는 사람은 발견할 수 없었다. 누굴까.

누군가가 날 놀려주려 그러는 건가도 생각해보았다. 세상엔 별의별 사람이 다 있는 법. 할 일이 하도 없어 낚시질하는 사람 뒤에 죽치고 앉아 하루해를 보내는 사람이 있는가 하면 고스톱 판에서 갖가지 심부름을 하며 밤을 새우는 사람도 있으니 불면증에 시달리며 잠 못 드는 그 긴긴밤에 사랑을 상상하며 글을 쓰는 사람이 왜 없겠는가. 그런 글은 상대를 설정해 놓아야 그럴듯하게 엮어지는 터라 모르는 새 내가 눈에 띄어 그 대상이 된 게 아닌가 싶었다. 편지는 반년 나마 이어졌다.

20

가을 들어 드디어 선친이 기왕에 마련했던 인천의 병원 부지에 건물이 완성됐다. 인천은 선친이 학창 시절을 보낸 연고지이기도 했고 수복 후 우리 가족이 살던 제2의 고향 같은 곳이어서 망설이지 않고 이주를 결심했다. 야간 개원한 지 3년이 지나서였다.

이사하는 날, 짐을 다 내보내고 쉬는 중에 한 단골 아기 엄마가 층계를 올라오더니 그동안 고마웠다며 포장된 선물 하나를 내밀고는 황급히 돌아서 내려갔다. 평소 말수가 적고 조신해 대하기가 스스럽던 새내기 엄마였다.

창틀에 기대어 포장을 뜯었다. 곱게 수놓은 손수건 두 장과 하이네의 시집 『노래의 책』, 시집 갈피에 편지 한 장이 끼어있었다. 낯익은 글씨였다. 생각지도 못한, 발신인은 전혀 엉뚱한 엄마였다. 마지막 편지였다.

피는 듯 꽃은 그렇게 졌다. 30년이 지나 나는 우연하게도 지인의 막내아들 혼례식장에서 그녀를 만났다. 예식장에 들어서 하객을 맞고 있는 신랑 부모에게 걸어가는 나를 누군가가 놀란 목소리로 불러 세웠다.

"어머나! 선생님."

돌아보는 나를 향해 환하게 웃는 신부 어머니. 금세 알아볼 만큼 모습이 여전한 먼 전날의 아기 엄마. 곁에 선 남편에게 나를 소개하며 발갛게 볼을 붉힌다. 연분홍 치마 모란꽃 수(繡)가 하느작 흔들렸다.

마음 다스림이 온전하지 못했던 젊은 날, 여인이 당긴 시위를 무모하게 놓고, 내가 잘못 날아온 화살을 맞았더라면 서로의 오늘이 어찌 되었을까. 오늘의 이 기쁨이 가능했을까. 서른 이쪽저쪽이었을 새내기 아기 엄마, 어느 사이 이순(耳順)을 바라보는 앳된 장모의 자태가 곱다. 뒤안길이 따뜻하다.(『에세이문학』, 2016년 가을, 71-74면)

윗글은 작가가 체험한 내용을 제재로 삼은 수필이다. 30여 년 전 의사와 손님 사이에 있었던 일을 우연한 기회에 다시 회상하여 한 편의 아름다운 수필로 엮었다. 그 오랜 세월이 지났어도 그 세부적인 여러 상황을 모두 떠올릴 수 있었던 것은 강렬하고도 특이한 체험이었기 때문이다. 일상적인 평범한 것이라면 이처럼 작품의 제재가 될 수 없다. 수필에서 다루는 제재는 이와 같이 독특하고 인상적인 체험일수록 값지다. 유다른 것이 없는 체험은 수필의 제재로 삼기 어렵다. 특수한 체험 자체가 훌륭한 수필의 일차 요건이고 이를 요령껏 잡아채는 작가의 감각 또한 필요한 일이라 할 수 있다.

(2) 관찰한 것

관찰은 의도적인 체험이고 이는 생각의 기반을 이룬다. 눈으로 보기, 귀로 듣기, 코로 냄새 맡기, 입으로 맛보기, 피부로 기후와 압력을 느끼기 따위로 얻은 경험이 기초적인 생각을 이루지만 이것이 모두 좋은 글감이 되는 것은 아니다. 의미 있는 관찰은 계획과 관점이 명확해야 효과를 낸다. 그래서 전체의 구조와 고유한 특징이 잘 드러나야 하며 시간에 따른 변화, 주변 사물과의 관계를 함께 탐구해야 한다.

초록 손가락

김경희

한 지붕에 다섯 가구나 사니 복작거린다. 물을 한꺼번에 쓰는 아침에는 세면대나 싱크대에서 수도꼭지를 틀어놓고 이제나저제나 기다리는 건 예삿일이다. 고만고만한 형편들이라 위세 부리는 이가 없으니 어우러져 사는 맛이 괜찮다. 옥상에서 가꾼 푸성귀를 나누고 김치를 담그면 보시기를 들고 위층 아래층 오르내린다. 다가구주택 대문을 함빡 뒤덮은 담쟁이가 소박하게 사는 이들을 응원하듯 초록빛으로 넘실댄다. 골목에서 여느 집과 다른 것은 담벼락에 낡은 손수레가 전복처럼 엎어져 있는 풍경이다.

몇 해 전 초여름에 60대 후반 부부가 반 지하 방에 이사 드는 날이었다. 조붓한 골목으로 꽃수레가 들어왔다. 희한한 일이었다. 2층 창문에서 내다보다가 궁금증을 못 참아 내려가 보았다. 수레에는 올망졸망한 화분들이 가득했다. 수레 손잡이 양쪽 귀퉁이에도 줄기가 늘어진 아이비, 트리안 화분이 대롱대롱 매달려 있었다. 꽃

집을 하다가 정리하고 남은 것들인가 했다. 뚱뚱한 아주머니는 다리 한쪽을 절고 비쩍 마른 아저씨는 말이 어눌했다. 두 분은 장애인으로 등록되어 약간의 보조금을 받지만 여의치 않아 아주머니는 동사무소에서 청소하고, 아저씨는 폐품을 주워 판다고 했다. 화초를 싣고 온 수레가 바로 그 도구였다. 간소한 세간을 실은 이삿짐 트럭은 나중에야 들어왔다.

어둑새벽이면 대문 열리는 소리가 나고 최 씨 아저씨가 수레를 끌고 골목을 빠져나간다. 주워 온 물건들은 저물녘 대문 앞에 너저분히 부려놓는다. 종이, 전선, 옷걸이, 캔, 기름때 붙은 프라이팬, 고개 숙인 선풍기… 없는 것 빼고 별의별 것이 다 있다. 먼지가 날리고 어질러진 대문 앞이 벼룩시장 같지만 부부가 두런거리며 팔 만한 것들을 추려내느라 구부린 등은 볼수록 정겹다. 목장갑을 끼지 않아 손끝이 벗겨지고 굳은살이 박인 걸 보면 애처롭기도 하다.

폐품을 종일 모아 팔아도 고작 몇 천원 남짓이라 들었다. 폐품 더미를 싣고 고물가게로 가는 날은 축 처진 근육에 깡마른 몸이 번쩍 들린 손잡이에 다랑귀 뛰듯 한다. 무게를 당해내느라 부들부들 떠는 팔뚝이 너무나 안쓰럽다. 최 씨 아저씨는 별난 분이다. 그렇게 애쓰시고 얼마를 받으면 화초를 사느라 몽땅 털어버리니 아주머니는 고시랑거린다. 화초에 치여 궁둥짝 내려놓을 자리도 없으니 작작 사들이라고. 속사포의 지청구에도 아저씨는 들은 척도 않는다. 흙살을 뒤적여 숨구멍을 열어주느라 모종삽을 재바르게 움직일 뿐이다. 간단한 셈도 못하고 공과금 고지서도 읽지 못하면서 꽃 이름은 외래종까지 줄줄 꿰는 아저씨를 동네 사람들은 덜떨어졌다고 수군댄다.

하루는 대문을 막 나가려는데 아저씨가 어눌한 발음으로 손짓하며 불렀다. 시계 꽃 알라타가 피었다고. 따라 들어갔더니 열댓 평쯤 되는 두 칸짜리 방은 미니 식물원이었다. 아침나절에나 공책 크기만 하게 햇빛이 잠깐 들까 싶은 어둠침침한 방에 보살핌이 얼마나 지극했으면 화초들이 싱싱한지 신기했다. 햇빛을 가득 받길 좋아하는 시계 꽃이 핀 것이 놀라웠다. 창 쪽으로 고개를 트는 마삭줄, 스치기만 해도 향기가 퍼지는 율마…. 그중에 부부초라 불리는 인시그네는 가난하지만 눈가에 웃음꽃이 지지 않는 아주머니 아저씨를 똑 닮아 있었다.

푸새를 좋아하는 나는 달개비, 괭이밥, 풍선초 풀들을 집안에 들인다. 꽃집을 지나다가 요것조것 화초를 사 오지만 야무지게 키워내지는 못 한다. 서서히 말라비틀어지는 제라늄을 보며 한숨을 내쉬다가 화분을 안고 최 씨 아저씨 댁으로 내려가 맡긴다. 입원시키는 셈이다. 아저씨 손이 닿기만 하면 죽어가던 화초가 며칠 만에 생기를 되찾으니 그 비결이 뭘까 싶다.

최 씨 아저씨가 이사 온 후 집 곳곳이 싱그럽다. 죽은 줄 알고 사람들이 대문 밖에 내다 버린 화초도 안아와 초록으로 살려 계단 귀퉁이마다 놓아주시는 마법의 손. 장미만 두 그루 있던 대문 안 자그만 화단은 아기자기해졌다. 평상시는 사는 데 급급해 바삐 지나치다가도 앙증맞은 꽃들이 피어나면 사람들이 한데 모여든다. 꽃을 반기는 웃음판이 벌어진다. 반 지하 방 아주머니도 슬리퍼를 짝짝이로 신고 나와 곱다고 손뼉 치며 틀니 걸쇠가 보이도록 환히 웃는다.

"꽃 지랄이여, 꽃 지랄!"

1층에 사는 욕쟁이 김 씨 할머니가 통박을 놓는다. 꽃이야 어여쁘지만 빠듯한 살림에 여차하면 꽃을 사 들고 오니 걱정되어 하시는 말이다. '별안간 꽃이 사고 싶다.'는 어느 시 구절처럼 어쩌면 최 씨 아저씨는 헛헛함에 별안간 화초를 사는 건지도 모르겠다. 별 안간 꽃이 사고 싶은데 어쩌겠는가.

최 씨 아저씨 부부는 자식이 없다. 손가락이 두어 개 모자라도 괜찮으니 아기를 간절히 바랐지만 얻지 못했다고. 아저씨한테는 화초가 자식이란다. 그래서일까? 엎드려 앉아 한 손은 꽃대에, 또 한 손은 동그랗게 모아서 귀에 대고 있는 모습을 자주 본다. 청진 기를 대고 진찰하는 의사가 따로 없다. 식물 자식들의 심장 소리를 들으며 어디가 아프지는 않은지 찬찬히 귀 기울이는 것이리라. 아 비의 마음으로.

화초를 얼뚱아기 돌보듯 하는 아저씨를 보고 있으면 이야기 속 의 한 인물이 생각난다. 엄지손가락을 갖다 대면 꽃이 피어나고 나무가 자라는 그 아이. 그래서 생겨난 말인지 모르지만 죽어가 는 식물도 살려낼 만큼 화초를 잘 가꾸는 사람을 '초록 손가락'이 라 부른다. 신은 아마도 최 씨 아저씨께 아기 대신 신비의 초록 손 가락을 주신 것 같다. 그 초록 손가락 덕에 한 지붕 사람들은 고단 해도 웃음을 짓는다.(김대원 외, 『수사자의 꼬리』, 에세이문학출판부, 2015, 18-22면. 밑줄 필자, 이하 동일)

위 예문은 필자가 체험한 것이 직접 드러난다. 특히 밑줄 친 부분은 관찰한 것이지만 이 모든 체험을 글의 주요 제재로 사용한다. 이 수필 은 이웃집의 특이한 삶의 행태와 그것에 대한 작가의 생각과 감정, 즉 체험이 글의 주요 제재다. 작가가 직접 가까이서 부부의 삶을 관찰하고 겪어본 체험이 없었으면 쓸 수 없는 글이다. 이런 관찰과 그에서 연유 한 상상과 생각이 글의 주요 제재다.

(3) 조사한 것

조사 방법은 의도적인 이차적 경험이고 폭넓은 생각을 얻을 때 쓰인 다. 전문가의 도움이 필요한 때 문헌을 찾고 인터넷 사이트에서 검색하 며 질문지나 면담으로 다른 사람의 의견을 참조한다. 이때 자료의 정확 성과 자신의 의도와 관점을 분명하게 밝혀야 주제를 선명하게 드러낼 수 있다. 이러한 조사 방법은 모두 세심한 주의가 필요하다. 문헌이나 인터넷에서 조사한 자료를 이용할 때는 출처를 정확히 밝혀야 하고 자 신이 충분히 이해하여 대상에 맞도록 적절하게 풀어 주어야 제구실을 다한다. 질문지나 면담은 도표를 활용할 필요가 있고 조사자 중심의 시 각으로 자료를 왜곡하여 해석하거나 의미를 부여해서는 안 된다. 기구 를 이용한 관찰과 실험은 과학적 방법이므로 목적, 조건의 통제 상황과 자료의 한계를 반드시 밝혀야 객관성을 높일 수 있다. 아래 예문은 경 험과 문헌 조사 및 인터넷의 자료가 제재이다.

기생충에 조정 당하는 숙주들

김애자

기생충들은 숙주의 몸이 생활의 터전이다. 그러므로 숙주와 함 께 공생하지 않으면 알을 낳아 밖으로 내보낼 수 없고, 자손을 널 리 퍼트릴 수도 없게 된다. 때문에 제가 몸담고 있는 숙주의 건강 상태가 나빠지면 저들의 활동상황도 약해진다. 주인이 죽으면 저 도 따라서 죽는다는 것을 알고 있기 때문이다. 이 영악한 놈들은 주인의 건강 상태가 양호해질 때까지 활동을 억제하고 기다리는 동안 제가 필요한 성분을 취하기 위해선 사람에게도 흙을 먹도록 신경계를 조정한다는 것이다.

　언젠가 ①생태 다큐멘터리에서 촌충에 감염된 연가시고기의 행동을 보여준 적이 있다. 물고기들은 적이 나타나면 재빠르게 물속으로 숨는 것이 정상적이지만, 촌충에 감염된 연가시고기는 새끼들에게 쉽게 잡혀 먹힐 수 있도록 수면 위로 제 몸을 노출시킨다는 것이다. 이는 촌충이 숙주의 신경계를 조정하기 때문이다. (중략)

　이러한 기생충들로부터 우리의 건강을 침해받지 않으려면 모기나 진드기, 벼룩, 파리 등의 벌레가 서식할 수 있는 환경을 만들지 않아야 한다. 현재 ②우리나라도 지구 온난화로 인해 아열대 현상으로 기후가 바뀌어가고 있다. 해마다 가뭄이 심해지면서 수입농산물을 통해 들어온 외래종 날벌레들이 기승을 부린다. 내가 살고 있는 ③이 산촌에서도 겨울철에 보일러실이나 비닐하우스 안에서 모기와 파리, 거미, 노린대 등이 활동하고 있는 모습이 자주 눈에 띈다. 이놈들은 동물들에게 기생충을 감염시키는 천하무적이다.

　④곤충학자들은 기생충을 죽이는 약물을 개발하면 기생충들도 더 빠른 속도로 진화한다고 말한다. '빠르게 변하는 세상에서 가장 빠르게 변하는 것들만 살아남을 수 있다.'는 법칙의 본때를 녀석들은 먼저 인간들에게 보여주고 있다는 것이다. 오죽하면 ⑤랄프왈드 메머슨은 "감히 기생충을 대적하려는 신은 없다."라고 말하였을까.

　또 ⑥지구에 존재하는 모든 생물은 적어도 한 종류 이상의 기생충을 가지고 있다는 학설도 맞는 말이다. "벼룩 위에 더 작은 벼룩이 피를 빨고, 이 작은 벼룩을 더 작은 벼룩이 물고 있다."니 참으로 난공불락의 적들이다.(이 글은 필자가 보고 경험한 것과 기생충학자 정진호 선생의 「기생충, 우리들의 오래된 동반자」와 인터넷을 통해

모은 자료들을 참고로 하였음을 밝힌다.)(김애자, 『점은 생명이다』, 수
필과비평사, 2015, 58-61면)

위 예문은 필자가 (　) 주석에 글의 제재를 직접(밑줄) 밝힌다. 여기에
서 제재는 필자가 경험한 것과 관련 저서와 인터넷 자료를 조사한 내용
이다. 이를 부연하면 예문에서 ① ② ③은 필자가 경험한 것이고, ④ ⑤
⑥은 전문가의 의견인데 이것 모두 조사한 내용이다. 이러한 제재를 필
자가 주제에 맞게 적절하게 활용하고 배치하여 한 편의 글로 쓴 것이다.

(4) 독서한 것

다양한 지식을 얻고 사고를 심화·확장시키는 활동이 독서다. 이를
잘 활용하기 위해서는 독서한 내용을 잘 기억해야 하는 것은 물론이고
필요하면 메모하거나 노트에 정리하고 그것을 바탕으로 나만의 생각과
의견을 기록하는 것이 제재로 활용하는 데 편리하다. 독서한 내용은 그
필자의 것이므로 이것을 나만의 경험과 관점으로 정리하고 비판하여
독자적인 지식을 축적해야 한다. 좋은 글을 쓰기 위해서는 다양한 책을
섭렵하고 심층적으로 이해해야 글을 쓰면서 활용할 수 있다.

독서는 글쓰기의 사전 작업이고, 글을 쓰면서도 계속해야 하는 일이
다. 조상들은 글을 잘 쓰기 위한 세 가지로 다독, 다작, 다상량을 꼽았
다. 이 뜻은 많이 읽고 쓰며 생각해야 한다는 말이다. 결국 좋은 글은
많은 독서량이 좌우한다 해도 틀린 말은 아니다. 누구라도 글을 많이
읽으면 그것이 차고 넘쳐서 터져 나오기 마련이고 이것이 적당한 체험
과 결합할 때 좋은 글을 쓸 수 있다. 글을 잘 쓰고 제재로 쓰기 위해서라
도 독서를 게을리 말아야 한다. 나아가 글을 쓰기 전에 충분한 독서량

이 필수임을 잊어선 안 된다. 독서는 글쓰기의 시작이며 끝이다. 독서가 충분하게 뒷받침되지 않으면 글을 쓰기도 어렵고 더구나 좋은 글쓰기는 불가능하다.

전 삼 일, 후 삼 일
-오불여제, 여부제 (吾不與祭, 如不祭)

류창희

제사에 자유로운 사람이 있을까. 나는 맏며느리가 아니다. 내가 혼자 제상에 올릴 음식 한 가지를 번듯하게 다하는 적은 없다. 제사 사흘 전, 장보기, 다듬기, 탕국거리 방정하게 썰기, 동그랗게 문어 데치기 등 재료를 준비한다. 그중 주 업무는 제사 당일, 전이 몇 가지가 되든 프라이팬에 구워내고, 도미 조기 민어 가자미 등의 생선을 익힌다. 말하자면 지지고 볶는 역할이다. 음식만 지지고 볶겠는가. 나는 30년을 넘게 조율이시, 홍동백서, 어동육서, 좌포우혜로 격을 갖춰 제상을 차려내기 위한 소품 담당이다.

제사 때는 조상이 앞에 계시는 듯이 정중하고, 산천의 신을 모실 때는 신이 앞에 있는 듯 경건했다. 공자께서 말씀하셨다. "내가 제사에 참석하지 않았으면, 제사를 지내지 않음과 같다."

祭如在 祭神如神在 子曰 吾不如祭 如不祭 – 팔일 편

'제사에 참석하지 않았으면, 제사를 지내지 않음과 같다.'는 문구에서 자유를 잃는다. 시어머님은 재계(齋戒)의 달인이셨다. 4대 봉제사에 설 추석 성묘 시사까지 한 해에 열두 번도 넘는 제사에

29

늘 '전 삼 일, 후 삼 일'을 주장하셨다. 어머님이 살아 계실 적에는 내가 참으로 귀한 사람인 줄 알았다. 시집올 때, 제사에 둘러칠 8폭짜리 병풍을 손수 붓글씨로 써왔기 때문이다. 그 당시 며느리 셋 중에 나만 어른과 함께 사는 전업주부였으니, 모든 행사에 온전히 투입되었다. 어머님의 위상은 공자가어(孔子家語)처럼 우리 집안의 법도였다. 속설에 '집 나가 화냥질한 며느리보다 제사에 팔다리 부순 며느리가 더 불경하다.'고 했다. 오죽하면 지금도 명절증후군으로 병원 입원이 쇄도하며, 인터넷에서 명절용 깁스가 품절이 나겠는가. 우리나라 어느 직장에서 여자들이 제사에 일주일 정도를 근신하도록 배려해줄까. 학교에 근무하던 두 동서는 결국, 직장을 그만두었다.

제사는 가가례(家家禮)다. 집집마다 예절이 다르다. 그 댁 어른의 마음이 편하신 대로 가풍이 이어진다. 앞마당이 있던 주택에서 이사했다. 지금은 아파트 21층에서 제사를 모신다. 강철로 된 현관에 들어서면 센서 등이 먼저 기척을 한다. 긴 복도에 액자를 잠시 떼어내거나 한지로 가리기도 한다. 조상님들이 제삿밥 잡수러 오시다가 혹시 얼비치는 그림자에 놀라 되돌아가실까 두렵기 때문이다.

(중략)

공자께서는 "큰제사에 관주(灌酒)를 부은 후로는 제사를 보고 싶지 않다."고 하셨다. 경건함이 형식에만 지나쳐서 마음은 벌써 뜬구름이다. 발도 저리고, 집에 빨리 가고 싶고, 내일 출근이 걱정이다. 늦은 시간, 도무지 성에 차지 아니한다. 춘추전국시대 성인(聖人)께서도 예에 어긋나 차마 보고 싶지 않다고 하셨다니 요즘 우리 모습은 어떠할까. 아헌(亞獻)은 본래 종부(宗婦)가 올리기도

하기만, 형제 중에 중요한 일을 앞둔 사람이 올린다. 내 식구가 종헌(終獻)의 잔이라도 올리면 마음이 뿌듯하다. 유식(侑食) 첨작(添酌) 삽시(揷匙) 정저(正箸) 합문 계문(啓門) 헌다(獻茶) 철시복반(撤匙復飯)하여 보내드리는 사신(辭神)과 철상(撤床)까지 절차의 막이 내려지면 거실 불을 환하게 밝힌다. 제사에 커튼콜은 없다. 제관들이 둘러앉아 음복(飮福)으로 밤이 깊다. 그렇다고 끝난 것이 아니다. 조상님의 혼백이 본래의 자리로 무사히 돌아가실 수 있도록 아들 손자, 며느리는 또 사흘 동안도 근신하라셨다.

신종추원(愼終追遠)만이 효(孝)는 아닐 것이다. 제사는 시적(詩的) 의미로 보자면 한 조상의 뿌리를 둔 사람들이 모여서 한마음으로 일체감을 갖는 축제(祝祭)다. 한 식구, 한 가족, 한 울타리, 한 일가를 이룬 한민족의 한류(韓流)다. 현대사회에 다 같이 한마음으로 감당하기에는 제사가 번거롭다. 나는 솔직하게 전 삼 일, 후 삼 일 매번 지지고 볶는 역할이 이제는 힘겹다. 사후에 서열 지켜 대소가 납골묘에 안치되는 것도 마다하고 싶다.

계로가 귀신을 섬기는 일에 대해 묻자, 공자께서 "사람도 제대로 섬기지 못하는데 어찌 귀신을 섬길 수가 있겠느냐?" 다시 묻기를 "감히 죽음에 대해 묻고자 합니다." 하자, 공자께서 "삶에 대해서도 잘 모르는데 어찌 죽음에 대해 알겠느냐?"라고 답하신다. 이처럼 공자의 철학은 '살아있는 사람'을 바탕으로 한다. 사람으로서 지켜야할 바른 도리와 바른 행실에 중점을 둔다. 공자의 사상은 지극히 현실적 · 실천적 · 지성적이다.(후략) (『에세이문학』, 2016년 가을, 166-169면)

윗글은 독서하지 않고는 나올 수 없는 글이다. 글 중에 직접 책 내용을 인용까지 한다. 독서하여 알게 된 제례에 관한 기본 정신과 생활에서 체험한 것을 조합하여 한 편의 수필을 쓴다. 이 글처럼 독서한 내용을 구체적으로 노출하는 경우는 흔치 않다. 대부분의 작품에선 위처럼 직접 드러나는 경우는 드물지만 여러 형태로 독서 체험이 글의 뼈대가 되고 살을 이루는 경우는 적지 않다. 결국 독서하지 않고는 글을 제대로 쓸 수 없다는 것을 명심하는 게 마땅한 일이다.

2

수필의 주제를
잡아보자

1) 주제 잡기

글을 쓰려면 목적이 분명해야 한다. 학습 목표가 있고 삶의 목적이 있어야 하듯 글도 목적이 뚜렷해야 생명력을 지닌다. 글쓰기는 목적을 실현하는 인지 활동이므로 필자의 생각이 잘 드러나 있어야 한다. 대화나 연구 따위에서 중심이 되는 문제, 예술 작품에서 지은이가 나타내고자 하는 기본적인 사상을 주제라 한다. 이를 글의 중심적인 내용이나 중심 생각 또는 필자가 표현하고자 하는 의도나 세계관이 반영된 작품의 중심 사상으로도 부른다. 따라서 제재는 글에서 다루고자 하는 대상과 내용이라면 주제主題는 그 대상과 내용에 대한 글쓴이의 생각과 의견, 느낌과 감정이다. '친구의 말은 어려울 때 힘이 되었다.'거나 '바르게 가르쳐 주신 선생님을 뵙고 싶다.' '아버지 손길에서 사랑을 느낀다.' 등이다.

수필 쓰기에서 주제는 글의 성격과 방향을 가리킨다. 글의 성격은 갈래를 전제하고 중심 생각은 글의 구성 방향을 제시한다. 실제로 주제를 명확히 하면 글쓴이 스스로도 글의 구성이 어떠하리라 예상할 수 있다. 그리고 글의 길이도 조절해 준다. 주제에 따라 글 내용이 결정되며 그에 따라 어떤 제재가 필요한지 알 수 있기 때문이다. 곧 넓은 범위를 다루는 주제는 짧은 글로는 적합하지 아니하고 좁은 범위를 다루는 주제는 긴 글에 맞지 않는다.

수필을 쓰기 위해 중요한 목적의 방향과 성격을 확정하는 것을 주제 잡기라 부른다. 주제를 잡아야 이에 맞추어 문단 중심으로 글을 구성하고, 문단별로 소주제를 정하여 문단을 조직할 수 있다. 그리고 글의 설계인 개요도에서 핵심인 주제문을 쓰고서 비로소 글을 써 나갈 수 있다. 주제 잡기와 제재 고르기의 선후는 집필 동기에 따라 유동적이지만, 수필을 창작하는 데 가장 중요한 작업이다. 주제를 잡지 못하면 글을 실제로 쓸 수 없거나, 이것 없이 글을 쓴다면 그것은 정말 무의미한 일이 되기 때문이다.

2) 주제 잡기 요건

수필에서 다룰 수 있는 주제는 무한정하다. 어떤 제재의 수필에서도 주제를 잡을 수 있다. 이런 면에서 수필은 어느 문학보다 자유롭다. 이렇게 무한정한 자유라 해도 아무것이나 주제로 잡을 수는 없다. 어느 유형의 자유에도 당연히 책임이 따르기 마련인 것과 같다. 이는 인간 누구라도 자유롭게 살 수 있지만 함부로 아무렇게나 살 수 없는 것과도 유사한 이치다. 지키고 따라야 할 법이 있고 스스로 조절하는 규율도 필요하며 타인의 자유를 침범해서도 안 된다. 인간이라면 마땅히 존중해야 할 윤리와 도덕도 존재한다. 그러므로 수필에서도 일정하게 지켜나가고 따르며 존중해야 할 질서가 필요한데 이것이 주제 잡기의 요건이다. 다음 네 가지를 고려할 수 있겠다. 첫째, 제재와 관련한 내용상 요건으로 진선미의 탐구이다. 둘째, 수필가가 유념해야 할 작자 요건으로 작가 자신이 가장 잘 아는 것을 주제로 잡아야 한다. 셋째, 수필의 범위 요건으로 최대한 주제의 폭을 좁혀야 한다. 넷째, 수필의 독자 요건으로 독자의 관심과 흥미에 부합하는 주제를 찾아야 한다.

(1) 내용면에서

수필에서 지향하는 주제의 내용 요건은 진선미眞善美 탐구이다. 수필 역시 인간의 삶이 주요 제재이므로 이에 합당한 가치를 주제로 잡는 것이 바람직하다. 진은 거짓이 아닌 참된 것을 높이 평가하고 따르고자 하는 것이고, 선은 윤리적으로 옳은 생각을 하고 그런 행위를 하려고 하는 것이며, 미는 인간이 아름다움을 동경하고 삶과 문학에서 이루고 표현하고자 하는 것이다. 어떠한 글이든 진실한 생각과 마음이 담기고 바른 행동을 보이며 아름다운 상태가 드러나야 독자를 감동시킬 수 있다는 의미다.

거짓보다 참된 것이, 꾸민 것보다 진실한 것이, 보이는 겉보다 안 보이는 속이 독자의 마음을 끌어들인다. 탐욕과 사악한 행위는 배척하고 미워하며 더럽고 추한 것은 사람들이 기피하고 싫어한다. 몇 첫 년의 시간과 수만 리 거리가 멀리 떨어져도 진선미는 시공時空을 넘어 우리를 감동시킨다. 감동은 눈으로 안 보이고 귀로 안 들려도 마음에 와 닿기 때문이다. 그러므로 진선미의 탐구는 수필이 지향할 첫 번째 내용 요건이다.

매를 아끼면

김선식

고교 동창 모임. 정형외과 원장 친구와 한자리에 앉았다. 식사 전에 나온 맥주 한 잔을 시원스레 들이킨 친구가 말했다.

"어이, 나 며칠 전에 별 웃기는 여자를 다 봤어야."

'웃기는 여자'라는 말이 친구들의 눈길을 모았다.

오후 진료가 끝나가는 시간, 젊은 여자가 초등학교 4학년쯤으로 보이는 사내아이를 데리고 진찰실로 들어왔다. 여자의 표정이 심상치 않았다. 여자가 아이의 바짓가랑이를 걷어 올려 종아리를 친구에게 보여주었다.

"선생님, 이것 좀 보세요. 세상에, 이럴 수가 있습니까?"

아이의 종아리에는 몇 가닥 회초리 자국이 희미하게 남아 있었다.

여자의 요구는, 천하에 소중한 자기 자식이 담임선생에게 맞아서 이렇게 되었으니, 진단서를 떼어달라는 것이었다. 전후 사정을 짐작한 친구가 불편해지려는 심기를 누르면서 물었다.

"진단서는 떼어다 어디다 쓰시게요?"

"아이를 이렇게 만들어 놓았으니 저 선생을 고소해야지요."

"아이가 매를 맞았으니 속은 상하시겠습니다만, 그래도 이럴 일은 아닌 것 같은데요."

"뭐가 아니에요? 이런 폭력 선생 놈은 학교에서 쫓아내야 해요."

그 선생 '놈'이란 말에 친구는 그만 애써 누르던 속이 뒤집혀 언성을 높이고 말았다.

"여보시오. 당장 아이 데리고 나가시오. 나는 그런 진단서는 못 떼어주겠소."

"아니 이 양반이, 의사가 지금 진료를 거부하는 거예요? 그냥 진단서 떼주면 되지, 공짜로 떼어주는 것도 아닌데, 왜 못 떼 주겠다는 거예요?"

"내가 진단서 떼 주면 가지고 가서 아이 담임선생님을 고소하겠다면서요?"

"그래서. 고소해야지요."

"어허 참. 세상이 어떻게 되려고 이 모양인가 그래. 여보시오. 내가 안 봐도 알겠소. 요즘 같은 세상에 담임 생님께서 당신 아들을 얼마나 사랑하셨으면 이렇게 매를 들었겠소? 꼭 매를 들어 훈육해야 할 만한 때에도 학교 폭력이니 뭐니 해서 에라 모르겠다 그저 움츠러들기만 하는 세태를 그 선생님이라고 모르시겠소? 내가 보기에는 그 선생님이야말로 정말로 훌륭한 교육자요, 참스승이신 것 같소이다. 그런 선생님께 떡이라도 한 시루 해가서 감사드리지는 못할망정, 뭐요, 고소를 해요? 아이 앞에서 부끄럽지도 않소?"

그렇게까지 말해도 여자는 수그러들 기미가 없었다.

"아 글쎄, 여러 말 필요 없으니 진단서나 떼 줘요."

"나는 그런 진단서는 못 떼어주겠으니까, 당신이 가서 의사가 진료 거부했다고 나를 고소하든지 다른 병원을 찾아가 보든지 알아서 하시오."

친구는 진짜로 화가 나서 진료 차트를 책상 위에 툭, 던지듯 내려놓고 말았단다.

매 맞은 제 아이 몸 아픈 것만 분하고, 매를 때리면서 선생님의 마음이 얼마나 아팠을 것인가에는 도무지 관심이 없는 아이 엄마. 교육의 시작은 가정에서부터이고, 그 중심에 부모가 있는데 그 엄마에게서 아이가 무엇을 배울까. 또 어미가 이미 '놈'이라 불러버린 선생님을 믿고 따르며 존경할 수 있을까. 무슨 일로 선생님께 매를 맞았는지 물어는 보았을까. 선생님이 아이에게 화풀이, 주먹다짐을 한 것이 아니라 엄한 훈육을 위해 회초리를 들었다는 것을 이해할 수 있을 텐데.

필요하다면 따끔한 훈육도 교육의 한 수단일 수 있다고 생각한다. 지금까지 살아오면서 옛말이 그른 것을 별로 보지 못했다. 옛 어른들이 학교에 가서 선생님을 뵈면 빠뜨리지 않는 말이 있었다. "미거한 제 자식 놈을 선생님께 맡깁니다. 필요하면 종아리에 피가 나도록 때려서라도 부디 바른 사람을 만들어주십시오."라고. 거기다 회초리를 한 묶음씩 만들어다 서당 훈장님께 드렸다는 '서당매' 이야기도 들어본 적이 있을 것이다. 그것을 한낱 케케묵은 옛날이야기일 뿐이라고 한다면, 요즘 와서는 교편(敎鞭)이라는 말이 있지 않은가. 매를 맞는 고통을 참아내며 욕망을 억제하는 것을 배우는 것도 중요한 공부라고 생각한다.

식당에서 고삐 풀린 망아지처럼 식탁 사이를 소리 지르며 뛰어다니는 아이들, 그런데도 '아이의 기를 꺾지 않겠다.'면서 그저 보고만 있는 부모들. 그렇게 놓아먹인 망아지처럼 자란 아이들이 어떻게 나아닌 다른 사람을 배려하는 마음을 키워낼 수 있겠는가.

지금 학교 현장에는 '어떤 경우에라도 체벌을 금지한다.'는 지침이 내려와 있다고 한다. 선생님의 체벌을, 용인이 아니라 최소한 이해하지도 못하는 학부모들의 항의가 하도 심해지니, 단지 귀찮아서 아예 체벌을 금지해버린 것이 아닌가 하는 생각마저 든다. 이건 구더기 무서우니 아예 장을 담그지 말자는 식이 아닌지? 아이들이야 제멋대로 엇나가든 말든 나 몰라라 하는 교육 당국자들

38

의 직무유기가 저마다 휴대폰을 꺼내들고 사진 찍을 준비를 한다는 교사 지인의 말이 절망감을 준다. 저 잘난 '학생의 인권'을 들먹일 것이 아니라 그들이 마음 한가운데에 자신을 다스릴 계(戒), 그 심법(心法) 하나를 굳건히 세울 수 있을 때까지는 그것을 잠시 유보하고 선생님들이 '사랑의 매'를 들 수 있어야 한다. '매'도 선생님의 '교권(敎權)'에 들어야 한다고 생각하기 때문이다. "매를 아끼면 아이를 버린다."는 속담이 서양에만 있는 것은 아니다.(후략)

(『에세이문학』, 2016년 봄, 142-145면)

윗글의 주제는 진선미 중에서 진을 탐구한다. 자녀 훈육에서 진실로 중요한 것과 참된 것을 추구하려 한다. 의사 친구와 대화하며 그가 겪은 이야기를 들으면서 작가는 교육의 참 모습을 나름으로 탐구한다. 물론 각자 교육관에 따라서 이견이 있을 수 있지만 작가는 훈육에도 필요한 정도의 체벌은 용인해야 한다는 관점이다. 진리는 쉽게 그 정체를 드러내지 않는다. 그렇다 해도 그 진정한 실체를 탐구하는 자세는 멈출 수 없다. 이는 마땅히 수필 작품의 주제로 삼아야 옳다.

읽지 않은 편지

장현심

드라마 〈태양의 후예〉가 종영됐다. 특수전사령부 소속 군인들과 의료봉사단 의사들이 재난 지역의 극한상황 속에서 본분을 지키며 사랑하고 갈등하는 내용이었다.

그들의 이야기를 보며 나름대로 내 젊은 날을 복기하고 있었다. 드라마 속 여주인공과는 달리 당시 여자들은 자신의 감정을 솔직히 드러내지 못했다. 사랑도 수동적이었다. 마음이 복잡하고 상대편 마음의 키워드가 의심스러울 때에도 대답을 피하거나 감정을 눙치는 것으로 일관했다. 나도 그런 시대적 분위기 속에서 한 남자를 만나 사랑했고 결혼했다.

(중략)

연합군의 장기 작전에 투입됐다가 전사한 서 상사가 유서로 남긴 편지를 읽지 않는 윤 중위. 그 장면에서 나는 울음소리를 내지 않으려 이를 악물었다. 목구멍이 뻑뻑해지고 눈물이 차올랐다.

"우린 화해도 못했어요. 떠날 때 나쁜 말만 했단 말예요."

윤 중위의 말이었다. 드라마 속에서 그녀는 내가 할 말을 대신하고 있었다. 서 상사가 죽지 않고 살아 돌아오는 해피엔딩으로 드라마는 끝났지만 그 편지 생각이 나서 나는 재방을 보고 또 보았다.

내게도 읽지 않은 편지 한 통이 있었다. 나도 화해하지 못하고 그를 보냈다. 남편이 시작한 사업은 손봐야 할 곳이 많은 자동차 같았다. 매연과 소음이 심했고, 제동 거리도 길었다. 정비를 하자고 여러 번 권했지만 번번이 내 의견을 무시하더니 결국 차는 멈춰 버리고 말았다.

내 인생이 진창길에 처박힌 고장 난 차 같았다. 살던 집은 경매로 넘어갔고 이사 간 셋집은 풍뎅이 등딱지만 해서 풀지 못한 짐 더미 사이에 이부자리를 펴야 했다. 그와는 자연스레 별거를 하게 되었다. 정만 있으면 삿갓 밑에서도 산다는데 방이 좁아서가 아니라 마음이 멀어서였을 것이다.

불행의 원인이 모두 그에게만 있는 것 같았다. 내 주변을 맴도는 걸 알았지만 애써 외면했고 어쩌다 마주치면 베어버릴 듯 눈초리에 날을 세웠다. 이번 기회에 다시는 자기 멋대로 집안일을 처리하지 못하게 단단히 버릇을 들여야겠다는 각오뿐이었다.

우리의 관계가 그렇게 팽팽하게 평행선을 유지한 채 일 년이 지났을 무렵 그가 보낸 편지를 받았다. 꽤 두툼했다. 말 한마디에 천냥이 오간다는데 집안을 풍비박산 내고도 변명조차 없더니 달랑 편지 한 통이었다. 싫은 소리 듣더라도 남자답게 앞에 나서서 말을 할 일이지 편지 뒤에 숨다니, 천하에 없는 못난이 같았다. 내 위에 군림하려는 알량한 그의 자존심만 크게 느껴졌다. '미안하다'는 지극히 쉬운 말을 그는 하지 않았다. 나도 더 이상은 양보하고 싶지 않았다. 지기 싫었다. 편지를 뜯지도 않은 채 돌려보냈다. 그것도 등기로.

이 주 후, 전화 한 통 없던 그가 갑자기 쓰러졌다. 병원에 도착하기도 전 구급차 안에서 유명을 달리했다. '어쩌면 그 편지에 미안하다는 말을 썼을 수도 있는데, 앞으로 어떻게 살지 포부를 밝혔을 수도, 즐거웠던 기억을 들추며 조금만 참아 달라고 적었을지 모르는데'라는 생각이 그를 땅에 묻고 난 뒤에야 들었다. 편지로 우선 내 마음을 누그러뜨려 놓고 다시 잘해보자는 말을 하려는 계획이었는지도 몰랐다. 그 후로 나는 상상력을 동원해 허구한 날 그가 썼을 편지를 썼다 지우곤 한다.

우울한 날이면 편지를 돌려보낸 사실에 그가 충격을 받아 죽었을 수도 있었겠단 생각도 든다. 너무 미안해서 미안하단 말을 못했지 싶기도 하다. 말뚝도 무른 땅에 박힌다는데 땅벌처럼 독이 올라 있던 내게 말인들 붙일 수 있었을까. 얼마나 매정하다 생각했을까.

솔직히 그가 그렇게 죽을 줄은 몰랐다. 건강했고, 성격 또한 누구와 맞서기보다는 피하는 쪽을 택하던 사람이었다. 인생이 유한

하다는 걸 진작 깨달았었더라면, 아니 그에게도 해당된다는 걸 알았더라면 지금처럼 후회할 짓은 안 했을 것이다. 사과도, 용서도 유효기간이 있다는, 때가 지나면 소용없다는 것을 난 몰랐다.

마음이 오가기를 바라서 다리를 놓는 심정으로 편지를 썼을 텐데 나는 그 다리를 없애버리고 말았다. 드라마의 주인공들처럼 속마음을 표현할 줄 알았더라면 우리의 관계도 칼날 위를 걷듯 위태롭지는 않았을 것이다. 힘들어할 때 '안아줄까? 술 한잔할까?' 물었어도 좋았을 테고, 늦게 들어온 날 밤에는 조용히 내 무릎을 내주어도 좋았을 것이다.

'너무 걱정 말아요.' 처진 어깨 쓸어주며 꽁냥꽁냥 했더라면, 이렇듯 가슴 무너지는 일은 없었을지 모른다. 그리움 없는 고요한 마음이 평화라면 난 가끔 평화를 잃는다. 그 편지가 읽고 싶다.(『에세이문학』, 2016년 겨울, 30~33면)

윗글에서 작가의 아쉬움과 후회가 담긴 지난 사연을 읽는다. 남편에게서 받은 편지, 읽지 않고 돌려보낸 편지에 대한 뒤늦은 반성과 자책이 눈물겹다. 작가 자신이 좀 더 너그럽지 못하고 상대를 배려하는 마음으로 화해하지 못한 것을 드라마에 이입하여 풀어낸다. 사람은 자신을 합리화하는 경향이 일반적이다. 특히 지나간 일에 대해선 더욱 그러하다. 이 글에선 이와 다르게 진솔하게 자신을 돌아보고 '읽지 않은 편지'에 선량한 마음을 담아낸다. 결국 작가가 이 글에서 잡은 주제는 인간 본성의 선한 마음이다.

알람브라는 나를 꿈꾸게 한다

정해경

〈알람브라 궁전의 추억〉이란 기타 연주를 듣는다. 음악이 들려오면 나도 모르게 눈을 감고 고개를 끄덕이며 음을 따라간다. 그리고 누군가를 생각한다. 그곳을 지나가는 나그네일까. 작곡가인가. 그도 아니면 혹 나인가. 누군지는 모르지만 그는 앞을 못 보는 장님이다. 흐르는 음이 그걸 말해준다.

알람브라 궁전, 내가 그곳을 알게 된 건 오래전 일이다. 라디오를 끼고 살기 시작한 무렵이었으니 중학생일 때가 아니었나 싶다. 그때나 지금이나 음악은 내게 어려운 장르였다. 팝송도 클래식도 그저 듣는 것으로 끝나지 않았다. 외국 곡은 제목부터 혀가 제대로 돌아가지 않았고 부연 설명은 더 복잡했다. 곡과 제목을 제대로 연결하는 것조차 쉬운 일이 아니었다.

그래도 단번에 귀에 익숙해지는 것도 더러 있었는데 〈알람브라 궁전의 추억〉이 그랬다. 우선은 제목이 그다지 낯설지 않았다. 아라비안나이트라든가 알리바바, 알라딘 그런 단어들이 주는 서역의 이미지와 그들의 흔적이 남아 있는 곳에 쌓인 기억들은 대체 어떤 것일까. 막연한 궁금증이 거품처럼 일곤 했다.

그래서일까. 이 곡은 처음 들을 때부터 어딘가 온전치 못한 이의 모습이 얼핏 보이는 듯했다. 흐름이 그랬다. 연달아 떨어지는 물방울 소리로 음높이를 정하는 것 같은 트레몰로 기법의 빠른 음 하나와 머뭇머뭇 걸음을 떼듯 느리고 굵직한 음 하나. 마치 두 사람이 하는 합주처럼 들리지만 한 사람의 독주라는 것도 나중에서

43

야 알게 되었다.

그렇다면 빠른 음은 마음이고 느린 음은 걸음일까. 빠른 음이 현란하게 변하는 대목은 더듬을 때 느끼는 급한 손길이고 느리고 굵은 음은 주저하는 더딘 발길을 뜻하는 것은 아닐까. 밑도 끝도 없는 상상에 빠져들면 앞이 보이지 않는 장님 한 사람이 어딘가를 더듬으며 가고 있는 것이 연상되었다. 아름답다고, 너무 좋다고 귀가 닳도록 들었지만 내가 듣기에는 볼 수 없는 이의 애달픔이 담긴 기타 연주였다. 이 음악을 들을 때마다 시각은 온전히 배제한 채 청각과 촉각과 육감이랄 수 있는 어떤 느낌, 그것들을 하나로 모은 작곡자의 의도에 온전히 공감하려 했다.

장님이 두리번거리며 오래된 궁궐을 거닐고 있다. 궁 안의 뜰도 하나가 아니어서 문턱을 넘을 때마다 새로운 광경들이 펼쳐졌다. 고운 색과 현란한 무늬의 벽, 만져볼 수 없는 곳에 있는 아름다운 건축물과 그것들의 조화로움, 그리고 시아라 산맥에서 비롯되는 찬 기운을 머금은 물소리와 사이프러스 나무의 질서정연한 도열. 그 모든 것을 오로지 동행하는 이의 설명과 손과 발로만 느껴야 하는 비애까지 담긴 음악. 그것이 내게 들려오는 〈알람브라 궁전의 추억〉이었다.

어쩌다 거기까지 갔을까. 그러나 한 번 쏠린 마음은 쉽게 바뀌지 않았고 어디서든 이 음악이 들려오면 상상 속의 인물이 상상을 하는, 이중의 상상 속으로 빠져들곤 했다. 먼저 터번을 두르고 주름진 항아리 바지를 입은 페르시아 왕자가 하인들을 이끌고 분주히 오가는 궁궐이 떠오른다. 그리고 무수한 세월이 흐르고 그곳은 그저 옛 궁궐이 되고 여전히 무어인들이 사용하는 아라베스크 문양이 새겨져 있는 천장과 벽들이 이어져 있고 그 어디쯤을 눈을 감은 채 걸어간다. 지나가는 사람들의 탄성과 설명이 간간이 들리고 볼 수 없는 아름다움을 상상하면서 그 모든 상황을 음악으로 표현한다. 그리고 그 음악을 나는 지금 이 순간 듣고 있는 것이다.

한동안 세월이 흐르고 어느 날 문득 알람브라 궁전이 궁금해졌다. 인터넷은 쉽고 빠르게 그곳으로 나를 안내했다. 실제로 가본 것처럼 자세히 볼 수 있었다. 듣고 싶다면 음악도 언제든지 들을 수 있었다. 음악과 함께 입구에서부터 차례로 걸어가듯 들어가 보았다. 생각했던 것과 비슷하게 장면이 펼쳐졌다. 화면으로만 보았으니 눈으로 확인한 것과 같다고는 할 수 없지만 천장의 문양과 벽면이 기하학무늬로 끝없이 수놓아져 있었다. 잘 가꾸어 놓은 아름다운 나무들과 사자 분수, 벽으로 이어진 길과 광장, 상상 속의 장님이 그리던 광경이 이랬을까 싶었다.

인터넷은 그 궁전에 얽혀 있는 사연도, 음악을 작곡한 사연도 소상하게 알려주었다. 슬픈 이야기였다. 궁전을 지었던 이슬람 왕가는 15세기 말, 힘이 세진 가톨릭 세력에게 궁을 넘기고 어쩔 수 없이 떠나야 했고 곡을 쓴 타래가는 콘차 부인에게 실연당한 아픔을 간직한 채 그녀를 추억하며 기타 음만으로 작곡했다. 몇 겹의 상상 속에서 헤매던 나도 한 겹쯤 까풀을 벗은 것 같았다. 그렇다 해도 음악이란 감정까지 전달하는지 듣고 또 들어도 늘 애절함이 흐른다.

스페인 그리고 알람브라 궁전, 가려고 들면 못 갈 곳도 아니다. 그러나 내게는 한없이 아득하고 멀게 느껴진다. 음악을 들으면서 겹겹의 상상 속으로 들어가 또 눈을 감고 더듬거리며 머뭇거리던 그곳을 나도 가볼 수 있다니. 어떻게든 가고 싶기도 하지만 마음 한쪽 구석에는 슬쩍 덮어버리고 싶기도 하다. 어쩐지 내가 가면 신

비한 기운이 모두 없어져 평범한 물과 흙으로 변해버릴 것 같은 느
낌이랄까. 이 세상 어디 한 군데쯤은 죽어서야 가야 하는 천국처
럼 마음에 품고만 가야 할 곳으로 남겨놓아도 좋을 것 같아서 말이
다.(김대원 외, 『수사자의 꼬리』, 에세이문학출판부, 2015, 251-254면)

위 예문의 주제는 한 마디로 미의 탐구다. 음악을 들으며 아름다운
광경을 상상하고 그곳에 가고자하는 마음을 그려낸다. 인생에서 아름
다움을 동경하고 그것을 향유하고자 하는 인간 보편의 주제랄 수 있는
미의 탐구를 주제로 잡은 작품이다. 중학생 시절부터 오랫동안 그리워
하고 들을 때마다 아름다운 정경을 상상하게 하였던 '알람브라 궁전의
추억'은 작가에겐 마음에 담아두고 늘 동경하는 찬미의 감정 실체인 셈
이다.

(2) 작가 편에서
수필에서 주제는 작가가 잘 아는 것을 선택해야 한다. 잘 아는 주제
라는 것은 작가만의 개성적인 글을 쓸 수 있어야 한다는 말이다. 작가
만이 알고 쓸 수 있는 것, 그만이 체험한 것, 그만이 깨달은 것, 누구도
쓸 수 없는 나만의 것을 주제로 선택해야 가장 잘 쓸 수 있기 때문이다.
내 인생에 대해 나보다 더 잘 아는 사람은 없다. 또 작가의 생각과 감정
을 작가보다 더 잘 알 수 있는 사람이 누구이겠는가. 이런 것을 주제로
잡아야 개성적인 글을 쓸 수 있다. 누구라도 쓸 수 있는 내용과 주제라
면 그것이 어떤 의미를 가지겠는가. 그런 글은 쓸 수는 있지만 독자보
고 읽으라고 내놓을 수는 없다. 왜냐하면 독창적이지 않은 것은 문학적
가치가 작기 때문이다. 보통 '친구'와 '어머니'라는 제재는 누구에게나

익숙하고 관련 체험이 풍부해서 주제로 잘 다룰 수 있고 쉽게 이야기를 쓸 수 있지만 '세계 평화'나 '남북통일'이란 제재는 관련 체험도 부족하고 해당 지식과 정보도 제한적이어서 수필로 쓰기가 매우 어렵다. 이러한 것에 대해 깊게 생각한 경험도 미흡하고 실제의 삶에서 접하기도 쉽지 않은 것이라서 주제로 다루기는 제한적이기 때문이다.

색깔과 편견

17층 아파트 거실 창 너머 서쪽 하늘로 해가 지고 있다. 멀리 높은 빌딩들 사이에 걸쳐 있는 산과 그 주변 하늘이 온통 붉은색으로 물들어간다. 도시의 노을이 산 위에서나 바닷가에서 보는 것만은 못해도 하루 종일 빌딩숲에 빼앗겼던 사람들의 눈길을 끌기에는 충분히 화려하다.

노을은 기본적으로 붉은색이다. 그것은 파장이 짧은 저녁 햇빛의 푸른색이 쉽게 산란되어버리는 반면, 파장이 긴 붉은색은 거의 산란되지 않고 우리 눈에 그대로 도달하기 때문이라고 한다. 그러나 여러 모양의 구름과 산, 그리고 바다에 반사되는 다양한 노을을 보면 그 속에는 주황색도 있고 노란색도 있으며, 초록색과 푸른색, 그리고 보라색도 보인다. 노을이 매번 다른 모습으로 아름다운 것은 말하자면, 저녁 햇빛이 그 밝기와 주위 환경에 따라 조금씩 다른 파장의 색을 드러내기 때문인 까닭이다.

이 세상에 이처럼 다양한 색들이 존재한다는 것은 얼마나 고마운 일인가. 만일 세상이 온통 흰색 아니면 검은색으로 되어있다면 얼마나 살벌할까! 아니 그것이 붉은색이거나 푸른색이라도 마찬가지일 것이다. 어느 색 한 가지만으로는 세상 그 무엇도 결코 아름다울 수가 없다.

그런데도 사람들은 색깔에 대해서 알게 모르게 편견을 가지고 산다. 붉은색을 좋아하는 사람, 푸른색을 좋아하는 사람, 모두들 각자가 좋아하는 색을 하나씩 가지고 산다. 게다가 어떤 색을 좋아하는가에 따라 사람의 성격도 다르다고 규정해 놓고 있다. 예컨대, 붉은색을 좋아하면 침착성과 인내심이 부족한 반면에 외향적이면서 적극적인 장점을 갖는다고 하고, 푸른색을 좋아하면 지혜롭고 매사에 사려가 깊지만 사람이 차갑다고 한다. 마찬가지로, 노란색을 좋아하면 명랑한 대신 우유부단하고, 주황색을 좋아하면 사교적인 대신 허풍을 잘 떨며, 녹색을 좋아하면 다소 유약해 보이지만 안정감과 신뢰감을 준다는 등의 의미를 부여하는 것이 그것이다. 색깔에 대한 이런 의미 부여도 나름대로 심리학적 관찰을 바탕으로 한 것일 테지만, 따지고 보면 이것 또한 생년월일을 가지고 토정비결을 보는 정도의 '믿거나 말거나'식 예측성을 가지고 있을 뿐이라는 것이 내 생각이다.

내가 초등학교나 중·고등학교에 다닐 때는 학년이 바뀔 때마다 거의 예외 없이 '개인 신상명세서'라는 것을 작성해서 담임선생님께 제출했던 기억이 난다. 새로 담임을 맡은 선생님이 반 학생들의 신상을 익혀 지도에 참고하기 위한 것일 텐데, 그 신상명세서에는 주로 가정에 관한 여러 가지 정보와 함께 가령 '내가 좋아하는 음악'이라든지 '내가 좋아하는 색깔'을 적는 경우가 많았다.

초등학교 때는 내가 무슨 색을 좋아한다고 적었는지 기억이 나지 않는다. 그러나 중학교 2학년부터 나는 분명히 '초록색'이라고 적었다. 이런 사실을 내가 지금도 분명하게 기억하는 것은 중학교 1학년 영어 교과서에서 'ever green(상록)'이라는 단어를 보고 그 '어감'이 너무 좋아서 이후로 이 단어를 시도 때도 없이 사용했기 때문이다. 책이며 공책 표지에는 말할 것도 없고 그때 내가 가지고 있던 크고 작은 물건들에도 그것이 내 소유라는 표시로 이름 대신 이 단어를 써 넣었을 정도였다. 말하자면 내가 좋아하는 색으로 초록색을 선택한 것은 내 성향이 초록색의 의미와 비슷하거나 같아서가 아니라 순전히 이 영어 단어를 좋아해서였다. 이후로 나는 초록색을 다른 어느 색보다 우월한 색으로 인식하고 살았다. 색깔에 대한 일종의 편견이 생겼던 것이다.

그러던 대학 전임강사 시절 어느 날, 이런 나의 색깔에 대한 편견을 한순간에 날려버리게 하는 일이 생겼다. 그때 내 연구실에는 주로 의료계 신문기자들이 많이 드나들었다. 지금은 의과대학이나 부속병원에 기자실이라는 것이 있어서 그곳으로 취재를 가지만, 당시는 그런 방이 따로 없었기 때문에 기자들과 안면이 있는 교수 연구실을 들르는 게 보통이었다. 대학 재학 중 대학신문 기자를 했고 졸업 후에는 전문지에 여러 형태의 글을 자주 쓰던 내 연구실이 자연스럽게 이들 기자들의 출입처가 되었다.

그런 기자들 중에 성격이 아주 발랄하고 붙임성이 많은 여기자 한 명이 있었다. 하루는 노크도 없이 불쑥 연구실로 들어와서 한참 의료계 소식으로 너스레를 떨더니 "선생님, 제 외모에서 뭐 이상한 느낌 안 드세요?"라고 질문을 해왔다. 평소 모습과 별로 다르지 않다고 생각이 되어 나는 "글쎄…."라고만 했다. 그랬더니 그 기자는, "제 몸에는 일곱 가지 색깔이 다 있어요. 사람들은 색깔에 대해서조차 어느 한 가지만을 좋아하는 경향이 있는데 그건 편견이라고 생각해요." 하는 것이었다. 그러고 보니 그녀의 보라색 목걸이와 노란색 귀걸이를 포함해서 옷 전체에 '빨주노초파남보' 일곱 가지 색이 모두 들어 있는 것이 보였다. 그리고 그녀는 세상에 '자연스럽게' 존재하는 것들에 대한 맹목적인 호불호가 우리 사회를 얼마나 갈등하게 하고 분열하게 하는지에 대해 열변을 토했다. 서로 조화를 이루어야 아름다워지는 색깔마저도 자기가 좋아하는 것을 따로 정해 놓고 옷이며 신발, 심지어 가구까지도 온통 그 색만을 애용하는 것이 좋은 예라는 것이다. 그녀의 얘기가 다소 억지 같다는 느낌이 안든 건 아니지만 곰곰이 생각해보니 결코 틀린 말이 아니었다.(후략) (『에세이문학』, 2016년 가을, 104-107면)

50   이 글은 평소에 작가가 가지고 있던 색깔에 대한 편견과 그것을 벗어나게 된 사연을 소개한다. 이 색깔에 대한 작가 나름의 편견은 중학 1년 때부터 시작한다. 오랫동안 고착된 색의 편견을 여女기자와 대화하며 벗어난다. 작가가 유독 초록색을 좋아하는 것은 그만이 잘 아는 내용이다. 누구한테 따로 말하거나 드러내지 않은 일종의 개인 비밀에 해당한다. 독자는 이처럼 잘 알 수 없는 작가만의 이야기에 관심을 보이거나 흥미를 느낄 수 있다. 왜냐하면 다른 누구에게서도 듣기 어려운 내밀한 이야기라서 작가만이 알고 있는 것이기 때문이다. 이처럼 작가만이 아는 주제를 다루는 것 또한 수필에서 요구하는 주제 잡기의 한 요건이다.

(3) 범위를 좁혀서

글은 범위를 좁혀야 구체화하여 쓰기 용이하다. 글을 처음 쓰는 초심자는 넓은 범위의 큰 주제를 잡는다. '어버이 사랑에 감사한다.'는 막연하고 다룰 범위가 넓어서 분량이 제한적(12-15매)인 수필로 다루기는 적당하지 않다. 만약에 이와 관련된 것을 주제로 잡는다면 '아버지 눈물에 뭉클하다.'나, '어머니 손길은 언제나 따스하였다.'로 조금 더 구체화시켜야 글쓰기가 수월하다. 막연히 쓰는 것은 개성적일 수도 없고 독자의 눈길을 끌 수도 없다. 쓰나 마나 한 글을 누가 읽겠는가. 무언가 다른 것이 있어야 하고 특이한 것을 기대하는데 어디서나 쉽게 들을 수 있는 막연한 이야기는 흥미를 끌기 어렵다. 물고기를 잡는데 그물코가 넓어서는 그 사이로 고기들이 빠져나가 잡히지 않는 것과 같다. 잡고자 하는 고기의 크기에 맞게 그물의 크기를 조정해야 하듯 잡고자 하는 고기(수필의 주제)에 알맞게 범위를 좁히는 것이 필요하다. 이 말은 수필의 주제를 구체화시키라는 말과 통한다. 구체화시켜야 깊게 들어갈 수 있고 그래야 의미가 큰 것을 건져 올릴 수 있다. 수필은 대개 2,000자에서 3,000자 정도의 글이다. 이 분량에는 애초에 큰 범위의 주제를 담을 수 없다. 육안으로 보아서는 알 수 없는 것을 현미경으로 보아야 하듯 또는 작아서 잘 보이지 않는 것을 돋보기로 보아서 건져 올리듯 좁혀야 한다.

문

최장순

강이 꽝꽝 얼어 있다. 누군가 던져놓은 돌을 껴안은 채 실금도 미동도 없는 저 강은 지금, 두 손을 깍지 낀 단호함이다. 제아무리 문고리를 잡아 흔들어도 기척이 없는 닫힌 문이다.

문은 소통이다. 걸음이 들고 나는 속에서 정이 오가고 말이 통한다. 살짝 열린 문으로 들여다보는 안과 내다보는 바깥은 은밀하게 통한다. 문이 없다면 벽을 허물거나 월담을 해야 한다. 월담은 불미스런 소문이 담을 넘으니 불법, 문은 정정당당한 통과의례가 아닌가.

문은 신분이다. 걸음이 들고 나는 속에서 정이 오가고 말이 통한다. 살짝 열린 문으로 들여다보는 안과 내다보는 바깥은 은밀하게 통한다. 문이 없다면 벽을 허물거나 월담을 해야 한다. 월담은 불미스런 소문이 담을 넘으니 불법, 문은 정정당당한 통과의례가 아닌가.

대문은 집 안팎을 구분하지만 방 안팎을 경계 짓는 방문이 있다. 세상과 속세를 구분하는 일주문이 있고 도성의 망루를 겸한 성문이 있다. 나제통문처럼 암벽을 뚫은 동굴도 거적을 달면 문이 된다.

보이는 것만이 문은 아니다. 의식의 문, 통과의례의 문이 그렇다. 입신출세를 위해서는 어려운 관문을 통과해야 한다. 등용문이 그것이다. 이때의 문은 목표 지향성이어서 기꺼이 그곳을 통과하려고 혼신의 노력을 기울인다. 이 문의 통과 여부에 따라 성공과 실패로 갈리고 기쁨과 슬픔이 일거나 소멸한다. 문은 절대 호락호락 저를 열어주지 않는다. 그러나 영원히 닫혀있지도 않는다. 아무리 어려운 문이라도 당당히 열 수 있는 자격을 쥔 자에게는 공손해진다.

문이라 인식하지 못하고 지나치는 것들이 얼마나 많은가. 허공을 날고 싶은 인간은 새를 키워 하늘을 얻는다. 든든히 먹이를 주어 날려 보내고, 다시 그들이 수집해온 먼 곳의 소식을 듣지만, 갈증은 해소되지 않아 다른 곳으로 몸소 날아가고 싶어 한다. 그 욕구를 조금이나마 충족시켜 주는 것이 비행수단이다. 공항은 공중과 땅을 연결하는 문이다. 지상에서 발을 뗀 비행기가 최대한 오를 수 있는 허공까지를 하늘이라 한다면, 공항은 하늘로 오르거나 지상에 내려오기 위한 관문이다. 시공을 초월한 구원의 세계에서도 마음의 문은 중요한 역할을 한다. 신의 영역이 아무리 두텁고 단단해도 믿음으로 부단히 두드리고 갈구하지 않는가.

씨앗은 겨우내 얼어있던 딴딴한 흙을 열고 나온다. 땅거죽을 열고 나온 새순이 자라고 수많은 가지가 잎을 틔우고 꽃을 피워낸다. 꽃이 지면 열매를 맺고 겨울이면 다시 땅속으로 들어간다. 이렇듯 땅에는 계절을 관장하는 문이 있기에 봄은 문을 열고 겨울은 문을 닫는다. 인간은 땅속으로 들어가면 죽음이다. 죽음은 닫힌 문이다. 그러나 영적 세계가 있다고 믿는 인간은 사후의 또 다른 문을 생각하는지도 모른다.

항구와 포구는 바다와 뭍을 연결하는 문이다. 항해에 지친 배들의 휴식처인 동시에 큰 바다로 나갈 준비를 하는 곳이다. 뭍을 밀어낸 배가 먼 바다로 나갈 수 있는 것은 밤새 거친 파도와 싸운 배들을 품는 항구가 있기 때문이다. 포구는 비릿한 생계를 낚은 이들의 귀환을 반기는 문, 고단한 하루를 씻어내는 왁자한 웃음을 문고리로 달고 있다.

이성과 감성이 한 몸이 될 때에야 열리는 것이 마음의 문이다. 이 문을 열어야 세상이 보인다. 마음이 따라주지 않으면 몸도 말을 듣지 않는다. 고집이 불통을 낳고, 대화단절이 고립을 부른다. 열기보다는 닫기가 더 쉬운 문이다. 쉬운 것이 언제나 문제를 일으킨다. 믿음이 깨어진 자리, 아픈 상처는 커다란 자물쇠를 채운다. 이 문을 여는 첫 열쇠는 입은 닫고 귀를 먼저 여는 것. 입은 하나지만 귀가 두 개인 것은 말에 앞서 먼저 경청하라는 까닭이다.

오래전 어느 영화 포스터의 "통하였느냐"라는 문구가 유독 와 닿았다. 통한다는 것은 상대의 마음과 내 마음이 서로 닿았다는 것, 닫힌 문을 열어젖혔다는 것, 냉기가 온기로 바뀌고, 위와 아래, 부와 빈, 좌와 우가 모두 한통속이 되었다는 것이다. 그렇기에 불통은 폐쇄된 문이나 다름없다. 그건 분명 죽은 문이다. 죽은 문은 벽이나 다름없다.

빗장을 풀지 않는 강. 그 닫힌 문을 여는 열쇠는 무엇일까. 그것은 제풀에 지쳐 스스로 깍지를 풀거나 저 안쪽 얼어붙은 마음이 스르르 풀려야만 하는 것. 그 문이 스스로 열리기까지 저 안에 봄이 스며들어야만 한다.

닫힘의 끝은 열림이다. 저 강처럼 나는 얼마나 나를 단단히 껴안고 있는가. 얼마나 빽빽한 마음의 깍지를 끼고 있는가. 견고한 내 안쪽을 슬쩍 들여다본다.(최장순, 「문」, 수필미학, 2016 여름, 141~143면)

이 글의 주제는 폭이 아주 좁다. '문' 하나만을 탐구하기에 문에 담긴 여러 의미를 깊게 다룰 수 있다. 깊게 다룰 수 있기에 문에 담겨 있는 인생사적 가치와 해석을 오히려 더 폭넓게 열어 보일 수 있다. '천 리 길도 한 걸음부터'란 속담이 말하고자 하는 진실은 무엇인가. 작고 미약한 출발이 모이고 쌓이면 그 결과는 광대하다는 것을 잘 드러낸다는 점일 것이다. 수필의 주제 잡기에서 범위를 좁히라는 요건은 바로 이 점을 지적한다 할 수 있다.

(4) 독자를 살펴서

모든 글은 필자 개인의 표현이지만 한편으론 독자를 향한 소통의 도구이다. 그러므로 독자는 필자와 글을 통한 소통의 한 주체임을 분명하게 인식해야 한다. 말하자면 독자를 배제한 글이나 독자를 고려하지 않는 글쓰기의 태도는 결코 바람직하지 않다. 특히 수필은 필자의 실제 살아가는 삶을 주요 대상으로 삼는 만큼 공감의 한 주체인 독자도 함께 고려해야 한다. 이와 달리 시는 독백의 말하기가 본질인 만큼 독자에 대한 고려가 그리 중요하거나 필수적 요소는 아니다. 시의 독자는 시인의 개인적 독백을 엿듣는 것이기에 독자의 역할도 암시적이거나 도외시할 수 있다. 마찬가지로 소설은 작가가 가공한 허구이므로 독자를 고려한 글이라기보다 이야기 자체의 서사적 완결성이 보다 중요하다.

수필의 필자가 추구하는 가치와 그 사회나 국가의 독자가 추구하는 가치가 조화를 이룰 때 공감하고 카타르시스에 이를 수 있다. 서로의 가치가 충돌하고 사회와 국가에 큰 충격을 안기거나 독자에게 고통을 주는 글은 곤란하다. 시와 소설은 이것이 가능하고 오히려 이러한 점을 의도적으로 도발하기도 하지만 수필의 세계는 함께 살아가며 공유하는 필자와 독자의 공동 사회이기 때문에 그렇게 할 수 없다. 수필은 결코 사람을 해치는 칼이나 독약이 아니다. 특히 수필은 자아를 세계화하기에 더욱 그러하다. 좋은 수필은 상대를 배려하는 마음, 나를 낮추어 독자의 눈높이에 맞추려는 주제를 잡는 게 바람직하다.

주제는 독자의 관심을 끌 수 있어야 한다. 글은 나의 취향이나 의견보다 독자의 흥미와 관심에 초점을 맞추어야 소통이 잘 이루어진다. 이런 주제 잡기는 내 생각을 우리의 주제로 끌어올리려면 사고 범위를 넓힐수록 좋다. 이와 같이 인간의 소통 관계 범위를 넓히고자 여행도 하고 책도 읽으며 전문가도 찾는다. 그래서 소통을 잘 하면 좋은 사람을 만날 수 있고 좋은 사람을 만나면 좋은 주제도 얻을 수 있다.

내 마음의 유언장

윤영전

살아가면서 누구나 세상과 이별은 너무도 당연하다. 수시로 부음을 받고 고인의 영정 앞에 다가설 때면 유언장을 생각한다. 고인은 하직하기 전에 미리 유언장을 써놓고 유언을 했을까.

갑작스러운 죽음은 유언장은커녕 사랑하는 부모 형제와 한마디 말이라도 남겼을까. 오래전 주일 미사 중에 신부님 강론에서 "유언장을 써놓은 신자가 계시면 손들라."고 했다. 생뚱맞은 유언장 말에 모두 손을 들지 못했다.

나는 손을 들려 했지만 손이 올라가지 않았다. 죽음을 가볍게 여기는 게 아닌가. 그러나 오래전에 유언장을 써놓았던 때가 있었다. 내가 유언장을 쓴 것은 어언 48년 전, 베트남전쟁에 참전하면서 마음의 유언장을 써두었다.

그러니까 전선 없는 전쟁터에 홀연히 참전하면서 "나의 육체와 영혼까지 하느님께 맡긴다."며 용감하게 지원을 하였다. 수도인 사이공이 베트콩의 구정공세로 함락될지도 모른다는 보도도 있어 심각한 곳이었다. 부모와 주변에서 파병을 반대했지만, 참전하여 13개월 만에 귀국하였다. 베트콩의 두 차례 기습 공격을 받았지만 죽지 않았다. 허나 나와 함께 참전했던 전우 수십 명과 맹호와 청룡 백마 전우 수천 명은 죽어 유해만이 귀국해야 했다.

전우들은 나름대로 마음의 유언장을 썼을 것이다. 유언장은 '죽음도 두려워하지 않고 운명을 하느님께 맡긴다.'라는 것이었다. 그러나 누구나 죽음 앞에 초연하기란 쉽지 않다. 그런데 전쟁이라는 현실에 죽고 사는 일들이 다반사가 아닌가.

(중략)

사실 베트남에 지원하고 뒤늦게 용병이라는 사실을 알고부터 남루한 후회를 하곤 했다. 분단 조국과 베트남 분단에 동병상련을 앓고 있기에 자괴감마저 들었다. 베트남은 마침내 남북이 통일되어 평화롭기만 했다. 한반도는 언제나 통일이 올까?

베트남이 통일이 된 후, 참전 36년 만에 찾아간 그곳은 전쟁 없어 평화로웠다. 100년 전쟁의 악몽에서 벗어나, 좀 더 잘 살기를 원했다. 그들은 우리의 양민 학살 원죄를 용서했다. 그러나 어디 실제로 당한 유족들이 진정으로 용서가 되겠는가. 그들은 전쟁 아닌 평화의 나라로 나날이 발전을 거듭하고 있다.

(중략)

안중근 의사는 동양 평화를 위해 '이등박문'을 척살한 후 최후 진술에서 "나의 조국이 완전히 통일이 되면 내 유해를 조국의 품에 안장해 달라."고 유언했다. 안 의사의 기일이 올해가 103주년이 된다. 아직도 통일의 길이 멀어 보이지만 효창공원 애국 묘역에 안 의사의 묘소가 조성되어 있어 유언대로 이루어지기를 소망한다.

(중략)

나도 유언장에 다시 한 번 쓰고 싶은 "죽음을 두려워말자. 행동하는 양심으로 의인을 닮아가는 삶을 살자."고 자주 묵상하면서 여생을 보내려 한다. 우리 8천만 동포의 꿈에도 소원인 분단 조국의 '평화통일을 위해' 정진하련다. 내 마음의 유언장은 고종명할 때까지 최선을 다하는 삶이고 싶다.(서성남 외, 『Y의 하루』, 에세이 문학출판부, 2013, 154-157면)

윗글의 주제는 바른 삶을 살고자 하는 작가의 염원이다. 이렇게 바르게 살고자 하는 것은 누구라도 인생을 참된 눈으로 바라본다면 품는 생각일 것이다. 어느 독자라도 관심을 기울일 만한 주제라 볼 수 있다. 아직 죽음을 의식하지 않거나 멀리 있다고 생각할지라도 언젠가는 맞이하게 될 죽음을 우리는 도처에서 만난다. 그럴 때마다 과연 어떻게 생을 마감하는 것이 바람직할까에 대한 생각을 이 작가는 '마음의 유언장'에 담는다. 분명 많은 독자가 관심을 가지고 읽을 수 있는 화제라 본다면 독자를 배려하는 주제라고 보겠다.

3) 주제문 쓰기

제재를 고르고 글의 중심 내용을 결정하면 범위를 한정하여 주제를 잡고 주제문을 써야 한다. 주제문을 써야 확실하게 주제를 잡은 셈이다. 암시적 주제라고 해도 주제문을 쓰는 것이 좋다. 명시적 주제는 당연히 한 문장으로 제시해야 하는데 주제문은 짧고 간명한 게 좋다. 모호한 문장, 의문문이나 비유적인 문장, 부정문 따위는 주제문이 될 수 없다. 따라서 주어와 서술어가 갖추어진 평서문으로 분명하게 써야 좋다. '친구는 잘 지내는가?'와 같은 의문문은 제목으로는 적당하지만 주제문으로는 적당하지 못하다. 또, '아버지의 사랑은 위대하다'처럼 의미가 명확하지 않은 문장도 글쓴이의 메시지를 약화시키므로 좋지 않다. 주제는 암시적이어도 주제문은 구체성을 띠어야 집필하는 데 중심을 잡고 통합성을 획득하기 쉽다.

다음 예를 보면서 주제문을 작성하는 실제를 익혀보자. 다시 유의할 것은 간명한 평서문이고 보다 구체적이어야 한다는 점이다. 제재를 축약한 것이지만 독자에게 전달하고 소통할 글의 핵심 내용이 반드시 담겨야 한다.

① 나는 철수가 껄껄대며 웃는 것이 좋다.

② 나는 철수가 웃는 것이 좋다.

③ 나는 철수가 좋다.

④ 나는 껄껄대며 웃는 철수를 보면 즐거워져 좋다.

③은 개략적 사실만을 ②는 이유를 밝혀서 ①은 더욱 구체적인 이유로 주제문을 썼다. ④는 구체적 이유와 필자의 정서 반응까지 썼다. ④처럼 쓰면 어떤 내용으로 어떻게 쓸 것인지 좀 더 분명해져, 개요도 작성이나 집필 과정에 많은 도움이 된다.

수필의 문장을
써보자

1) 단어와 문장

단어란 낱개의 단위로 낱낱의 말을 뜻하고 어휘는 그 총량을 가리킨다. 단어는 사물의 이름이나 그 사물의 움직임, 성질을 나타내는 하나하나의 의미를 지닌 단위, 어휘는 일정한 범위에서 사용되는 낱말의 총체, 곧 동질적 집단에서 사용하는 기호의 의미 요소들이 모인 목록과 그 구성 체계이다. 그래서 단어는 낱낱의 개수 단위이고 어휘는 모든 단어의 전체를 아우르는 용어이다.

단어가 모여서 문장을 이룬다. 어휘는 단어의 단순한 집합이고 문장은 작은 생각을 나타내기 위한 단어의 조합이다. 단어는 문장의 재료이고 의미의 원소이며, 문장은 단어로 조립한 글의 최소 의미 단위이다. 문장은 단어가 없이 성립할 수 없는 상위 의미체이다.

바르고 좋은 문장을 쓰기 위해서는 어휘가 풍부해야 하고 정확한 단어의 뜻을 알고 있어야 하며 단어의 바른 용법을 익혀야 한다. 문장의 바른 서술은 모든 글의 기본이자 핵심임을 명심해야 한다. 건축물의 벽돌이 단어라면 문장은 벽돌로 쌓은 벽이다. 벽이 모여서 문단이란 글의 의미 공간, 한 방이 이루어지며 이 방이 모여서 주제가 사는 집을 완성한다.

문장을 서술하려면 단어를 정확히 선택해야 하고 바른 자리에 놓아야 한다. 벽을 쌓을 때 줄을 맞추어 놓아야 하는 것과 같은 이치다. 정식 벽돌공이 되기 위해 많은 실습이 필요하듯 문장 서술도 충분한 문장 연습과 수련이 필요하다. 이를 위해 기본 원칙을 알아서 부단히 노력해야 바른 글, 좋은 글을 쓸 수 있다.

글쓰기는 단어로 시작해서 단어로 끝난다. 이는 문장으로 시작해서 문장으로 끝난다는 뜻이다. 글은 단어로 출발하여 문장으로 이어지고 문단을 이루어 써야 하니 단어 선택은 문단을 조직하고 문을 구성하는 첫걸음이다.

수필을 쓰려면 꼭 필요한 단어를 선택해야 한다. 언어, 상황, 사회, 문화의 맥락이 고려 대상이다. 단어는 필자의 어휘에서 골라 문법에 맞게 서술해야 문장이 된다. 두뇌에 축적된 어휘 창고에서 필요한 단어를 꺼내 쓰는 일상의 언어활동은 일련의 단어 선택 과정이다. 단어는 잠재된 사고의 가능성이고 선택한 단어는 표현할 개념과 세계의 함축이다. 어떤 의미에서는 개인이 선택한 단어가 그의 세계이므로 세계는 단어로 구성된다 할 수 있다. 때문에 모든 사물과 상황에 걸맞은 이름이 붙고 그에 어울리는 의미를 형성한다.

수필에서 단어 선택은 여러 환경의 영향을 받는다. 첫째, 단어는 서정 수필이냐, 서사 수필이냐, 사회 수필이냐 등의 갈래에 따라 선택한다. 둘째, 수필의 주제가 반성적인가, 비판적인가, 감상적인가 등에 따라 영향을 받는다. 셋째, 수필가의 개성적 문체에 따라 달라진다. 넷째, 작가가 생존하는 시대와 사회의 언어 의식도 단어 선택에 영향을 미친다. 이와 관련한 여러 유의할 사항을 알아보자(다음은 金昌辰, 『작문의 정석』, 삼영사, 2016, 33~45면의 내용을 발췌하여 수정하고 보완한 것임).

문장에서 정확한 단어를 선택해 사용하는 것은 모든 글의 기본적 수칙이다. 예컨대 '사람/인간, 나라/국가, 겨레/민족'과 같은 고유어와 한자어 쌍이 흔하다. 또한 '사람', '인간' 외에도 '개인/시민/여자/국민/유권자/소비자/인류/피조물/만물의 영장/생각하는 갈대' 따위의 유사어도 있다. 이렇게 많은 단어 중에서 상황에 가장 적절한 단어를 선택해야 한다.

한국어 어휘는 60% 정도의 한자어, 25% 정도의 고유어, 15% 정도의 외래어로 구성된다. 한국에서 한자어와 고유어(토박이말)는 서로 구실이 다르다. 한자어는 명사가 많은데 다양하고 복잡한 개념을 정확하게 나타내는 개념어나 전문 용어에 유리하다. 반면에 고유어는 형용사가 많고 정서적인 표현에 유용하며 한자어보다 부드러운 것이 장점이다. 한자어는 한자로 적으면 개념이 정확하게 시각적으로 인지할 수 있는 장점이 있다. 문필가는 한자어와 고유어의 어휘 성질의 차이를 알고 상황에 어울리는 말을 써야 한다.

적확한 단어 사용으로 글의 완성도를 높이려면 어휘가 풍부해야 한다. 좋은 글은 동일한 단어나 표현을 반복하지 않는다. 단어 반복은 표현력이 부족한 것을 뜻하므로 이를 피하려면 다양한 단어를 활용하는 것이 좋은 해결책이다.

쉬운 단어만 쓴다고 좋은 글이 되는 것이 아니라 어휘가 풍성해야 그럴 수 있다. 예컨대, '매우/아주/몹시'는 정도를 나타내지만 그 용도에서 차이가 난다. '매우'는 '보통 정도보다 훨씬 더'의 뜻이고 '아주'보다 조금 덜한 정도이다. "일이 매우 급하다"로 쓰고, "아주 먼 옛날"처럼 쓴다. '몹시'는 '더할 수 없이 심하게'란 뜻으로 "나는 기분이 몹시 나쁘다"처럼 대체로 부정적인 정서에 쓴다. '너무'와 '굉장히'가 유행하는데 어휘력이 부족하여 획일화한 것이다.

국어사전에서 풀이한 '사전적辭典的 의미'를 낱말의 '외연적外延的 의미'라 한다. 단어는 이 밖에도 개인이 각자 다른 느낌으로 받아들이는 '내포적內包的 의미'도 있다. 예컨대 '학교'는 공부하기를 좋아하는 학생은 '공부하는 재미있는 곳'으로 여기나 공부하기 싫어하는 학생은 '가기 싫은 지겨운 곳'으로 받아들일 수 있다. 글 쓰는 사람은 오해가 일어나고 곡해하지 않도록 외연은 물론 내포까지 잘 살피며 단어를 선택해야 한다.

보통의 경우 한자어와 고유어는 한 쌍을 이룬다. 예컨대, '나라'는 '국가國家'와 쌍을 이룬다. 두 단어는 동의어는 아니고 유의어類義語이다. '나라'와 '國家'는 뜻은 비슷하나 똑같은 말은 아니다. '나라'라는 말과 '국가'라는 단어는 용법과 뉘앙스가 다르다. '나라사랑'은 자연스러우나 '국가사랑'은 어색하고 또 잘 쓰이지 않는다. 대체로 토박이말은 토박이말끼리, 한자어는 한자어끼리 어울려 함께 쓰인다. 예컨대 '민족국가', '우리나라'와 같은 식이다.

한자어와 고유어는 일대일 대응을 하지 않는다. 예컨대 고유어인 '보다'의 경우에도 한자로는 '견見', '시視', '간看', '관觀', '감監', '람覽', '열閱', '첨瞻', '도睹'가 있다. 토박이말보다 한자어의 의미가 세분화되어 더 다양하고 섬세한 한국어를 사용할 수 있다. 그만큼 어휘가 풍부해져 단어 선택의 폭이 넓어지고 문장 표현이 다양하게 된다. 토박이말로만 쓰자거나 한자어를 고유어로 바꿔 써야 한다는 주장은 우리 문장의 표현 범위를 축소시켜 문학의 쇠퇴를 가져올 가능성이 매우 크다.

한자어를 적절히 쓸 필요는 있으나 남용하는 것은 곤란하다. 어려운 한자어를 많이 쓰면 한글세대 독자는 글의 의미 파악에 곤란을 겪는다. 정확한 한자어의 뜻과 용례를 모른 채 사용하여 의미의 혼선을 주는 경우도 흔하다. 잘못 쓰인 한자어를 그대로 따라 쓰거나 한자어의 한글 표기가 틀린 채로 쓰거나 귀로 들은 한자어를 소리 나는 대로 짐작하여 쓰는 경우에는 더욱 그렇다.

어휘가 풍부할수록 좋은 글을 잘 쓸 가능성이 크다. 한국어의 60%를 넘는 한자어를 모르면 어휘력이 부족해지고 말을 하거나 글을 쓰는데 불편을 겪을 뿐만 아니라 사고의 폭도 좁아지고 깊이도 줄어들기 쉽다. 한국어로 글을 쓰려는 사람은 누구나, 한자어의 뜻을 정확히 알고 적재적소에 사용하여 문장 서술의 깊이를 넓히고 폭을 고양시키려면 모름지기 한자어 공부에 적극 나서야 할 것이다.

64

2) 간결한 문장

문장은 간결하게 서술해야 좋다. 간결한 문장은 독자에게 필자의 뜻을 잘 전달한다. 간결한 문장은 구조와 수식이 긴밀하고 길이도 대체로 짧다. 구조나 수식이 복잡한 문장은 의미 파악이 어렵다. 간결한 문장은 주술 호응이 분명하고 속도감이 있어 읽기 쉽고 이해하기 좋다. 문장을 간결하게 쓰는 방법을 알아보자(다음은 金昌辰, 『작문의 정석』, 삼영사, 2016, 54-71면의 내용을 발췌하여 수정하고 보완한 것임).

첫째, 단어를 둘로 나누지 않는다. "나는 말을 했다"는 '을'을 빼고 "나는 말했다"로 써야 간결하다. 본래 한 단어를 나누지 않아야 한다. '이/가', '을/를'을 넣지 않는다.

둘째, 하나의 생각은 한 문장으로 서술한다. 글은 주어와 서술어가 하나씩인 단문單文이 원칙이다. 중문重文과 복문複文은 가급적 쓰지 않는다. 한 문장은 하나의 개념만을 담는 것이 좋다(one sentence, one idea). 문장이 길고 개념이 여럿이면 필자가 의도한 의미를 독자에게 전달하기 어렵다.

셋째, 형용사와 부사를 알맞게 쓴다. 문장의 줄기는 명사와 동사이다. 수식어는 부수적이다. 줄기는 굵고 곁가지는 작은 나무가 미끈하고 보기 좋다. 불필요한 수식어는 의미 전달을 방해하고 리듬감을 방해한다. 글에서도 수식어를 되도록 쓰지 않아야 좋다.

수식어인 관형사와 관형사형을 쓰기보다 부사로 바꿔 쓰는 게 더 낫다. 문장은 주어보다 서술어, 명사보다 동사가 의미 중심이기 때문이다. 주어와 명사를 수식하는 관형사보다, 서술어와 동사를 수식하는 부사를 쓰는 것이 의미가 더 정확하고 표현이 간결하다. "많은 사람이 왔다"보다 "사람이 많이 왔다"로, 부사로 서술어를 수식하기보다 형용사 서술어 표현이 더 낫다. "그녀는 예쁘게 웃는다"보다 "그녀는 웃음이 예쁘다"는 '예쁘다'를 더 강조한다.

넷째, 불필요한 주어나 군더더기 말은 생략한다. 수필은 필자 본인의 체험을 위주로 쓰는 글이므로 '나'를 안 써도 말이 통하고 더 간결하고 부드럽다. 빼어도 말이 통하는 군더더기 부분은 삭제한다. 한 문장은 20자 내외에서 최대한 50자를 넘어서지 않도록 짧게 쓰는 것이 바람직하다. 이를 넘어서면 장황해지고 중언부언重言復言하기 쉽다.

다섯째, 중복 표현을 피한다. 단어는 효율적으로 사용해야 한다. 중복된 표현은 비경제적이고 비효율적이다. 중복 표현은 세 종류이다. ① 한자어와 고유어가 겹치며 일어나는 '중복어重複語' ② 한 문장에서 동일한 단어나 구절을 반복하는 '단어·구절 중복' ③ 형태는 다르나 의미가 반복되는 '의미 중복' 등인데, 의미를 훼손하지 않을 정도에서 이런 중복 부분을 다른 단어로 교체하거나 불필요한 부분을 삭제하는 것이 간결한 문장을 만든다.

3) 명확한 문장

산문 문장은 뜻이 명확해야 한다. 글쓴이가 자신의 생각을 문장으로 서술하면 독자는 그 문장을 읽고 뜻을 이해한다. 독자가 이해하고 필자의 생각에 동의하거나 감정에 공감한다. 동의와 공감이 바르게 이루어진 뒤에 감동이 따라온다. 문장의 뜻이 명확하려면 문장 구성 요소들이 바르게 호응해야 한다. 문장을 명확하게 쓰는 방법을 알아보자(다음은 金昌辰, 『작문의 정석』, 삼영사, 2016, 72-89면의 내용을 발췌하여 수정하고 보완한 것임).

주어에 맞게 서술어를 써야한다. 주술 호응이 안 되는 경우는 문장을 길게 쓰면서 주어와 술어가 멀어져서 실수하기 쉽다. 문장을 간결하게 서술하고 주어와 술어를 가까이 배열하여 해결한다.

서술어는 하나인데 목적어가 두 개 이상일 때 문제가 일어나기 쉽다. 각 목적어는 서술어와 호응해야 하는데 하나에만 일어나기 때문이다. 목적어와 서술어도 가까운 위치가 좋다. 목적어가 길 경우에는 목적어를 앞에 두고 주어를 목적어 뒤로 보내 '목적어+주어+서술어'순으로 서술하는 게 좋다.

수식어는 피수식어와 떨어져 있으면 제대로 역할하기 어렵다. 긴 수식어(관형절과 부사절)는 독립시켜 다른 문장으로 나누는 게 좋다. 수식어 자리도 올바른 자리에 놓아야 한다. '대부분 학생'보다 '학생 대부분'으로, '자동 커피 판매기'보다 '커피 자동판매기'가 더 자연스럽다.

관형어와 부사어 등 수식어는 피수식어 앞에 놓아야 한다. 숫자와 날짜는 위치에 따라 뜻이 달라지니 유의해야 한다. 명사 앞에 너무 긴 수식 어구를 두는 것보다 명사를 주어로 삼고 수식 어구를 서술어구로 바꾸는 편이 더 명확하다.

주어를 생략하면 문장의 의미가 모호해지는 경우가 있다. 객관적인 사실을 서술하는 문장은 반드시 주어를 제시해 비문非文이 되는 걸 피한다. 목적어를 생략하면 모호해질 수 있으니 유의하자. 문장에서 두 개 이상의 의미를 가진 문장은 모호하다. 이를 피하려면 조사나 어미를 바르게 다듬거나 쉼표를 사용하여 해결한다.

4) 다양한 문장

한 문단 안에 같은 구조의 문장이 반복되면 단순하고 구조가 다른 문장이 섞이면 느낌이 다양하다. 수필 문장은 문장의 구조와 길이를 다양하게 변화시켜 독자의 흥미를 유도하는 게 좋지만 쓰기 쉽지 않다. 문장의 다양성은 풍부한 어휘, 다양한 구조의 조합에서 찾을 수 있다. 짧고 단순한 문장과 좀 더 길고 느슨한 문장이 섞이고 단문과 중문 또는 복문과 혼문을 두루 섞어 써야 문장의 다양성을 느낄 수 있다. 읽으면서 리듬감을 느낄 수 있는 문체를 살리려면 연결어미와 종결어미의 적절한 사용도 필요하다.

5) 문장의 서술 요건

글쓰기에서 문장을 강조하는 까닭은 무슨 이야기를 왜, 어떻게 할 것인가를 간명한 문장으로 서술할수록 소통이 잘 되기 때문이다. 문장쓰기에서 간결성은 개념 이해에, 명확성은 의미 전달에, 다양성은 독자 배려에 있다. 이 셋을 잘 조화시켜 문장을 서술해야 한다.

문장이 길고 구조가 복잡해져 균형을 잃으면 이해하기 어렵고 소통에도 장애를 일으켜 읽고 나면 기분도 언짢아진다. 그러나 모든 문장을 간명하게만 써서는 재미가 없다. 주제 문장은 간명해야 하지만 보충문장은 속성에 따라 길게 또는 복잡하게 서술할 수 있다. 그래서 문장 기술에서 다양성을 빼놓지 않는다. 이렇게 길고 짧은 다양한 문장이 서로 어울려야 의미의 강약심천強弱深淺을 담을 수 있기 때문이다.

수필의 문장은 혼자 읽기 위한 글이 아니고 특정한 몇 사람만이 독자가 아니다. 다양한 분야의 다수를 대상 독자로 예상하고 써야 한다. 수필의 특성에 맞게 문장을 서술하려면 고려해야 할 바람직한 요건에 대해 알아보자.

초심자들이 글을 쓰면서 놓치기 쉬운 게 독자를 배려하는 문제이다. 다양한 독자에 모두 맞추는 것은 곤란하고 물론 그럴 필요도 없다. 하지만 독자 수준을 높게 잡으면 고려할 사항이 많아서 초심자가 감당하기 어렵다. 너무 낮게 잡아도 바람직하지 않다. 필자와 동일 수준이나 약간 기준을 낮추거나 높게 잡고 글을 쓰는 것이 무난한 해결책이다.

독자의 수준을 정하고 글을 쓰면 단어의 선택과 서술의 방향이 정해져 용이하다. 독자층의 수준에 따라 일상 언어가 아닌 전문 용어와 조금 난해한 어휘로 쓸 수도 있고 자주 사용하는 쉬운 어휘를 선택하기도 한다. 이 기준으로 글을 쓰면 무리 없이 서술할 수 있다. 독자 문제는 필자의 수준에 따라 언제나 유동적일 수 있다.

문장은 필자의 여러 성향을 반영한다. 특히 진솔한 체험을 제재로 쓰는 수필은 더욱 그렇다. 필자가 살고 있는 집에 초대하여 여러 모습을 직접 보여주는 것과 같기 때문이다. 손님을 함부로 상대해도 안 되듯 적합한 품위를 갖추어 대접해야 한다.

수필은 필자의 인격이 드러나는 글이다. 필자가 겪은 체험을 주요 제재로 삼으므로 글에서 그대로 노출된다. 드러낼 것과 감출 것을 결정할 때 기본 조건이 품위를 갖추는 일이다. 필자 자신을 희화하거나 비하할 수도 있지만 결코 품위를 잃어선 안 된다. 품위는 바로 문장에서 쓰이는 단어에서 결정적으로 드러난다. 문장에서 품위를 갖추기 위해서는 극단적이고 저급한 표현을 삼갈 일이다.

우리말의 존대법은 자신을 낮추고 상대를 높이는 것이 기본 원리다. 상대를 우대하는 대우법의 정신은 인간관계를 원만하게 유지하기 위한 우리 나름의 언어 문화다. 수필은 여러 독자를 대상으로 쓰는 공적 성격의 글이다. 일기나 편지와 다르므로 대우법 사용에 신중해야 한다. 상대 존대가 지나치면 당사자가 아닌 사물을 존대하는 일도 일어난다. 대우법에 어긋나니 조심할 일이다.

글에선 필자에겐 사적으로 존칭을 사용해야 하는 상대이나 독자에겐 객관적 이야기의 등장인물일 뿐이다. 대화체의 경우에는 예외이나 일반적 서술에는 평어체로 써야 한다. 신문기사에선 결코 경어체로 쓰지 않는다. 공적인 글이고 일반 대중이 독자이기 때문이다. 수필도 지면에 발표하는 글은 공적인 글이므로 이를 따르는게 좋다.

수필 문장에서 지향할 서술의 목표는 참신성과 함축성이다. 표현을 색다르게 표현하여 독자에게 새로움을 전하려는 것이 참신성이고 독자가 상상할 수 있게 압축하여 여러 의미를 표현하는 것이 함축성이다. 이 양자를 잘 살려 써야 독자는 읽는 재미를 느끼고 매력적인 글이 된다.

참신성은 독창적인 문장 표현을 일컫는다. 우리말 단어를 사용하는 데도 독창적이고 개성적 용법을 요구한다. 이 말은 참신한 문장에는 참신한 사고와 감정이 실리기 때문이다. 단어 선택과 배치와 관련되는 참신성은 수필의 문체와 직결된다. 수필의 참신성은 개성적이고 독창적인 문체로 문장을 서술할 것을 요구하는 셈이다. 낡거나 죽은 비유와 진부한 표현은 새로운 감성에 맞추어 쓰도록 노력을 아끼지 말아야 한다.

사전적인 의미에 국한하여 객관적인 내용을 서술하면 단어와 그 사물이나 개념이 1:1의 관계로 한정된다. 과학적인 글이나 학술 논문 혹은 논설문에서 단어 사용은 이처럼 사전적이고 지시적인 의미로 주로 사용한다. 이와 달리 문학에선 문장의 맥락에 따라, 필자의 주관적 정서에 의해 일一:다多의 의미로 단어를 사용할 경우가 많다. 이 경우 함축성이 실현된다. 물론 수필에서도 지시적인 단어 사용의 문장도 써야 한다. 그래도 함축성을 살린 다양한 문장 서술은 수필에서 더 많이 필요하고 적극 장려할 일이다.

외국어 학습은 외국인과 언어적 의사소통을 위한 일이다. 외국어를 우리의 말과 글에서는 원래 사용하면 안 된다. 이걸 혼동하여 외국어 사용이 범람하는 현실이다. 외국어가 우리말로 변한 외래어는 당연히 쓸 수 있지만 외래어 사용하듯 외국어를 사용하는 것은 언어의 주체성도 문제려니와 독자에 대한 바람직한 태도는 아니다.

문장에서도 외국 문장의 영향을 받아 우리 문법에 맞지 않는 글을 쓰는 경우가 많다. 외국어 남용은 우리말을 병들게 하고 독자를 배려하지 않는 태도로 결코 좋은 글이 될 수 없다. 우리말에서 적합한 말이 있을 경우에도 다른 표현을 사용하도록 노력해야 하며 할 수 없이 빌려와 쓸 때에는 정해진 용법을 따라야 한다.

일본어 영향을 받은 것으로는 '-의'와 '-에 있어서', '-에 다름 아니다' 등이다. 본래 한국어는 조사 '-의'를 잘 쓰지 않는다. '-의'가 없어도 되는 경우가 많다. '의'가 많으면 읽기 불편하고 문장의 간결성을 놓친다. '-에 있어서'는 '-에서'로, '-에 다름 아니다'는 '-나(와) 같다', '-나 마찬가지다', '-에 불과하다', '-일 뿐이다', '-에 지나지 않는다'로 쓰는 게 옳다.

영어 영향을 받은 것은 셀 수 없이 많다. 대표적인 것은 시상時相에서

영어식의 완료형과 진행형을 들여와 과거 · 현재 · 미래의 시제만 사용하는 한국어에 강요한 것으로 '-었'에 '-았었-'을, '-겠'을 중복 사용하는 경우다. 지나친 피동형의 남발도 그렇다. 피동 의미 단어에 '-되다', '-지다', '당하다'를 첨가하여 이중 피동으로 쓴다. 피동형의 남용은 독자에겐 피동적 태도를 심어 주고, 문장의 전달력을 약화시키므로 능동형으로 서술하는 게 바람직하다.

4

수필의 문단을
조직해보자

1) 문단과 소주제

　문단은 문장으로 이루어진 생각의 작은 덩어리 글로 소주제를 드러
내는 글 구성의 단위이다. 문장은 낱말 덩어리, 문단은 문장 덩어리라
말할 수 있다. 문단은 문장보다 큰 글(수필 등)을 구성하는 하위 단위로
쓴다. 단락段落이란 말도 같은 뜻으로 쓰이지만 단락은 '일정한 정도에
서 일이 끝난'것을 가리키는 말이라면, 문단文段은 '문장의 단락'이므로
글에서는 문단이 더욱 적합하다.

　글쓰기는 생각을 문장으로 진술하고 문장을 문단으로 조직하여 주제
에 맞게 구성하는 사고 행위이다. 이 구성의 하위 단위가 문단이고 문
단을 논리에 따라 구성하면 글이다. 그러므로 모든 종류의 글은 문단을
조직하여 구성해야 한다.

　문단은 들여쓰기로 형식적 표지를 삼는다. 같은 내용이면 이어 써야

하고 다른 내용이면 줄을 바꾸어 써야 한다. 문단은 앞뒤 여백을 둠으로써 다른 문단과의 차별성을 지면에서 시각적으로 드러낸다.

　문단은 여러 문장이 모여 하나의 중심 생각을 이룬다. 문단의 중심 생각을 한 편 글의 주제와 구별하여 소주제라 부른다. 문단은 하나의 소주제가 중심이 되어 문장 여럿이 모여 이루어진다. 보통 소주제는 한 문장으로 드러내고 이걸 소주제문이라 부른다. 소주제문 하나만을 가진 한 문장만으로는 문단이 성립하지 않는다.

2) 문단을 조직하려면

　문단이 충실하게 효과적으로 기능하기 위해서는 반드시 소주제를 뒷받침할 보충 문장이 필요하다. 최소한 두 개 이상의 보충 문장이 필요하므로 한 문단의 최소 문장 수는 셋이다. 문장이 셋이란 것은 서로 다른 독립된 의미가 셋이라는 말이다.

　문단은 세 문장 이상으로 모아야 한다는 것에 여러 논거를 들 수 있다. 어떠한 생각이 완결된 전일체〔구조체〕를 이루려면 반드시 삼분으로 조직해야 한다. 사물의 삼분三分 인식은 근원적으로 자연계의 생명체에서 유래한다. 자연 생명체는 세 부분의 유기체로 구성된 것으로 분석하여 지각한다. 머리- 몸통 -꼬리(머리-몸통-다리)는 짐승의 세 부분이다. 이것 외에도 세상 만물을 인식하는 삼분적 사고는 널려 있다. 예를 들어 보면 빛과 색의 삼원색, 프랑스 국기의 삼색, 초가삼간, 삼세번, 삼위일체, 천지인天地人 삼재三才, 제사 절 삼배와 삼헌三獻, 삼정승, 삼현육각, 3박자, 아침 점심 저녁의 삼시세끼 등등. 이것을 아리스토텔레스가 '시학'에서 이야기에 대입하여 구조화하였다. '시작-중간-끝'의 3분 서사 구조는 우리 시조의 3장 구조, 문학의 시 소설 드라마의 3대 장르 등으로 확산 전이하였다. 일반 논리 전개의 서론-본론-결론과 우리 인생의 탄생 – 생활 – 사망도 3단계라 말할 수 있다.

하나의 이야기 또는 서술적 의미 결집은 반드시 세 개의 과정을 거쳐야 한다는 의미로 해석할 수 있다. 그렇지 않으면 부실하거나 제 기능을 바르게 할 수 없다. 이것은 비유적으로 물고기가 머리와 몸통과 꼬리 중 하나라도 없으면 살지 못하고 정상으로 볼 수 없는 것과 같다. 물론 기형도 있고 돌연변이는 자연에 간혹 있어 놀랍고 삶의 호기심을 자극한다. 하지만 인간이 만드는 이야기에서 이런 일은 있을 수 없다. 셋 중에 하나라도 빼놓고 하는 이야기가 이상하지 않거나 그것을 모르는 사람은 이야기(서사)의 정체를 인식하지 못하거나 사물 지각에 문제가 있다고 말해도 하등 문제 될게 없다.

이와 같이 어떠한 경우에도 세 개의 문장 이상은 문단 조직의 기본이다. 이 말은 수필을 이야기 형식으로 구성하기 위해서는 항상 서두序頭-중심中心-결미結尾를 갖춰 생명이 있는 유기체로 형상화해야 한다는 의미다. 유기체성은 생명체의 머리와 본체와 꼬리의 구성이 문단에서도 서緒 – 본本 – 결結의 조직체를 구비하게 한다.

문단 조직은 반드시 세 문장 이상으로 성립한다고 했다. 문단은 문장의 상위 개념이므로 복수 문장이 문단의 중심 생각인 소주제를 뒷받침해야 한다. 그러나 문장 셋만으로는 충실한 문단 조직을 이루기 힘들다. 문장 세 개는 최소 필요 요건이지 충분 요건은 아니란 말이다. 실제로 이보다 많은 경우가 대부분이다. 대체로 짧은 글인 수필(2,500자 내외)에서 한 문단은 8 – 12문장, 200 – 400자 정도가 적당한 분량이다.

3) 문단 써보기

문단은 소주제문을 어디에 배치하는가에 따라서 넷으로 나눈다. 두괄식, 미괄식, 양괄식, 중괄식이다. 소주제문을 앞에 배치하면 두괄식,

끝에 두면 미괄식, 앞과 뒤 양쪽에 두면 양괄식, 중간에 두면 중괄식이다. 필자의 의견을 앞세우는 논설문은 두괄식과 양괄식을 사용하는 것이 좋고 생각을 온유하게 감정을 은근하게 드러내는 수필은 미괄식이나 중괄식이 더 잘 어울린다. 일반적으로 글에서 가장 손쉽게 많이 사용하는 것은 물론 두괄식이다. 필자의 생각을 명확하게 제시하고 그 이유나 보기를 들면 독자에게 의미를 명료하게 전달할 수 있기 때문이다.

　그러나 소주제문이 문단에 없는 경우도 있다. 소주제는 있지만 문장으로 표현하지 않는 암시적 소주제라 할 수 있고 이것은 추정식推定式 문단 쓰기라 하겠다. 필자의 감정 상태를 단정하거나 집약하지 않고 여러 문장으로 표현하여 종합적으로 제시할 때 유용하다. 어떤 분위기를 은근히 드러내려할 때 활용하기 좋은 적절한 문단 쓰기다. 필자가 명확한 소주제 의식이 없으면 쓰기 어렵고 자칫하면 독자에겐 모호하고 산만하기 쉽다. 서정성을 강조하는 수필에서 쓸 수 있으나 교설성教說性을 지향하는 수필에서 자주 사용하는 것은 바람직하지 않다.

(1) 두괄식

　산에 가끔 간다. 집 뒷산에 오를 때 가는 넓은 길이 있다. 이 길은 주로 여러 사람이 다닌다. 넓다고 해야 사람 둘이 비켜 지날 정도다. 폭의 물리적 넓이가 아니라 여러 사람이 자주 다닌다는 뜻에 더 가깝다. 이와 달리 좁은 샛길이 있다. 이 길은 사용 빈도가 아주 낮은 길을 말한다. 나는 산에 오를 때 이 샛길을 자주 애용한다.(방민, 「샛길이 좋다」, 『방교수, 스님이 되다』, 에세이문학출판부, 2014, 21면)

이 문단의 소주제문은 첫 문장인 "산에 간다."이다. 그 다음에 이어지는 내용은 모두 산에 가는 길에 관한 것이고, 마지막 문장은 그 중에서 샛길을 자주 애용한다지만 첫 문장 "산에 간다."에 종속되는 내용이다. 첫 문장에 소주제를 제시하고 이어서 연관되는 내용을 보충하여 문단을 조직한다. 두괄식 쓰기의 일반적인 방식이다.

(2) 미괄식

사는 곳은 북한산 자락이다. 집을 나서면 얼마 안 가 산자락에 진입한다. 산이 있는 곳이면 예외 없이 물을 뜰 수 있는 곳, 대중적인 이름의 약수터가 있다. 약수터가 그 이름처럼 약의 효험이 있는지는 제쳐 두고 산속의 땅에서 나오는 샘물을 약물처럼 기대하는 의미도 이름에 담겨 있을 것이다. 대략 사람들이 자주 가는 곳에는 먹는 물의 적합 여부 시험 검사표가 달려 있다. 사람이 마시기에 적합한지와 어떤 성분이 검출되고, 검출되지 않는지 표시하고 종합적으로 음용하기에 적절한지를 붙여 놓는다. 이런 곳을 대략 약수터라 부른다.(방민, 「약수터 취향」, 『방교수, 스님이 되다』, 에세이 문학출판부, 2014, 39~40면)

마지막 문장인 "이런 곳을 대략 약수터라 부른다."가 위 문단의 소주제문이다. 앞에서 약수터의 위치와 이름에 담긴 의미, 특징 따위를 서술하고 마지막 문장에서 이를 종합하여 문단을 맺는다. 미괄식은 이처럼 여러 사례를 들고 끝에서 일반화하여 마무리 짓는 귀납적 방식이다. 두괄식은 이와 달리 포괄적인 것을 앞에 제시하고 그 세부의 내용을 보충하여 구체화하는 연역적 방식으로 이와 대조적이다.

(3) 양괄식

> ①푸르기만 한 하늘은 밋밋하여 <u>아름다운 풍경이 되지 못한다.</u>
> ②마음이 툭 터져서 시원하지만 담아두고 가끔씩 꺼내어 즐길 간
> 식거리는 아니다. ③사진으로 남길 장면으론 좀 부족하다. ④빈 하
> 늘보단 무언가 있어야 제격이다. ⑤구름도 없이 푸르기만 하다면
> 눈만 시리다. ⑥오래 바라볼 것도 아니지만 밋밋하여 그 이상 <u>눈의</u>
> <u>흥미를 끌어내기 어렵다.</u>(방민, 「구름도 한몫」,『용서의 언덕 너머-카
> 미노 데 산티아고」, 에세이문학출판부, 2016, 139-140면)

  양괄식은 두괄식의 변형이다. 두괄식처럼 소주제문을 앞에 내놓는
다. 끝에 그것을 반복하여 다시 강조하는 방식이다. 물론 그대로가 아
니라 약간 바꾸거나 변화시킨 문장이다. 의미는 동일하거나 변주한다.
예문에서 ①의 밑줄 의미가 끝의 ⑥에서 변주되어 반복한다. 양괄식의
전형적인 형태이다.

서울의 봄

盧天命

1. 서울의 봄은 눈 속에 온다.

2. 남산의 푸르던 소나무는 가지가 휘도록 철 겨운 눈송이를 안고

함박꽃이 피었다.

3. 달아나는 자동차와 전차들도 새로운 흰 지붕을 이었다. 아스팔
트 다진 길바닥, 평퍼짐한 빌딩 꼭대기에 白布가 널렸다. 가라앉
는 초가집은 무거운 떡가루 짐을 진 채, 그대로 찌그러질 듯하
다. 푹 꺼진 기와골엔, 흰 반석이 디디고 누른다. 비쭉한 전신주
(電信柱)도 그 멋갈없이 큰 키에 잘 먹지도 않는 분을 올렸다.

4. 이 별안간에 지은 세상을 노래하는 듯이 바람이 인다. 은가루 옥
가루를 휘날리며, 어지러운 흰 소매는 무리무리 덩치덩치 흥에 겨
운 갖은 춤을 추어 제낀다. 길이길이 제 세상을 누릴 듯이.

5. 그러나 보라! 이 사품에도 봄 입김이 도는 것을. 한결같이 흰 자
락에 실금이 간다. 송송 구멍이 뚫린다. 돈짝만 해지고, 쟁반만
해지고, 댓닢만 해지고, 댕기만 해지고, ……그 언저리는 번진
다. 자배기만큼 검은 얼굴을 내놓은 땅바닥엔 김이 무럭무럭 떠
오른다. 겨울을 태우는 봄의 연기다. 두께두께 언 청계천에서
도, 그윽한 소리 들려 온다. 가만가만 자취없이 가는 듯한 그 소
리, 사르르사르르 이따금 그 소리는 숨이 막힌다. 험한 고개를
휘어 넘는 듯이 헐떡인다. 그럴 때면, 얼음도 운다. '쩡'하며 부
서지는 제 몸의 비명(悲鳴)을 친다. 언 얼음이 턱 가라진 사이로
파란 물결은 햇빛에 번쩍이며 제법 졸졸 소리를 지른다.

6. 축축한 담 밑에는, 눈을 떠 이은 푸른 풀이 닷분이나 자랐다.

7. 끝장까지 보는 북악에 쌓인 눈도 그 사이 흰 빛을 잃었다. 석고
색으로 우중충하게 흐렸다.

8. 그 위를 싸고 도는 푸른 하늘에는, 벌써 하늘하늘 아지랑이가
걸렸다. 봄이 왔다. 눈길, 얼음 고개를 넘어, 서울에 순식간(瞬息
間)에 오고만 것이다. (『한국대표현대수필선1』, 돛대, 2003)

예문은 8개의 문단으로 조직하였다. 이 8개는 형식상 문단일 뿐이다. 문단 표지인 한 칸 들여쓰기로 분단했지만 한 문단이 세 개 이상 문장으로 구성해야 한다는 원칙에 어긋난다. 소주제문에 관한 인식이 없기 때문이다. 이것을 소주제문을 중심으로 문단을 재구성하고 소주제문에 밑줄을 친다.

1. <u>서울의 봄은 눈 속에 온다.</u> 남산의 푸르던 소나무는 가지가 휘도록 철 겨운 눈송이를 안고 함박꽃이 피었다. 달아나는 자동차와 전차들도 새로운 흰 지붕을 이었다. 아스팔트 다진 길바닥, 펑퍼짐한 빌딩 꼭대기에 白布가 널렸다. 가라앉는 초가집은 무거운 떡가루 짐을 진 채, 그대로 찌그러질 듯하다. 푹 꺼진 기와골엔, 흰 반석이 디디고 누른다. 비쭉한 전신주(電信柱)도 그 멋갈없이 큰 키에 잘 먹지도 않는 분을 올렸다.

2. 이 별안간에 지은 세상을 노래하는 듯이 <u>바람이 인다.</u> 은가루 옥가루를 휘날리며, 어지러운 흰 소매는 무리무리 덩치덩치 흥에 겨운 갖은 춤을 추어 제낀다. 길이길이 제 세상을 누릴 듯이.

3. <u>그러나 보라! 이 사품에도 봄 입김이 도는 것을.</u> 한결같이 흰 자락에 실금이 간다. 송송 구멍이 뚫린다. 돈짝만 해지고, 쟁반만 해지고, 댓닢만 해지고, 댕기만 해지고, ……그 언저리는 번진다. 자배기만큼 검은 얼굴을 내놓은 땅바닥엔 김이 무럭무럭 떠오른다. 겨울을 태우는 봄의 연기다. 두께두께 언 청계천에서도, 그윽한 소리 들려 온다. 가만가만 자취없이 가는 듯한 그 소리, 사르르사르르 이따금 그 소리는 숨이 막힌다. 험한 고개를 휘어 넘는 듯이 헐떡인다. 그럴 때면, 얼음도 운다. '쩡'하며 부서

지는 제 몸의 비명(悲鳴)을 친다. 언 얼음이 턱 가라진 사이로 파란 물결은 햇빛에 번쩍이며 제법 졸졸 소리를 지른다.

4. 축축한 담 밑에는, 눈을 떠 이은 푸른 풀이 닷분이나 자랐다. 끝장까지 보는 북악에 쌓인 눈도 그 사이 흰 빛을 잃었다. 석고색으로 우중충하게 흐렸다. 그 위를 싸고도는 푸른 하늘에는, 벌써 하늘하늘 아지랑이가 걸렸다. 봄이 왔다. 눈길, 얼음 고개를 넘어, 서울에 순식간(瞬息間)에 오고만 것이다.

두괄식과 미괄식을 함께 사용하였다. 두괄식은 연역적 서술에 어울리고 미괄식은 귀납적 서술에 적합하나 이 세 문단의 구성 방식을 다양하게 변화를 주면서 혼용하는 것도 독자에게 지루하지 않고 리듬감을 줄 수 있다. 수필은 다양성과 변화를 함께 추구하는 것이 바람직하기 때문이다.

(4) 중괄식

칠성면 사은리는 사방 산이 막아섰다 해서 산막이 마을이다. 달천 따라가는 길이 유일한 통로였다. 천변 길은 1957년 괴산댐이 생기면서 물어 잠겼다. 마을 사람들은 절벽에 한 명 겨우 다닐 길을 냈다. 위태로워도 생명줄 같은 길이었다.(오태진, 「여름으로 달려가던 봄의 발을 붙잡네」, 조선일보, 2016년 5월 3일, A37면)

5개 문장인데 중괄식으로 한 문단을 구성하였다. 소주제문에 밑줄

첬다. 앞의 세 문장은 마을과 길에 관한 서술이고, 끝 문장은 그 길에 관한 필자의 해석이다. 중간에 위치한 네 번째 문장이 다른 네 문장을 포괄하는 소주제문장이다. 중괄식은 문단 첫머리도 아니고 끝도 아닌 중간쯤에 위치한다. 유의해 읽지 않으면 놓치고 지나치기 쉽다. 독자가 부담을 느끼지 않아 부드러운 글의 유연한 사고나 감정을 드러내는 방식으로 알맞다.

(5) 추정식

바나나의 추억

1. 아내는 바나나를 냉장고에 넣어둔다. 열대 과일인 바나나를 냉장고에 넣어 좋을 것 없다고 하는데도 시원하게 먹을 수 있기 때문에 그렇게 한다고 한다. 바나나를 시원하게 먹는다는 게 겨울에 오렌지 주스 데워 먹는 것 같아서 이상한데, 아내도 그렇고 아이도 바나나를 시원하게 먹는 게 좋다고 한다. 시원한 바나나를 먹어보니 나쁘지 않기도 하다.

2. 1980년대만 해도 바나나는 수입 제한 품목이어서 엄청나게 비쌌다. 요즘 물가로 치면 한 개(한 뭉치가 아니다)에 1만원 정도 했던 것 같다. 그때 바나나는 추석 선물 세트 또는 차례상에만 올라갈 만큼 귀했다. 그 당시 부동산 중개업자들은 집을 내놓은 사람들에게 "거실에 바나나를 놓아두라"고 조언했다는데, 집을 보러 온 사람들이 바나나를 보면 '이 집에 살면서 돈 많이 벌어서 나가는 모양이다' 하고 생각해 거래가 잘 풀린다는 이유였다고 한다. 믿기 어렵지만 사실이다.

3. 1980년대 말 외국 배낭여행을 했던 한 선배는 돈을 아끼려고 여
행 두 달간 바나나로만 연명했다. 처음에는 그 귀한 바나나를 싼
값에 잔뜩 먹을 수 있는 것을 뿌듯하게 여겼으나 너무 많이 먹은
나머지 지금까지도 바나나는 입에 대지 않는다고 했다.

4. 한국해양대에 다녔던 친구는 4학년 때 실습선을 타고 <u>동남아에
갔던 일을 얘기했었다.</u> 길가에 바나나를 잔뜩 쌓아놓고 팔기에
우리 돈 500원 정도를 건넸더니 바나나 나무 반 그루를 췄다고
했다. 그렇게 산 바나나 500원어치를 두 명이 어깨에 메고 갔다
는 그의 말은 과장이겠지만, 바나나가 한국에서 푸아그라나 캐비
아 같은 대접을 받던 시절이 있었던 것이다. 지난 30년간 50억병
이상 팔렸다는 <u>바나나맛 우유에는 바나나 과즙이 없다.</u> 바나나향
합성착향료가 있을 뿐이다. 그래서 이름을 '바나나 우유'라고 짓
지 못했다. 그때 바나나 과즙을 넣은 우유를 만들기엔 원가가 너
무 비쌌을 것이다.

5. 냉장고에 있던 바나나 몇 개를 배낭에 쑤셔넣고 자전거를 타다
가 허기질 때 먹었다. 맛도 향도 못 느끼고 그저 탄수화물이라
생각하고 먹었다. <u>축 늘어진 바나나 껍질이 문득 서글퍼 보였
다.</u>(한현우, 조선일보, 2016. 9. 10, B3)

예문은 5개 문단인데 각 문단의 소주제문에 밑줄 쳤다. 첫째와 둘째
문단은 두괄식이다. 셋째 문단에는 소주제문이 없다. 추정해 보면, '선
배는 바나나에 대한 특이한 경험이 있다'일 것이다. 문장이 두 개뿐인
것에 주목해 보자면 추정하는 의미의 문장을 추가하여 명시적으로 문
단을 구성할 수도 있겠다. 이런 문단 쓰기가 바로 추정식이다. 여기서

문제는 넷째 문단 소주제가 둘이므로 두 문단으로 구성해야 옳다. 이 역시 두괄식이고 마지막 문단은 미괄식이다.

4) 문단 조직의 삼형제

문단은 응집성, 연결성, 통합성의 삼형제가 서로 도와 조직해야 한다. 응집성은 문단을 구성하는 모든 문장이 소주제로 초점이 모아져 하나로 뭉치는 것(응집凝集)이고, 연결성은 모든 문단이 글 구성 단계에 맞게 전후 문단과 매끄럽게 연결되는 것이며, 통합성은 문단의 모든 문장과 소주제가 그 글의 주제로 통합해야 하는 것을 뜻한다. 문단 조직의 3대 요건을 정확히 터득하여 바르게 사용하는 것은 문단 쓰기만이 아니라 글 전체 구성에도 매우 중요한 기초이다.

(1) 응집성

응집성은 각 문단이 소주제를 중심으로 긴밀하게 뭉친 것인데 한 문단의 모든 문장은 의미가 상통하여 소주제로 귀일해야 한다. 문단이 응집성을 갖추려면 첫째, 소주제문의 의미가 명확해야 한다. 둘째, 소주제문의 구조가 간명해야 한다. 셋째, 소주제문과 보충문장이 내용상 일치해야 한다. 넷째, 보충문장은 소주제문에 종속되어야 한다.

1. 말하기조차 어리석은 일이나, 도회인으로서 비를 싫어하는 사람은 많을지 몰라도, 눈을 싫어하는 사람은 아마 거의 없을 것이다. 눈을 즐겨하는 것은 비단 개와 어린이들뿐만이 아닐 것이요, 겨울에 눈이 내리면 온 세상이 일제히 고요한 환호성(歡呼聲)을 소리 높이 지르는 듯한 느낌이 난다.

2. 눈 오는 날에 나는 일찍이 무기력하고 우울한 통행인을 거리에서 보지 못하였으니, 부드러운 설편(雪片)이 생활에 지친 우리의 굳은 얼굴을 어루만지고 간지릴 때, 우리는 어찌된 연유(緣由)인지, 부지중(不知中) 온화하게 된 마음과 인간다운 색채를 띤 눈을 가지고 이웃 사람들에게 경쾌한 목례(目禮)를 보내지 않을 수 없게 되는 것이다.

3. 나는 겨울을 사랑한다. 겨울의 모진 바람 속에 태고(太古)의 음향을 찾아 듣기를 나는 좋아하는 자이기 때문이다. 그러나 무어라 해도, 겨울이 겨울다운 서정시(抒情詩)는 백설(白雪) 이것이 정숙히 읊조리는 것이니, 겨울이 익어가면 최초의 강설(降雪)에 의해서 멀고 먼 동경의 나라는 비로소 도회에까지 고요히 고요히 들어오는 것인데, 눈이 와서 도회가 잠시 문명의 구각(舊殼)을 탈(脫)하고 현란한 백의(白衣)를 갈아입을 때, 눈과 같이 온이 넓고 힘세고 성스러운 나라 때문에 도회는 문득 얼마나 조용해지고 자그마해지고 정숙(靜肅)해지는지 알 수 없는 것이지만, 이 때 집이란 집은 모두가 먼 꿈속에 포근히 안기고 사람들 역시 희귀한 자연의 아들이 되어 모든 것은 일시에 원시 시대의 풍속을 탈환한 상태를 정(呈)한다.

4. 온 천하가 얼어붙어서 찬 돌과 같이도 딱딱한 겨울날의 한가운데, 대체 어디서부터 이 한없이 부드럽고 깨끗한 영혼은 아무 소리도 없이 한들한들 춤추며 내려오는 것인지, 비가 겨울이 되면 얼어서 눈으로 화한다는 것은 참으로 고마운 일이다.(김진섭(金晉燮), 「백설부(白雪賦)에서」, 『한국의 명수필 88선』, 을유문화사, 1995)

예문에서 1문단의 소주제는 밑줄 친 문장이다. 보충 문장이 뒤를 따르지 않는다. 두 문장으로 조직한 것도 원칙에 어긋나지만 이어진 문장은 소주제와 상관성이 약하다. 앞에선 '사람'은 거의 눈을 좋아할 것이라고 하였다. 뒤에선 '개와 어린이'가 눈을 즐겨한다고 하더니, 눈이 온 뒤의 느낌을 적었다. 응집성을 살리려면 사람이 왜 눈을 싫어하지 않는지 또는 얼마나 좋아하는지 등으로 연결해야 한다. '고요한 환호성歡呼聲'의 '느낌'을 좋아하는 이유로 들었겠지만 이것은 필자 자신의 느낌일 따름이다. 앞에선 일반인을 언급하고 뒤에선 자신의 감정만을 드러내는 것은 적합하지 않다. 그 사람에 대한 것을 먼저 말하고 자신의 것도 함께 말하는 것이 바람직하다.

2문단의 주체는 둘로 나뉜다. '나'에서 '우리'로 이동하며 중심을 잃는다. 한쪽으로 모이지 않으니 문장도 산만하지만 의미도 모호하기만 하다. 다음 문단과 연결하기 위해선 이 문단은 '나'에게 맞춰야 한다.

3문단 역시 응집성을 잃었다. 첫 문장이 소주제문이다. 필자가 '겨울을 사랑한다.'고 밝혔으면 그 사연과 까닭 또는 체험적 예를 들면서 소주제를 보충하는 문장이 이어져야 한다. 그러나 '겨울다움'과 '겨울의 익어감'과 '도회의 정숙'과 '집'과 '모든 것'에 대해서 서술한다. 물론 필자는 이러한 것이 겨울을 사랑하는 이유라고 말하고 싶었을 것이다. 하지만 둘째 문장에서 '좋아하는 자이기 때문'만 이에 해당하고, '그러나'의 역접으로 이어진 문장에서는 서정적 풍경만이 드러날 뿐이어서 소주제와 관련된 언급을 찾을 수 없다. 문단의 연결성이 부족하다. 이 풍경이 소주제와 응집하고 연결되려면 예컨대, '이 모든 것을 사랑한다.'든지, '이것이 사랑스럽다.'든지 정도를 첨가해 양괄식으로 조직해야 한다.

4문단도 한 문장 문단으로 역시 보충 문장이 없어 문단 조직에선 결격이다. 이것을 살리자면 다음처럼 세 문장으로 수정할 수 있다. 예문과 수정한 것을 비교해 보라.

①온 천하는 얼어붙어서 찬 돌과 같이 딱딱한 겨울날의 한가운데다. ②대체 어디서부터 이 한없이 부드럽고 깨끗한 영혼은 아무 소리도 없이 한들한들 춤추며 내려오는 것인가. ③비가 겨울이 되면 얼어서 눈으로 화한다는 것은 참으로 고마운 일이다.

(2) 연결성

연결성은 문단의 자족적 응집성과 변별적 연관성과 관련된다. 각 문단은 앞뒤의 문단과 의미상 연결이 논리적이고 자연스러워야 한다. 개별 문단이 전후 문단과 긴밀하게 연결되어야 주제로 통합하는 제 기능을 발휘한다. 각 소주제는 앞뒤 문맥과 연결하여 문단을 조직하고 주제를 뒷받침해야 한다. 문단이 연결성을 갖춰야 하는 까닭이다.

연결성은 이중적인 의미다. 먼저 한 요점에서 다음 요점으로 진행하는 것이고 다음은 문장에서 다음 문장으로, 문단에서 다음 문단으로 구성 요소 관계를 긴밀하게 맺는 것이다. 연결성은 독자가 글을 읽으면서 문장과 문단 간의 전후 관계를 분명히 알게 한다. 이 연결성은 그 사이의 연결 고리를 만들어 확보해야 한다.

연결 고리는 문단 표지어 활용으로 해결할 수 있다. 표지어는 접속어 '그리고, 그래서, 그러나, 그런데, 그러면, 또한, 하지만' 등과 지시어 '이, 그, 저, 이것, 그것, 저것, 이러한, 그러한, 저러한, 이렇게, 그렇게, 저렇게' 등으로 앞뒤 문단을 연결하는데 사용한다. 그 밖에 문단 전환을 이끄는 부사어 '왜냐하면, 결론적으로, 때문에, 따라서, 반면에, 뿐만 아니라' 등과 시간 관계를 나타내는 '언제, 그때, 앞에, 뒤에' 등의 역할이 다양하다. 그래도 접속어와 지시어를 자주 사용하는 것은 최소화해야 한다. 문장이 산만해지고 글의 리듬을 방해하기 때문이다.

한 단어나 구절, 한 문장이나 문단이건 연결성은 글에서 일종의 신호등이다. 문단에서 문장들을, 글에서 문단들을 연결하므로 독자에게 매우 유용한 표지다. 글의 구조가 무엇이고 어떻게 구성하는지를 독자에게 알려주어 이해하기 좋도록 만드는 핵심이다.

1. 까치 소리는 반갑다. 아름답게 굴린다거나 구슬프게 노래한다거나 그런 것이 아니고 기교 없이 가볍고 솔직하게 짖는 단 두 음절 '깍깍'. 첫 '깍'은 높고 둘째 '깍'은 얕게 계속되는 단순하고 간단한 그 음정(音程)이 그저 반갑다. 나는 어려서부터 까치 소리를 좋아했다. 지금도 아침에 문을 나설 때 까치소리를 들으면 그 날은 기분이 좋다.

2. '반포지효(反哺之孝)'를 안다고 해서 효조(孝鳥)라 일러 왔지만 나는 그런 것과는 상관없이 좋다. 사랑 앞마당 밤나무 위에 까치가 와서 집을 짓더니 그것이 吉兆라서 그 해에 안변부사(安邊府使)로 영전(榮轉)되었다던가. 서재(書齋) 남창 앞 높은 나무 가지에 까치가 와서 집을 짓더니 글 재주가 크게 늘어서 문명(文名)을 날렸다던가 하는 옛 이야기도 있지만, 그런 것과 상관없이 까치 소리는 반갑고 기쁘다.

3. 아침까치가 짖으면 반가운 편지가 온다고 한다. 이 말이 가장 그럴싸하게 느껴진다. 왜냐하면 그 소리가 어딘가 모르게 반가

운 소식의 예고같이 희망적(希望的)으로 들리기 때문이다.

4. 나는 까치뿐이 아니라 까치집을 또 좋아한다. 높은 나무 위에 마른 나무 가지를 모아다가 엉성하게 얽어 논 것이, 나무에 그대로 어울려서 덧붙여 논 것 같지가 않고 나무 삭정이가 그대로 떨어져서 쌓인 것 같다. 그러면서도 소쇄한 맛이 난다. 엉성하게 얽어 논 그 어리가 용하게도 비가 아니 샌다. 오직 달빛과 바람을 받을 뿐이다

5. 나는 항상 이담에 내 사랑채를 짓는다면 꼭 저 까치집같이 소쇄한 맛이 나도록 짓고 싶었다. 내가 완자창이나 아자창을 취하지 않고 간소한 용자창을 좋아하는 이유도 그런 정서에서다. 제비집같이 아늑한 집이 아니면 까치집같이 소쇄한 집이라야 한다. 제비집은 얌전하고 단아한 가정부인이 매만져 나가는 살림집이요, 까치집은 쇄락하고 풍류스러운 시인이 거처하는 집이다.

(후략) (윤오영, 「까치소리」, 『한국대표현대수필선1』, 돛대, 2003)

예문은 응집성을 제대로 갖추지 못해서 연결성까지 문제가 생긴다. 1문단은 소주제가 둘이다. '까치 소리는 반갑다'와 '나는 어려서부터 까치 소리를 좋아했다'이다. 2문단의 소주제는 '나는 그런 것과는 상관없이 좋다'와 '까치 소리는 반갑고 기쁘다'의 양괄식으로 둘이다. 여기까지는 1문단의 소주제가 두 개라 응집성의 문제는 있어도 이 둘은 2문단으로 연결된다. 그러나 3문단에서 다시 '반가운 편지가 온다.'고 하면서 2문단의 반가운 것만 연결하고 4문단에서 '까치집을 좋아한다.'로 까치에서 까치집으로 이동하며 연결한다. 작가는 까치소리와 그에서 연유한 까치집까지 좋아서 까치집 같은 사랑채를 짓고 싶어 한다. 그런

데 좋아하는 것과 반가운 것을 혼동하여 뒤섞은 것이 문제다. 둘은 다른 것이므로 분단해서 조직해야 옳다. 이 문제를 해결하기 위해서 아래와 같이 수정한다.

5개 문단을 4개 문단으로 축소했고 '반가운 편지'의 3문단을 1문단의 소주제인 '까치소리는 반갑다.'에 종속시켜 한 문단으로 묶었다. 1문단의 두 번째 소주제인 '까치소리가 좋다.'를 2문단으로 보내어 양괄식의 '반갑고 기쁘다.'로 1문단과 연결시켰다. 그리고 까치집에 관한 것과 사랑채에 관한 것은 그대로다. 위와 아래를 비교하여 다시 읽어보라. 응집성이 제대로 이루어져야 연결성도 확보할 수 있다는 것을 확실하게 명심하자.

1. 까치 소리는 반갑다. 아름답게 굴린다거나 구슬프게 노래한다거나 그런 것이 아니고 기교 없이 가볍고 솔직하게 짖는 단 두 음절 '깍깍'. 첫 '깍'은 높고 둘째 '깍'은 얕게 계속되는 단순하고 간단한 그 음정(音程)이 그저 반갑다. 아침까치가 짖으면 반가운 편지가 온다고 한다. 이 말이 가장 그럴싸하게 느껴진다. 왜냐하면 그 소리가 어딘가 모르게 반가운 소식의 예고같이 희망적(希望的)으로 들리기 때문이다.

2. 나는 어려서부터 까치 소리를 좋아했다. 지금도 아침에 문을 나설 때 까치소리를 들으면 그 날은 기분이 좋다. '반포지효(反哺之孝)'를 안다고 해서 효조(孝鳥)라 일러 왔지만 나는 그런 것과는 상관없이 좋다. 사랑 앞마당 밤나무 위에 까치가 와서 집을 짓더니 그것이 吉兆라서 그 해에 안변부사(安邊府使)로 영전(榮轉)되었다던가. 서재(書齋) 남창 앞 높은 나무 가지에 까치가 와서 집

을 짓더니 글재주가 크게 늘어서 문명(文名)을 날렸다던가 하는 옛 이야기도 있지만, 그런 것과 상관없이 까치 소리는 반갑고 기쁘다.

3. 나는 까치뿐이 아니라 까치집을 또 좋아한다. 높은 나무 위에 마른 나무 가지를 모아다가 엉성하게 얽어 논 것이, 나무에 그대로 어울려서 덧붙여 논 것 같지가 않고 나무 삭정이가 그대로 떨어져서 쌓인 것 같다. 그러면서도 소쇄한 맛이 난다. 엉성하게 얽어 논 그 어리가 용하게도 비가 아니 샌다. 오직 달빛과 바람을 받을 뿐이다.

4. 나는 항상 이담에 내 사랑채를 짓는다면 꼭 저 까치집같이 소쇄한 맛이 나도록 짓고 싶었다. 내가 완자창이나 아자창을 취하지 않고 간소한 용자창을 좋아하는 이유도 그런 정서에서다. 제비집같이 아늑한 집이 아니면 까치집같이 소쇄한 집이라야 한다. 제비집은 얌전하고 단아한 가정부인이 매만져 나가는 살림집이요, 까치집은 쇄락하고 풍류스러운 시인이 거처하는 집이다.

엘리베이터의 그 여자는 어떻게 되었나

한현우

1. **엘리베이터** 앞에 갔더니 한 **여자**가 배낭을 메고 서 있었다. 두 손으로 스마트폰을 쥐고 고개 숙여 뭔가 골똘히 쳐다보고 있었다. 그 자세가 마치 영화 속 두 개의 키를 꽂아야 열리는 트렁크 속 핵미사일 버튼 앞의 미국 대통령과 부통령 모습처럼 비장하

고 엄숙했기에 그 근처에 가기도 미안할 지경이었다.

2. **엘리베이터**는 서지 않고 내려가 버렸다. 그제야 올라가는 버튼과 내려가는 버튼 중 어떤 것도 눌러져 있지 않음을 알았다. 나보다 먼저 엘리베이터 앞에 당도한 **그녀**가 당연히 내려가는 버튼을 눌렀을 것이라고 생각했기에 잠깐 그녀를 원망할까 하는 생각이 들었으나 그녀는 엘리베이터를 탈 생각이 없고 다만 어쩌다 보니 엘리베이터 앞에서 스마트폰을 처다보게 됐을 뿐일 수도 있었으므로 나는 다소곳이 내려가는 버튼을 눌렀다. 그녀의 시선은 여전히 스마트폰 화면을 90도 각도로 쏘아보고 있었다.

3. 이윽고 **엘리베이터**가 섰고 문이 열렸다. 나는 엘리베이터에 타고 **그녀**는 타지 않았다. 문이 닫히려는 순간 갑자기 후다닥 하는 소리가 들리더니 문이 다시 열리고 그녀가 엘리베이터에 올라탔다. 그녀는 엘리베이터 오른쪽 구석에 서서 좀 전과 똑같은 자세로 스마트폰을 처다보았다. 나는 1층을 눌렀고 그녀는 내가 몇 층을 눌렀는지 보지 않고 그저 스마트폰만 보고 있었다. 나는 갑자기 그녀를 모시고 1층에 가는 비서 또는 집사가 된 기분이 됐다. 내려가는 버튼도 내가 누르고 1층 버튼도 내가 눌렀으니 내가 없었다면 그녀는 과연 1층에 가긴 갈 수 있을까 하는 쓸데 없는 생각이 들었다.

4. 1층에서 **엘리베이터**를 나왔다. **그녀**는 여전히 엘리베이터 앞에서 처음 봤을 때의 자세 그대로 꼼짝하지 않고 서 있었다. 안광(眼光)이 **폰**의 배(背)를 철(徹)할 기세였다. 그녀는 내리지 않았고 엘리베이터는 올라가려는 사람들이 새로 탔다. 엘리베이터는 그녀를 태우고 다시 위로 올라갔다.

5. 거리로 나와 횡단보도를 건너려는데 어떤 남자가 인도 끝에 꼼짝 않고 서서 **스마트폰**을 쳐다보고 있었다. 신호등이 녹색으로 바뀌었을 때 그 남자는 횡단보도를 건너지 않았다. 너무 덥고 어지러워서 얼음물 생각이 간절했다.(조선일보, 2016년 8월 27일, B 3면)

예문은 연결성을 잘 구현한 보기다. 모두 5개 문단을 긴밀하게 연결한다. 각 문단의 소주제문에 밑줄 쳤다. 그리고 연결성을 담보하는 단어에는 활자를 바꾸고 키웠다. 양자에 유의해 읽으며 연결성의 원리와 실제를 확인하자. 접속사와 지시어 등을 쓰지 않고도 두 개의 단어만으로 전후 문단을 연결한다. 필자와 그 여자 두 사람이 글 화제 주체로 등장하고, 결미 문단에선 거리의 '어떤 남자'가 새로 등장하여 주제를 강화하고 확장한 뒤에 이런 상황에 대한 필자의 반응을 제시하며 독자에게 암시적 여운으로 공감을 유도한다.

(3) 통합성

통합성은 수필 내적으로 모든 요소가 동등하게 주제로 귀결해야한다는 것을 뜻한다. 모든 문단과 각 문단의 소주제, 모든 문장과 단어 역시 긴밀하게 연결되어 주제로 모여야 한다. 즉 글에서 주제와 상관 없는 것은 하나도 없어야 한다는 의미다. 응집성 역시 이와 유사한 개념이지만 한 문단 내에서만 강조되는 점에서 통합성과 다르다. 연결성도 문단 내의 각 문장과 소주제의 밀접한 관계에 적용되지만 주로 문단 간의 관계를 더 강조하고 주목한다. 통합성은 주제와 수필 전체의 모든 요소와 연결하는 것에 초점을 맞춘다.

수필의 문단 조직은 응집성, 연결성, 통합성이 서로 유기적 관계로 맞물려 있다. 통합성을 결여한 글은 응집성도 미흡하다. 그러나 문단 내의 응집은 부족해도 통합은 가능하다. 문단 내의 상호 연결은 안 되었지만 각각 주제와의 연결은 가능하기 때문이다. 통합은 수직적 관계의 문제로서, 글의 내용적 계열성과 구성의 단계성과 연결된다. 응집은 수평적 관계의 문제인데, 즉각적인 전후 문장과 문단의 연결이고 소주제와 보충 문장과의 상관성이다. 글에서 개별 요소들이 주제와 관련된다면 통합의 문제이고 개별 요소 사이의 관계이면 응집의 문제인 것이다.

통합성을 확보하기 위해서는 첫째, 글 내부의 모든 것이 주제와 관계를 맺는 것이다. 일반적 화제가 아니라 주제와 관련되는 것을 진술해야한다. 둘째, 응집성처럼 종속화를 꾀하는 것이다. 주제의 하위 개념 여부를 판단하여 이를 조정해야한다. 셋째, 응집성을 갖추도록 연결 고리를 확보해야 한다. 이 응집성은 통합성 확보에 유용한 조건이기 때문이다.

구름도 한몫

방민

1. 구름이 한가롭게 서쪽 하늘에 떠 있다. 조금 전에도 안 보이더니 순식간에 나타나 시야에 들어온다. 어느 새 하늘 화면 틈새로 잠입해 여러 형상으로 재주를 피운다. 스페인 카미노의 봄철 하늘은 늘 변화가 무쌍하다. 구경거리 하나 더 늘어나 좋지만 비라도 뿌리면 차림새를 바꾸는 번거로움을 지불해야만 한다.

2. ①푸르기만 한 하늘은 밋밋하여 아름다운 풍경이 되지 못한다. ②마음이 툭 터져서 시원하지만 담아두고 가끔씩 꺼내어 즐길 간식거리는 아니다. ③사진으로 남길 장면으론 좀 부족하다. ④빈 하늘보단 무언가 있어야 제격이다. ⑤구름도 없이 푸르기만 하다면 눈만 시리다. ⑥오래 바라볼 것도 아니지만 그 이상 눈의 흥미를 끌어내기 어렵다.

3. 정지된 화면처럼 맑기만 한 하늘은, 눈에 띄니 쳐다보고 오늘 날씨 좋네, 라고 한 마디 뱉으면 끝이다. 달라질 것 없는데 계속 마주할 인내심은 인간에겐 애초에 유전되지 않았다. 달리 동물로 분류가 되었겠는가. 참선 수행에 나선 소수만이 태생적 본질을 벗어나려고 고행의 시간 여행에 나선 걸 가끔 본다. 속세의 범인은 변화를 좋아하고 그 속에 있어야 편한 게 속성의 하나가 아닐까.

4. 구름이 몇 덩이뿐이더니 얼마 안 걸었는데 밀려와 검게 저편 하늘을 변색시킨다. 시커먼 낯빛이니 그 쪽에는 이미 비가 내리나 보다. 흐르는 방향으로 보아 머잖아 여기도 빗발이 방문할 기세다. 반갑잖은 손님이나 온다니 대비해야겠다. 배낭에서 우비를 꺼내어 어깨걸이 끈에 질러 넣고 커버를 씌운다. 바람까지 불며 모자챙을 흔들기 시작한다. 구름 조각이 멋지다고 몇 컷 찍은 게 언젠데 벌써 천면(天面) 시프트인가. 하늘을 원망한들 무엇 하나, 이럴 땐 순종의 미덕을 맘에 새기는 게 더욱 현명한 일이다.

5. 우비를 쓰면서 문득 아, 인생도 이런 게 아닐까 번개처럼 번쩍 다가온다. 구름 없는 하늘처럼 밋밋하기만 한 인생은 어떨까. 사는 재미도 없고 시시하기만 하지 않을까. 앞길이 보이지 않는 밀림에 갇히기도 하고, 지끈대는 고뇌의 밤을 맞기도 하고, 이대로

삶이 끝나버리는가 심신이 함께 물먹은 휴지가 되어 갈 때도 있다. 그만 사느냐 죽느냐를 선택하는 공을 밤새워 허공에 던지며 맘을 조여 보는데, 어느 새 아침 햇살이 맑게 쏟아지는 순간이 찾아오는 게 인생살이의 참맛이 아닐까.

6. 이른바 복지국가의 젊은이들이 쉽게 자살한다는 얘기를 들은 적이 있었다. 그 이상적 삶이 우리에겐 백일몽으로만 존재하던 시절, 이해하기 어려웠다. 이제야 그걸 어렴풋이 알듯 싶다. 그들 미래의 삶이 어쩌면 지루한 푸른 하늘만 같다고 예단한 성급한 결정이 아닌지도 모르겠다. 광막한 하늘에서 구름 한 조각도 제 몫이 있듯, 인생사에도 역경이 끼어들어야 도전하며 사는 맛이 나지 않겠는가. 그걸 걷어낸 뒤에 다가오는 황홀한 행복감, 인생 사진첩에 멋진 풍경으로 남아 있을 것이다.(방민, 『용서의 언덕 너머-카미노 데 산티아고』, 에세이문학출판부, 2016. 139-142면)

먼저 응집성을 검토하자. 2문단의 소주제 문장은 ①이고, 명확한 개념의 소주제를 드러낸다. "푸르기만 한 하늘은 밋밋하여 아름다운 풍경이 되지 못한다."는 주어〔하늘〕+서술어〔밋밋하여〕+보어〔풍경〕+서술어〔되지 못한다〕의 기본 문형으로 구조가 간명하다. 그 뒤의 다섯 문장은 모두 ①에 종속되는 보충 문장이다. ②와 ③은 '간식거리가 아닌 것'과 '사진으로는 부족한 장면'으로 '아름답지 못한 풍경'의 ①과 내용 상으로 일치한다. 이 내용을 변화 발전시켜서 ④의 '무엇이 더 있어야 함'으로 부족함을 서술하고 ⑤의 '눈만 시림'의 폐해를 덧붙인 뒤 ⑥에서 마지막으로 ① 소주제 문장의 의미를 한 번 더 강조하며 마무리 지어 응집시킨다.

다음 연결성에 주목해 보자. 1문단은 "하늘에 구름이 떠있다"는 것으로 글을 시작한다. 이것을 연결하여 2문단은 "구름이 없는 하늘은 밋밋하다"라고 하늘과 구름의 상관성을 해석한다. 3문단은 2문단의 해석에 대한 원인을 인간 속성〔변화 욕구〕으로 논리화한다. 4문단은 3문단의 '하늘과 구름의 변화'를 제시하여 3문단을 연결시켜 강화 발전시킨다. 5문단은 전환의 문단이다. 하늘과 구름의 변화를 인생에 비유하여 전환시킨다. 6문단은 결미 문단이다. 5문단에서 전환된 '하늘과 구름 관계'를 인생사에 연결하여 이 글의 주제를 제시하며 마무리한다.

끝으로 통합성을 살펴보자. 예문의 문단별 소주제는 1문단은 '구름이 하늘에 떠있다.' 2문단은 '구름이 없는 하늘은 밋밋하여 아름답지 않다.' 3문단은 '맑은 하늘을 계속 보는 사람은 없다.' 4문단은 '구름이 밀려와 비가 올 것 같다.' 5문단은 '구름 끼고 비 오듯 인생도 변화가 있어야 참 맛이 난다.' 6문단은 '인생사도 역경이 있어야 도전하며 사는 맛이 난다.'이다. 이 글의 주제는 '하늘에 구름이 끼듯 인생도 역경을 맞이하고 극복해야 행복하고 멋진 인생이다.' 위 여섯 개의 문단은 모두 이 주제의 핵심어인 '하늘, 구름, 인생, 역경'의 의미를 연결하여 조직하여 통합성을 갖춘다.

5) 문단의 표지와 형식

문단의 외형상 표지는 한 글자 들여쓰기다. 문단의 내용이 바뀌지 않으면 계속 이어 써야 하고 새로운 문단을 시작하면 줄을 바꾸어 한 글자를 들여 쓴다. 특히 큰따옴표〔인용 부호, " "〕로 인용하는 대화도 한 문단처럼 들여써야한다는 점에 주의한다. 그러나 대화 다음 문장이 그〔인용 대화문〕와 관련된 내용이라면 당연히 앞 문단과 이어야하므로 들여쓰기를 하면 안 된다.

문단의 형식 표시와 관련된 오류는 문단 인식의 부족에서 빚어진다. 한두 문장을 쓰고 분명한 이유 없이 줄을 바꾸거나 한 문단에 너무 많은 분량을 할애하는 경우다. 흔히 글쓰기 초보자는 문단을 의식하지 않고 생각나는 대로 글을 쓰려고 한다. 이를 벗어나 조리가 닿은 글을 쓰려면 먼저 문단 조직 원리를 명확하게 인식해야 한다.

수필 한 편을 쓰자면 필자의 머릿속에서 대단히 복합적인 사고 작용이 일어난다. 표현하려는 생각이나 감정이 있다 하더라도 쓰기 전의 것은 조각 체험이나 정보 자료에 지나지 않는다. 수필 쓰기란 어렴풋이 떠오르는 생각과 감정을 하나하나 끄집어내어 체계를 잡고 논리화하는 고도의 사고 과정이다. 문단의 소주제에 알맞은 재료를 선택하고 배열하는 데 작용하는 원리를 깨치고 문단 쓰기의 실제까지 단계적으로 학습해야 문단 조직의 완성도를 높일 수 있다. 문단을 바르게 조직하여 쓰지 못하면 수필 쓰기는 맨손으로 고기를 잡으려고 하는 것과 같다.

5

수필을 알맞게
구성해보자

1) 문의 구성

문의 구성은 한 편의 글을 쓰기 위한 계획 또는 설계이다. 어떤 일을 하기 위해서 필요한 계획을 세우듯 구성은 글의 사전 계획이다. 건물의 설계도와 같은데, 글을 몇 개의 문단으로 짜 그 문단 배열이 유기적인 관계를 맺도록 하는 것이다.

이렇게 구성된 문은 일단 글의 토막이 모여 이루는 모양새를 갖춘다. 전체 글이 한 토막으로 엮인 글과 여러 토막으로 구성된 글은 독자에게 서로 다른 시각적 정보를 제공한다. 가령 한 토막으로 구성된 문은 그 글을 대하는 독자에게 부담을 준다. 이와 달리 여러 토막으로 구성된 글은 보기와 읽기에 도움이 된다. 커다란 스테이크나 돈가스를 적당한 크기로 잘라 먹을 때를 떠올리면 쉽게 이해할 수 있다.

수필의 구성은 일반 산문과 유사하면서도 약간 다르다. 이것은 문학과 비문학의 근본 목적과 지향하는 바가 다르기 때문이다. 수필에 적합한 구성은 시공간적 구성, 비교와 대조 구성, 인과 구성, 절정 구성, 병렬 구성의 다섯으로 나눌 수 있다.

2) 문의 구성 유형

(1) 시공간적 구성

시간과 공간은 별개로 인식하는 대상이지만 인간의 삶과 세상의 일은 둘을 엄격히 분리하기 어렵다. 시간만 있고 공간이 없는 경우는 현실에서는 거의 없으며 마찬가지로 시간이 없는 공간만의 상황도 존재할 수 없다. '언제, 어디'는 늘 공존하는 개념이다. 때문에 글의 내용을 전개하는 것은 시간이 중심이냐 공간이 중심이냐에 따라 나눌 수는 있지만 둘을 따로 떼어서 구성을 말하는 것은 실효성이 없다. 그러므로 하나의 구성으로 다루나 논의는 편의상 나눈다.

① 시간 구성

시간 구성은 제재를 시간의 흐름에 따라 전개하는 것이다. 이는 글을 구성하는 체험 선후에 따라 그 순서대로 배열하는 방식이므로 대개 시간에 따라 변화하고 움직이는 서술문에 쓰인다. 이를테면 사람의 행동, 사고, 기계의 작용 따위는 모두 시간에 따라 움직이고 변화한다. 대상의 서술에는 시간 배열이 적용된다. 우리가 나날이 보고 듣는 크고 작은 사건도 발단, 진행, 결말과 같은 시간 순서에 따라 펼쳐진다. 모든 행동과 사건의 본질은 시간성을 지닌 것이므로 시간적인 내용 배열로 서술한다.

비록 내용을 시간 순서로 배열한다 하더라도 특정한 중심 내용을 초점으로 삼아야 한다. 주제를 염두에 두고 어떤 사태를 시간 순서대로 서술해야 충분하게 주제를 뒷받침할 수 있기 때문이다. 내용을 시간 순서에 따라 구성하면 표출되었든 잠재되었든 어떤 특정한 주제를 떠받드는 구실을 맡는다. 그렇지 않고 내용을 단순히 시간 순서대로 늘어놓으면 그것은 구성이 아니라 나열에 지나지 않는다.

시간 구성은 주기와 과정의 성격을 띠면서 문을 이룬다. 아침, 낮, 저녁, 밤을 단위로 삼아 문을 구성할 수 있는 것처럼 봄, 여름, 가을, 겨울의 4계절 단위로도 문을 구성할 수 있다. 이와 달리 일의 시작과 진행과 결과 순서로 문을 구성할 수 있는데 이렇게 구성하는 것도 시간구성이다.

3월은 봄이 아니다

이복희

3월은 언제나 몸살처럼 왔다. 한겨울의 추위에 갇혀 있던 몸이 해빙기의 지표면처럼 풀어지고 있는 걸까. 실제로 겨울을 잘 넘겨 놓고 감기몸살에 시달리곤 하는 것도 다 3월의 일이었다. 성급하게 봄을 기대한 탓인지 추위도 한겨울보다 오히려 심하게 느껴졌다. 3월의 한기는 어디 기댈 곳 하나 없는 외로움처럼 대책이 없다. 오래 앓던 이들이 숨을 놓아버렸다는 소식도 3월에 자주 들려왔다.

그해 3월의 어느 날, 별 이유 없이 한복을 입어보았다. 집에 있는 자투리 천을 이용해 언니가 만든 것이었다. 감색 바탕에 자잘하게 그려진 하얀 꽃송이들이 봄, 봄 하며 어서 입어보라고 소근대는 것 같았다. 꽃샘추위 속에 모처럼 포근해진 날씨도 한몫 거들었다.

"이쁘네, 우리 딸. 한복 입으니…."

수선떠는 딸을 물끄러미 바라보시던 엄마의 말씨는 여전히 어눌하면서도 별스럽게 다정했다. 건강할 때도 엄마의 자식에 대한 사랑법은 자유방임이었고 유난스러운 애정표현도 없었다. 그날따라 그 한마디는 깊은 한숨처럼 곡진했다. 뇌졸중으로 쓰러진 후 몇 년째 누워만 계시면서는 오히려 아기처럼 무구해 보여 엄마로서의 넓은 자락을 거둔 지 오래였다.

무슨 생각에서였을까, 문득 나는 누구에게랄 것도 없이 큰절을 했다. 둥실하게 퍼진 치맛자락에 싸여 잠시 조신한 꿈도 꾸었다. 스물셋은 엄마가 시집온 나이였다. 엄마는 한복을 입은 그 나이의 딸을 보며 가물가물한 그날의 일을 떠올리셨을까.

다음 날 아침 엄마의 상태가 급격히 나빠졌다. 병세가 늘 그만 하기에 그렇게라도 우리 곁에 오래 계실 줄 알았다. 가쁘게 몰아쉬던 숨이 얼마 후 거짓말처럼 조용히 멈췄다. 병석에 있는 사람에게 절을 해서는 안 된다는 속설을 그때 내가 알고 있었는지, 아니면 나중에 들었는지는 잘 모르겠다. 하지만 뜬금없는 큰절이 엄마를 돌아가시게 한 것 같아 몹시 마음이 아팠다. 무슨 예감처럼 마지막 인사를 드린 셈이 되고 말았으니….

애간장이 끊어질 듯 슬프다는 표현을 실감한 것은 그때가 처음이었다. 괴롭게 몰아쉬던 숨이 멈추고 일순 찾아온 적막의 순간, 엄마의 얼굴은 아주 평온하고 놀랄 만큼 깨끗했다. 어쩐 일인지 신산스럽던 주름살도 다 펴져서 오히려 생시보다 고왔다.

원래 소녀처럼 잘 웃던 분이지만 만년의 엄마는 늘 어두웠다. 그처럼 편안하고 환한 모습이 낯설기까지 했다. 어쩌면 살아 있는 것보다 죽는 것이 더 좋은 건 아닐까 싶은 의심이 들 정도였다.

'다 내려놓았더니 참 편하다.'

너무도 단정한 엄마의 얼굴이 그렇게 말하고 있었다. 죽음이 이런 것이란 말인가? 가족들의 지극한 애통함은 모르는 척, 눈을 꾹 감고 아랑곳하지 않는 품이 무심하고 평화롭게만 보였다. 당신의 한도, 남은 자들의 슬픔도 이제는 내 알 바가 아니라는 듯이.

엄마가 영영 집을 떠나시던 날은 쌀쌀한 날씨에 간간이 눈발까지 날리고 있었다. 지금은 자취도 없는 홍제동 화장장엔 아직 회색빛 겨울이 머물러 있었다. 화구에 달린 작은 유리문 너머로 거센 불길이 타오르고 있었다. 마치 한 생명과 거기에 깃든 생애 전부를 무화시켜버리겠다는 듯 무섭도록 하얀 불길이었다. 그 순간 내 몸과 마음도 녹아내리며 한 줄기 진액이 되어버린 듯 쉴 새 없이 눈물이 흘러내렸다.

하늘은 여전히 흐린 채 저녁이 왔다. 엄마의 빈자리는 곧 남은 사람들의 일상에 가려졌다. 친척들이 식사 준비를 하는데 느닷없이 허기증이 몰려왔다. 나는 허겁지겁 밥을 먹었다. 뜻밖에 입맛이 달았다.

문득 누가 나를 바라보는 것 같아 고개를 들자 물끄러미 쳐다보고 있는 사촌오빠의 시선과 마주쳤다. 그제야 내가 지금 슬픔에 잠겨 있어야 할 상주라는 데 생각이 미쳤다. 뒤이어 말할 수 없는 부끄러움이 밀려왔다. 화장장에서 진액처럼 쏟아내던 눈물이 마르기도 전에 그처럼 게걸스럽게 밥을 먹어대다니. 민망하다 못해 내 존재 자체가 이물스러워 견딜 수가 없었다. 오빠가 어떻게 생각했을까 싶은 걱정은 오히려 뒷전이었다. 순간 너무도 다른 내 모습이 어찌나 낯설던지 혐오감이 울컥 올라왔다.

스물셋, 젊음 탓이라 해도 말이 안 되었다. 엄마의 긴 와병이라든가 극심한 상실감을 갖다 붙여 봐도, 어떤 이유로도 변명할 길은 없었다. 다만, 그때 잠시 현실을 깜깜이 잊고 있지 않았나 싶은 어렴풋한 느낌이 아직도 희미하게 남아 있을 뿐이다.

그 일이 생각날 때마다 얼굴이 달아오르곤 했다. 그러다가도 부끄러움을 밀치고 꼭 하나의 변명이 슬그머니 똬리를 풀고 고개를 치켜들었다. 무슨 일이 있어도 멈추지 않는 생의 톱니바퀴 때문이었다고. 결코 같이 갈 수 없는 길, 떠나지 못하고 남아 있는 자는 이미 뻔뻔해져 있을 뿐이라고….

가끔 문상을 간다. 하얀 국화꽃에 싸인 고인의 얼굴에 마지막 인사를 고하고 나면 사람들은 곧장 식당으로 향한다. 식당은 왁자지껄 소란스럽다. 방금 다녀온 빈소의 짓눌린 정적과 향냄새에 섞여 떠도는 슬픔의 기운은 그릇 부딪는 소리와 음식 냄새로 그만 희석되어버린다.

그런 시간이면 나는 오래된 내 부끄러움을 떠올리곤 한다. 어쩌면 삶과 죽음은 떼어놓을 수 없는 샴쌍둥이 같은 것이다. 엄마를 그렇게 보내고 생애 처음으로 느꼈던 절절한 슬픔도, 정체 모를 식욕도 알고 보면 한통속이 아닌가 싶다. 죽음은 삶의 한 부분이며 같은 연장선상에 있는 것임을.

겨울의 심술과 봄의 머뭇거림이 자리다툼을 하는 3월은 언제나 불온하다. 3월은 내게 봄이 아니다. 피어나는 꽃을 두고, 한 생이 져버린 그 3월은 봄이 아닌 것이다. (이복희, 「3월은 봄이 아니다」, 『에세이문학』, 2015 겨울, 66-69면)

윗글 각 문단에서 밑줄 부분은 시간에 해당하는 단어로 이 글이 시간 순서대로 구성한 것을 드러낸다. 시간의 흐름에 따라서 하나둘 얽힌 사연을 소개한다. 이 단어를 제외한다면 이 글은 와해할 것이다. 시간이 작품의 골격을 이룬다. 곧 이 수필은 시간 구성의 글이다.

② 공간 구성

시간이 흐르고 공간이 바뀌면 그에 따라 등장인물과 사건 전개도 달라진다. 시간과 공간은 사고와 행위에 영향을 미치는 가장 중요한 요소이다. 그런데 시간은 절대적 조건으로 제약을 받고 공간은 상대적 조건으로 제약을 덜 받는다. 시간은 누구에게나 주어진 단위를 늘이거나 줄일 수 없으나 공간은 필요에 따라 얼마든지 옮겨 다닌다. 그래서 두 원리에 작용하는 구성의 형태도 다르게 나타난다. 시간에 따른 구성이 정적이라면 공간에 따른 구성이 동적인 결과로 이어진다. 시간에 따른 글은 사색적인 성향이 짙고 공간에 따른 서사 갈래의 글은 행위적인 형태로 나타나는 까닭이다.

시간에 따라 사고의 깊이에 영향을 미치듯 공간은 사고를 행동으로 옮기면서 넓이로 영향을 미친다. 이는 방향에 따른 위치, 원근, 높낮이나 깊이 따위의 일정한 관계를 선택해서 서술 또는 묘사해 나가는 방식이다. 공간 배열에서는 일정한 순서를 잡았으면 끝까지 그것을 지켜야 한다. 방향을 잡았거나 관점을 세웠으면 일관성을 지켜야하기 때문이다. 공간이 달라지면 당연히 문단도 바꾸어야 한다.

연을 쫓는 여자

지영선

공원 잔디광장에서 초로의 남자가 연을 날리고 있다. 얼레에 감긴 실을 감았다 풀었다 다시 되감기를 하던 그가 급히 손을 뻗어 허우적거리듯 연줄을 휙휙 잡아당긴다.

튕기면 맑은 소리가 날 것 같은 초겨울 하늘가. 남자의 시선이 닿아 있는 곳을 따라가 본다. 머리를 거꾸로 박고 떨어지던 연이 한 바퀴 재빠르게 공중제비를 돌고 난 후, 언제 그랬냐는 듯 꼬리 치며 요리조리 몸을 흔들고 있다. 그 자태가 천상을 거니는 여인처럼 요염하다. 지상에서 얼레를 잡고 있는 남자의 분주한 손길이나 팽팽한 긴장감은 아랑곳없이 연은 허공에서 전혀 다른 모습을 연출하고 있다.

얼레에서 풀려나간 한 올 실오라기 끝에 매달려 유유자적 날고 있는 연. 연줄을 밀고 당기며 연을 바라보는 남자의 환한 얼굴. 트랙을 걷다 연과 연을 날리는 사람을 훔쳐보다 몇 걸음 간격을 두고 멈추어 서서 연을 쫓는다. 아니 내 안의 또 다른 내가 연이 되어 춤을 춘다. 원색 의상을 걸치고 이승과 저승을 춤추듯 넘나드는 신들린 무당처럼.

하늘은 왜 파란빛일까. 너무 멀어서일까. 그 파란 하늘을 향해 날아오르고 싶은 욕망은 어디로부터 오는 것일까. 거미줄보다 끈끈하고 촘촘하게 얽히고설킨 삶의 궤적 같은 인연의 끈. 쉼 없이 내 존재를 확인시키고 지탱해주는 그 끈이 가끔 거추장스럽다.

아버지와 오빠가 공들여 연 만들던 기억이 떠오른다. 태극무늬 선명한 방패연이었다. 내가 어리가도 했지만 아마도 계집아이라서 그랬을 것이다. 아버지는 방패연에 쓰고 남은 자투리 한지로 작은 가오리연을 만들어주셨다. 그것을 들고 좋아라, 넓은 들녘을 뛰어다니곤 했다. 연에 매달린 실을 잡고 힘껏 내달려도 연은 내 머리 뒤꼭지 언저리에서만 팔랑거릴 뿐, 더 높이 날지 않았다. 오빠의 방패연은 매번 아득한 곳에 더 있는데…. 높고 먼 곳에 대한 나의 갈망은 그때부터 시작되었는지도 모른다.

붉은빛으로 가득했던 서쪽 하늘을 서서히 검보랏빛이 덮는다. 남자가 실을 감아 연을 거두어들인다. 나의 연은 별이 된다. 연은 어쩌면 비상을 꿈꾸는 날개 없는 뭇 생명들의 간절한 염원의 표상이 아닐는지. 돌아온 탕자의 아버지처럼 내가 떠나온 그 자리에서 별이 된 내 연줄을 붙잡고 있어줄 누군가가 있었으면 좋겠다. 아니 내게로 돌아올 누군가를 미련스럽게 기다리며 끈을 놓지 않는 나를 상상하는 것도 즐겁다. 불현 듯, 나와 함께 어우러져 울고 웃으며 오늘을 살아가는 얼굴들과 나를 스쳐간 수많은 사람들이 그립다.

연은 줄에 묶여 있을 때 비로소 허공을 차고 날아올라 자신의 존재를 유감없이 드러낸다. 연에게 줄은 구속이 아니다. 나뭇가지에, 마른 풀숲에 처박힌 연을 본 적이 있다. 그것은 한낱 종잇장에 불과하다. 사람도 마찬가지 아닐까. 사랑하는 사람이나 그의 분신과 같은 소중한 것을 잃고 혼자가 되었을 때 끈 떨어진 갓 신세라고 한다. 줄 끊어져 더 이상 날지 못하는 연이나 끈 떨어져 제 본래의 기능을 잃어버린 갓이 무슨 소용이 있을까.

넓은 잔디구장에 저녁 어스름이 내려앉는다. 연줄을 감던 남자가 고개를 쳐들고 저문 하늘을 올려다보는 나를 흘끗거리며 지나쳐간다. '저 여자 뭐야?' 하는 표정이다.

'아저씨, 그런 눈으로 저를 바라보지 마세요. 나도 연을 날리고 있다구요. 연날리기 솜씨로 치면 아무래도 아저씨보다 내가 한 수 위 아닌가요? 비록 소리 내어 말하지 않았지만 그렇게 중얼거리며 트랙을 향해 걸었다. 세상천지 어디에서 연이 되어 하늘을 나는 여

106

자를 본 적 있나요.'(지영선,「연을 쫓는 여자」,『에세이문학』, 2015 겨울, 252-254면)

윗글의 각 문단은 하나도 빠짐없이 공간을 뜻하는 단어가 들어있다. 이 단어들이 글의 중추를 이루므로 빠지거나 없다면 글은 성립할 수 없다. 이 공간을 중심으로 작가의 트랙 위의 현재와 과거, 연에 관련한 회상을 펼친다. 즉 이 작품에서 작가가 사용한 방식은 공간 구성이다.

(2) 인과 구성

자연과학에서 모든 자연현상은 인과因果로 이루어진다고 말한다. 밤낮이나 계절의 변화와 바람이 불고 눈비가 내리는 현상, 불교에선 사람의 만남과 헤어짐, 태어남과 죽음도 원인과 결과와 관련시킨다. '아니 땐 굴뚝에 연기 날까?'는 인과의 속담이다. '나는 누군가를 좋아한다.'라는 주제로 글을 쓴다하면 내가 좋아하게 된 원인을 제시하고 그 결과가 좋아하는 상태로 지속이 된다면 이 역시 인과 논리로 구성한 글이다. 이와 같이 사건이나 상태와 상황이 발생하고 그것이 어떤 결과로 이어지고 그것을 제재로 글을 쓰면 이것 역시 인과로 구성한 것이다.

수필에서 인과로 글을 구성한다는 것은 자연과학에서처럼 객관적인 원인과 결과를 의미하지 않는다. 필자가 생각하고 그렇게 판단하는 것일 뿐 그것의 인과를 분명하고 객관적이고 과학적으로 밝혀야 하는 것은 아니다. 필자의 생각이 그렇고 감정이 그렇다는 것일 뿐이다. 수필은 학술 논문처럼 과학적 엄정함과 객관 논리의 글이 아니어도 가능하기 때문이다. 가장 중요한 것은 필자 나름의 논리이고 생각이며 감정인 것이다.

물론 그렇다고 아무것이나 원인으로 생각하고 그 결과를 연관 지어 글을 쓴다는 것을 의미하는 것은 아니다. 자연과학이나 사회과학과 같은 정도의 객관적 근거의 인과를 요구하는 것은 아니나 글에서 필자가 제시하는 인과 논리를 독자가 이해하고 공감할 수 있어야 한다는 뜻이다. 필자의 인과 논리는 독자와 소통할 수 있을 수 있는 수준을 요구하는 정도이다.

횡재

조유안

어둑해서 돌아오니 집안이 난장판이었다. 장롱과 서랍은 모두 열려 있었고 옷가지가 바닥에 나동그라져 있었다. 섬뜩했다. 둘러보니 거실 창문 손잡이 옆이 동그랗게 잘려나가 있었다.

두방망이질하는 가슴을 진정하려 애쓰며 경찰에 신고했다. 집안을 살펴보았다. 결혼 패물로 받았던 다이아 반지며 루비 세트와 첫 아이 돌 때 받은 열 손가락에 끼고도 남았던 돌 반지 등이 하나도 없었다. 남편이 신줏단지처럼 아끼던 카메라, 가죽점퍼도 보이지 않았다.

그때, '화재도난 보험'에 들었던 것이 퍼뜩 생각났다. 친하게 지내던 이웃이 보험회사에 다니게 되었다며 들어달라고 부탁했다. 많지 않은 월급에 망설여졌지만, 차마 거절 못 하고 가장 납부금이 싼 것으로 고른 것이 화재와 도난이 합쳐진 보험이었다.

보험을 들고 며칠 안 되었을 때, 회사 직원이 도난에 대비한 물건 파악 차 집을 방문했다. 보험을 들 때는 미처 예상하지 못했던 일이었다. 그는 귀중품의 목록이 쓰여 있는 서류를 보여주며 있는 것에 체크하라고 했다. 그러고 나서, 표시한 물건을 가지고 있다는 증거로 그에게 현물을 보여주면 되는 것이었다. 값진 물건도 별로 없는데 부자들이나 들 법한 도난보험에 들었다는 것이 직원 보기에 민망했고, 영 쓸모없을 것 같은 이 보험 때문에 복잡한 절차를 밟고 있는 것이 귀찮기만 했던 날의 기억이 또렷이 떠올랐다.

도둑맞은 다음 날, 보험회사에 전화했다. 현장을 보존하려고 집은 치우지 않은 채 그대로 두었다. 직원이 나와 현장을 조사하며 여러 가지 질문을 했다. 대답하는 동안에도 전날의 일이 떠올라 마음을 진정시키기 어려웠다.

얼마 후, 보험금이 나왔으니 찾아가라는 연락이 왔다. 꽤 많은 액수였다. 결혼 패물은 세팅이 마음에 들지 않아 사용하지 않고 늘 보관만 해왔던 터였기에, 보험금은 오히려 하늘에서 떨어진 횡재라는 생각이 들었다. 그 돈으로 식탁도 바꾸고 사고 싶어도 언감생심 꿈도 꾸지 못했던 멋진 장식장이며 그밖에 이런저런 살림살이를 장만했다. 해약할까 수없이 망설였던 보험이 이렇게 효자 노릇을 하다니. 해약이란 달콤한 유혹을 꿋꿋하게 물리쳐온 나 자신이 대견하기까지 했다.

얼마 후, 의논할 일이 있어 막내 동서와 통화하던 중 도둑이 든 이야기며 보험금을 타서 살림 장만한 이야기까지 신이 나서 떠들었다. 동서는 나와 몇 달 차이 나지 않게 결혼했기에, 시어머니께서 '너희 둘 패물은, 남대문에서 보석 가공하는 먼 친척에게 부탁해서 똑같은 것을 두 세트 주문해 놨다.'고 말씀하시는 것을 여러 번 들은 터였다.

동서가 깔깔 웃으며 말했다.

"형님, 내가 그동안 형님이 속상해하실까 봐 말 안 하고 있었는데요."

"무슨 일인데?"

"얼마 전에 친한 친구가 결혼반지 맞추는데 함께 가 달라고 했어요. 생각해보니 내 결혼반지 감정서를 본 기억이 없더라고요. 가는 김에 반지를 가져가서 감정을 받아봤더니, 글쎄 그게 '공업용 다이아'라지 뭐예요. 친구 신랑감도 함께 있었는데 얼마나 망신스러웠는지. 그날 일은 다시 생각하고 싶지도 않아요. 친척은 무슨 친척, 어머님이 믿는 도끼에 발등 찍힌 거지요."

나는 너무 놀라 말을 이을 수가 없었다.

"그리고 형님이 루비라고 한 빨간 보석, 그거 루비가 아니고 '가넷'이에요. 루비랑은 비교도 안 되게 싼 보석이라니까요. 보험회사에서는 그것도 모르고 진품 다이아와 루비값으로 계산했을 테니 형님은 횡재한 것이여. 호호호…."

"세상에, 가넷이란 보석도 있었나? 그러고 보니 횡재한 게 맞다 맞아."

나도 맞장구를 치며 깔깔대고 웃었다.

삼십 년도 더 된 이야기. 빨간 보석이면 무조건 루비인 줄 알았던 무지하고 순진했던 시절. 그보다도, 아무것도 모르는 남자 직원 한 명 보내서, 다이아라고 보여주면 그런 줄 알고 루비라고 보여주면 그런 줄 알았던 '도난보험 관리시스템'이, 지금 생각해보면 더 할 수 없이 어수룩했고 사람 냄새 나서 저절로 웃음이 나온다.

애지중지하던 식탁이나 닳도록 보고 또 보던 장식장도 지금은 없다. 영원할 줄 알았던 물건들은 삼십 년 세월을 견디지 못하고 현역에서 물러나버렸다. 비록 알고 한 일은 아니었다 해도, 제 값어치보다 훨씬 더 많은 보험금을 받았다는 사실만이 긴 세월을 견디며 변치 않고 남아 있다. 그렇다면, 그때 나는 과연 횡재를 했던 것일까.(서성남 외, 『수사자의 꼬리』, 에세이문학출판부, 2015, 255-258면)

윗글의 구성은 인과 논리에 따른다. 각 문단에서 밑줄 친 사연은 원인과 결과로 촘촘히 얽혔다. 앞의 한 원인이 결과를 낳았고 그 결과가 또 뒤의 원인이 되어 결과를 낳는 인과 논리를 연쇄적으로 연결하여 구성하였다. 작가의 삼십 년 세월 전의 이야기를 횡재라는 주제로 펼친다. 이어지는 매 사건은 시간이 흘러가면서 단순하게 벌어지는 것이 아니라 그 사건 사이의 인과가 연결 고리로 작용한다. 이 글은 인과와 시간이 함께 구성에 작용한다. 그러나 단지 흘러간 사건을 시간으로만 이해한다면 피상적인 것이고 인과 논리를 찾아내야 글의 구성을 바르게 파악한 셈이다.

(3) 비교와 대조 구성

비교와 대조는 어떤 대상을 이해하는 데 적합하다. 인생의 체험에서 어느 것이 같고 어느 것이 다른지 체험하는 일은 아주 흔하다. 글을 쓰는 경우도 이와 같다. 수필은 바로 우리 나날의 인생을 대상으로 삼기 때문이다. 비교와 대조는 어떤 사태를 분석하는 도구이면서 글을 구성하는 방식이기도 하다. 비교는 유사성을 강조하고 대조는 차이에 주목한다. 이 양자를 구별하는 것은 실제에선 아주 명확하지 않다. 왜냐하면 비교에는 대조가 포함되고 대조는 비교와 연결되기 때문이다. 이것은 대체로 비교하는 것의 의미에는 약간의 중대한 차이가 있고 대조적인 것도 기본적인 유사성을 갖기 마련이다.

비교와 대조의 기본적 구성은 통합적으로 작용할 수 있다. 한 문단은 요점별로 서술하고 또 한 문단은 비교와 대조로 서술할 수도 있다. 화제별로 자료를 정돈하여 비교와 대조로 구성하는 것도 아주 좋은 방법이다. 다른 방식은 A의 모든 것을 말하고 이어서 B의 모든 것을 기술하여 C 부분에서 비교와 대조를 진행할 수도 있다.

비교와 대조 구성은 글의 분량에 따라서 효과를 살펴야 한다. 요점 대 요점으로 비교와 대조를 구성할 수도 있고 문단 대 문단으로 비교와 대조로 구성할 수도 있다. 보통 수필문의 구성에는 A- B- C의 문단별로 구성하는 것이 더 좋다.

제외된다는 것은

곽숙자

지난여름 함양에 있는 친척 언니 배 과수원에 갔다. 배나무들은 가지마다 노란 봉지를 매달고 있었다. 멀리서 보니 봉지들이 마치 초록 융단에 노란 꽃무늬 같았다. 그것들은 선별에서 살아남은 것들이다.

언니네는 매년 배꽃이 피면 꽃송아리를 드문드문 남기고 주변 꽃들은 따버린다. 얼마 후 배들이 완두콩만 해지면 한 송아리에서 크고 충실한 것 하나만 봉지를 씌워 남기고 나머지는 따버린다. 양분의 소모를 줄이기 위함이다. 그리고 보면 최종까지 남은 배들은 두 번의 구조조정을 거쳐 선택된 것들이다.

내가 갔을 때 봉지 속 배들은 과일이라는 실감이 나지 않았다.

얼마나 컸는지, 모양과 색깔이 보이지 않으니 짐작이 되지 않았다. 그때였다. 푸른 잎 사이에 주먹만 한 배 하나가 눈에 들어왔다.

"어머, 배가 벌써 이렇게 컸네!"

나는 반가움에 환호했다. 그 말을 듣고 내 곁으로 다가온 언니가 말했다.

"날마다 찾아서 따버려도 남은 게 있구나."

그러고는 다짜고짜 배를 따서 흙밭에 던져버렸다. 봉지를 씌우지 않은 배는 보이는 대로 따버리는 게 언니의 일과다. 그걸 알면서도 무참히 버려진 싱싱한 배를 보는 순간 나를 보는 듯했다.

배에 봉지를 씌우는 것은 벌레를 막기도 하지만 고운 빛깔을 내기 위함이라고 한다. 그만큼 크는 동안 주인의 눈길을 용케도 비껴온 배가 아닌가. 내가 말하지 않았다면 먹음직스럽게 클 수도 있었을 텐데. 나를 기쁘게 했던 배는 한창 자라는 시기에 무리에서 제외된 셈이다. 봉지 안에서 보호를 받은 것도 더러는 썩어 떨어진 것을 보면 햇빛과 바람을 알몸으로 견뎌낸 놈보다 더 충실할 것이라는 보장은 없을 성싶다.

무리에서 탈락된 배를 보니 소녀 적 생각이 났다. 중학생이 된 친구들이 여수 만성리로 해수욕을 가자고 나를 데리러 왔다. 따라나섰다. 만성리에 도착하니 생각보다 많은 친구들이 와 있었다. 우리는 넓은 모래사장과 바다를 놀이터 삼아 마음껏 뛰어놀았다. 놀 때는 친구들과 내가 다르다는 것을 전혀 느낄 수 없었다. 한참 후 친구들이 어디론가 몰려갔다. 나도 따라갔다. 그곳에는 그날 학생들을 인솔하는 선생님이 계셨다. 모두 호명을 하는데 당연이 내 이름은 없었다. 진학을 못한 나는 선생님과 함께인 줄도 모르고 따라갔던 것이다. 그때 나는 친구들의 집단에서 예외자인 것을 실감했다.

친구들이 고등학생 때였다. 초등학교 동창회를 한다고 꼭 나오라는 연락이 왔다. 친구들도 만날 겸 약속 장소로 갔다. 그런데 그곳에 온 친구들은 모두 교복을 입고 있었다. 사복을 입은 사람은 나 혼자뿐이었다. 그뿐이 아니었다. 그날의 대화는 학교와 공부, 진로에 대한 것뿐이었다. 가족들 시중과 집안일을 전담하는 나로서는 어색한 자리였다. 그 후로 초등학교 동창 모임은 참석하지 않았다. 스스로 탈락자가 된 것이다.

아들이 대학 시험에 떨어졌을 때였다. 고교 졸업식이 있기 전에는 '내년에 가면 되지!' 하는 마음이었다. 졸업식이 있던 날 학교에 갔더니 합격한 사람과 불합격한 사람의 차이가 하늘과 땅처럼 느껴졌다. 합격한 학생과 부모들은 대학생이라는 새로운 무리에 소속된 기쁨과 설렘으로 활기가 넘쳤다. 합격한 사람들은 세상을 다 얻은 듯 서로 축하하며 하나가 되었다. 반면에 탈락한 자들은 키질에서 밀려난 쭉정이처럼 하릴없이 시나브로 흩어졌다. 탈락자의 학부형인 나는 허탈한 마음으로 아들과 쓸쓸하게 집으로 왔다. 그 순간은 공부를 잘하고 못하고는 중요하지 않았다. 어느 학교든 합격한 학생과 부모들이 부러울 뿐이었다. 처음으로 탈락을 경험한 아들이 안쓰러웠지만 방법이 없었다.

탈락의 순간에는 출구가 보이지 않아 막막할 때도 있었다. 그러나 내 삶을 돌아보면 그것이 모두 불행의 씨앗이 된 것은 아니었다. 오히려 행복의 밑거름이 되는 경우가 많았다. 고난을 모르면 행복도 모른다고 한다. 그것은 고난을 극복할수록 기쁨과 성취감이 크기 때문일 것이다. 내가 탈락을 경험하지 않고 살아왔더라면 삶의 폭도 그만큼 단조로웠을 것이다.

사람이나 과일이나 충실해지기 위해서 탈락은 필요할 것이다. 하지만 내가 친구들 무리에서 제외된 것은 가난 때문이었고, 배는 주인 마음에 달렸으니 선택받지 못한 것이 본인 의지와 상관이 없었던 점에서 우리는 닮은꼴이다.

그래도 나는 사람이니 탈락되어도 다시 살아날 수가 있다. 사람에게 탈락은 노력의 채찍이 되기도 하고 전화위복의 계기가 될 수도 있다. 배는 한번 제외되면 그것으로 끝이다. 만회할 여지가 없다. 조금 전까지 실하게 크던 배가 제 가치를 발휘해보지도 못한 채 탈락되었다. 싱싱하기 때문인가. 땅에 버려져 있으니 더 쓸쓸해 보였다.(『에세이문학』 2016년 봄, 204-207면)

이 글은 과수원의 배와 작가의 지난 인생을 비교하고 대조하며 구성한다. 친척 언니 과수원에서 품질 좋은 과일을 키우려고 선별하는 과정에서 따내 버린 배를 보면서 자신이 겪었던 유사한 사연과 비교한다. 동창들과 모임에서 배제된 것, 또 아들의 경우까지 또래에서 제외되는 아픔을 대조하며 서술한다. 결국 '우리는 닮은꼴'이란 해석이 비교라면, 작가는 사람이니 다시 살아날 수 있지만 배는 그럴 수 없는 현실을 대조하여 인식하곤 처연한 정감에 잠긴다. 즉 이 수필은 비교와 대조가 구성의 핵심이라 하겠다.

(4) 절정 구성

절정 구성은 글의 핵심을 향해 모든 내용이 집중하도록 구성하는 방식이다. 이것은 드라마의 클라이맥스를 위해서 극의 모든 요소를 배치하는 방식과 같다. 이와 유사한 것으로 점차 중요성이 증대하는 방식의 점층법이 있다. 다만 절정 구성은 수필의 주제를 후반부 또는 결미부로 몰아가는 방식인데 반해, 점층법은 문장 수사의 한 방법일 뿐으로 구성과 다르다.

어떤 사건을 정점에 놓고 그것을 향해서 다른 일들이 그것에 집중하고 모여 최대 효과를 내고자 하는 구성이다. 이것은 서사 수필에 적합하며 소설이나 드라마의 구성을 응용한 방식에 해당하는 것이다. 다만 소설과 드라마는 허구의 사건을 다루는 것이라면, 수필은 필자가 체험한 극적인 사건을 제재로 구성한다는 점에서 다르다.

이를 적용하여 수필을 구성할 때는 글에서 핵심을 결정하고, 이것과 다른 부분을 순차적으로 정렬하여 독자가 이 진행 방식을 확실하게 알도록 해야 한다. 다른 방식처럼 이 구성도 다른 것과 병합하여 사용할 수 있다. 시공간의 변화로 절정의 순간을 향해 구성할 수도 있고, 비교와 대조를 사용하며 절정으로 진행할 수도 있다. 중요한 것은 독자가 최고조를 공감할 수 있는 적합한 제재를 선택하는 게 필요하다는 점이다.

절묘한 타이밍

김미옥

1. 막내딸 예비 시어른들과 상견례를 하는 날이었다. 11월 셋째 일요일, 늦가을인데도 바람 한 점 없이 따뜻했다. 점심식사 두어 시간으로 인사는 끝났다. 큰 숙제를 마친 듯 홀가분해졌다. 오후 시간은 텅 비어있었다.

2. 집으로 돌아오는 길, 가을 햇살을 받아 반짝이는 강물과 아직

남아있는 고운 단풍은 우리를 들뜨게 하기에 충분했다. 그날따라 메이크업이며 머리 손질에 특별히 신경을 쓴 딸아이와 나는 그대로 집에 들앉아 있기에는 아쉬운 생각이 들었다. 큰딸들도 전화로 계속 부추겼다. 막내와 나는 바람 쐬러 나가기로 합의를 했다. 그런데 남편은 내내 못 들은 척 반응이 없었다. 오늘 같은 날은 기분 좋게 드라이브라도 하는 게 좋겠다고 계속 구슬렸다. 일단 집에 가서 옷이나 갈아입고 보자던 그도 마지못해 결국 응했다.

3. 어디로 갈까. 막상 나가려니 마땅히 떠오르는 곳이 없었다. 낮에는 여의도에서 가을 한강을 내려다봤으니 저녁에는 가볍게 남산에 올라 늦가을 단풍 구경도 하고 오랜만에 서울 야경을 보면 좋겠다고 의견이 모아졌다.

4. 케이블카 승강장에 도착하니 주차하기가 마땅찮았다. 주차장은 고작 열댓 대쯤 주차할 수 있을 뿐이었다. 인근 식당에서는 길에 나와서 호객하느라 야단이었지만 아직 식사할 생각이 없어 그냥 지나쳤다. 왕복 2차선 도로 한편에 주차 공간이 몇 개 더 있기는 했지만 그 앞뒤로 이미 차들이 길게 주차되어 있었다. 맨 앞쪽에 이어 대놓고 매표소로 향했다.

5. 매표소 앞부터 사람들이 장사진을 이루고 있었다. 탑승 대기 줄은 위층으로 이어져 끝을 알 수 없었다. 언제 탑승할 수 있을지 까마득했다. 다섯 시가 넘었는데도 꼬리는 계속 이어졌다. 이윽고 줄을 따라 2층 계단을 오르니 거기도 지그재그 줄지은 사람들로 빽빽했다. 벽에는 '여기서부터 40분 대기'라는 안내문이 크게 붙어있었다. 어이쿠, 남편 눈치가 보였다. 성질이 그리 급하지는 않은데 유난히 기다리는 걸 싫어하는 사람인지라 잠시

망설였다. 담배를 피우러 몇 번이나 들락날락 말은 없지만 분명 꾹 참고 있을 터였다. 그러나 모처럼 나온 걸음인 만큼 그냥 모른 척, 꼬리를 따라 3층으로 올라갔다. 입구에 들어서니 '30분 대기'라는 노란색 안내문이 또 기다리고 있었다. 위층으로 이어진 줄의 끝은 아직 보이지 않았다.

6. 슬슬 마음이 흔들렸다. 이렇게까지 해서 꼭 올라갈 필요가 있을까. 시끌시끌한 중국 관광객 물결 속에 선 채로 시간을 죽이는 것도 힘든데 올라간들 이미 우리가 생각하는 나들이는 아닐 것이었다. 와글와글 야시장 같을 남산타워를 생각하니 야경을 감상하며 호젓하게 저녁식사나 하려던 우리 계획과는 거리가 멀어 보였다. 하지만 들인 시간이 아까워 한동안 주춤거렸다. 그러다 자칫 피곤해질 것 같다는 생각이 드는 순간 더 망설이지 않고 돌아섰다.

7. 표를 환불하고 나오니 벌써 어둠이 깔려 있었다. 그런데 뭔가 주변이 소란스러웠다. 가까이 가보니 견인차 몇 대가 이마에 불을 밝히고 주차된 차를 두부모 떼어내듯 차례차례 끌어가고 있었다. 아뿔싸, 우리는 누가 먼저랄 것도 없이 앞쪽으로 냅다 뛰었다. 은행잎이 깔린 미끄러운 오르막길을 먹이를 뺏기지 않으려는 동물의 필사적인 몸부림처럼 헉헉거리며 달려가니 마침 우리 차를 매다는 중이었다. 그야말로 간발의 차로 구사일생. 절묘한 타이밍에 웃음도 나고 기막히기도 했다.

8. 매표소에서는 계속 표를 팔고 있는데 견인차는 대목을 만나 듯 부릉부릉 아주 신이 났다. 어쩌자는 것인가. 휴일 저녁, 가볍게 나들이 나온 사람들 좀 봐주면 안 될까. 통행에 크게 방해되지도 않는데. 융통성 없음이 못내 아쉬웠다. 아니, 어둠이 내리기를

기다렸다가 기습하는 것 같아 은근히 화가 나기도 했다.

9. 이마에 훈장처럼 딱지 한 장 붙인 차에 오르니 자꾸만 웃음이
나왔다. 밤늦게 야경에 취해 솜사탕 같은 기분으로 내려왔는데
감쪽같이 차가 증발해버렸다면 얼마나 황당할 것인가. 특별한
날 들떴던 기분을 깡그리 망쳤을 것을 생각하면 안도의 한숨이
절로 나왔다. 몇 번을 생각해도 그때 돌아서기를 잘했지 싶다.
살아가면서 때로는 결정적인 순간 포기할 줄 아는 것도 지혜로
운 삶의 한 방법이라는 걸 새삼 느꼈다. 대롱대롱 매달려 산 위
로 올라가는 케이블카를 자꾸 돌아보았다. 그 안에서 불빛 구경
에 취해 있을 사람들이 전혀 부럽지 않았다.

10. 용산쯤 오다가 저녁으로 먹은 갈비탕이 입에 달았다. 우리는
눈만 마주쳐도 웃음이 터졌다. 괜히 나왔다가 딱지만 받았다는
남편의 불평도 오늘은 거슬리지 않았다. 그 말조차 달기만 했
다.(『에세이문학』, 2016년 가을, 205-207면)

이 글은 절정 사연을 중심으로 그에 따른 구성 방식이다. 총 10개 문
단인데, 각 문단의 문장은 순차대로 5개-7개-3개-5개-11개-6개-6
개-5개-7개-4개인데, 서두와 결미 문단은 비교적 적은 분량으로 외
형상 달걀 형태를 갖춘다. 각 문단의 소주제를 제시하고 이를 중심으
로 글의 구성을 알아보자. ① 상견례를 한 날 오후 시간이 비었다. ② 가
족끼리 외출하기로 했다. ③ 남산에서 서울 야경을 보자고 했다. ④ 길
가에 주차했다. ⑤ 케이블카 승강장은 만원이었다. ⑥ 갈등하다 돌아섰
다. ⑦ 견인될 순간에 아슬아슬 벗어났다. ⑧ 견인차 행태에 화도 났다.
⑨ 돌아서길 잘했다고 생각했다 ⑩ 만사가 좋았다.

9문단이 절정이고 이를 향해서 1-8문단까지 사연이 이어진다. 특별한 날(소주제①)의 가족 외출(소주제②, ③)이 여러 곡절(소주제④, ⑤, ⑥, ⑦, ⑧)을 겪은 뒤에 해피엔딩(소주제⑩)으로 마무리한 체험이 제재이고, 결정적 순간(소주제⑤)에 포기(소주제⑥)하는 것도 지혜로운 삶의 방법(소주제⑨)이라는 새로운 깨달음이 주제이다. 이 주제는 체험 제재에서 필자가 발견한 해석이다. 이 결말에 이르기까지 여러 사연이 작용한다. 남산에 케이블카로 오르려고 매표한 뒤 순서를 기다리다 환불한 뒤 돌아선다. 길가에 주차한 차가 견인되려는 순간에 구출해 돌아서면서 가려고 했던 케이블카를 본다. 대롱대롱 매달린 케이블카 안의 사람이 부럽지 않다. 이미 서사적 자아는 한 차례 인식의 전환을 이룬 뒤이기 때문이다. 주인공의 새로운 깨달음이 글의 절정이고, 9문단의 구성적 의미다.

이 구성 과정을 더 세밀하게 따져 보자. 서두는 특이한 체험이 시작되는 어느 날의 정황('텅 빈 오후 시간')과 심리 상태('홀가분해졌다')를 서술한다. 서두의 평안한 심리가 만족한 결미('입에 단 음식'과 '불평의 말조차 달았다')에 상응한다. 물론 서두에서 결미에 이르는 시간 변화에 여러 사건이 일어났고, 새로운 인식의 변화로 평안 상태가 강화되고 고조되었다. 이 서두와 결미의 대응은 본문 문단의 호응과 조화를 이룬다. 2와 3문단은 외출과 장소가 호응하고, 4-5문단은 주차와 케이블카가 호응한다. 6-7문단은 심적 갈등과 물리적 위기에서 내린 결단과 필사적 해결이 호응한다. 8-9문단은 세상의 견고한 현실과 필자의 유연한 상황 대처가 호응의 짝을 이루면서, 전자에는 화가 나고 후자에는 웃음이 나는 대조적 심리 서술은 9문단 절정을 강화하게 이끈다. 이러한 문단의 호응에 따른 짝 구성도 사고의 균형과 안정감을 이룰 수 있는 좋은 보기이다.

(5) 병렬 구성

이것은 열거식 구성이라고도 부르고 또는 화제별 구성이라고도 부르는 방식이다. 논리적 연관성이나 단계별 순차성 없이 글에서 다루는 주제와 관련된 제재를 화제별로 병렬하거나 열거하며 구성한다. 병렬의 순서나 화제의 순차도 일정한 기준이 없지만 글이나 필자에 따른 내적인 질서는 있어야 한다. 큰 것에서 작은 것으로 열거한다든지, 내면적인 것에서 외향적인 것으로 진행한다든지, 중심적인 것에서 부차적인 것 등등의 화제 사이의 내적 연결 고리를 갖추는 게 좋다. 자칫하면 산만하여 전체적인 글의 짜임새가 부족하거나 어수선하게 독자에게 비춰질 수 있다.

이 병렬 구성은 정해진 분량에 맞추어 화제의 수를 조절하면서 쓸 수 있는 장점이 있다. 주제와 관련한 내용과 동원 가능한 제재는 얼마든지 열거하면서 쓸 수 있기 때문이다. 이 구성에 합당한 논리는 구체적 사례에서 일반론을 찾는 귀납법과 일반론에서 구체 사례로 연결하는 연역법과 조응할 수 있다.

컷, 말하는 도시

염귀순

#1. 헤어숍에서 행복을 눈치채다

상호 앞자리에 우리 아파트 이름을 새겨 넣은 '○○ 헤어 갤러리'. 깔끔한 간판 아래 환한 실내가 들여다보이는 이 숍에서 한 명뿐인 헤어디자이너이자 주인인 그녀에게 파마를 부탁한다.

바로 집 앞인데도 첫걸음이다. 어쩌다 번쩍 눈에 띄어 들렀다가, 그녀와 몇 마디 얘기를 나누다가, 왠지 모를 신뢰감과 분위기에 넙죽 머리를 맡긴 게다. 짜하게 이름난 미용실에서 파마 한번 하려면 전화예약에다 외출 준비며 오가는 시간으로 하루를 날리는 판국 아닌가. 입던 옷 그대로 동네 미용실에 앉아 마음에 드는 파마를 할 수 있다면야 오죽 편하리.

결과부터 말해보라면, 기분 좋게 예감 적중. 우선 모발에 손상을 주지 않은 채 탄력 있게 나온 파마 컬이 만족스럽다. 거울 속에 비춰 본 뒷모습에서 커트 솜씨도 나무랄 데 없음이 확인된다. 젊은 헤어 디자이너들보다 몇 십 년은 더 체득했을 노하우를 숨기고 있었단 말이지. 거기에다 전에 다니던 미용실보다 몇 만 원이나 저렴한 파마비용이면 일거양득, 일석이조, 대~박.

#2. 백화점에서 행운을 사다

옷이 날개라는 말, 중년 이상의 연령층에겐 더욱 솔깃할 테다. 자유자재한 몸매의 결점을 커버하여 나이 팍 들어보이지 않게, 세련되고 우아하게, 감추고 추슬러 올려줄 한 겹 날개 구하기란 생각만큼 쉬운 게 아니다. 층층을 돌아보던 백화점에서 어쩌다 '영에이지' 매장의 그럴싸한 원피스를 찾아낸 건 행운이랄까. 두껍지 않은 모직천이 상체 쪽을 부드럽게 감싸줄 것 같고, 치마 부분은 풍성하면서 그다지 짧지 않은 것이 '올드'층의 내가 입어도 무난할 성싶다. 검정 바탕에 흰색과 붉은색의 체크무늬도 마음에 쏙 들어온다. 티셔츠처럼 안감이 들어 있지 않고 지퍼 대신 단추로 뒤트임을 처리하였지만 코트 안에 입기엔 '딱'이다.

"한번 입어보세요~ 잘 어울리시겠어요."

귀엽게 생긴 판매원 아가씨가 민첩하게 적시타를 날려준다. 어쩜, 사이즈도 맞네. 정가도 엄청 싼 편인데 오늘부터 30프로 할인이란다. 망설일 필요 있으랴. 눈요기쇼핑 끝에 건져올린 옷 하나로 단박 기분이 날아오르는 이 여자, 참 알뜰한 건가 한심한 건가.

#3. 길거리 구두병원에서 낭만에 젖다

길거리에서 일어난 구두의 반란이 실로 난처하다. 멀쩡해 보이던 하이힐의 앞쪽 밑창이 벌어진 위급상황이다. 이런 일도 있다니. 119에 구조 요청을 할 수도 없는지라 어떻게든 구두병원을 찾아야 한다. 아니면 택시를 불러 타고 곧장 집으로 가는 수밖에. 망연자실 서 있다가 두 눈의 촉수를 한껏 높여 거리를 훑는다. 이쪽저쪽 아래위로 한참 동안의 탐색전에 눈이 시려갈 즈음, 차도 건너편 구두수선 집 하나가 레이더망에 포착된다. 구세주다. 가까스로 구두를 맡기고 방전된 몸을 간이의자에 앉히고 보니 하아! 뜻밖에도 풍광이 기막히다. 줄지어 늘어선 가로수며 오가는 사람들과 씽씽 달려가는 자동차들이 모두 한 컷의 풍경으로 어우러졌다. 길거리 자리치고 이만한 명당이 있으려나. 무릎 위에 펼쳤던 책을 도로 덮은 채, 구두수선을 하러 왔다는 생각도 잠시, 막 물들기 시작한 가로수의 가을빛에 가슴이 뭉클해진다.

"아저씨, 이만큼 분위기 있는 구두수선 집은 없겠어요! 나무그늘이 넓어 여름에도 시원할 테죠?"

"남향이라 겨울에도 춥지 않은걸요."

구두 정형외과 전문의는 이야기를 하면서도 수술에 여념이 없으시다. 수술대 위에 놓인 구두에서 퀴퀴하게 풍기는 냄새를 무슨 과일 향인 양 먹고 사는 구두병원 의사, 그의 거룩한 손이 능수능란하다. 수술이 끝나면 내 구두는 전보다 더 튼실한 희망에 차오르겠다. 우울하게 뭉개졌던 발도 다시 충전되겠지. 지금 수술이 한창인, 지하철 ○○역 출구 커다란 가로수 아래의 구두병원은 오늘 내게 감동적인 선물이다. 마음도 쉬고 풍경도 담아보는 낭만까지 안겨줄 줄이야.

#4. 과일 트럭에서 횡재를 낚다

과일 장수가 트럭으로 싣고 온 단감을 파는 중이다. 플라스틱 소쿠리에 담아놓은 삼천 원, 오천 원인 단감들이 생생하고 때깔도 좋다. 한입 베어 물면 단물이 듬뿍 나올 듯하다. 알이 굵은 것으로 수북한 오천 원짜리 무더기에 눈을 주었더니 어느 것으로 할 것인지 고르란다. 마주보이는 대형마트엔 '브랜드파워 14년 연속 1위'란 플래카드가 내걸렸지만 이보다 크기가 훨씬 작은 단감 열 개에 사천구백 원이었다. 이 정도면 최상급 수준으로 더는 고를 것도 없다.

"그냥 오천 원짜리로 담아주세요."

과일 장수 아저씨의 얼굴에 금방 웃음이 번진다. 내 수월한 결정이 고마운가 보다.

"자, 보세요. 전부 알이 굵고 좋지요? 우리는 물건 속이지 않아요."

이럴 땐 가뿐하게 음미하는 거다. 한 소쿠리의 감을 비닐봉투에 거꾸로 털어 부으며 큰 것 한 개를 더 얹어주는 저 기분을, 오천 원어치의 횡재에 마음의 주름살이 좍 펴지는 이 느낌을 말이다. 삶과 행복? 그게 어디 지적이며 고상한 것인가. 오히려 지극히 자연스럽고 소소한 것들임을 진즉 눈치 채지 않았던가. 광활한 세상에 한 개의 점에도 못 미칠 우리가 괜한 '무게 잡기'와 '폼 잡기'에서만 벗어나도….

　도시의 하루가 저문다. 풍경속 사람 풍경도 천천히 저물어간다. 어느 순간엔 떠도는 바람이 "흔들려라" 부추기고, 어느 때는 가로수에 앉은 가을이 "물들라" 속삭이는 시간이 또 가고 있다. 조금 있으면 제자리로 돌아온 자들이 밝히는 안온한 불빛이 아파트 창마다 새어 나올 것이다. 어제 그저께처럼, 내일 모레처럼.(염귀순, 「컷, 말하는 도시」, 『에세이문학』, 2015 겨울, 275-278면)

이 글은 '도시의 하루'를 주요 제재로 삼는다. 작가가 체험하면서 관찰하고 파악한 도시의 하루를 여러 상황(네 컷의 장면)으로 병렬하여 구성한다. 이 병렬한 각 화제는 서로 뚜렷한 논리적 연결을 찾기 어렵다. 주요 화제인 도시의 다채로운 양태에 대한 생각을 병렬로 제시하며 글을 펼친다. 각 화제 사이에도 상하 관계나 종속적인 연관은 없다. 도시에서 하루 동안 누구라도 만날 수 있는 별개의 장면이라서 작가가 이처럼 관련지어 엮어내기 전에는 상관성이 없는 각개의 도시 풍경일 뿐이다. 작가는 이 각각 장면의 상관성이 부족한 것을 확실하게 분리하여 번호까지 붙여 별개 상황임을 시각화한다. 이 작품의 주제는 도시의 여러 흐름에 따라서 그 안에 사는 사람도 도시의 한 풍경으로 자리 잡고, 함께 시간 속으로 스며들어 일상을 꾸린다는 다소 소박한 심사이다. 이처럼 병렬을 시각적으로 꼭 드러내야 할 필요는 없다. 한 주제로 모아질 수 있는 제재는 얼마든지 가능하다. 다음 예문에서 이 점을 확인한다.

밥상 차릴 때

신복희

서울을 떠나던 날 많은 짐을 버렸다. 시골에 가면 집이 좁아지니 부득이 버릴 물건이 많았다. 너무 큰 가구나 쌓아둘 수 없는 책과 옷 등을 버렸고 꼭 필요한 물건이 아니면 아무리 새것이라도 버릴 수밖에 없었다.

살림이 단출해지니 홀가분했지만 식탁이 없어지니 조금은 불편하기도 했다. 하지만 날이 더운 여름날, 마루에다 밥상을 차리면 마당에 핀 꽃들과 더불어 향연을 벌일 수 있어 즐거웠다. 마루에 밥상을 차릴 때는 언제나 대문과 마주 보지 않도록 조심을 했다. 대문과 마주 보고 밥을 먹으면 복이 나간다는 말을 어릴 적부터 들었기 때문이다. 까닭도 모른 채 시골집이니 옛날 미신은 지키는 게 좋을 것이라는 막연한 믿음으로 그렇게 했는데, 한번 경험으로 그럴듯한 이유를 알게 되었다.

어느 날 점심을 먹고 있는 중이었다. 활짝 열린 대문으로 들어오던 이웃 사람이 숟가락을 든 나랑 눈이 마주치자 당황해 하면서 빠른 걸음으로 나가버렸다. 들어오던 사람이 그냥 나간 일이 미안해서 나는 뒤따라갔다. 하지만 모퉁이를 돌아가는 사람은 나중에 다시 오겠다는 말만을 남긴 채 손사래를 치면서 그의 집으로 총총히 달아났다. 지금 생각하면 그 사람이 대문을 나가기 전에 불러 밥상 앞에 앉히고 함께 밥을 먹자고 청해야 옳은 일이었다.

차츰 시골 생활에 익숙해지면서 넉넉한 인심을 알게 되었다. 시골 사람들은 아직도 누군가가 끼니때에 찾아오면 반드시 상을 차리고 수저를 들게 한다. 하물며 밥상을 내놓은 상태에서 찾아오는 손을 그냥 보내겠는가. 그것은 어제오늘 새로 생긴 인심이 아니라 긴 세월 전해 내려온 우리의 따뜻한 정이다. 하지만 보릿고개를 넘기며 살아온 백성들이 인심대로 나누며 살기는 어려웠을 것이다.

밥상이 대문과 마주 보고 있으면 복 나간다는 미신은 별안간 마당에 뛰어든 손님과 시선이 마주치지 않도록 미리 막아준 예방책이다. 한밤중만 아니면 항상 대문을 열어놓는 게 미덕이었으니 마당에 발만 들여도 모른 척하지 않은 인정 많은 사람들의 양심을 지켜준 말이다.

그 말은 '내 집을 찾는 모든 이를 예수님처럼 대하라.'고 한 성경보다 너그럽고 인간적이다. 모든 사람을 예수님 모시듯이 실천하기란 참으로 어렵다. 차라리 식구끼리 대문을 등지고 앉아 밥이라도 편하게 먹으라는 가르침이 낫지 않을까. 이 나라 사람들은, 등돌린 주인에게도 말을 건네며 들어오는 배고픈 길손까지 몰라라 하는 흉심(凶心)은 흔하지 않기 때문이다.

'밥상은 대문과 마주 보게 차리지 말라.' 나는 오늘도 조심해서 상을 차린다. 복이 나갈까 두려워서가 아니라 무심코 집안에 들어오던 이웃이 밥상을 보고 민망해서 발걸음을 돌리는 뒷모습을 다시는 보고 싶지 않기 때문이다.

서둘러 나가는 이웃의 뒷모습은 너무 허둥대고 불안해 보였다. 붙잡아도 들어오지 않겠다는 이웃의 손사래는 나를 더욱 미안하게 한 기억을 잊을 수가 없다.

요즘 아파트에 사는 젊은 새댁이 들으면 이해할 수 없는 이야기다. 아파트 현관문은 주인이 허락하는 사람만 들어올 수 있다. 집안에서 어떤 일을 하는지 보이지도 않는다. 더구나 식사 중에 사람이 찾아오면 주인이 현관 밖으로 나가서 이야기를 하는 편이다. 긴 이야기가 필요한 사람이라면 다음에 다시 오라는 말로 돌려보낸다. 식사 중인데 집안으로 들어오는 사람이라면 가족이 아니라면 아마 없을 것이다.

 밥상을 대문과 마주 보지 않게 차려야 한다는 말도 사라졌다. 복이 나간다는 말도 두려워하지 않는다. 그러나 그 말속에 담긴 따뜻한 인심을 나는 기억하면서 아이들에게 물려주고 싶다.(신복희, 『돌아온길』, 에세이문학출판부, 2014, 165~169면)

이 글은 각 문단에서 '밥상'과 관계된 작가의 체험과 생각을 병렬 구성으로 서술한다. 밥상과 관련한 각 화제는 어떤 유기적 상관성을 찾기 어렵다. 체험 상황의 전후는 있지만 그것에는 필연적 인과나 논리성이 없다는 말이다. 즉 편의상 작가의 서술 관점에 따라 임의적이다. 앞에서 병렬로 열거한 화제는 끝 문단에서 주제문 '따뜻한 인심을 나는 기억하면서 아이들에게 물려주고 싶다.'로 수렴한다. 이처럼 화제를 병렬하여 글을 구성하는 방식은 수필에서 아주 흔하게 볼 수 있다. 그만큼 이 병렬 방식은 수필 구성에서 보편적이라 하겠다.

3) 문의 구성 단계

구성 단계는 선정한 제재 내용의 진행 단계별로 글을 구성하는 것인데, 여기에는 3단 구성, 4단 구성, 5단 구성이 있다. 3단 구성은 3개의 단계를 거치며 글을 구성하는 것이고, 4단계 구성은 4단계, 5단계 구성은 5단계를 따른다. 각 단계의 성격은 다루는 글의 화제에 따라 다르지만 단계별로 연결하여 발전시키며 진행의 순차를 가진다는 점에서 같다. 글이 단계별 진행을 하는 것은 동일하지만 그 단계가 수효에서 차이가 나는 것일 뿐이다. 당연히 글이 다루는 제재의 분량과 내용에 따라 필자가 선택해 활용할 나름이다.

이처럼 단계별로 구성하는 것은 인간의 사고 체계와 인지 과정과 관련된다. 사물이나 어떠한 일상의 삶과 그보다 광범위한 세상의 만물을 인지하고 그것을 사고하는 데에는 일정한 단계를 거친다는 사실이다. 자연물이 아니라 인위적인 상황을 인지하는 과정에서 사람은 이러한 단계를 거쳐서 이해하고 수용하고 세상을 파악하며 살아간다는 말로 풀이할 수 있다. 인간의 삶을 주요 제재로 활용하는 수필에선 그대로 이 단계를 쫓아서 구성하기 마련이다. 이 점은 글도 역시 사람이 인지하는 하나의 대상이기 때문이다.

이를 사고 체계와 상관시키면 3단계 구성은 3단 사고와, 4단계 구성은 4단 사고와 5단계 구성은 5단 사고와 관련한다. 이를 글의 구성과 사고 체계와 관련시켜 알아보면, 글도 결국 인간의 사고를 바탕으로 하며 그것을 정돈하고 문자화하여 인지 가능한 상태로 구성한 것으로 볼 수 있기 때문이다. 즉 사고와 구성이 긴밀하게 연결되는 셈이다.

한 편의 글을 몇 단계로 구성하느냐는 글쓴이의 사고 전개 방식과 관련이 깊다. 단순하고 일원적인 사고와 심화되고 다차원적인 사유 체계의 차이를 나타낸다. 문의 구성은 일차적으로 필자의 사고 체계에 관련되나 선정한 제재 자체에서 연유하기도 한다.

2단 사고는 가장 단순하고 기본적인 사고방식으로, 동양이 음양陰陽의 대구식對句式 사고라면 서양은 'yes-no' 또는 '+와 -'의 상반적 사고에 맞는 체계이다. 이 체계에 의한 2단 구성은 사고 진행 단계의 하나이지 완결된 것은 아니다. 문단이나 글의 구성에는 적합하지 않다. 이를 응용하여 문단을 배열할 때 서로 2개 문단씩 호응하는 짝을 지어 글을 구성하면 보다 안정적이어서 좋다.

3단 사고는 하나의 정리된 생각을 완결하는 기본 구성이다. 동양의 태극적太極的 사고(음양을 포괄하여 하나로 융합하는 사고)와 서양의 '정-반-합'으로 완성되는 변증법적 사고에 맞는 구성이다. 이 구성의 최소 문단 수는 3개이다. 어떠한 글도 3문장과 3문단(3개의 독립적인 의미) 이상이 되지 않으면 완결된 글로 볼 수 없다는 논리적 근거이다.

4단 사고는 사고 체계의 발전과 구성의 안정성을 확보할 수 있다. 이 구성의 최소 문단 수는 4개이나 보다 안정을 꾀하려면 6개 이상의 문단수를 갖춰야 한다. 즉 1-2-2-1이나 1-3-1-1(단계별 문단 수)의 배치가 좋다. 제재의 성격과 주제에 따라 이를 기본으로 얼마든지 응용 변화시킬 수 있다.

5단 사고는 대략적으로 사고 체계가 서양은 3단, 동양은 4단인데, 동서양을 아우르는 인도는 5단인데 그 점이 특이하다. 문학 갈래의 종합 양식인 희곡의 보편적 구성인데, 이는 체험한 특수한 사건을 중심으로 이야기의 굴곡과 갈등을 내포한 서사 수필과 잘 어울린다. 글의 안정성을 위해서 5단 구성으로 글을 쓴다 해도 문단은 최소한 6개 이상이 바람직하다.

수필 구성에서 명심할 것은 내용과 외형이 안정적이고 균형감을 얻기 위해서는 유선형을 지향해야 하는 점이다. 즉 글의 서두와 결미가 본문보다 분량이 적어야 한다. 코스요리에서 전채와 디저트가 양이 적고 중심 요리가 많은 것과 비견할 만하다. 타원형 계란과 유선형 물고기처럼 내용(사고와 감정)과 형태(문단)를 구성해야 자연스럽다. 글을 구상하고 문장으로 표현하는 것 역시 인간의 의도적 사고 작용이고 관련 활동이므로 자연 세계와 여타의 일상과 그 근본 원리는 상통한다.

꿈속의 정원

함순자

1. 손바닥 두 개로 가리면 여분이 보이지 않을 만큼 작은 채마밭에서 봄에 심은 강낭콩을 거두고 있다. 제법 작은 자루를 채운다. 밭 가장자리를 돌아가며 심은 백일홍, 봉숭아가 한창 제멋을 내면서 피고 있다.

2. 겨울 밑으로 봄기운이 돌면 서둘러 잠자고 있는 흙을 깨운다. 가운데 토막을 잘라 강낭콩을 심어놓고 담처럼 둘레에는 꽃씨를 뿌렸었다. 작은 이 밭이 나의 목마름을 적시는 한 모금의 물이 되어준다. 정원을 가꾸려던 꿈을 접은 후에 얻은 것이라 갈증을 해소하기엔 어림도 없는 것이지만 흙을 만지고 꽃을 가꾸는 재미 하나로 위로를 삼는다. 내가 무슨 수로 넓은 땅을 차지하겠는가. 꽃처럼 밝게 살다 가면 되는 것이다.

3. 유럽을 여행하던 중에 알프스 몽블랑으로 가는 길에 레만 호수에 들렀을 때다. 일행들은 호숫가에서 사진을 찍느라 바쁠 때 나는 아름다운 정원 앞에 서있었다. 오색의 튤립이 융단처럼 피어있는 성당, 넓은 뜰을 채우고 있는 이름 모를 꽃들에 마음이 팔려 눈을 뗄 수가 없었다. 낮은 울타리 너머로 시름을 놓고 꽃들을 보고 있었다.

4. 넓은 화단 뒤편에서 웃음 짓고 서있는 수녀님, 아니 그도 하얀 꽃으로 보였다. 정원을 엿보는 것은 실례가 된 듯하여 "원더풀 플라워!" 소리치며 손을 흔들었다. 찾는 이가 없어 적적했던 시간이었을까 수녀님은 내 곁으로 다가와 어디에서 왔는가 물었

다. 한국이라는 대답에 성당으로 들어오라고 손짓했다. 그때 수녀님과 찍은 사진 속의 정원은 내가 갖고 싶은 지울 수 없는 꿈의 정원이 되었다.

5. 제네바에 레만 호수가 있으면 나에게도 일산호수가 있었다. 주저함 없이 우리나라 토질에 적합하고 내가 좋아하는 나무와 꽃, 그리고 유기농 채소를 가꾸면서 남은 생을 꽃과 자연 속에서 살고 싶었다. 이사 오기 전에 살던 서울에서는 어림도 없는 일이지만 이곳 일산에서는 충분히 가능했다.

6. 호수가 바라보이는 곳에 눈이 번쩍 뜨이는 반듯하게 사각이 진 터가 눈에 들어왔다. 내가 가진 통장의 잔고만으로도 무리 없이 매입할 수 있는 적당한 값이었다. 이사 오던 첫해의 400평 땅은 서울에서는 강 건너 불구경이지만 일산에서는 고액의 투자도 아니고 가진 자들의 눈에는 쇠푼도 안 되는 적은 액수였다. 탐이 나서 눈뜨면 그곳으로 달려가서 판판한 터를 보며 설계도를 그렸고 잠을 설쳐가며 꿈의 정원을 만들었다.

7. 출입구에 들어서면 안쪽 끄트머리에 자그마한 단층집을 짓는다. 집은 크지 않아도 되고 아담할수록 좋다. 방 하나에는 건강을 생각해서 황토벽을 쌓고 한지로 도배를 하리라. 마루 한편에는 페치카를 만들어 겨울이면 하얀 연기가 지붕 위로 피어오르게 하고, 난로 안에서는 고구마가 익어가고 난로 위에는 구수한 보리차가 끓고 있다. 여름이면 테라스 그늘 밑에 평상을 깔고 대문에는 무지개 아치를 세워 하얀 장미를 올릴 것이다. 마당 한 귀퉁이에는 닭장도 만들고 홰를 치며 새벽을 알리는 장닭의 울음소리를 들으리라. 꿈은 혼자만 누리는 자유였고 덧없이 흐르는 바람이었다.

8. 바른편은 화초를 심고 왼편에는 유실수와 채소를 심을 것이고 꽃들도 계절 따라 키대로 배열을 할 것이다. 들꽃 풀꽃 자연에서 얻어온 것들을 앞자리에 앉히고 산내음 들내음을 맡으며 봄이면 목련 철쭉이 피고 여름이면 탐스러운 수국과 찔레꽃, 보랏빛 매발톱 꽃이 얼마나 예쁠까. 봉숭아 채송화 접시꽃이 벌을 불러온다. 가을이면 국화와 백일홍 붉은 샐비어, 겨울이면 눈꽃 속에 핀 붉은 포인세티아로 성탄을 장식하리라. 대문 곁에는 크리스마스트리로 적당한 주목 한 그루 심어 오색등을 매달아 놓고 〈징글벨〉 음악을 듣는다.

9. 대문에서 집으로 들어오는 길은 널찍한 디딤돌을 징검다리처럼 놓아주면 돌과 돌 사이에는 생명력 질긴 민들레와 냉이 홀씨가 날아와 꽃을 피워주겠지. 길 양옆으로 눈을 마주치는 푸새들의 노래, 향기 나는 나무와 꽃들의 대화, 내 손으로 키워낸 식구 같은 분신들을 만지면서 아침이슬에 손을 적시며 살아갈 행복한 날들을 그려가고 있었다. 그것은 허망한 꿈이 아닌 가능한 소망이었다.

10. 집 앞을 지나는 이들이 꽃구경 오면 테라스 그늘에 앉아 차를 마시며 꽃 얘기도 하고 차보다 더 짙은 정을 나누리라. 감이 익으면 항아리에 쟁여두고 찬 겨울에 손님이 오면 대접하리라. 채소가 자라는 대로 이웃과 나누며 어머니가 하던 대로 호박오가리, 무말랭이도 볕이 좋은 날 채반에 담아 말리면서 멀리서 불어오는 바람에게 고맙다는 말도 전하리라. 그 정원의 꿈은 끝없이 이어졌다.

11. 땅을 계약하는 자리에 생각지도 못했는데 남편이 들어섰다. "시기와 질투 오해와 미움, 말도 많은 세상에서 물 위를 걸어오

듯 여기까지 온 것을 알고 있다면 이건 아니요. 흠 없이 걸어온 길에 얼룩진 자국을 남길까 두렵다. 이번 일만은 포기하면 안 되겠는가." 집안일에 간섭하지 않던 남편이 작심하고 하는 말이었다. 뜻을 새겨보니 남의 눈에는 부동산을 투기하는 것으로 오해받을 소지가 있다는 것이었다. 언제나 내 의견에 박수치고 응원하던 남편의 한 마디는 천근처럼 무거웠다. 내가 계획한 것이 어설픈 잡도리가 아닌 것이 분명하지만 남편의 뜻이 옳다는 생각이 들었다.

12. 이룰 수 없는 꿈은 슬프다고 하더니 진실로 그렇다. 수없이 많은 날이 지나가고 남의 차지가 되어버린 그 땅을 볼 적마다 목마른 가을 수풀처럼 내 마음은 허우룩하다. 그러나 아직도 마음 한구석에 자리 잡고 있는 꿈속의 정원에는 크고 작은 꽃들이 피고 지는가 하면 과일 열매들이 주렁주렁 매달려 있다.(『에세이문학』, 2016년 가을, 83-86면)

예문은 3단계 구성이다. 문단 1,2는 서두부로 1 단계이고, 문단 3~10까지 본문으로 2단계이며, 문단 11,12는 결미부로 3단계로 짜여 있다. 1단계에서 작가는 작은 채마밭에서 채소와 꽃을 가꾸는 재미로 산다. 2단계에서는 한 때 가질 수도 있었던 아름다운 정원을 회상한다. 3단계에서는 꿈으로만 끝난 땅에 대한 미련을 털어내고 마음을 다독인다.

이 3단 구성은 기-서-결의 과정이든 열고 풀고 맺는 과정이든 3단계의 경로를 지닌다. 수필의 구성으로서 가장 단순하고 일반적인 방식이다. 문학 수필이 아닌 경우에 일반 산문에서도 주로 애용하는 구성 방식이다. 그만큼 한 편의 글을 완성하면서 보편화된 것으로 수필에서도 작가들이 즐겨 이용한다. 이 얼마간 밋밋한 문의 구성은 복잡한 심리 갈등이나 다기한 성격의 사건 서술에는 잘 쓰이지 않는다. 이는 모든 글의 기본적 구성 방법이므로 글을 쓰려면 능숙하게 사용할 수 있도록 꼼꼼하게 익혀두는 게 좋다.

가다가 쉬고 가다가 쉰다

유병근

1. 등산길에는 이런저런 널따란 바위도 있다. 산을 타는 사람들이 잠깐이나마 허리를 펼 수 있는 곳이다. 너럭바위와 방석처럼 깔린 풀 덩굴은 헐떡거리며 오르는 산길에 쉬어가라는 유혹의 손길처럼 다정하다.

2. 자갈돌을 비집고 호리호리 몸 관리를 잘한 풀잎이 발끝에 솟아 있다. 하마터면 밟을 뻔했다. 풀은 제 몸무게보다 몇 천 배 몇 만 배나 되는 돌을 머리로 떠밀고 당당하게 세상을 찾아 솟아올랐다. 손톱발톱이 뭉개지도록 땅을 파헤친 풀은 채탄광부 같은 삽과 곡괭이를 몸에 차고 있는 것 같다.

3. 그 힘을 보고 있는데 '눈뜬 노루귀는 미처 눈뜨지 않는 질경이의 목덜미가 자꾸 어스레하다.'는 문자가 휴대전화에 뜬다. 이 구절이 어디서 났지? 얼른 떠오르지 않는다. 내가 쓴 구절을 모르고 있다니 나는 내 글에 다소 무심한 편이다. 그걸 깨우치라고 그는 일부러 문자로 보내주었을 것이다. 가만히 생각하니 그런 구절을 쓴 적이 있기는 있다. 그는 내 졸작을 읽고 있었던 셈이다. 내 기억에서 사라진 구절을 들춘 그에게 날이 맑고 깨끗하다

는 문자라도 떠올까 싶다.

4. 조금 전에 떠오른 생각의 갈래를 찾아 이리저리 머리를 굴린다. 그런데 자꾸 헷갈린다. 덜 삭은 것을 끄집어내려니 그런 것 같다. 섣불리 끄집어내면 생각의 팔삭둥이가 될지 모른다. 부드럽고 연한 풀줄기가 돌을 머리로 떠밀고 치솟아 오르는 것을 보고 있으니 생각에도 세계를 떠밀어 꿰차는 힘이 있어야 함을 곰곰 깨닫게 된다. 한갓 풀줄기가 갖는 힘에도 미치지 못하다니, 나는 다시 발아래를 굽어본다.

5. 아무 주변머리도 없는 싱거운 발상에 곱표를 쳐야겠다. 비슷한 것만 생각하고 비슷한 문장만 끼적이고 있으니 참신한 발상을 기대하기는 아주 글렀다. 나는 지나치게 안이하다. 나는 지나치게 술에 술탄 듯 밋밋하다. 좀 그럴싸한 맛보기는 없을까 두리번거린다. 길 저쪽에 누가 앉아 있는 허우대가 보인다. 그도 고갯길이 힘에 부쳤나보다. 가만 보니 사람 덩치를 닮은 바윗덩어리다. 바위를 사람으로 착각하다니 한심한 눈이다. 한심한 눈도 혹 쓸모가 있을 것이라며 손등으로 눈언저리를 비비적거린다.

6. 생각의 목젖에 무엇이 걸린 듯 텁텁한 느낌이 든다. 점심때 먹은 함흥냉면 가닥이 얌전히 걸렸을까, 냉면만 먹고는 숨이 차지 않아 연거푸 먹은 왕만두일 것이라는 생각을 한다. 그런데 그런 것은 전혀 아니란 짐작에 끌린다. 그걸 곰곰 찍어내느라 너럭바위로 자리를 옮기는데 저쪽 쪽빛하늘의 깊이가 무서울 만큼 아득해 보인다. 쪽빛 속에 또 다른 쪽빛이 깔려 있다. 눈을 이쪽으로 돌리면 이쪽 하늘 또한 쪽빛이 삼삼하다. 쪽빛에 눈을 팔며 쪽빛과 친하기로 마음먹는다. 몸과 마음이 쪽빛으로 물드는 순간, 야호를 연발하며 고함을 쳐도 좋을 것 같은 쪽빛하늘이 눈부

시다.

7. 목에 걸린 것은 아직 풀릴 기미가 없다. 그걸 찾아 골똘히 생각하는데 무엇인지는 모르나 마음을 자꾸 간질이는 것이 있다. 여간 잡히지 않는 정체다. 어떤 이웃은 몸이 나른하게 고달파 병원에서 이런저런 까다로운 검사를 지치도록 받았다. 그러나 무엇이 나른하게 하는지 뚜렷한 증세는 나오지 않았다. 실은 나도 비슷한 증세로 골골 앓는다. 목에 걸린 것은 생각의 가시란 진단을 끌어낸다. 가시 속에는 쓰고자 하는 무엇이 까칠까칠하게 몸을 버석거리고 있지 않겠는가.

8. 계절은 누가 이래라 저래라 하지 않아도 제 스스로 눈치 채고 나뭇잎을 물들이거나 사람이 먹기 좋게 열매에 달콤한 맛을 집어넣는다. 가만히 침묵하고 지내던 나무의 침묵은 새 계절에 안성맞춤인 옷을 갈아입는다. 그런 재치를 갖는 나무를 배우는 것이 세상을 참신하게 보고 익히는 일이지 싶다. 그런 점 나무는 때로 의미 깊은 상상력 교과서다. 어릴 때 책상 위에 교과서를 바로 세우고 또박또박 글을 읽었다. 어느새 나는 계절의 갈피를 한 장 한 장 넘기는 학생이다.

9. 사람들은 대개 스마트폰의 창을 통하여 일찍이 눈뜬 계절 소식을 보고 듣는다. 누가 그걸 찍어 퍼뜨리는 데 단 몇 초도 걸리지 않아 소식은 세계를 마구잡이로 휘젓고 관통한다. 빛의 속도를 때려잡을 것 같은 디지털세상은 때로 두렵다.

10. 시퍼런 잎이 어느새 누렇게 물드는 나뭇잎을 본다. 그걸 스마트폰이 보여주고 또 어디론가 부지런히 펴 나른다. 디지털시대의 대화법은 침묵 속에서 침묵의 틈새를 비집느라 사통팔달 손가락이 바쁘다. 어느 날은 지하철 환승역에서 젊은이들이 마구

달려가고 있었다. 무슨 일인가 했더니 환승할 지하철이 막 도착하는 시간이었다. 지하철 도착 시간을 미리 읽은 젊은이들은 그런 점 시간을 아끼고 시간을 활용하는 법을 <u>스마트폰에서 읽는다</u>.

11. <u>산길에서 배울 수 있는 것</u>은 무엇일까. 그것은 어쩌면 여름에서 가을로 환승하려는 계절의 환승 시간을 알아맞히는 일이겠다. 그 지혜를 굴리는 법이나마 익히고자 <u>고개를 여기저기 돌리고 있다</u>.

12. 새는 보이지 않는데 새소리가 들린다. 단음절이다. 가파른 산길을 타는 나도 단음절 걸음걸이다. <u>가다가 쉬고 가다가 쉰다</u>.(『에세이문학』, 2015 겨울, 46-49면)

이 글의 4단계 구성을 살펴보자. 문단 1과 2는 제1단계 발단부이고, 문단 3부터 8까지는 제2단계 전개부이며, 문단 9와 10은 제3단계 전환부이고 문단 11과 12는 4단계 결말부이다. 서두인 '기'와 '전', '결'의 결미는 모두 2문단이고 글의 중심부인 본문 '승'은 6개 문단이라 기-승-전-결의 형상이 계란의 유선형을 이루어 이상적 구성을 보인다.

이를 각 문단의 진행 단계에 따라 구체적 핵심어(밑줄)로 세밀하게 따져본다. 1-2문단의 소주제는 '등산길의 널따란 바위'와 '발끝의 풀잎'이다. 작가는 등산길에 나서서 쉬어갈 수 있는 바위와 당당한 생명력의 풀을 만나면서 글을 연다. 이 집필 동기가 1단계의 '기' 부분이다. 글은 3문단에서 '휴대전화에 뜨는 문자'로 이어지며 생각을 펼치면서 한 발 한 발 산에 오르며 여러 풍경과 만나고, 그와 연관한 생각이 또 꼬리를 물고 이어진다. 이 '승'의 과정이 8문단까지 이어진다. 여기까지 생각을 이어오며 작가는 '계절의 갈피를 넘기는 학생'에 도달한다. 이 등산 길 사색의 종점에서 '사람들'과 '디지털 세상'으로 확장하여 전환시킨다. 사고의 범위를 확대하므로 전환이고, 이 글의 핵심 내용이라서 절정이기도 하다. 끝의 두 문단에서 집필 계기였던 '산길'로 귀환하여 마무리에 나선다. 그것은 산길에서의 배움인데, 젊은이들의 디지털 대화법과 달리 느리기만 한 '단음절'이라 힘들어도 '가다가 쉰다.'일망정 멈추지 않겠다는 다짐이다.

이 글이 앞의 3단계 구성과 다른 점은 3단계의 전환부에 있고, 이것이 중요한 구성상의 차이다. 대체로 이 전환의 3단계에서 작가들은 생각을 확장하고 심화시켜 진전된 결말의 국면으로 이끈다. 이 과정은 설득력을 높이고 변화를 거치면서 공감의 폭 확대와 감동의 질을 상승시키는 기능을 맡는다. 따라서 3단계보다 발전된 구성 방식으로 볼 수 있겠다.

할아버지의 가을 그리고 겨울

김형구

1. 내가 살면서 처음 만난 힘 있는 남자는 <u>할아버지</u>였다. 아버지가 계셨지만 당시 내 눈에는 할아버지에게 고분고분한 자식일 뿐이었다. 난 할아버지의 인생에서 보자면 여름이 끝날 즈음 태어났다. 할아버지의 봄날은 당연히 볼 수 없었고 여름도 빛바랜 결혼사진 한 장으로 살짝 훔쳐봤을 뿐이다. 결국 내가 주로 본 것은 할아버지의 <u>가을</u>이었고 좀 더 크면서는 겨울도 목격할 수 있었다.

2. 어릴 적 고향집은 안채와 행랑채, 그리고 사랑채가 붙어있는 'ㅁ'자형 한옥이었다. 할아버지는 사랑채의 주인이셨다. 집 안을 들고 나는 사람들은 사랑채 댓돌부터 살피고 볼 일이었다. 할아버지가 계시면 고양이 걸음에 목소리부터 낮췄다. 시끄러우면 불호령이 떨어지기 때문이기도 했지만 어른에 대한 예우가 각별했던 시절이었다.

3. 자그마한 키, 농사일로 검게 탄 얼굴, 짧게 자른 머리에 수염을 기른 할아버지는 담배를 즐기셨다. 겨울철 사랑방에는 질화로와 놋쇠재떨이 그리고 곰방대와 담배쌈지가 놓여있었다. 화로에는 부젓가락이 있어 담배에 불을 붙일 때 요긴하게 쓰였다.

4. 한복 차림에 한쪽 무릎을 세우고 무릎 위에 팔꿈치를 기댄 채 곰방대로 담배를 피우셨는데 매운 연기 탓인지 늘 눈을 지그시 감고 계셨다. 물부리를 입에 물고 들숨을 쉬면 대통의 담배가 빨갛게 탔다. 천천히 날숨을 뱉어내면 할아버지의 입에서 연기가 뿜어져 나왔다. 마치 온갖 근심과 회한을 연기로 날려 보내시는 것 같았다. 명상에 든 사람처럼 반듯한 모습에는 가장의 위엄이 배어있었다.

5. 매미소리가 잦아들자 시끄럽게 우짖던 꾀꼬리는 늘어난 식구들을 데리고 남쪽으로 떠났다. 숲은 조용해졌고 가끔 박새가 눈치 없는 소리를 만들 뿐이었다. 산이 가을 기미를 챘나 싶었는데 어느새 나무는 울창했던 이파리를 맥없이 떨어트리고 있었다.

6. 가을걷이가 끝나면 농촌에선 땔감을 장만하는 것이 큰 일과였다. 밥을 짓거나 추위를 견디려면 아궁이에 불 때는 것 외에 달리 방도가 없던 시절이었다. 가까운 산은 일찌감치 벌거숭이가 되어서 십여 리나 떨어진 골 깊은 '문수산'까지 나무하러 다녀야

만 했다. 아침 일찍 낫을 두 자루나 갈아 놓은 할아버지도 동네 분들과 함께 나무하러 가셨다.

7. 해 질 녘이면 멀리 '회나무재'에 지게 위에 나무를 가득 지고 돌아오는 나무꾼들의 모습이 보였다. 처음에는 드문드문 보이다가 그 수가 차츰 많아졌다. 출렁출렁 움직이는 나뭇짐은 마치 전쟁터에서 돌아오는 말 탄 병사처럼 보였다. 가끔 나무꾼들 뒤로 붉은 노을이 드리우기도 했는데 놀다가도 난 이 모습을 보면 집으로 뛰어가 "할아부지 나무해 가지고 오셔요." 하고 소리쳤다. 할머니께서는 목수 일을 마치고 돌아온 아들을 마중 보냈다. 하지만 지게를 지고 온 것은 아버지가 아니고 할아버지셨다.

8. 작은 체구였지만 할아버지는 장사 소리를 들을 만큼 힘이 좋았다. 남들은 지게에 나무를 세 동이 정도 얹어 오거나 많다 해도 뒤에 한 동이를 덧붙이는 정도였다. 그런데 할아버지는 세 동이 뒤에 보통 두 동이를 더 달고 오셨다. 그러니 어려서부터 목수 일을 해서 농사일에 서툴렀던 아버지는 지게를 넘겨받지 못하셨을 게다. 이때까지만 해도 할아버지의 인생은 여름이었다.

9. 세월이 흘러 자식들이 모두 출가를 했다. 일밖에 모르고 배움이 적었던 할아버지는 크고 작은 일에서 할머니에게 밀려나셨다. 이장님이나 동네 어른들은 무슨 일이 있으면 이치가 바르고 셈이 빠르신 할머니를 찾았다. 가끔 할아버지가 계시면 예의상 먼저 말씀을 드렸지만 할아버지는 이내 할머니와 상의할 것을 권하곤 하셨다. 그 뒤론 할머니가 집안의 대표가 되셨다.

10. 할아버지는 남자만이 할 수 있는 일로 그나마 체면을 유지하셨다. 논두렁 꼴 베는 실력은 마을에서 으뜸이었다. 꼴 베어낸 논두렁은 이발한 듯 정갈하고 깔끔해 칭찬이 자자했다. 농사일

에서는 아직도 가장의 권위가 살아있었다. 하지만 갈수록 할아버지의 힘은 약해졌다. 아들, 딸, 며느리들도 할머니에게 의지했다. 모든 문제는 할머니 손에서 해결됐기 때문이었다. <u>할아버지에게 가을</u>이 오고 있었다.

11. 집에서 조용히 일만 하시던 할아버지는 동네에 잔치가 있거나 초상이 나면 당신 <u>존재의 상실감</u>을 술로 푸셨다. 잔치마당에선 춤을 추곤 하셨는데 좌중을 휘어잡는 춤 솜씨는 일품이셨다. 멈칫 선 듯 싶다가도 이내 이어지는 춤사위는 그 흐름이 여울물처럼 경망스럽지 않고 유장하여 강물 같았다. 어깨를 으쓱하고 태극문처럼 양팔을 상하좌우로 접어 펴며 허공에 툭툭 던지는 몸짓에는 힘이 실려 있었다. 가끔 신음하는 듯 낮은 소리를 춤사위에 얹곤 하셨는데 속울음을 우는 듯 흐느끼는 듯 슬픔이 배어있었다. 장고며 북장단에 맞춰 이어지던 춤사위는 얼마 지나지 않아 술 사발과 함께 무너지고 할아버지는 멍석에 쓰러져 주무셨다. <u>할아버지의 늦가을</u>은 그렇게 와 있었다.

12. 취한 할아버지를 모시고 오는 것이 나의 일이었다. 그 일도 점점 힘들어 졌다. 취하시는 정도가 심해 어린 나로서는 감당키 어려웠다. 아버지나 식구들이 나서야 했다. 집에 와서는 주무시지 않고 손자들을 불러 앉혀 놓고 말씀이 많으셨다. 주로 조상님 이야기였다. 조상 이야기로 가장의 힘을 보여주고 싶으셨을까. 할아버지의 말씀은 점점 길어졌다. 하지만 긴 이야기에 진저리를 내던 것도 잠시, 얼마 지나지 않아 말씀이 적어지셨다. 그리고는 먼 산을 바라보거나 마당 옆 커다란 참나무를 올려다보며 눈을 훔치곤 하셨는데 어린 나는 눈병이 나신 줄 알았다. 서서히 <u>할아버지의 겨울</u>이 오고 있었던 것이다. 그렇다

고 식구들이 할아버지를 무시하거나 소홀히 대한 것은 아니었다. 사랑채에 손님이라도 들면 술상도 반듯하게 차려냈고 자식들도 깍듯했다.

13. 참나무도 은행나무도 아까시나무도 모두 알몸이 되었다. 숲은 회갈색 얼굴을 한 채 차갑게 굳어있었다. 전깃줄은 밤이면 기괴한 소리로 울어댔다. 윗마을 저수지는 쩡하고 얼음 터지는 소리를 토해냈다. 잠을 잘 때면 웅크린 몸이 더 오그라들었다. 겨울이 깊숙이 들어와 있었다. <u>그해 겨울</u>은 눈이 잦았다. 세상이 하얗게 변해 있었다.

14. 작은아버지는 읍내 정류장에서 가게를 하셨다. 할아버지는 장날이면 이발을 할 겸 읍내에 가시곤 했는데 그때마다 술을 자셨다. 대취하면 작은 아들네 가게에서 주무셨다. 그럴 때면 작은아버지는 꼭 동네로 가는 사람에게 '아버님이 아들네서 주무시고 간다.'는 기별을 띄웠다. 전화가 없던 시절이었다. 그런데 그날은 기별도 없고 늦은 시간인데도 돌아오지 않으셨다. 낮에 내리던 싸락눈이 어느새 함박눈으로 변해 있었다.

15. 눈은 하염없이 내리고 짧은 해에 날이 저물어 <u>어느새</u> 밤이 되었다. 그런데도 할아버지는 돌아오지 않으셨다. 식구들은 초조했다. 고모와 내가 나가 보았다. 개 짖는 소리가 들리고 동구 밖에 멀리 사람이 보였다. 아무리 보아도 할아버지 걸음새는 아니었다. 막차에서 내려 동네로 돌아오는 윗마을 아저씨였다. 여쭤보니 기별도 없었고 가게에는 작은아버지 혼자였단다. 그렇다면 술을 드시고 돌아오는 길에 <u>실종되신</u> 게 분명했다. 큰일이었다. 날은 춥고 여전히 눈발이 날리고 있었다.

16. 식구들이 모두 나섰다. 나도 할아버지를 부르며 읍내 길을 되

짚어 갔다. 얼마나 걸었을까. 한참 만에 큰길에서 동네로 들어오는 길, 깊은 두렁에 할아버지가 쓰러져 계신 것을 아버지가 발견했다. 온통 눈 세상이라 길을 잘못 짚어 빠지신 것이었다. 몇 차례 나오려고 애를 쓰셨겠지만 술기운에 허사였다. 입고 계신 흰 두루마기가 눈처럼 보였다. 길 지나던 사람 눈에 띄지 않은 이유였다. 아버지는 할아버지를 업고 집으로 내달았다. 사랑채에 이불을 펴고 몸을 주무르고 더운 물로 얼굴과 발을 씻겨 드렸다.

17. 이 일이 있고 나서 할아버지는 그나마 남아있던 가장의 권위가 더 손상되고 힘을 잃으셨지 싶다. 수척해진 몸에 더욱 말수가 적어지셨다. 유난히 길고 추웠던 그해 겨울은 가족에게 잊을 수 없는 계절이 되었다. 그리고 몇 해 뒤 물꼬를 정리하다 쓰러져 영영 돌아오지 못할 곳으로 가셨다. 결국 가장의 마지막 자존심을 농사일로 지키셨던 것이다.

18. 지난번 할아버지 기제사 때였다. 고모를 비롯해 식구들이 말씀하셨다.

"아버지는 열심히 일만 하다 돌아가셨어."

"참 선하게 사셨는데."

돌아가신 지 어언 사십여 년, 할아버지의 겨울은 남은 가족에게 그리움을 남겼다. 남자는 일로 가족을 사랑한다. 할아버지는 진정 힘 있는 가장이셨다. 오늘따라 먼 산 바라보며 말없이 눈물 훔치시던 할아버지가 마냥 그립다.(『에세이문학』, 2016년 겨울, 18-24면)

이 글은 5단계 구성이다. 1과 2 두 문단은 1단계로 글의 서두이자 사연의 발단이고, 3문단부터 8문단까지가 구체적 사연을 풀어내는 2단계의 전개부이며, 9문단부터 12문단까지는 3단계의 위기 부분으로 이 글의 주 인물에게 닥친 난관의 실체이다. 13문단부터 16문단이 핵심 내용이 가장 고조되는 절정 부분이고 작가에겐 마음에 오랫동안 담아두었던 아픈 사연이다. 17, 18문단은 5단계로 결말부이자 작가가 이 글을 쓰게 한 가장 직접적인 동인이다. 특히 마지막 문단에서 소설과 수필의 차이가 드러난다. 그만큼 중요한 부분이다. 이 5단계 구성은 서사의 대표인 소설에서 흔히 채택하는 방식이다.

문단별로 핵심어에 밑줄을 긋고 좀 더 찬찬히 단계별 구성을 훑어본다. 사연의 발단은 할아버지의 가을과 겨울을 목격한 작가에겐 '힘 있는 남자'로 판단했기 때문에 가능했다. 얼핏 이 시대의 문제일 수도 있는 주제의 설정이 서두(1-2문단)에 등장하는 것은 수필 창작의 기본 문법에 충실한 결과이다. 이어지는 본문의 첫 단계는 앞에 이미 밝혔듯이 할아버지의 가을과 겨울의 사연일 것이다. 어린 시절의 기억을 살린 이 부분은 할아버지의 여름이라 추정한다(3-8문단). 상대적으로 많은 부분의 서술, 할아버지의 힘을 목격했던 시간이어서 분량으로도 우위를 차지한다. 힘이 쇠잔해 가는 할아버지의 가을은 주인공이 위기에 봉착하는 기간이다. 장사이던 할아버지이지만 가장의 권한은 할머니에게 전이되어 집 안팎에선 겨우 체면유지만 할 정도로 힘이 빠졌다. 위기인 이유다(9-12문단). '그해 겨울' 주인공 힘의 몰락은 이 작품의 절정이다. 눈 내린 날의 취기는 실족과 실종으로 이어지고 돌아와 사랑채에 뉘어진 할아버지(13-16문단)는 힘의 부재를 상징하는 장면이다. 그리고 주인공의 사망과 자손들의 고인에 대한 회상으로 수필 서사는 대단원의 막을 내린다.

수필은 허구 서사와 달리 사실 체험 서사이지만 소설처럼 긴 사연일 경우 이처럼 5단계 구성을 사용할 밖에 없다. 하지만 구성 방식은 동일할지라도 이것을 사용하는 수필가는 접근 양태가 다르다. 즉 수필작가는 5단계로 펼친 사건에 대한 주관적이고 개인적인 감회를 반드시 담는다. 왜냐하면 이것이 글을 집필한 동기이기에 그렇다. 만약 그것을 드러내지 않고 사연을 서사로만 마무리하면 바로 소설 구성과 같아진다. 이 글의 마지막 문장 '마냥 그립다'가 빠지고, 그 앞 '할아버지는 진정 힘 있는 가장이셨다'에서 글을 맺었다면 이는 소설로 볼 수 있다. 일인칭 화자 시점의 한 인물의 일대기와 그것의 의미 탐색인 것이다. 그러나 여기에 작가의 개인적 소회를 담아 감정을 표출함으로써 비로소 수필로 전환한다.

4) 분량과 문단 배열

수필의 일반적 분량은 2,000(200매 10장)자에서 3,000(200매 15장)자 정도이다. 이 분량의 적정 문단 수는 8-12개이다. 문단 수가 적으면 독자가 글을 읽는데 지루하고 지면상 시각적으로 답답하다. 그 내용을 이해하기 위해 긴장해야 하고 수용하거나 공감하기 어렵다. 떡을 큰 토막채 먹어야한다고 생각하면 이해하기 쉽다. 또한 문단 수가 지나치게 많다면 이와 반대 현상이 일어난다. 씹을 것도 별로 없는데 손과 입만 번잡스럽고 혼란하기만 하다. 따라서 작가는 글의 내용을 적절한 크기로 잘라서 독자에게 제공해야 한다.

예를 들어보자면 1,000자 수필은 대학 입시 논술의 일반적 분량인데, 4개에서 최대 6개 정도가 적당한 문단 수이다. 2,000자 수필은 신문 칼럼의 보편적 분량으로, 8개에서 최대 10개가 적정하다. 일반 문학잡지의 수필은 2,500자에서 3,000자 분량을 요구하는데, 10개에서 12개의 문단이 맞춤하다.

분량이 주어진 글에서 문단의 수효와 함께 고려할 게 있다. 그것은 문단별 호응하는 짝을 맞추어 짝수 문단으로 구성하는 일이다. 구성 단계는 3-5단임을 이미 말했고, 이 단계별 문단을 짝수로 이루어야 글의 안정된 구조를 갖는다고 2단 사고에서 이미 언급했다. 그 이유를 조금 상세하게 알아본다.

글을 계획해서 쓰지 않고 써지는 대로 쓰거나 분량에 이를 때까지 내용을 채우는 식의 구성, 둘 다 바람직하지 않다. 일정한 토지에 집을 짓는다고 가정해보면 방을 몇 개로 할 것인가를 사전에 계획하듯 문단의 수효를 정해야 한다. 글은 인간의 인위적 생산물이다. 사고와 감정을 담는 용기와 비슷하지만 그릇과 담길 내용물이 유기적인 관계라는 점이 그릇과 다르다.

짝수 문단 구성은 그 사고와 감정도 짝으로 어울릴 것을 요구한다. 짝수와 사고의 동행은 오래된 문학의 전통적 방식이다. 성경에서 대표적으로 발견하는 시의 구성 방식인 병행성(parallelism), 한시의 대구對句 형식, 절구와 율시의 4행과 8행 구조, 김소월 '산유화山有花'의 4행 4연 구조, 서양 건축물에서 발견하는 대칭구조 역시 모두 짝수 구성인 셈이다. 건물과 수레(자동차)바퀴의 대칭 짝수 구조가 물리적으로 안정적이기 때문이다. 외발자전거와 삼륜차의 불안정성을 생각하면, 짝수 구조의 문단은 사고와 감정 표현의 안정 역시 보장한다. 물론 그릇만 그런 것이 아니라 사고의 전개와 표현도 짝지을 것을 요구한다.

이처럼 인위적인 형상물(건물, 수레, 시)은 자연의 구조를 모방한다. 동식물의 생명체는 암수의 2원구조로 짝을 이룬다. 이 2배수의 확장으로 화물차의 바퀴가 늘어나듯 인간의 체험적인 사고를 표현하는 수필의 문단 구성 역시 짝수 배열이 바람직하다. 다음 예문에서 이를 확인하자.

바나나의 추억

한현우

1. 아내는 바나나를 냉장고에 넣어둔다. 열대 과일인 바나나를 냉장고에 넣어 좋을 것 없다고 하는데도 시원하게 먹을 수 있기 때문에 그렇게 한다고 한다. 바나나를 시원하게 먹는다는 게 겨울에 오렌지 주스 데워 먹는 것 같아서 이상한데, 아내도 그렇고 아이도 바나나를 시원하게 먹는 게 좋다고 한다. 시원한 바나나를 먹어보니 나쁘지 않기도 하다.

2. 1980년대만 해도 바나나는 수입 제한 품목이어서 엄청나게 비쌌다. 요즘 물가로 치면 한 개(한 뭉치가 아니다)에 1만원 정도 했던 것 같다. 그때 바나나는 추석 선물 세트 또는 차례상에만 올라갈 만큼 귀했다. 그 당시 부동산 중개업자들은 집을 내놓은 사람들에게 "거실에 바나나를 놓아두라"고 조언했다는데, 집을 보러 온 사람들이 바나나를 보면 '이 집에 살면서 돈 많이 벌어서 나가는 모양이다'하고 생각해 거래가 잘 풀린다는 이유였다고 한다. 믿기 어렵지만 사실이다.

3. 1980년대 말 외국 배낭여행을 했던 한 선배는 돈을 아끼려고 여행 두 달간 바나나로만 연명했다. 처음에는 그 귀한 바나나를 싼값에 잔뜩 먹을 수 있는 것을 뿌듯하게 여겼으나 너무 많이 먹은 나머지 지금까지도 바나나는 입에 대지 않는다고 했다.

4. 한국해양대에 다녔던 친구는 4학년 때 실습선을 타고 동남아에 갔던 일을 얘기했었다. 길가에 바나나를 잔뜩 쌓아놓고 팔기에 우리 돈 500원 정도를 건넸더니 바나나 나무 반 그루를 줬다고

했다. 그렇게 산 바나나 500원어치를 두 명이 어깨에 메고 갔다는 그의 말은 과장이겠지만, 바나나가 한국에서 푸아그라나 캐비아 같은 대접을 받던 시절이 있었던 것이다. 지난 30년간 50억병 이상 팔렸다는 바나나맛 우유에는 바나나 과즙이 없다. 바나나향 합성착향료가 있을 뿐이다. 그래서 이름을 '바나나 우유'라고 짓지 못했다. 그때 바나나 과즙을 넣은 우유를 만들기엔 원가가 너무 비쌌을 것이다.

5. 냉장고에 있던 바나나 몇 개를 배낭에 쑤셔넣고 자전거를 타다가 허기질 때 먹었다. 맛도 향도 못 느끼고 그저 탄수화물이라 생각하고 먹었다. 축 늘어진 바나나 껍질이 문득 서글퍼 보였다.(조선일보, 2016. 9. 10, B3)

예문은 1,000자(원고지 5매)분량의 5개 문단으로 구성했다. 이 글은 6개의 짝수 문단으로 썼지만, 필자가 문단 개념을 피상적으로 인식한 결과, 위처럼 5개다. 6개의 소주제가 있으므로 6개 문단으로 구성해야 옳다. 한 문단에 2개의 소주제가 있어선 안 된다.

6개 문단으로 재구성하여 수정한 다음 예문을 보자. 각 문단 소주제문은 밑줄로 표시한다. ( ) 표시는 암시적 소주제이므로 추정하여 보충한다. 예문은 1문단 서두와 6문단 결미가 수미쌍관首尾雙關의 짝을 이룬다. 양 문단의 공통적 단어가 '바나나, 냉장고, 나, 먹는' 등이 증거다. 다음 짝은 2문단과 3문단이다. 그 어휘 증거는 '1980년대, 바나나, 귀한' 등이다. 역시 4와 5문단이 짝을 이룬다. 바나나와 관련된 특이한 삽화(동남아 바나나, 바나나맛 우유)로 짝을 맞춘다. 위 예문과 비교하여 어떻게 짝수 문단으로 구성했고, 왜 그러한지 알 수 있을 것이다.

1. 아내는 바나나를 냉장고에 넣어둔다. 열대 과일인 바나나를 냉
   장고에 넣어 좋을 것 없다고 하는데도 시원하게 먹을 수 있기 때
   문에 그렇게 한다고 한다. 바나나를 시원하게 먹는다는 게 겨울
   에 오렌지 주스 데워 먹는 것 같아서 이상한데, 아내도 그렇고
   아이도 바나나를 시원하게 먹는 게 좋다고 한다. 시원한 바나나
   를 먹어보니 나쁘지 않기도 하다.

2. 1980년대만 해도 바나나는 수입 제한 품목이어서 엄청나게 비
   쌌다. 요즘 물가로 치면 한 개(한 뭉치가 아니다)에 1만원 정도 했
   던 것 같다. 그때 바나나는 추석 선물 세트 또는 차례상에만 올
   라갈 만큼 귀했다. 그 당시 부동산 중개업자들은 집을 내놓은 사
   람들에게 "거실에 바나나를 놓아두라"고 조언했다는데, 집을
   보러 온 사람들이 바나나를 보면 '이 집에 살면서 돈 많이 벌어
   서 나가는 모양이다'하고 생각해 거래가 잘 풀린다는 이유였다
   고 한다. 믿기 어렵지만 사실이다.

3. 1980년대 말 외국 배낭여행을 했던 한 선배는 돈을 아끼려고 여
   행 두 달간 바나나로만 연명했다. 처음에는 그 귀한 바나나를 싼
   값에 잔뜩 먹을 수 있는 것을 뿌듯하게 여겼으나 너무 많이 먹은
   나머지 지금까지도 바나나는 입에 대지 않는다고 했다.(선배는
   바나나에 대한 특이한 추억이 있다.)

4. 한국해양대에 다녔던 친구는 4학년 때 실습선을 타고 동남아에
   갔던 일을 얘기했었다. 길가에 바나나를 잔뜩 쌓아놓고 팔기에
   우리 돈 500원 정도를 건넸더니 바나나 나무 반 그루를 줬다고
   했다. 그렇게 산 바나나 500원어치를 두 명이 어깨에 메고 갔다
   는 그의 말은 과장이겠지만, 바나나가 한국에서 푸아그라나 캐

비아 같은 대접을 받던 시절이 있었던 것이다.

5. 지난 30년간 50억병 이상 팔렸다는 바나나맛 우유에는 바나나 과즙이 없다. 바나나향 합성착향료가 있을 뿐이다. 그래서 이름을 '바나나 우유'라고 짓지 못했다. 그때 바나나 과즙을 넣은 우유를 만들기엔 원가가 너무 비쌌을 것이다.

6. 냉장고에 있던 바나나 몇 개를 배낭에 쑤셔넣고 자전거를 타다가 허기질 때 먹었다. 맛도 향도 못 느끼고 그저 탄수화물이라 생각하고 먹었다. 축 늘어진 바나나 껍질이 문득 서글퍼 보였다.(지난 세월이 서글프다)

의족(義足) 삼바

김광일

1. 한 여인이 바닥에 웅크리고 있다. 음악이 흐르자 남자가 다가왔다. 뒤에서 여인의 허리를 껴안아 일으켜 세웠다. 둘은 천천히 스텝을 밟아 춤사위를 펼쳤다. 발레처럼 발끝으로 섰는데 아뿔사 여인의 발목이 강철이다. 무릎까지 마네킹 의족이었다. 객석에서 탄성이 터졌다. 우아하고 부드럽다. 1분 20초가 흐르고 춤이 멈췄다. 관객이 모두 일어섰다. 작년 봄 서른여섯 살 에이미퍼디가 미국 TV 프로그램 '스타와 함께 춤을'에 나와 감동을 안긴 무대였다.

2. 에이미는 열아홉 살 때 세균성 뇌수막염을 앓았다. 무릎 밑 두 다리를 잘랐다. 패혈성 쇼크가 도지면 생존 가능성이 2%라고 했

다. 인공 다리가 안 맞아 잘 걷지도 못했다. 어느 날 라디오 음악에 고개를 끄덕이며 리듬을 타자 주변에서 춤을 권했다. 에이미는 춤이 된다면 걸을 수 있고 걸을 수 있다면 스노보드를 탈 수 있다고 생각했다. 피눈물 나게 훈련했다. 첫 스노보드 대회에서 3위에 올랐다. 장애인 올림픽에도 나가 동메달을 목에 걸었다.

3. 에이미가 그제 리우패럴림픽 개막식에서 춤을 췄다. 이번엔 공장 조립 기계처럼 생긴 다관절 로봇이 파트너였다. 로봇이 내민 강철 팔 끝을 에이미가 붙잡았다. 남미 삼바 음악에 맞춰 두 파트너는 떨어졌다 붙었다 동선을 그려나갔다. 5분 동안 6만 관중이 눈을 떼지 못했다. 에이미는 파트너의 팔을 붙들고 공중으로 솟구쳐 페달 밟는 몸짓도 해 보였다. 어깨를 덮는 금발과 시스루 망사 의상에 물음표처럼 휜 탄소섬유 의족…. 그녀와 로봇이 꾸민 무대는 인간 세상 같지 않게 몽환적으로 아름다웠다.

4. 에이미는 모델 배우 댄서 디자이너 저술가로 활약하고 있다. 2014년 미국 스포츠 매체 ESPN이 뽑은 가장 영향력 있는 여자 선수 세 명에 들었다. 이듬해엔 댄스 파트너였던 남자와 결혼도 했다. 춤을 출 때는 공중회전도 하고 남자 파트너의 몸을 휘감고 수평으로 돌기도 한다. 아차 단추를 잘못 누르면 인공 다리가 분리된다. 에이미는 하체 동작을 할 때면 실수로 다리가 날아가 버리지 않을까 걱정된다며 웃었다.

5. 4년 전 런던 패럴림픽 때는 물리학자 스티븐 호킹이 휠체어를 타고 무대에 올랐다. 함성을 지르던 관중이 숨을 삼켰다. 50년 루게릭병을 앓고 기관지까지 잘라내 목소리를 잃은 그가 음성 합성 장치로 말문을 열었다. "표준적인 인간이란 없습니다. 발을 내려다보지 말고 별을 올려다보세요." 리우 패럴림픽

에서는 다리 없는 에이미가 춤을 추고 팔 없는 선수가 활을 쏜다. 그들 머리 위에 별이 반짝이는 한 말릴 수가 없다.(조선일보 2016. 9. 10, A26)

이 예문 역시 5문단 구성이다. 분량은 1,300여 자다. 이 5문단 구성 역시 화제(topic, 소주제)는 6개인데 5개에 담다 보니, 짝이 맞지 않는다. 1-4문단은 에이미의 얘기를 4개의 짝으로 구성했으나, 5문단은 스티브 호킹 얘기와 에이미와 '팔 없는 선수'의 두 화제를 한 문단으로 묶었다. 짝이 맞지 않고, 결국 '팔 없는 선수' 화제는 보충 문장이 없으니 무의미하고 전체적으로 불안한 구성이 되었다.

6개 문단으로 재구성하고 불완전 문단에 보충 문장을 넣어서 ( )로 표시한다. 각 화제는 밑줄로 표시한다. 여섯째(원문은 다섯째 끝의 2개 문장) 문단은 2문장으로 문단 구성 요건(최소 3문장 이상)에 미흡해 문장 보충이 필요하다. 스티븐 호킹의 런던 패럴림픽과 리우 패럴림픽 화제와 호응하는 짝을 맞추기 위해 별개 문단(여섯째)을 구성하고, '팔 없는 선수' 사연을 보충하여 그 스토리도 살린다. 수정한 다음 예문을 앞 예문과 비교해 보자. 짝수 문단 구성의 필요성을 확인할 수 있을 것이다.

1. 한 여인이 바닥에 웅크리고 있다. 음악이 흐르자 남자가 다가왔다. 뒤에서 여인의 허리를 껴안아 일으켜 세웠다. 둘은 천천히 스텝을 밟아 춤사위를 펼쳤다. 발레처럼 발끝으로 섰는데 아뿔사 여인의 발목이 강철이다. 무릎까지 마네킹 의족이었다. 객석에서 탄성이 터졌다. 우아하고 부드럽다. 1분 20초가 흐르고 춤

이 멈췄다. 관객이 모두 일어섰다. 작년 봄 서른여섯 살 에이미 퍼디가 미국 TV 프로그램 '스타와 함께 춤을'에 나와 감동을 안긴 무대였다.

2. 에이미는 열아홉 살 때 세균성 뇌수막염을 앓았다. 무릎 밑 두 다리를 잘랐다. 패혈성 쇼크가 도지면 생존 가능성이 2%라고 했다. 인공 다리가 안 맞아 잘 걷지도 못했다. 어느 날 라디오 음악에 고개를 끄덕이며 리듬을 타자 주변에서 춤을 권했다. 에이미는 춤이 된다면 걸을 수 있고 걸을 수 있다면 스노보드를 탈 수 있다고 생각했다. 피눈물 나게 훈련했다. 첫 스노보드 대회에서 3위에 올랐다. 장애인 올림픽에도 나가 동메달을 목에 걸었다.

3. 에이미가 그제 리우패럴림픽 개막식에서 춤을 췄다. 이번엔 공장 조립 기계처럼 생긴 다관절 로봇이 파트너였다. 로봇이 내민 강철 팔 끝을 에이미가 붙잡았다. 남미 삼바 음악에 맞춰 두 파트너는 떨어졌다 붙었다 동선을 그려나갔다. 5분 동안 6만 관중이 눈을 떼지 못했다. 에이미는 파트너의 팔을 붙들고 공중으로 솟구쳐 페달 밟는 몸짓도 해 보였다. 어깨를 덮는 금발과 시스루 망사 의상에 물음표처럼 흰 탄소섬유 의족… 그녀와 로봇이 꾸민 무대는 인간 세상 같지 않게 몽환적으로 아름다웠다.

4. 에이미는 모델 배우 댄서 디자이너 저술가로 활약하고 있다. 2014년 미국 스포츠 매체 ESPN이 뽑은 가장 영향력 있는 여자 선수 세 명에 들었다. 이듬해엔 댄스 파트너였던 남자와 결혼도 했다. 춤을 출 때는 공중회전도 하고 남자 파트너의 몸을 휘감고 수평으로 돌기도 한다. 아차 단추를 잘못 누르면 인공 다리가 분리된다. 에이미는 하체 동작을 할 때면 실수로 다리가 날아가 버

리지 않을까 걱정된다며 웃었다.

5. 4년 전 런던 패럴림픽 때는 물리학자 스티븐 호킹이 휠체어를 타고 무대에 올랐다. 함성을 지르던 관중이 숨을 삼켰다. 50년 루게릭병을 앓고 기관지까지 잘라내 목소리를 잃은 그가 음성 합성 장치로 말문을 열었다. "표준적인 인간이란 없습니다. 발을 내려다보지 말고 별을 올려다보세요."

6. 리우 패럴림픽에서는 다리 없는 에이미가 춤을 추고 팔 없는 선수가 활을 쏜다. (그 활도 예외 없이 과녁으로 날아가 꽂혔다. 관중의 박수가 여기저기에서 터졌다.) 그들 머리 위에 별이 반짝이는 한 말릴 수가 없다.

누구라도 정상적인 사고를 진행하면, 서로 짝을 맞추어 생각하는 대응對應 사고를 하게 마련이다. 내가 있으면 네가 있고, 남자가 있으면 여자가 있으며, 위가 있으면 아래가 있고, 앞이 있으면 뒤가 있는 식이다. 글을 쓰게 하는 내용은 보통 이런 사고 구조를 갖는다. 이것을 문단 구성으로 반영해야 한다. 글은 사고의 표현이므로 당연한 귀결이다. 그런데 그렇지 못하다. 문단 인식과 구성 개념이 분명하지 않아 그렇다고 보겠다.

문단 구분이란 독자에게 내용 변화를 시각화해서 알리는 구실이다. 일종의 내용 변화 신호이다. 필자는 이 신호가 필요하지 않다. 자신이 하는 사고이니 이미 그런 구분이 필요 없다. 여기에만 머무르면 외현적外顯的 표시에 무심한 일이다. 독자에 대한 예의도 아니고 바른 자세도 아니다. 내용 구분에 따른 문단 표시를 분명히 해야 하는 연유다.

동서양을 막론하고 예전에는 내용 변화에 따른 문단 표시를 하지 않왔다. 그때는 필자 중심의 권위주의 시대였다. 성경도 사제만 보고 일반 신도에겐 금했다. 귀족만이 문자를 알고 쓰며 민중은 글을 읽지도 쓰지도 못하게 했다. 문자 사용 자체가 특권인 시절에는 당연히 문단 구분이 필요치 않았으나, 시대는 변해 독자가 중심인 시대, 소비자가 주인인 시대가 되었다. 문단도 이런 시대의 반영이다. 이에 맞게 명확하게 문단 구분을 표시하는 것이 필자로서 독자에 대한 성의요, 바람직한 태도이므로 문단의 표시를 분명히 해야 하는 것은 어떠한 글에서도 필자에게 부여된 책무임을 명심해야 할 것이다.

5) 문 구성하기

어떠한 글을 쓰더라도 먼저 개요概要를 작성하는 게 좋다. 개요를 짜서 글을 시작하면 쓰는 도중에 문제를 발견하기 쉽고 첨삭이 용이하여 매우 효율적이다. 집을 짓는데 설계도가 필요하듯, 개요는 글의 설계도이다.

(1) 구성의 균형 잡기

글은 일정한 공간 감각을 살려야 전체적인 균형감이 살아난다. 글의 공간 개념을 구성 단계로 이해하여 글 구성의 단위를 흔히 3단~ 5단으로 설명한다. 글의 일관성은 구성의 균형감을 뜻하기도 한다. 공간 구성 단위의 크기는 균형감을 말하며, 구성의 의미는 주제에 걸맞은 글감의 선택을 뜻한다. 3단 구성의 공간 구조는 본문이 서두와 결미보다 크다. 학술 논문의 경우 서론이 본론의 1/5의 분량을 넘지 않는다. 수필의 서두도 한 문단으로 충분한 경우가 많다.

공간의 구성이 알맞게 된 글은 대부분 문단이 응집성을 갖추었고, 그런 문단으로 연결성을 살려 구성한 문이다. 이와 같이 좋은 글을 쓰려면 문단의 조직과 문의 구성 원리를 깨쳐야 한다. 응집성은 주로 글감에 따라 결정된다. 주제에 필요하지 않은 글감은 과감히 버려야 하는데, 글쓰기 초보자들은 모처럼 얻은 글감을 아끼다가 응집성에서 벗어난다. 이때 글의 공간 구성을 지각하는 필자는 필요하지 않은 내용을 과감히 버려 글의 공간 구성을 살린다.

문 공간을 구성할 줄 아는 필자는 독자를 배려한 결과이다. 이런 글은 문단 단위로 공간을 구성하므로 사고를 논리적으로 조직해서 건축공학적 뼈대를 세운다. 따라서 좋은 글을 쓰려면 공간 지각 능력을 바탕으로 비례 감각도 정련할 필요가 있다.

비례 감각이 발달한 필자는 필요한 내용이 빠져서 상대적으로 왜소해지거나 불필요한 내용으로 비대해진 문의 공간으로 글을 구성하지 않는다. 좋은 글을 쓰려면 일차적으로 왜소하지도 비대하지도 않아서 독자의 시각적 독서에 허전함이나 거북함을 주지 않는 문의 공간을 구성해야 한다. 공간 균형에 맞도록 구성하여 글을 써야 하는 이유다.

1. ①색을 갈구하던 시절이 있었다. ②흑백 영화나 흑백텔레비전을 보다가 총천연색 시네마스코프 영화나 컬러텔레비전이 나오자 대중은 열광했다. ③세상이 이리 아름답단 말인가. ④축복이요 기쁨이었다.

2. ①모두가 색을 즐겼다. ②그리고 수십 년이 흐른 지금 우린 색의 범람시대에 살고 있다. ③모든 그림이 색을 위주로 그려지고 옷과 자동차 건물가지도 색으로 자기 정체성을 찾으려 한다. ④간판에도 색이 난무해 도리어 글씨를 알아보기 힘든 지경이다.

3. ①하얀 종이 위에 오로지 연필로 그린 작품이 있다. ②색이 넘

치는 시절 모든 색이 여기에 들어있다는 단색미학이다. ③바로
화가 000의 작품인데 작가는 학창시절부터 모노크롬 작업에 몰
두해 왔다. ④단색화 작업은 대상을 단순명료하게 정리하는 특
징이 있는데 작가는 그를 뛰어넘어 우리의 상상력을 자극한다.

4. ①현대인에게 현실은 어쩌면 회색일지 모른다. ②차가운 현실
을 도피하고자 했을까. ③그녀의 작업 방향은 기본적으로 모노
크롬을 기본으로 한 초현실세계다. ④그녀의 그림이 보여주는
세계는 유달리 화려하지도 그렇다고 절망스럽거나 허무하지도
않다. ⑤하지만 기본적으로 쓸쓸하고 외로워 보인다. ⑥동적이
기보다 정적인 초현실세계다. ⑦이는 삶을 잠시 되돌아본 사람
이면 누구나 느끼는 정서다. ⑧인간은 본질적으로 외로운 존재
이기 때문이다.

5. ①작가의 작품에는 고루 등장하는 건축물이 있는데 자연 경치
와 다르게 우리를 새로운 세계로 데려간다. ②신의 피조물인 자
연은 어쩌면 관조의 대상이다. ③대체로 경치그림은 시선을 머
물게 하지만 나무 뒤나 산 너머로 걸음을 걷게 하지는 않는다.
④대신 건축물은 인간의 구조물이다. ⑤벽이 있고 문이 있고 계
단이 있다. ⑥벽 뒤를 엿보고 싶고 문 안으로 들어가 보고 싶고,
계단을 걷게까지 한다. ⑦그녀의 작품이 색 없이도 단조롭지 않
은 이유다. ⑧또한 공간을 분할하여 새로운 시점을 제공하는데
화폭 속에 공존하는 또 다른 세계다. ⑨이 다양한 공간이 묘하
게 어울리며 막연한 그리움이나 꿈의 세계를 만나게 해주는데
이런 점이 작가만의 독특한 개성이다.

6. ①화가는 태생적으로 꿈을 꾸는 존재다. ②작가 000는 현실을
벗어난 유토피아를 꿈꾸는 것이 아니라 현실 속의 유토피아를

그리고 싶어 하는 것 같다. ③상상이나 망상을 그리는 것이 아니라 현실에 기초한 꿈을 그리기 때문이다.

7. ①그녀의 그림은 컬러사진 속에서 흑백사진을 만나는 즐거움이다. ②우리는 그 흑백사진 속에서 망각 속에 묻어뒀던 아련한 심상의 추억을 만날 수 있다. ③심상은 구체적이지 않다. ④그렇지만 나름 형상화시켜 보여주고 있다. ⑤화가 OOO가 다른 작가와 구별되는 점이다. ⑥이번 전시를 계기로 좀 더 내밀해지고 넓어져서 우리에게 또 다른 미의식의 지평을 열어줬으면 한다. ⑦벌써 다음 작업이 기대된다.(그림 전시회 포스터, 문단과 문장 번호, 밑줄은 필자)

기본적으로 문은 대련對聯[대구, 병행(parallelism)] 구성을 이루어야 균형감이 살고 연결성이 좋아진다. 이것은 결국 짝수 문단(4,6,8,10,12)으로 나타난다. 예문 2는 총 7개의 문단으로 구성하였다. 홀수 문단이어서 균형감이 부족해 보인다. 이것을 다음처럼 수정하는 게 바람직하다. 5문단의 "④대신 건축물은 인간의 구조물이다."부터 새 문단으로 조직하는 것이 더 좋은 균형적 구성이다.

그리고 2문단의 첫 문장은 다음 문장에서 의미가 연결되지 않아 부적절하다. 2문단에서 첫 문장의 '모두'와 연결되는 내용의 문장이 없기 때문인데, 이 문장은 1문단의 끝에 두어야 내용 연결이 자연스럽다. 4문단은 첫 문장과 이어진 다음 문장 역시 그다음 문장과의 내용 연결이 부자연스럽다. '현대인'과 '차가운 현실'은 세 번째 문장의 '그녀'와 연결되지 않으므로 제거하는 것이 문맥상 자연스럽고 의미상 명료하다. 그것이 앞의 3문단과 잘 연결된다.

(2) 개요 작성

글을 쓸 때는 먼저 최선의 개요를 작성해 놓고 시작해야 한다. 실제로 글을 써 보면 완벽한 개요를 작성하여 글을 쓴다는 것은 쉽지 않다. 어느 정도 개요를 짠 뒤에 글을 쓰되, 문제점을 발견하거나 더하고 뺄 내용이 생기면 개요를 고치면서 써 나가는 것이 바람직하다. 이 개요를 알기 쉽도록 도표로 나타낸 것이 개요도다. 이는 구성 단계, 문단 수와 문장 수가 총체적으로 드러나 있는 문의 설계도와 같다.

① 주제문

주제문은 글의 주제를 한 문장으로 표현한 것이지만 수필은 주제를 한 문장으로 집약하기 어려운 경우도 있다. 또는 주제가 명시적이지 않고 암시적이고 개방적이어서 독자가 주제를 도출하거나 나름의 주제를 추정推定하도록 쓸 수도 있다. 그러나 필자가 주제를 설정하고 이를 문장으로 구체화하지 않으면 글이 중심을 잃고 이리저리 횡설수설로 빠지기 쉽다. 필자가 주제에서 이탈하지 않고 통합성을 갖춘 글이 되기 위해서는 주제문장을 작성하는 것이 좋다.

주제는 필자가 수필에서 문장으로 표현하여 독자에게 전달하고 싶은 바의 생각이나 감정, 의견 따위다. 주제문은 글 전체의 핵심 요지(주제)를 한 문장으로 진술한다. 이를 한 문장으로 압축하는 것이 다소 어렵거나 까다로울 수 있다. 수필에서는 필자가 겪은 체험이 주요 제재이므로 주제문장에는 이 체험 내용을 먼저 담는다. 그리고 이에 대한 필자의 생각 따위(주제)를 가능한 구체적으로 적는다.

주제문은 간결하고 명확해야 한다. 이를 위해 주제문장을 작성할 때 유의할 것은 다음과 같다. ①주어와 서술어를 갖춘다. ②모호한 문장, 의문문, 비유 문장, 부정문 따위는 피한다. ③범위를 좁혀 구체화한다.

④주어로 '나'는 피한다. ⑤근거나 이유가 있다면 밝힌다.

주제문의 예를 들어보자. "친구와 부산으로 기차여행을 하면서 그의 비밀을 알고 마음이 무척 아팠다"처럼 쓴다. 여기에는 체험 내용인 '친구와 기차여행'을 담고, 이에 대한 필자의 감정인 '마음이 무척 아팠다'로 구체적이다. 주어 '마음'과 서술어 '아팠다'의 주술을 갖추었으며 모호하거나 의문문, 부정문도 아니다. '부산으로 기차여행'으로 행선지와 교통수단을 밝혀 구체화했다. 주어가 필자인 '나'가 아니다. 근거나 이유로 '비밀을 듣고'라고 밝혔다.

② 개요도

주제문을 진술했다면 이제 주제를 일목요연하게 상세히 알 수 있도록 개요를 도표로 작성할 차례다. 개요도는 주제를 문장과 문단으로 구성하기 위한 개략적 설계도이다. 이 개요도를 작성하면 초심자일수록 좋은 글을 쓸 가능성이 높다. 기성 작가는 이런 개요도를 보통 작성하지 않는다. 글을 전문적으로 많이 반복하여 쓰는 경우엔 제재나 주제가 마련되면 거의 자동적으로 개요가 떠오르기 때문이다.

글쓰기 초보 단계엔 반드시 필요하나 일정 수준에 오르면 개요도가 필요 없을 수도 있다. 그렇다 해도 누가 어떤 글을 쓰건 개요도를 작성하고 집필하면 보다 안정된 구성과 충실한 내용의 글을 쓸 수 있다. 하자 없는 건축물을 완성하려면 충실하고 꼼꼼한 설계도가 있어야 하는 것과 간단한 요리라도 레시피를 보면서 해야 좋은 것과 마찬가지다.

개요도에 포함할 것으로는 다음이 있다. 주제문, 구성 단계, 구성 단계별 해당 문단, 문장 수, 개요, 핵심어 등이다. 이 중에서 구성 단계는 주제를 구현하기 위해서 어떠한 구성으로 진행할 것인가를 계획한 것이고, 이를 몇 개의 개별 내용으로 구별하여 제시하려는가를 해당 문단으로 표시하며 더 구체적으로는 문장 수를 예상하여 적는다. 이것은 일정 분량의 글에 맞추기 위해서 또는 문단 간의 적절한 분량 균형을 위해서 필요하다. 개요는 문단 소주제나 핵심 내용을 밝히는 것으로 문단 주제문이다. 핵심어(Key Word)는 책의 색인처럼 문단의 요점을 한 단어로 제시하여 글 전체의 내용 파악에 효과적이다. 이들 요소는 반드시 필수적인 것은 아니며, 일부는 생략하거나 실제와 다른 경우 집필 중에 수정할 수도 있다.

개요도를 작성하고 글을 쓰다 보면 이와 달라지는 경우가 흔하다. 이럴 때는 상호 조정하면서 글을 써야 한다. 설계대로 집을 지어야 하나, 짓다 보면 상황이 달라져 설계를 변경해야 하는 경우가 있기 마련이다. 글 역시 이와 유사하여, 계획한 것을 고집하거나 그대로만 쓰려고 하는 것도 바람직하지 않다. 이런 예상된 변화가 있어도 개요도를 작성하고 글을 쓰는 것이 초보자에겐 특히 유용하고 효율적이다.

162

(3) 개요도와 문 구성

★ 주제문: 사진을 찍게 되면서 나만의 세계에 빠지고 마음의 자유를 얻는다.

구성 단계	문단 번호	문장 수	개요	핵심어
기	1	3	대학 입학부터 46년간 사진을 접했다.	사진
승	2	3	순간을 잡아두고 싶어 사진을 찍었다.	순간
	3	3	현재와 미래를 연결하는 순간의 모습이 사진이다.	연결

	4	3	사진엔 마음의 지문이 실린다.	지문
승	5	2	빛의 세계를 사진으로 만끽한다.	빛
	6	3	만물의 본질을 볼 수 없다는 걸 체험했다.	본질
전	7	3	사진을 찍으며 나만의 사진 세계에 빠져든다.	나
결	8	3	사진을 찍으면 마음의 자유를 얻는다.	자유

사진전을 열면서

1. ①대학에 입학하면서부터 사진에 관심을 갖게 되었습니다. ②이렇게 사진을 접한 지 햇수로는 46년이 되었습니다. ③그동안 닥치는 대로 열심히 셔터를 눌러 대며 얼마나 많은 필름과 인화지를 소모했는지 모릅니다.

2. ①눈앞에 나타난 모든 장면들이 시간이 지나면서 모두 사라진다는 것이 제게는 너무도 아쉬웠습니다. ②모든 순간을 잡아두고 싶은 마음으로 사진을 찍었습니다. ③또 찍은 사진을 들여다보면 전에 몰랐던 많은 것들이 그 속에 숨어 있음도 알게 되었습니다.

3. ① 그리고 사진은 정지된 순간을 잡는 것이 아님도 알게 되었습니다. ②그 사진 속에는 사진 찍기 전의 시간 흐름이 있고 찍은 후 미래로 시간이 이어지고 있음을 알게 되었습니다. ③현재와 미래를 연결해 주는 순간의 모습이 사진이라고 봅니다.

4. ①또한 사진을 찍을 때 내 자신의 마음도 그 안에 실을 수 있음

도 알게 되었습니다. ②나 자신이 찍은 사진을 아무리 오래되었
어도 쉽게 알아볼 수 있습니다. ③그 사진 속에는 사진을 찍는
순간 나만이 알아볼 수 있는 제 마음의 지문을 새겨 놓았기 때문
입니다.

5. ①<u>빛이 있기에 나의 오관이 작동하고 빛이 내게 주는 끊임없는
자극은 내가 세상에 살아있음을 느끼게 해줍니다.</u> ②고호와 모
네 같은 인상주의 화가가 추구했던 현란하고 오묘한 빛의 세계
를 나 역시 사진을 통하여 만끽합니다.

6. ①빛의 마술을 통하여 우주 만물의 궁극적인 본질 자체를 볼 수
없다는 사실도 알게 해 주었습니다. ②이 사실을 천체물리학에
서 실증적으로 배우게 되었습니다. ③그리고 이것을 사진에서
체험할 수 있었습니다.

7. ①나의 몸과 마음을 가두고 있는 옹성에서 잠시나마 벗어나고
자 할 때 사진을 즐겨 찍게 됩니다. ②때로 연구로 국내외로 다
닐 때 틈을 내어 나만의 자유로운 사진의 세계에 빠져듭니다. ③
그 자연 속에는 망원경으로 밤하늘의 별을 볼 때 느끼는 것처럼
무한한 우주의 세계가 숨어 있기 때문입니다.

8. ①이와 같은 사진에 대한 나의 애정은 1982년 대학에 자리 잡
고 둥지를 틀면서 지금까지도 계속 이어져 오고 있습니다. ② 사
진은 나의 마음을 맑게 해주고 눈으로 보이지 않는 세계를 보여
주어 사물을 올바르게 보려는 마음을 갖게 해 주었습니다. ③ 사
진을 찍는 순간 나의 마음이 가장 자유로워집니다. (이용복 교수
사진전 팜플렛, 문단과 문장 번호, 밑줄은 필자)

윗글은 총 8개의 문단, 23개의 문장으로 구성하고, 각 문단은 세 문장으로 조직하였다(5문단은 예외). 800자 분량의 짧은 글이지만 문단 조직과 문 구성의 기본 원리에 충실한 보기다. 그러나 5문단의 첫 문장을 '빛이 있기에 나의 오관이 작동합니다. 이 빛이 내게 주는 끊임없는 자극은 내가 세상에 살아있음을 느끼게 해줍니다.'의 두 문장으로 조직하였다면 더욱 좋았을 것이다. 문단의 조직에서 문장수가 부족하여 안정감을 잃었다. 한 문단의 최소 문장 수는 3개 이상이어야 한다.

6

수필의 초고를
써보자

1) 서두 쓰기

수필을 쓰려면 대체로 다음의 여러 단계를 거치기 마련이다. 쓸 것을 마련하는 제재 선정과 이것에서 추출하여 주제를 정하고, 이를 보다 구체화시킨 설계, 즉 구성과 개요 작성(개요도)을 집필의 시작인 준비 단계라 한다. 개요도에 의한 구성 단계에 따라서 문단을 나누고 문장으로 진술하는 핵심 과정인 초고 집필은 중간 단계이다. 그리고 초고를 다시 읽고 수정하며 퇴고하고 정서하여 프린트하거나 완성하는 마무리 단계가 있다.

이미 우리는 준비 단계를 지나 이제 초고 집필 단계에 와 있다. 초고 집필은 서두序頭-본문本文-결미結尾의 3단계로 진행한다. 서두는 일반적으로 주제가 등장하고, 본문은 주제를 보충하고 예증하면서 글의 핵심 내용을 서술하며, 결미는 종결감終結感을 제공하여 마무리 짓는다.

이 세 부분이 적절하게 조화를 이루고 어울려야 좋은 수필의 요건을 갖춘다.

수필의 서두는 특별하므로 쓰기가 아주 어렵다. 서두는 설정한 주제를 제시하고 이끌어가는 일이다. 첫 문장에서 바로 주제를 진술하는 것은 무난하나 밋밋하다. 바로 주제를 노출하기보다 은근하게 독자를 끌어들이는 게 좋다. 서두에서 상식적이고 상투적인 서술은 독자의 흥미를 반감시키고 글의 추동력을 잃게 한다. 이를 피하기 위해서 서두는 주제에서 먼 내용부터 시작하여 점차 가깝게 접근하는 역삼각형 방식으로 서술해야 좋다. 이것은 여러 내용이 모여 점차 한 의미로 집약하거나 폭을 좁혀 초점을 형성하는 방식을 말한다. 이는 문단의 미괄식 구성법과 유사하다.

그런데 주제의 진술이 역삼각형 방식으로 서두부의 끝에 오게 한다면 이 앞에는 무엇을 배치할 것인가. 서두의 머리에서 명확하게 주제를 제시하지 않되, 주제와 관련한 내용을 서술하고 예를 들면서 주제를 보충한다. 그렇다고 주제와 관련한 어떤 분명한 것을 미리 말해서는 곤란하다. 이것은 본문에서 해야 할 일이므로 약간의 의문과 궁금증을 남겨두고 멈춰야 한다. 암시하거나 변죽을 울리는 정도에서 그치는 게 좋다. 다음에 제시하는 것은 독자적으로 쓰이기도 하지만 함께 사용하기도 한다.

첫째, 유추로 시작하여 주제를 끌어낸다. 언급할 주제와 유사한 것을 먼저 제시하고 비교하면서 자연스럽게 주제의 진술로 좁힐 수 있다.

예전에 봉사활동을 하겠다고 오뉴월 더위에 냄새가 고약한 우리 동네 하천에서 풀을 뽑았던 적이 있다. 그곳에서 땡볕 아래 생고생을 했던 것보다도 더욱 마음이 아팠던 것은 ①외래 식물과 토종 식물이 서로 목숨을 걸면서 뒤엉켜 자라난 모습이었다. 토종 식물은 외래 식물에게 맥없이 휘감기지만, 그럼에도 포기하지 않고 살아남으려고 애를 쓴다. ②잡초의 모습을 보니 ③우리의 생활 또한 살아남기 위해서 끈질기게 뒤엉키는 과정이 아닐까 생각한다.(대학생)

예문에서 언급할 주제와 유사한 것 ①을 먼저 제시하고 ②로 비교하면서 ③의 주제 진술로 이어가며 서두를 시작한다.

둘째, 비교나 대조로 시작하여 잘못되었거나 부정적인 진술을 먼저 제시하고 그와 대조하여 긍정적으로 진술하여 주제로 이동할 수 있다.

비가 추적추적 오기 시작하면 사람들은 건물의 처마에 서서, 얼굴을 찌푸리며 가방을 뒤적거린다. 그러다 가방 안에 언젠가 아무렇게나 쑤셔 넣었던 우산을 발견하면 굳어있던 얼굴이 조금은 풀린다. 그러나 얼마가지 않아 그들은 곧 다시 얼굴을 찌푸린다. 우산을 써야하기에 한 손은 쓸 수 없기 때문이다. 비오는 날 그들에게 우산은 거추장스러운 존재이다. 그러나 나는 우산을 들고 거리로 나갈 때면, 우산에게서 전해지는 온기를 느낀다. 비가 오고 쌀쌀한 날씨이더라도, 나는 우산 속에서 늘 따스하게 보호받는 느낌을 받는다. 내가 생각하기에 우산은 세상에서 가장 따뜻한 존재이다.(대학생)

예문은 우산에 대한 부정적인 진술(찌푸리며/손은 쓸 수 없기/거추장스러운 존재)을 먼저 제시하고 그와 대조하여 긍정적으로 진술(온기를 느낀다/따스하게 보호받는 느낌)한 뒤에 주제(우산은 세상에서 가장 따뜻한 존재)로 이동하여 서두를 시작한다.

셋째, 실례實例로 시작하여 일화나 혹은 주제와 관련한 필자의 체험을 언급한다.

> 나는 고등학교 2학년이 되었고, 고등학교에서 두 번째 담임선생님은 누굴까? 기대하며 두근두근하였다. 과학중점 반이었음에도 불구하고 새로운 담임선생님이 국어를 맡고 있다는 사실을 알고 처음에는 조금 의아하고 수학, 과학 선생님이 아니어서 아쉬운 마음이 들기도 했다. 새로운 선생님은 최 선생님이었는데, 졸업한 지 얼마 되지 않은 젊은 선생님이었다. 그래서 오히려 <u>수업준비도 열심히 해오고</u>, 우리를 위해 재미있는 수업을 하려고 <u>많은 노력을 하였다. 열심히 하고 아이들에게 노력하는 선생님의 모습</u>에 아이들도 선생님을 향한 마음의 문을 열기 시작하였다. (대학생)

예문은 필자의 체험을 언급하면서 서두를 시작한다. 밑줄은 필자의 체험을 진술한다.

넷째, 친숙한 것에서 낯선 것으로 시작하여 독자도 잘 아는 것으로부터 새로운 주제로 연결한다. 독자가 전에는 생각해보지 못한 것인데, 이것을 익숙한 것으로부터 끌어들이면 성격이 잘 부합하지 않는 것이라도 진행하기 좋기 때문이다.

고등학교 시절의 교과서에 민태원의 '청춘예찬'이란 글이 있었
다. 청춘의 아름다움을 강한 어조로 예찬한 글로 많은 사람들에게
감동을 주었다. 나도 예외는 아니었다. 몇 구절은 외울 정도로 입
에 붙어 다녔다. 또 얼마 전엔 1990년대를 시대 배경으로 회고적
인 청춘들의 이야기가 인기를 끈 드라마도 있었다. 그보다 더 오래
전엔 '청춘을 돌려다오'란 가요도 불려졌다. ①모두 청춘을 찬양하
는 점이 공통점이다. ②정말 청춘은 찬양할 만한가?(방민, 「청춘을
돌려다오」, 『미녀는 하이힐을』, 태학사, 2015)

예문에서 ①은 독자가 잘 아는 내용이고 친숙한 것이다. 이것으로 시
작해서 새로운 주제, ②과연 청춘은 찬양하는 것이 합당하가를 물어보
며 서두를 시작한다. 일반인의 상투적 인식이나 사고에 대해 필자는 상
반된 의견을 갖는 경우를 제재로 하여 주제를 정할 때에 적합한 서두
쓰기다.

다섯째, 일반에서 특수로 시작하는 것은 주제와 관련한 일반적인 것
에서 특수한 주제를 진술한다.

우리나라에서 가장 인기 있는 스포츠는 무엇일까? 객관적인 통
계자료에 따르면 '야구'이다. 작년인 2015년만 해도 736만 명이
야구장을 방문했고, 2016년 올해는 800만 관중을 목표로 두고 있
을 만큼 야구는 인기가 많은 스포츠이다. 물론 집에서 가족, 친구
들과 함께 TV를 보면서 야구를 보는 것도 재밌겠지만, 야구장에

직접 방문하는 것 또한 색다른 매력이 있을 것이다. 게다가 부산, 대구, 마산, 광주, 대전, 수원, 서울, 인천에 프로야구 팀이 하나 이상 자리하고 있기 때문에 많은 사람들이 방문하기도 편하다. 그리고 비싼 좌석은 7만 원 정도로 매우 비싸긴 하지만 저렴한 좌석은 8천원이면 입장할 수 있기 때문에 적은 가격에 문화생활을 즐길 수 있다는 점에서도 장점이 있다.(대학생)

예문은 야구에 관한 일반적인 것을 서술하고 밑줄에서 특수한 주제 진술(이 글의 주제문은 '야구장은 매력적인 곳이다')로 연결 고리를 만들며 수필의 서두를 쓰고 있다.

서두를 인상적으로 강렬하게 쓰기 위해 많은 노력이 필요하다. 서두가 최종적 글의 형태는 물론이고, 이후의 집필 과정인 본문과 결미 쓰기와 체계를 잡는 데도 작용한다. 서두의 타당성을 갖추기 위해서 유명작가들도 초고를 여러 번에 걸쳐 쓰거나 다시 쓰는 경우가 많다. 어떠한 수필에서도 서두가 글 전체의 안정된 틀을 갖추는 데 정말 중요하기 때문이다.

2) 본문 다양하게 쓰기

본문은 수필의 중심이고 본체이다. 구체적 예를 들어 주제를 확실하게 보충하고 의견을 제시하며 독자에게 공감할 만한 감정을 표현한다. 글에서 필요한 건 다 드러낸다. 서두나 결미와 연결하는 문단을 제외하고 본문에 속하는 각 문단을 다른 문단과 연결한다. 말하자면 주제 진술을 뒷받침하고 입증, 예증하거나 확장해가며 문단의 주제인 소주제를 발전시킨다.

본문의 각 문단은 단독 문단처럼 응집성을 갖추어야 하고 다른 문단과 연결되어야 하며 주제로 통합되어야 한다. 주제에 따르거나 제재에 맞추어 다양한 구성을 적용하여 조화롭게 전개하며 여러 서술 방식을 활용한다. 다음에 가장 공통적으로 쓰이는 여러 방식을 제시한다. 이를 확실하게 이해하고 충분히 익혀야 본문을 바르게 쓸 수 있다.

①어떤 것이 작동하는 방법을 기술하고 누가 한 행동에 대해서 왜 그러한가를 풀이하는 설명하기 ②사건이나 상황의 원인과 결과를 상세하게 서술하는 인과 ③사실이나 통계, 필요한 자료를 제시하기 ④사람과 장소 고찰의 대상을 그대로 기술하기 ⑤가치를 판단하고 그 이유를 달기 ⑥하나의 생각과 다른 생각을 비교하거나 대조하기 ⑦어떠한 것을 같은 부류나 유형으로 분류하고 교차해서 논의하기 ⑧일화나 통계를 이용하기 ⑨주제와 관계된 개념이나 용어를 정의하기 ⑩전문가나 통계, 필자의 체험을 인용하기 ⑪논의한 사실에서 도출하여 결론 맺기 ⑫유사성에 기반을 두고 관련성 끌어내기 등이 있다. 이 방법들은 서로 배타적이 아니어서 독자적으로 쓰이기보다 다른 방식과 연합하여 사용한다. 물론 문단의 화제 성격에 부합하도록 적절한 방법을 선택해야 한다. 이 중에서 몇을 선별하여 보다 구체적으로 살핀다.

(1) 설명하기

설명문은 사실과 이념 또는 정보적인 의견을 설명하기 위한 산문이다. 이것은 필자와 독자가 어떠한 사항을 더 확실하게 이해하도록 정밀하게 조사하는 명확한 방식이다. 이 방식의 목적은 이해시키는 것이고 그 핵심은 명료성인데 사실과 개념, 또는 정보적인 견해를 요점별로 서로 명확하게 연결하여 서술한다. 따라서 여기에는 정보적, 분석적, 설득적인 세 유형이 있다.

정보적 설명문은 정보를 전달한다. 필자는 어떤 사항을 면밀히 조사하여 사실적인 것을 명확한 양식으로 전달한다. 자료의 성질에 적합한 방식을 선택해야한다. 정확한 기록을 언급하고 전문가의 저술 등으로 보강하여 정보적 수필(탐방기, 답사기 등)은 사실을 진술한다. 이 사실에 대한 해석은 분석 산문의 일이다.

분석 산문은 주제를 구조 요소로 분해하고 그 세부 요소를 서술한다. 보통 이런 글의 주제는 해석적인데, 수필에서 다루는 화제 요소를 나누고 자료를 대입하여 그 사실의 의미를 명료하게 밝힌다. 정보 전달이 목적인 설명문보다 더 복잡하다. 사물을 대상으로 그 감춰진 의미를 천착하여 쓰는 수필에 적합한 방식이다.

설득 산문은 분석을 사용하는 면에서 분석 산문과 통한다. 독자가 필자의 생각을 수용하기 바랄 때, 그들을 설득하려고 할 때, 독자가 수용하길 바라는 곳을 세부까지 분석해야 한다. 분석과 설득은 정보 면에서 겹치지만, 설득은 필자에게 판단, 감정, 정보적 의견의 폭이 좁다. 독자가 주제를 수용하도록 설득하고 필자가 한 판단의 합당성을 그들에게 납득시켜야하기 때문이다. 이런 설명 방식은 사변적이거나 사회비평적인 수필에 더욱 잘 어울린다.

익숙한 것들과의 밀회

왕린

딸아이와 백화점 아이쇼핑을 할 때였지. 구두 매장 저만치서 내 눈을 잡아채는 게 느껴졌어. 나도 모르게 걸음이 빨라지데. 웬걸, 요즘 즐겨 신는 빨간색 구두와 똑같더라고. 경쾌한 리듬으로 집어

들었지. 신을 때마다 기분이 좋아 하나 더 사려던 참이었거든. 딸이 가로막았어. 제발 색깔만이라도 바꿔 보라는 거야. 그 마음 알 것 같아 슬그머니 놓고 말았네. 그렇다고 한번 마음 준 게 있는데 다른 색이 들어올 리 있나. 그냥 돌아섰지. 발은 쉬이 떨어지지 않았어.

며칠이 지나도 두고 온 빨강이 잊히질 않는 거야. 매장을 다시 찾아갔지. 누가 채갔는지 구두는 없었어. 그날 들고 오지 못한 것 이 얼마나 후회되던지.

①나는 별나도록 같은 것을 고집해. 한때 나의 트레이드 마크였 던 치마 얘기부터 해볼까. 블랙 플레어스커트! 단물나도록 입고 다 녔네. 나팔꽃처럼 퍼지는 주름이 근사했거든. 걸을 때마다 물결쳐 출렁이는 그 치마에 보랏빛 앙고라 카디건이나 살굿빛 니트를 받쳐 입고 나가면 사람들 찬사가 쏟아졌지. 단아하고 청순해 보인다고.

사람들 립서비스에 솔깃해서였겠지만, ②여벌을 두고 새 옷처 럼 번갈아 입고 싶다는 욕심이 생기더군. 그 핑계로 세일 때 하나 더 장만했지 뭐야. 좋아하는 것 하나쯤 더 두는 맛이 그런 것일까. 내가 선택한 것과 설명할 수 없는 교감이 생겼어. 낡을까 염려하지 않고 즐겨 입은 건 물론이지. 그 후 나한테 맞춘 듯 마음에 들면 하 나 더 사려고 발품을 팔게 돼.

요즘에는 디자인과 색깔이 똑같은 바지를 번갈아 입어. 한 계절 내내 같은 바지만 입고 다니는 것 같다고 생각했다면 바로 그 이유 야. 벌써 몇 켤레 째인지 모르지만, ③등산화도 변함없이 같은 브 랜드의 같은 색을 고수하지. 산에는 열심히 다니는 것 같은데 신발 은 오래도 신는다는 말을 들을 때마다 혼자 웃곤 한다니까.

나의 오랜 친구, 또 다른 단짝인 펜 얘기를 해줄게. 여느 집이고 펜 꽂이가 빽빽할 만큼 흔한 게 필기구잖아. 우리 집에도 어떻게

174

인연이 닿았는지 모르는 펜이 수두룩해. 하지만 내가 고집하는 펜은 따로 있지. PILOT 수성 펜이 그것이야. 검은색은 아니야. 검정은 감정을 배제하고 앞뒤가 똑 떨어지는 말만 써야 할 것 같잖아. ④맹맹하게 풀어져서 자칫 내밀한 감정까지 헤프게 쏟아버릴 것 같은 초록색도 아니지. 나를 사로잡은 색은 청색이야, 청색! 짐짓 물러나 있다 필요한 말 꼭 집어 사근사근 풀어낼 줄 아는 사람처럼 ⑤지지부진한 일상의 엉킨 상념을 명쾌하게 풀어주거든. 깊이 갇혀 있어 영원히 빛을 못 볼 것 같은 ⑥나의 어둡고 습한 이야기도 푸른 마중물을 만나면 애틋하고 아련한 추억이 되어 글 향기로 피어난다니까. 같은 펜인데도 꼭 청색이라야 마음의 실타래가 풀어지고, 날렵하면서 부드러운 나만의 글씨체가 나온다고 생각하니 그것 참 이상하지. 가끔 이름값 턱없이 높은 펜을 선물 받을 때도 있지. 청색 펜에 치여 서랍을 지킬 뿐이야. 신종 무기 스마트폰에 밀려 펜 쓸 일이 없다는 사람도 있더군. 어쩌겠어. 아직은 아날로그족을 고수하고 싶은걸. 길에서 문구점을 만나면 바늘이 자석에 끌리듯 들어가 사랑스러운 나의 ⑦청색 펜을 사들고 나오는 즐거움을 누가 알려나.

친구들은 그런 나를 이해할 수 없다고 하네. 독특한 취향이라며 잠시 추어주다 고집쟁이, 욕심쟁이라고 구박하더라고. 맘에 들면 둘씩 셋씩 자기 것으로 만드는 ⑧여자가 남편도 하나 아이도 하나인 게 이상하다며 빈정거려. 핑핑 돌아가는 세상에 고리짝 붙들고 혼자 좋아한다고도 하고.

좋아하는 것, 딱 그것에만 집착하는 점을 나도 인정해. 나는 한참 유행하는 것도 ⑨나와 맞지 않을 거라고 지레 생각해버리지. 첫눈에 꽂혀 산 물건도 잘 보이는 곳에 두고 눈정이라도 들어야 비로소 내 것으로 받아들여. 근 간극이 여간 까다로운 게 아니라니까. 그러니 ⑩늘 얼뜬 구년묵이로 사는지도 모르겠어. 어제가 옛날 같은 요즘 세상에 익숙한 것, 똑같은 것만 고집하는 나를 내가 생각해도 답답해.

선택의 폭이 좁다고 ⑪꼭 나쁜 것만은 아니야. ⑫뜻밖에 단순해질 수 있고, 관심 있고 좋아하는 것에 집중할 수 있잖아. 익숙하고 편한 그것만이 나를 도두보이게 한다고 믿어서일까. 어차피 죽이 맞은 것이니 갈등 없이 적응할 거라는, 안정만을 지향하는 ⑬무의식의 발로일까. 아니 ⑭낯선 것은 어쩐지 불안하고, 새로운 시도로 타인의 그간 검증에서 벗어날까 두려워하는 ⑮소심한 성격 탓일지도 모르겠네.

늘 같은 머리 모양에 그 옷, 그 구두, 그 펜…. 남 보기엔 따분할지 몰라도 내 오롯한 향이 배어 분신처럼 돼버린 그것들과 함께하면 느닷없이 엉겨 붙는 ⑯열등감에서 벗어날 수 있지. 좋아하는 그것들이 기꺼이 나를 받쳐주고 있다는 자신감으로 ⑰든부자가 된 느낌이라면 너무 나갔나?

⑱집착이 지나치면 이미 아름다움은 아닐 거야. 평범한 옷에 애교의 방점으로 달린 액세서리처럼 소소한 내 일상의 자그만 기쁨이라면 괜찮겠지. 사람 많은 곳에서 은밀히 주고받는 연인의 눈웃음처럼 누가 뭐라든지 ⑲내가 편하고 익숙한 것들과 밀회를 즐기며 살고 싶어.(왕린,「익숙한 것들과의 밀회」,『수사자의 꼬리』, 에세이 문학출판부, 2015, 281~284면)

이 글에서 설명의 세 종류(정보적/분석/설득)는 서술의 주요 방식이다.

이 중 정보적 설명은 밑줄 친 문장 ①②③⑲ 등으로 작가 자신에 관한 사실을 밝힌다. 문장 ④⑤⑥⑦⑧⑨⑩⑪⑬⑭⑮ 등은 작가의 여러 취향에 관한 나름의 분석을 독자에게 설명한다. 자아 성찰의 수필에서 많이 접하는 설명의 방식을 이 글에서도 발견한다. 물론 이것은 정보적 사실에 작가가 해석하고 분석한 의미를 서술한다. 설득은 정보적 사실과 분석한 내용을 독자에게 공감을 유도하기 위해서 사용한다. 문장 ⑫⑯⑰⑱이 그들이다. 논리성을 위주로 삼는 주장과 설득 중심의 논설문이 아니라서 설의設疑의 방식이나 양보의 문장으로 부드럽게 유연한 설득을 시도한다. 이 글은 작가 자신에 대한 독특한 취향을 설명의 여러 방식을 동원하여 독자에게 고백한다. 아울러 친근감을 살리려고 대화체로 접근한 것도 동일한 의도로 선택한 서술 장치다.

(2) 예증하기

예증은 설명문에서 특히 중요하며 수필에서 핵심적 요소다. 구체적으로 실례를 들어서 설명하는 것은 설명의 추상성을 해소시킨다. 일상의 세계에서 추상적인 것이 어떻게 관련되는지를 보이고, 바른 판정을 하게 돕는다. 그럼으로써 예증은 발전의 수단이 되고 결속시켜 요점을 보다 적확하게 한다. 필자가 체험한 사실을 예로 들면서 전개하는 대부분의 수필에서 자주 활용하는 방식이다. 거의 모든 수필에서 만날 수 있다.

화살촉

강정주

소파에 앉아 TV를 켜면 종편방송에 매일 나오는 똑같은 얼굴들을 볼 수 있다. 이 방송 저 방송에서 비슷한 내용을 가지고 토론을 벌이는 패널들. 얼굴을 내세워 입으로 먹고사는 사람들이다. 저 사람들은 편당 얼마를 받고 나오는 것일까. 여기에 생각이 미치자 도시라는 정글에서 먹이를 찾아 헤매는 수많은 하이에나들이 떠오른다.

현대의 생활이 원시시대에 생존을 위해 목숨 걸고 사냥하던 때와 무엇이 다를까. 현대인들은 고도로 분화된 사회 속에서 자신의 먹이를 찾기 위해 오랜 훈련을 거친다. 그리고 사냥감에 따라 혼자서 또는 집단으로 자신의 무기를 가지고 먹잇감을 향해 달려든다. 호랑이나 사자 같은 무시무시한 놈들을 사냥하는 인간도 있지만 다람쥐나 토끼같이 보잘것없는 먹이를 잡으며 살아가는 인간도 있다.

옛날엔 간단한 도구나 화살촉을 이용해 힘과 꾀로 사냥을 했다. 그러나 이제 먹이를 구하는 일이 그리 간단하지 않게 되었다. 화살촉이 제일 무서운 사냥 도구였던 때도 있었다. 그러나 지금은 화살촉보다 무서운 게 펜촉이다. 예전엔 자연 질서에 순응하는 사냥이었다면 지금은 끝없는 탐욕의 위험한 사냥을 하고 있다.

원시시대에는 생물학적으로 단연 힘이 좋은 남자들이 주로 사냥에 참여했고, 힘세고 잘 싸우는 용맹한 남자들이 우두머리가 되었다. 그러나 현대사회로 오며 인간을 지배하는 힘은 주먹이 아닌 머리가 되었다. 힘은 두뇌와 손가락에서 나오지 근력으로 나오지 않게 된 것이다. 그러다 보니 남자 못지않게 여자도 파워가 생기며 우두머리가 될 수 있는 시대가 되었다. 남자들보다 감성지수가 높은 여자들에게 유리한 시대로 가고 있다고 한다.

그러나 옛날이나 지금이나 인간의 본능적 모습은 거기서 거기다. 인간은 생존을 위해 마음에 드는 배우자를 찾으려 한다는 것이다.

　나의 남편은 먹고살기 위해 열심히 자기 고유의 화살촉을 연마했다. 어렸을 때부터 앞 논에 비가 와 볏단이 떠내려가도 모르고 책상 앞에 앉아있었다고 했으니, 자기의 화살촉 연구는 천직이라고 했다. 자신의 유전자를 남기기 위해 나에게 구애를 할 때에도 특별했다. 자기 화살촉은 지금까지 나온 어느 화살촉보다 더 나은 품질일 것이라며 나를 꼬드겼다. 어느 눈 오는 날 대학 캠퍼스에서 데이트를 하다가 눈길에 넘어졌는데 그는 나를 일으켜주는 척하며 같이 넘어졌다. 우린 눈 내리는 언덕에 누워 낭만을 만끽했다. 그의 손과 입술엔 화살촉 냄새가 났다. 난 그 냄새에 넘어갔고, 우린 부부가 되어 유전자를 후대에 계승시킬 수 있었다.

　남편은 자신의 연구가 인류문화 발전에 기여한다고 생각하며 평생 화살촉 연구에 매진해왔다. 결국 그의 고유한 화살촉은 남에게도 인정을 받게 되었다. 그러나 사냥은 하지 않았다. 화살촉 연구방법을 전수하며 그 대가로 다달이 꿩 열 마리 정도는 얻어왔다. 아내인 나도 남편이 연구하는 화살촉으로 꿩 대여섯 마리 정도는 쉽게 잡아 올 수 있었다. 우리 기술을 인정해주는 사회가 고맙기만 했다.

　어느 친구의 남편은 여러 사람을 거느리고 세계 각지를 돌아다니며 각종 사냥감들을 무더기로 잡아온다고 했다. 또 다른 친구 남편은 사냥 실력이 뛰어나 어느 때는 집채만 한 멧돼지도 잡아오고 늑대도 잡아왔다. 그가 기르는 사냥개는 사납기 그지없었다. 가끔 곁들여 잡아온 여우나 토끼 같은 것은 아내에게 던져주며 인심을 썼다. 친구는 그 고기로 이웃들과 회식도 하고 털옷을 해 입고 멋을 내었다. 나는 그게 부럽기는 했지만 내 몫은 아니라고 생각했다. 가끔 예쁜 꿩 털을 머리에 꽂는 정도에 만족했다. 그저 우리 수

입인 꿩 열댓 마리 중 아홉 마리 정도는 먹고 나머지는 꼭꼭 갈무리해서 힘없어서 일 못할 때를 대비했다.

신문이나 TV를 보면 나쁜 사람들이 참 많은 것 같다. 어느 욕심쟁이는 집단으로 잡은 코끼리나 물소 떼를 혼자 꿀꺽 먹으려다 잡혔다고 했다. 어느 권력 추종자는 자기를 우두머리로 뽑아달라고 몰래 집집마다 토끼 한 마리씩 돌리다가 사회구성원들에게 매장당하기도 하고 울타리에 갇혀 벌을 받기도 했다. 먹을 것은 풍부해졌는데 사는 게 더 각박해진 것 같다.

우리 부부는 이제 일을 안 한다. 오랫동안 화살촉 연구에 매진해 국가 발전에 기여했다고 나라에서는 일도 안 하는 우리에게 먹고살기에 충분한 꿩을 죽을 때까지 주겠다고 했다. 나는 이게 얼마나 고마운지 우리나라가 좀 더 좋은 나라가 되기를 기도하고 있다.

이제 우리 부부는 늙었다. 남들은 지금도 청춘이라고 하지만 옛날 같았으면 벌써 죽었을 나이다. 우리 집 남자는 시시각각 변해가는 기술 정보화 시대에 잘 적응하지는 못하지만 지금도 평생 연구하던 화살촉을 만지작거리고 있다. 다른 어떤 것에도 눈길 한번 돌리지 않는다. 어쩌랴 외곬인 남편을. 그래도 사는 동안 다른 여자 한번 넘보지 않고, 받아 오는 꿩 열 마리도 축내지 않고 다 마누라한테 갖다 주었는데. 오늘도 나는 그놈의 정 땜에 꿩 육수를 만들고 있다.

지금도 종편 방송에서는 수많은 하이에나들이 화살촉을 날리며 상대를 공격하고 있다. TV를 껐다. 점심으로 남편이 좋아하는 칼국수를 해주기 위해서다. (『에세이문학』, 2016년 가을, 90-93면)

윗글은 다양한 동물이 등장한다. 작가가 주제를 펼치기 위한 예증에 동원한 비유 대상이다. 인간은 사회에서 생존하고 번식하기 위해서 원시부터 현대까지 다양한 형태로 사냥하며 살아가는 존재라고 작가는 생각한다. 이 생각을 입증하기 위해서 실례를 들어 생각을 풀어낸다. 이 과정에 사용하는 설명 방식으로 예증을 선택한다. 밑줄 그은 단어에서 구체적 실례를 본다.

(3) 정의定義하기

정의는 주제에서 제기하는 마땅한 것에 요점을 보완하고 그걸 발전시키는 방식이다. 이것은 대체로 예증과 합치하지만, 실제는 사전적 정의와 동일하다. 필자만의 명명하기, 어떤 서술 대상에서 작가 나름의 독자적 의미를 해석하거나 발견한 뒤에 이 정의를 사용한다. "청춘, 이는 듣기만 하여도 가슴이 설레이는 말이다."처럼 수필에서 많이 쓰이는 방식이다.

조개는 둥글다. 둥글기에 포용적 원만성, 완전한 형태인 원을 지향한다. 모성이 자라는 소이(所以)다. 그중에 기다란 말 조개는 일종의 변이형이다. 이게 조개의 원형이 아니듯 간혹 남성적인 여자가 있기 마련이라 보면, 여성의 본질은 원형이 분명하다. 얼굴이 동그랗고, 가슴이 둥그스름하고, 엉덩이가 둥글지 않은가. 남자보다 더욱 예쁘게 동그랗다. 이 둥근 형태 안에는 사랑이 담겨 있고, 세상과 남자의 마음을 담아낼 포용과 관용이 자리한다. 여신이 탄생할 수 있는 까닭이다. 평화를 사랑하고 이를 지키려는 게 모성의 본성이고 여성성의 정체라고 말해도 되지 않을까(방민, 「조개이야

기」, 『미녀는 하이힐을』, 태학사, 2015, 18-19면)

예문의 밑줄은 정의의 설명 방식이다. 필자만의 것이라기보다 사전적 정의와 합치한다. 이것을 필자 나름의 독자적 의미로 해석하여, '모성이 자라는 소이所以다', '조개의 원형이 아니듯 간혹 남성적인 여자가 있기 마련'이라는 점을 발견하며 의미를 확장한다. 이것은 '평화를 사랑하고 이를 지키려는 게 모성의 본성이고 여성성의 정체'라는 작가 나름의 독자적인 해석과 정의를 이끌어 낸다.

(4) 권위 인용하기

권위를 인용하는 것은 전문가의 의견을 요약하고, 그것을 인용하거나 그 말뜻을 풀이하는 방식으로 진행하는 것이다. 한 분야의 전문가에겐 일반인이 쉽게 반박할 수 없는 그만의 지식과 경험이 있기 마련인데, 이를 언급하면서 서술의 실마리를 풀어가는 일이다.

데카르트가 말했다. '나는 생각한다. 고로 나는 존재한다.' 그 말을 이렇게 바꾸면 어떨지 싶다. '나는 걷는다. 고로 나는 존재한다.' 산티아고를 향해서 한발 한발 걸으며 간단없이 붙잡는 것이 너는 왜 걷고 있는가에 대한 자문이다. 무념(無念)하게 걷다가도 어느새 생각 한 자락이 펄럭이며 달려든다. 너는 왜 걷느냐고? 참선 수행 중인 도인에게 화두와 함께 떨칠 수 없는 수마(睡魔)처럼 이 물음이 달라붙는다. 결코 벗어놓고는 나아가지 못할 배낭마냥 등짝에 매달려 졸라댄다.(방민, 「오늘도 걷는다-길에 관한 명상」, 김대

원 외, 『수사자의 꼬리』, 에세이문학출판부, 2015, 86면)

예문의 밑줄은 전문가의 말을 인용한 것이다. 이걸 제시하고 연결하면서 글을 풀어나간다. 설명의 한 방식이다. 권위를 인용하며 그와 동조하거나 다르게 변용하면서 수필가는 다양하게 활용할 수 있다. 전문가의 지식과 관념이 작가의 주제를 보강하기도 하지만, 그에 갇히면 독창적인 주제를 펼치기 어려운 한계도 있다. 권위 인용은 글에서 슬기롭게 적용할 필요가 있다.

(5) 유추類推하기

유추는 두 사물에서 어떤 특정한 의미가 있을 만큼 유사하다면, 그런 추정에 바탕을 두고 관련시키는 방식이다. 이것도 다른 방식처럼 글을 발전시키며 보강하는 수단으로 쓰인다. A와 B의 유사점을 환기시켜서 사용하는데, A에 대한 주제를 입증하기 위한 수단으로 사용한다.

1. ①어찌 보면 인간의 삶과 비슷하기도 하다. ②태어나 모진 고통을 견디며 자라고 아이를 낳고 종국에는 모든 것을 나누어주며 자연으로 돌아간다. ③목련나무도 이와 비슷할 것이다. ④씨앗을 틔우고 모진 바람을 견디며 성장해 아름다운 꽃을 피운다. ⑤다른 점이 있다면 우리 인간은 수레바퀴와 같아서 순환을 하면서도 계속 앞으로 나아간다. ⑥하지만 목련나무는 계속 그 자리에 서있다.

2. ①나는 계속 발전을 하는데 우리 집 뒤뜰에 서있는 목련나무는

계속 변함없이 그 자리에 머문다. ②나와 목련나무, 둘 다 계절을 지내며 매년을 돌고 도는데 한 쪽은 계절의 순환을 겪을 때마다 변화하고, 다른 한 쪽은 굳건한 바위처럼 우두커니 서있다. ③ 마치 혼자서 다른 세계에 있는 양 나이를 먹지 않는 것처럼 보인다. ④ 신이 있다면, 이렇듯 서로 다른 존재가 함께 존재하는 것은 서로에게서 무언가 배우라고, 교훈을 얻으라고 그렇게 만들었을 것이다. ⑤ 이런 생각이 들면 웃음이 난다.(대학생)

예문 1문단 밑줄에서 인간과 목련나무 삶의 유사성에 주목하여 설명한다. 목련에서 인간 삶의 의미, "서로 다른 존재가 함께 존재하는 것은 서로에게서 무언가 배우라고, 교훈을 얻으라고"한다는 것을 찾고자 한다. 이 유추에는 반드시 다른 대상, 즉 "한 쪽은 계절의 순환을 겪을 때마다 변화하고, 다른 한 쪽은 굳건한 바위처럼 우두커니 서있다"가 있어야 한다. 유추는 다른 대상이나 양자에서 의미 있는 유사성을 발견하여 주제를 입증하기 위한 것이다. 비교와 대조는 유사한 것과 다른 것 자체에 의미를 두지만, 유추는 외면상으로는 다르지만 내면 의미는 유사한 것에서 제3의 의미를 추출하여 주제를 이끌어 나가는 점에서 다르다 할 수 있다.

3) 결미 쓰기

수필에서 결미는 서두처럼 심리적 측면에서 보아야 한다. 이것은 완결감 혹은 종결감이라 부르는 것인데, 글이 완전하게 끝났다는 감각을 독자에게 제공하는 것이 필요하다. 이런 끝을 쓰는 것도 글의 처음 시작처럼 매우 어렵다. 결미가 어려워도 끝에서 해야 할 것을 기억하면 해결책은 있다. 서두는 독자를 끌어들이는 반면에 결미는 걷어 들여야 하고, 모든 걸 함께 엮어서 완결감을 이끄는 것이다.

수필을 끝내는 마지막 한 문장은 서두에서 주제를 언급한 문장보다 대부분 좋지 않은 경우가 많다. 한 문장으로 만족시키기 어려워서 그렇다. 끝에서 서두처럼 여러 말을 하면서 더 끌어선 안 되는데 그 이유는 본문에서 할 일이기 때문이다.

종결감을 제공할 결미에서 할 수 있는 것은 요약하는 방법이다. 요약은 개념을 함께 모아서 주요 핵심을 독자에게 환기시키는 이점이 있다. 일부 독자는 앞의 시각을 잊기도 하므로 특히 장문 수필을 쓸 때는 요점 제시가 한 방편이다. 완전한 요약은 단문 수필에선 잘 아울리지 않는다. 독자는 5-10개 문단에서 이미 읽은 것 정도는 기억하고 있기 때문이다.

요컨대 서두처럼 결미도 조심스럽게 접근해야 한다. 마무리를 쓸 때는 글의 서두에서 몇 단어를 골라 사용하는 것도 한 요령이다. 주의 깊게 잘 선택하여 주제와 서술의 맥락에 맞는 단어라면 좋다. 물론 전체의 글에 손실이 있어서는 안 되고, 마지막 진술에서 실수하면 결미에 손상을 입히기 쉽다.

〈예문 1〉

<u>모든 것</u>은 제자리로 <u>돌아갔고</u> 나는 다시 공부에 몰두했다. 내 마음이 아픈 게 두려워 굳이 할아버지를 생각하지 않았다. 그러다 문득 할아버지가 부르던 그 노래가 내 귓가에 들려왔다. '꽃피는 동백섬에……' 그럴 때면 나도 모르게 눈물이 흘렀다. 너무도 익숙한 노래지만 <u>아직도</u> 익숙해지지 않는 노래다.(대학생)

〈예문 2〉

　　여자를 조개에 빗대도 낯설거나 어색하지 않다. 조개를 겉모양
만 아니라 그 생태적인 것까지 참으로 많이 닮았기 때문이다. 맛
난 조개가 우리네 식탁을 풍요롭게 하고 미각의 즐거움을 전해주
듯, 조개의 특장을 닮은 여자가 많아지길 진정 바란다. 유관순이나
평강공주를 그리워해서만이 아니다. 그들이 정녕 행복하기를 바
라는 간절한 마음에서 하는 기원 한마디임을 알아주기 바란다. 이
건 대부분 고추들도 동감하는 희망 사항이 아닐까 싶다. 조개와 고
추가 행복하게 한생을 살고 싶은 욕망은 어디 고추뿐만의 기대일
까.(방민, 「조개이야기」, 『미녀는 하이힐을』, 태학사, 2015, 23면)

186

　　〈예문 1〉의 밑줄은 종결감을 제공하는 단어다. '모든 것'은 앞엣것을
묶어 끝낼 때 쓰는 절대어이고, 역시 '돌아갔고'도 사건의 출발점에 다
시 복귀하여 한 사이클(한 편의 글)이 끝난 것을 뜻한다. '아직도'는 서
술 시점에서 지난 사연을 돌아보면서 마무리 짓는 시간 부사이다. 이
들이 함께 종결감을 나타낸다. 이 글은 더이상 쓸 게 없이 완전히 끝난
것이다.
　　〈예문 2〉는 요점을 요약 제시하며 끝을 이끈다. 이 결미부의 밑줄 '여
자를 조개에 빗대도'만 읽어 보아도 이 글은 조개와 여자의 삶을 유추
한 것임을 알게 한다. 이어서 '조개를 겉모양만 아니라 그 생태적인 것
까지 참으로 많이 닮았기 때문'이라고 글 전체의 내용을 요약한다. 여
기에 종결감을 제공하기 위해서 주제 의미를 전이하며 독자에게 여운
을 남긴다. '바란다/희망 사항/기대'의 말이 그러하다.

4) 초고 수정하기

수필 한 편을 쓰기 위하여 이를 3등분하여 서두–본문–결미로 나누어 살폈다. 이처럼 세 부분으로 나누어 집필을 마친 뒤에는 초고의 최종 단계인 수정이 있다. 수정하면서 살필 것은 서두에서 주제 진술이 바른 자리에 있는지와 그것이 중심으로 잘 연결이 되는지를 살핀다. 본문에서 각 문단은 한 문단마다 내적으로 잘 조직(응집성?)되고 한 전일체로서 주제 진술에 연관(통합성?)되며, 다른 문단끼리 연결(연결성?)이 어떠한지 살핀다. 결미에서 종결감을 바르게 성취했는지를 살펴 각 부분에서 미흡하거나 부족한 부분을 수정한다.

글을 쓴다는 것은 상당히 어려운 작업이므로 무엇이 잘못인지 골라내거나 알기 어렵다. 해결책은 글쓰기의 난점을 이해하고 단계별로 쓰는 것이다. 이 단계는 처음엔 제재를 선정해 주제문을 작성하고, 개요도를 마련하여 구상하며, 그 다음엔 엉성하지만 초고를 집필한 뒤, 수정하며 고쳐 쓰고 최종 교정과 정서로 마무리하는 절차를 밟는다.

초고 수정에도 여러 단계가 있다. 문단에서 문단으로 쓴 것을 검토하고, 주제 진술에 대해서 점검하다 보면, 요점에서 벗어난 것도 발견하고 문장 의미가 명확하지 않거나 의문스러워 삭제할 것도 나온다. 간혹 설정한 주제와 글의 대부분이 맞지 않는 경우도 있다. 이럴 때는 아예 주제를 내용에 맞게 바꿀 수도 있다. 글쓰기는 역동적인 과정이므로 쓰다 보면 실제와 다른 방향으로 가는 수도 있으며 이걸 점검하면서 알게 되기 때문이다.

다음엔 한 문단이 후속 문단과 쉽게 연결이 되는지, 배열이 확실한지 살핀다. 읽어보면 재배치(순서 바꾸기)해야 할 걸 찾아내기도 한다. 재배치를 하게 될 때는 연결 단어와 문장을 확실하게 바꾼다.

마지막 단계가 통합성, 응집성, 연결성 검토이다. 주제와 문단의 통합이 바른지, 문단의 응집성에 맞게 내적 조직을 갖추었는지, 문단 간의 연결성이 적절한지를 검토하여 조정한다. 이런 작업을 진행하면서 더 좋은 단어, 더 적합한 문장 표현이 없는지 찾아보고 꼼꼼하게 윤색한다.

5) 교정하고 제목 정하기

여러 번 수정 단계를 거쳐 초고의 최종 원고를 완성한다. 수필 쓰기의 끝 단계에 도달했지만 세심한 교정이 남아 있다. 한 번 더 살피는 마음에서 필요한 절차이다. 교정의 첫 작업은 주술호응에만 주목해서 읽는 일이다. 다음엔 대명사가 지시하는 것과 호응이 일치하는지 검토한다. 이는 문장에서 잠재적 문제를 일으키므로 세심한 주의를 요구한다. 마지막으로 철자와 구두점을 검토하면서 소리 내어 읽는다. 알고 있으면서 실수하는 것도 있으므로 특별히 조심한다.

이런 절차가 마무리되면 제목을 정한다. 물론 글을 쓰면서 제목(임시)을 달았을 것이나 최종까지 기다려 결정하는 것이 최선의 방법이다. 원고가 최종 마무리될 때까지 어떤 내용으로 전개될지 확신할 수 없기 때문이다. 좋은 제목은 요지를 적실하게 표기하지 않아도 주제를 담는다. 이렇게 제목을 정한다면 서두에서 충분히 진술해야 한다. 또는 주제 진술을 그대로 제목으로 쓸 수도 있다.

제목을 결정했다면 명심할 것이 있다. 제목은 독자가 처음 보는 것이다. 그의 주의력에 초점을 맞추고 필자의 글로 유도하는 장치라는 점에 유의한다. 최종 원고를 마련한 뒤에 인쇄상의 오류를 막기 위해 마지막 한 번 더 글을 검토하는 것이 좋다.

수필의 제목은 독자가 보게 되는 처음이고, 그의 주의와 생각에 처음으로 초점을 맞추는 요소다. 그러므로 제목은 중요해 필자나 독자나 소홀히 다룰 수 없다. 이 제목 정하기를 다음 5개 정도 범주로 나눌 수 있다. 다만 수필을 읽고 쓰면서 제목을 생각하고 고심할 때 이것이 무슨 기능을 하고 어떻게 형성되는지 관련하여 숙고하면 좋겠다.

(1) 제목은 수필이 다루는 화제를 가리킨다. "고추 이야기", "길에서 묻다", "미녀 사랑 법"의 경우처럼, 수필의 화제에 대해서 의문을 품게 하여 독자가 수필 주제 진술에서 답을 끌어내도록 한다.

(2) 주제를 직접 가리키거나, 주제를 서술하며 이끈 결말을 직접 제시하는 제목이 있다. "샛길이 좋다"는 수필의 주제를 지적한다. 이 제목은 필자가 글의 핵심이 무엇인가를 손쉽게 알도록 정돈한다. 이런 제목은 주제를 강조하기 위한 의도로 사용할 수도 있다.

(3) 독자의 주의를 뺏고 호기심을 부추기는 제목도 있다. "모기 조의 弔意"나 "여자여, 바지를"은 일반적인 사고에서 흔하지 않은 것이다. "마누라는 없다"처럼 반어적 제목도 이에 해당한다.

(4) 비유적이거나 은유나 상징의 제목을 단다. 이런 제목은 수필에서 서술하는 내용이 발전할 수 있게 설정할 수도 있다. 이 제목은 대체로 의미를 단일한 이미지로 집약하여 제시한다. "평생 최고의 점심"은 점심을 먹으러 간 식당에서 이가 부러지는 사고를 당해 비싼 치료비를 물게 한 이야기다. 제목만으로는 고가의 좋은 음식을 먹은 이야기로 예상하나 실제는 다르니 반어적이고 비유적인 제목이다.

(5) 주제 진술을 제목으로 단다. 이런 제목은 서두를 건너뛰어 글의 중심인 본문으로 바로 진입하게 한다. 이처럼 주제를 제목으로 다는 것은 확실한 경우에만 유용하고, 서두 쓰기의 문제를 피하기 위한 수단으로 사용해선 안 된다. 능란한 작가만이 가능한 이것은 제목에 주제를 노출하는 것에 통달해야 하는데, 이것은 서두를 통

달해야 한다는 것과 같은 의미다. 예를 들자면 "미녀는 하이힐을 신는다"를 들 수 있겠다.(Edward Proffitt, 『PROSE IN BRIEF-Reading and Writing Essays』의 96-98면 참조)

제
2
부

수필 제대로
알아보기

1

독자는
누구인가

  누가 읽으라고 수필을 쓰는가? 잠재적 독자한테 주제와 문체, 구성 등을 어떤 방식으로 이해시킬 것인가? 수필의 성패 판단이 독자에 관한 인식에 어느 정도 달려 있는가?

  쓴다는 행위는 자아 발견을 위해서이기도 하지만, 타인을 위해 쓴다는 것도 진실이다. 글을 쓰면서 많은 것을 결정하기 마련이다. 이것은 누군가를 위해 쓰는 것과 관련이 있으므로 독자에 관한 태도가 중요하고 글쓰기 전반에서 독자를 의식해야 한다.

  비유하자면, 청자와 상대방이 모르는 어떤 기술에 관한 것을 말한다고 가정해보자. 이것은 그 기술에 관해서 개괄적인 이해를 도모하는 일이다. 이럴 때는 화자의 설명이 단순해야 하고 사용하는 용어를 정의해야 한다. 만일 그러하지 않으면, 상대는 지루해하거나 고개를 끄덕이지 못하고 손사래를 칠 것이다. 하지만 이와 달리 그 얘기를 서로 잘 아는 사람끼리 하게 된다면 당신은 주제 문제를 복합적으로 다루고 사용하는 용어를 그들의 기존 지식에 맡길 수 있다. 두 번째 상대는 당신의 주제 접근 방식을 알지 못하면, 그 얘기에 핵심이 없다 하겠지만, 주제 영역에서는 충분한 지식이 있을 것이다. 예컨대 이런 상대에겐 모든 용어를 정의하길 원치 않는다면 당신은 집중적으로 접근할 것이고, 충분하게 그 주제를 다루고 싶을 것이다. 이 두 사례는 당신 판단의 척도가 될 것이다.

수필 쓰기도 이와 대동소이하다. 초심자나 등단 작가나 이 경우에는 모두 해당한다. 독자를 예측하고 판단하며 그 중요성을 명심해야 한다. 일반 독자의 경우에는 어찌해야 하는가? 작자보다 상급 수준이 있을 수 있고, 하위 수준이 있을 수 있으나, 이럴 때는 작가 자신과 동등한 수준의 동업 작가나 상급의 독자를 상정해야 한다. 작가가 다루는 제재와 주제의 접근 방식뿐만 아니라, 수사적인 용어와 용법까지 동업과 상급의 독자에겐 익숙한 일이다. 따라서 이들을 충족시킬 수 있게 하기 위해서는 예를 들어서 서술하고 한정된 주제만을 다루는 게 좋다. 지식을 제공하려 하거나 주제를 상세하게 풀이하려 할 필요가 없다. 이것보다 주제에 초점을 맞추어서 집중하는 게 옳다. 작가가 독자관을 확립해야, 말할 필요가 없는 것과 반드시 말해야 할 게 무엇인지 결정하는 문제를 많이 줄일 수 있다. 그러면 독자관이 당신의 집필 과정을 용이하게 한다는 점도 이해할 것이다.

다음 예문은 독자와 작가의 관계를 어떻게 설정해야 하는지, 그 관계가 얼마나 중요한지 비유적으로 암시한다. 나아가 글의 제목을 어떤 관점에서 정해야 하는지 깨닫게 한다. 수필로 쓴 독자관이면서 여러 유용한 참고가 되는 특이한 글이다.

간판이 고객의 입맛을 자극하느냐 여부에 따라 손님의 숫자는 사뭇 달라질 수 있다. 손님들의 성향을 제대로 알았더라면 그 성향에 맞는 간판의 이름을 지어 달았을 것이고, 횟집 아짐의 앞치마는 더불어 불룩해졌을 것이다.

대형서점에 가면 책들의 제목 싸움이 요란하다. 그것들의 '소리 없는 아우성'을 들으며 책을 빼 들다가 월미도의 횟집 간판들을 떠올린다. 서점에서 책이 독자에게 선택되는 첫 관문은 책의 간판이라 할 수 있는 제목이다. 내용으로 들어가면 밑의 메뉴들처럼 소제목들은 독자의 또 다른 선택을 기다린다. 수필집 한 권에 들어 있는 작품 중에서 독자의 눈길을 끄는 수필 제목은 몇 편이나 될까?

이미지가 쉬 그려지는 제목은 기억의 방에 쉽게 들어앉는다. 만약 세상살이에 대한 가르침을 눈치 없이 제목으로 앉혔다면, 그것은 작가 스스로 독자와의 사이에 담을 쌓는 격이 될 것이다.

'그해 겨울', '세상사는 이야기', '기다림', '내면의 향기' 등의 제목보다는 '노래하는 벽', '그녀가 선유도에 와 있다', '아프리카의 귀신들' 등이 구체적이고 이미지가 강해서 훨씬 구미가 당기지 않겠는가.

생각을 뒤집어 책 제목을 횟집 간판으로 달아보고, 횟집 간판을 수필집 제목으로 써 보자. 서점에 깔린 수많은 책 중에서 '밧데리 부인'이나 '사장이 미쳤어요' 같은 제목이 있다면, 책의 품격과는 무관하게 독자의 궁금증이 책갈피에 닿지 않을까. 또한 횟집 간판에 '사랑이 사랑을 버리다', '돌돌돌', '하얀 숲'을 가정해 보자. 사랑이……는 단어의 반복에서 오는 말맛과 짧은 글 속에서의 반전이 묘미를 줄 것이다. 돌돌돌은 소리글자의 반복으로 구르고 감겨

드는 말맛이 기억소자(記憶素子)로 남게 된다. 하얀 숲은 푸른 바다와 대조를 이루어 격조 있는 횟집 이미지로 연인들을 끌어들일 수 있을 것이다.

　아름다운 문장과 좋은 카피는 분명히 다르다. 좋은 카피는 필요한 그릇에 가장 적절히 담긴 글이고, 아름다운 문장은 그릇에 차고 넘치는 글이다. 사람들은 대부분 아름다운 문장을 선호하지만, 광고카피나 간판 제목처럼 목적이 있는 글의 정답은 보이지 않는 뒷면에 숨어 있는 경우가 많다. 사람이 살아가면서 일상화된 고정 관념을 깨기란 쉽지 않다. 그런 고정된 생각들이 우리가 등잔 밑에서 살아가고 있다는 자각마저 못 하게 하는 것은 아닐까.(박종규,「머리 짓기」일부,『꽃섬』, (주)폴리곤커뮤니케이션즈, 2015)

2

어조와 목소리
또는 문체

　　모든 수필에는 작가의 목소리가 있다. 이것은 글에서 작가가 사용한 단어의 종류와 그 배열에서 특정한 사람의 어떤 태도를 표현한 것이다. 이 목소리에서 글의 어조를 감지할 수 있다. 수필의 화자와 실제 저자는 차이가 있다는 점에 주목하자. 잘 알다시피 수필은 작가의 체험을 주요 제재로 삼는다. 작품 안의 화자는 당연히 작가와 동일인이라고 생각하기 쉽다. 많은 면에서 수필의 화자와 수필가는 동일 인물인 것은 사실이나 똑같지 않다. 그렇다 해서 시나 소설의 허구적 인물은 아니다. 시와 소설의 인물과 유사한 면이 많지만 다른 점 역시 적지 않다. 이럴 때는 심리학의 퍼스나(persona) 개념을 떠올려야 한다. 사람은 여러 개의 가면을 쓰고 사는데, 자아의 다양한 면모는 바로 이 퍼스나에 투영된다고 한다. 동일인이지만 각자 접하는 사회적 역할에 따라 약간씩 다르게 변신하고 변용한다. 허구상의 가공인물은 아니지만 그렇다고 같은 사람도 아니라는 사실이다. 물론 당연히 화자와 작가는 겹치는 부분이 많다. 그리고 여러 수필의 화자를 종합하면 작가로 수렴된다. 작품에서 다루는 제재에 따라 약간씩 다른 화자로 변신해야만 수필을 개성적으로 만들 수 있기에 그렇다고 볼 수 있다.

작가는 수필마다 다른 선택을 한다. 엄정한 목소리가 있을 수 있고, 나긋나긋한 섬세한 목소리, 심술궂은 개구쟁이의 목소리, 지루하고 짜증나는 목소리, 열정적인 광기의 목소리 등등 제재와 주제에 따라서 여러 목소리를 선택한다. 이것은 사용하는 단어와 그 문장 배열에 의해서 만들어진다. 잘 쓰건 못 쓰건 수필에는 목소리가 드러나지만 원하는 목소리를 만들기 위해선 수련이 필요하다. 이는 전적으로 단어의 선택과 배열에 있다. 수필 독자도 각 편 목소리의 특질과 형성 과정을 안다면 보다 충실한 독해가 가능하다. 이에 맞게 작가는 글에 어울리는 목소리를 창조하려고 애써야 한다. 작가는 원하는 목소리를 만들기 위해서는 글의 여러 양상을 조정하고자 노력해야할 것이다.

어조와 목소리는 문체의 구체적 드러남이라 할 수 있다. 글을 소리 내어 읽을 때 실감하게 되는 건 문체의 실연實演이다. 낭독이나 이야기의 관점에서 살피면 그것은 어조이며 목소리이나, 문자의 관점에서 묵독과 안독眼讀의 차원에선 문체이다. 말과 문자의 차이에서 구별하게 되는 것으로 실상 어조와 문체는 한 몸이고 다른 현상의 발현이다. 음성언어의 관점에서 볼 때는 어조이나 문자언어의 면에서 보면 문체라고 구별하는 셈이다.

수필의 문체는 글에서 작가가 선택한 조사措辭(diction)와 통사統辭(syntax)와 관련한 문제로, 모든 것을 집적한 산물이며 그로부터 드러나는 효과이다. 다시 말하자면 수필 문장에서 선택한 단어의 종류와 문장 유형이 글의 형태에 작용하고 효과가 나타난다. 조사와 통사는 어조(tone)와 목소리(voice)를 형성하는 도구이기 때문에 의미가 있으며 이 중에서 통사는 수필의 산문리듬을 조성하는데 가장 큰 역할을 한다. 작가에 따라 서사 수필을 쓰면서 풍성한 세부 묘사와 은유를 사용하면 그 효과는 다양하면서 감각적이다. 또는 수필의 주제를 살리기 위해서 개념을 정의하고 확실한 실제의 사례를 보충하면 고도의 지적 효과를 얻을 수 있다. 이러한 모든 것은 문체와 그러한 문체를 선택한 결과이다.

문체의 요소를 조정할 수 있는 작가는 본래의 목적을 달성할 수 있다. 단어를 함께 배열하는 어떠한 방식에도 일종의 문체가 드러날 것이다. 그 결과가 완숙했건 미숙했든, 인상적이건 지루하든, 생생하건 둔감하든 관계없이 문체를 조정하는 기교, 즉 단어 선택(조사 문제)과 신중한 단어 배열(통사 문제)은 어조와 목소리를 만들어내고, 정확한 자리에 놓여서 목적한 바를 손쉽게 달성하거나 산문 리듬과 생동감에 전반적으로 작용한다.

문체는 교묘해서 쉽게 통달하긴 어렵다. 그래도 여러 작가의 글을 많이 읽어 각각의 문체를 구성하는 것이 무엇이고 그것들이 어떻게 서로 구별되는지를 파악할 수 있을 때, 글을 쓰면서 문체적 관점으로 살필 수 있을 것이다.

〈예문 1〉

「딸깍발이」란 것은 「남산(南山)골 샌님」의 별명(別名)이다. 왜 그런 별호(別號)가 생겼느냐 하면, 남산(南山)골 샌님은 지나 마르나 나막신을 신고 다녔으며, 마른 날은 나막신 굽이 굳은 땅에 부딪쳐서 딸깍딸깍 소리가 유난하였기 때문이다. 요새 청년(靑年)들은 아마 그런 광경(光景)을 못 구경하였을 것이니, 좀 상상(想像)하기에

곤란(困難)할는지 알 수 없다. 그러나, 일제시대(日帝時代)에 일인
(日人)들이 「게다」를 끌고 「콩크리트」 길바닥을 걸어다니든 꼴을
기억(記憶)하고 있다면, 「딸깍발이」라는 명칭(名稱)이 붙게 된 까
닭도 이해(理解)할 수 있을 것이다.

그런데, 이 남산(南山)골 샌님이 마른 날 나막신 소리를 내는 것
은 그다지 얘깃거리될 것도 없다. 그 소리와 아울러 그 모양이 퍽
초라하고, 궁상(窮狀)이 다닥다닥 달려 있는 것이 문제(問題)인 것
이다.

인생(人生)으로서 한 고비가 겨워서 머리가 희끗희끗할 지경에
이르기까지, 변변하지 못한 벼슬이나마 한 자리 얻어 하지 못하고,
(그 시대(時代)에는 소위(所謂) 양반(兩班)으로서 벼슬 하나 얻어 하
는 것이 유일(唯一)한 욕망(欲望)이요, 영광(榮光)이요, 사업(事業)
이요, 목적(目的)이였던 것이다.) 다른 일 특(特)히 생업(生業)에는
아주 손방이어서, 아예 손을 댈 생각조차 아니하였기 때문에, 경
제적(經濟的)으로는 극도(極度)로 궁핍(窮乏)한 구렁텡이에 빠져서,
글자 그대로 삼순구식(三旬九食)의 비참(悲慘)한 생활(生活)을 해가
는 것이다. 그 꼬락서니라든지 차림차림이야 여간 장관(壯觀)이 아
니다.

두 볼이 하월대로 하위어서, 담배 모금이나 세차게 빨 때에는,
양 볼의 가죽이 입 안에서 서로 맞다을 지경이요, 콧날은 날카롭게
오똑 서서 꾀와 理知이지만이 내 발릴대로 발려 있고, 사(四)철 없
이 말간 콧물이 방울방울 맺혀 떨어진다. 그래도 두 눈은 개가 풀
리지 않고, 영채가 돌아서, 무력(無力)이라든지 낙심(落心)의 빛을
나타내지 않고 있다. 아래웃 입술이 쪼그라질 정도(程度)로 굳게
담은 입은 그 의지력(意志力)을 더욱 두드러지게 나타내고 있다.

많지 않은 아랫수염이 뾰족하니 앞으로 향(向)하여 휘어 뻗쳤으며, 이마는 대개 툭 소스라져 나오는 편보다. 메뚜기 이마로 좀 편편하게 버스러진 것이 흔히 볼 수 있는 「타입」이다.

이러한 화상이 꿰맬대로 꿰맨 헌 망건(網巾)을 도토리 같이 눌러쓰고, 대우가 조글조글한 헌 갓을 좀 뒤로 잦혀 쓰는 것이 버릇이다. 서리가 올 무렵까지 베중이 적삼이거나, 복(伏)이 들도록 솜바지 저고리의 거죽을 벗겨서 여름살이를 삼는 것은 그리 드문 일이 아니다. 그리고, 자락이 모지라지고, 때가 꾀죄죄하게 흐르는 도포(道袍)나 중치막을 입은 후, 술이 다 떨어지고, 몇 동강을 이은 띠를 흉복통에 눌러 띠고, 나막신을 신었을망정, 행전은 잊어버리는 일이 없이 치고 나선다. 걸음을 걸어도 日人들 모양으로 경망(輕妄)스럽게 발을 옮기는 것이 아니라, 느럭느럭 갈짓자(之) 걸음으로, 뼈대만 엉성한 호리호리한 체격(體格)일망정, 그래도 두 어깨를 턱 젖혀서 가슴을 뻐기고, 고개를 휘번더거리기는새레 곁눈질 하나 하는 법 없이 눈을 내리깔아 코끝만 보고 걸어가는 모습. 이 모든 특징(特徵)이 「딸깍발이」란 말 속에 전부내포(全部內包)되어 있다.

그러나, 이런 샌님들은 그다지 출입(出入)하는 일이 없다. 사랑이 있든지, 없든지 방 하나를 따로 차지하고 들어앉아서, 폐포파립(敝袍破笠)이나마 의관(衣冠)을 정제(整齊)하고, 대개는 꿇어앉아서 사서오경(四書五經)을 비롯한 수(數) 많은 유교전적(儒教典籍)을 얼음에 박 밀 듯이 백번(百番)이고 천번(千番)이고 내리 외는 것이 날마다 그의 과업(課業)이다. 이런 친구들은 집안 살림살이와는 아랑곳없다. 가다가 굴뚝에 연기(煙氣)를 내는 것도, 안으로서 그 부인이 전당(典當)을 잡히든지 빚을 내든지, 이웃에서 꾸어 오든지 하

여 겨우 연명(連命)이나 하는 것이다. 그러노라니, 쇠털같이 허구
헌 날 그 실내(室內)의 고심(苦心)이야 형용(形容)할 말이 없을 것이
다. 이런 샌님의 생각으로는, 청렴개결(淸廉介潔)을 생명(生命)으로
삼는 선비로서 재물을 알아서는 안 된다. 어찌 감(敢)히 이해(利害)
를 따지고 가릴 것이냐. 오직 예의염치(禮義廉恥)가 있을 뿐이다.
인(仁)과 의(義) 속에 살다가 인(仁)과 의(義)를 위(爲)하여 죽는 것
이 떳떳하다. 백이(伯夷)와 숙제(叔齊)를 배울 것이요, 악비(岳飛)와
문천상(文天祥)을 본받을 것이다. 이리하여, 마음에 음사(陰邪)를
생각지 않고, 입으로 재물(財物)을 말하지 않았다. 어디 가서 취대
(取貸)하여 올 주변도 못되지마는, 애초에 그럴 생각을 염두(念頭)
에 두는 일이 없다. (이희승(李熙昇), 「딸깍발이」 일부, 『벙어리냉가
슴』, 일조각, 4292, 35~37면)

이 글은 전아典雅한 느낌이다. 어조는 옛날얘기를 조곤조곤 전하는
설화적이며 조롱하는듯하나, 이 작가의 목소리는 경쾌하지만 당차게
들린다. 문체로 보자면 만연체이며 유장하게 이어지면서 고아한 분위
기가 농후하다. 하나하나 구체적으로 들춰내어 소곤대면서도 옛날의
아득한 전설을 얘기하듯 비판적이고 분석적인 시선을 드러내며 그 한
편에선 논리적 목소리를 낸다. 지금보다 꽤 오래전 글이지만, 사용한
단어가 한자어의 관념어와 추상적 개념어가 많으나, 구체어와 생생한
감각적 단어 역시 적지 않다. 이 상반된 성질의 단어들이 적절하게 잘
어울려 '딸깍발이'의 양면성과 이중성을 교묘하게 드러내는 데 성공하
고 있다. 외양적인 삶의 꾀죄죄함과 내면의 정신상 우월함을 대비적 단
어를 선택하여 형상화하였다.

〈예문 2〉

또 다른 이야기에서도 기생 능소화가 죽어 이 꽃이 되었다고 한다. 옛날 어느 고을에 덕망 있는 벼슬아치가 일찍 아내를 여의고 딸과 함께 살았다. 그는 상대편 당파의 세력에 밀려 급히 몸을 피해야 할 지경에 이르렀다. 그는 딸과 사윗감으로 점찍어 두었던 젊은 선비를 데리고 급히 몸을 피하다가 갈림길에 이르렀다. 그는 젊은이와 딸의 손을 모아잡고, 부부의 인연을 맺을 것을 서약하게 한 뒤에 젊은이를 다른 길로 가게 하였다. 그는 딸과 함께 이리저리 떠돌던 중에 병이 들어 위독하게 되었다. 딸은 기적(妓籍)에 이름을 올리고 돈을 받아다가 약을 썼으나, 그는 소생하지 못하고 세상을 떠나고 말았다.

그 뒤 그녀는 기녀(妓女)가 되었는데, 인물이 예쁘고, 글을 잘하며 거문고에 능했기 때문에 많은 사람의 눈길을 끌었다. 그녀는 많은 남성들이 유혹하였지만, 정절을 지켰다. 한 선비가 그녀의 청초한 모습을 보고, '차가운 기운이 서린 꽃'이란 뜻으로 '얼음 릉(凌)' 자, '하늘기운 소(霄)' 자를 써서 '능소화'라고 이름 지어 불렀다.

몇 년 후 능소화의 아버지가 속했던 당파가 다시 정권을 잡게 되었다. 젊은 선비는 과거에 급제하고, 능소화가 기생 노릇을 하고 있는 고을 원으로 오게 되었다. 능소화의 소문을 들은 원님이 그녀를 찾아가는데, 귀에 익은 거문고 소리가 들렸다. 원님이 그녀를 만나보니, 바로 자기와 정혼한 여인이었다. 능소화가 겪은 일을 들은 원님은 지난 일을 다 잊고, 부부의 연을 이어가자고 하였다. 그녀는 "서방님의 뜻이 그러하다면 기꺼이 따르겠다."면서, 며칠간의 말미를 달라고 하였다.

원님은 만나기로 약속한 날에 능소화를 찾아갔다. 그녀는 준비해 두었던 비상(砒霜)을 먹고 죽어가면서, "자신을 정결하게 지키지 못한 제가 어찌 서방님과 혼인할 수 있겠습니까? 그간의 허물을 탓하지 않으시는 마음만으로도 저는 여한이 없습니다." 하고 말했다.

그 뒤 그 여인의 무덤에서 덩굴진 줄기가 솟아났고, 퍼져가는 줄기 끝마다 주황빛 꽃들이 피어났다. 품위와 기개가 느껴지고, 활짝 피었는가 싶으면 이내 지고 마는 그 꽃을 사람들은 '능소화'라고 불렀다. 당파 싸움이 한창이던 때를 배경으로 꾸며진 이 이야기에는 한 여인의 지고(至高)한 사랑과 기품이 나타난다.

우리나라에는 살았을 때에 간절히 바라고 원하던 일을 이루지 못하고 죽은 사람의 영혼이 그 소원과 관련이 있는 식물이나 동물로 변하였다는 전설이 많이 전해 온다. 그중 꽃과 관련된 이야기를 '꽃 유래담' 또는 '꽃 전설'이라고 하는데, 이것은 한국인의 환생에 관한 의식을 바탕으로 꾸며진 것이다.

능소화는 개화 기간이 80일 정도 이어진다. 색상이 화려하고 기품이 있으며, 젊고 생기가 있다. 많은 꽃들이 다투어 피는 따뜻한 봄을 다 보내고, 뜨거운 태양이 작열(灼熱)할 때에야 자태를 뽐내는데, 아름다움과 함께 도도함이 느껴진다. 손을 대면 떨어지고 말아 마음에 맞지 않는 누구의 손길도 허락하지 않는 절개가 있어 보인다. 시들지 않고 떨어져 지는 순간까지도 활짝 피었을 때의 싱싱함을 유지하다가 그 모습 그대로 땅에 떨어져 추한 모습은 보이지 않는 자존심이 있다. 통나무나 담장을 타고 올라가 밖을 살피는 조심성이 있다. 위의 두 전설은 능소화의 이러한 특성을 잘 설명해 준다.

화려한 자태를 뽐내는 능소화를 보고 있노라면, 옛날 선비와 같이 함부로 범접하기 어려운 품위와 한번 뜻을 세우면 어떤 시련이 와도 굽히지 않는 기개가 느껴진다. 많은 남성의 유혹이 있어도 임을 향한 일편단심(一片丹心)으로 정절을 지키는 명기(名妓)의 결연함을 생각하게 한다. 능소화 전설은 이런 느낌을 더욱 강하게 해 준다.(최운식,「능소화의 품위와 기개」일부,『능소화처럼』, 보고사, 2015, 200–202면)

이 글의 필자는 교훈적이며 설득적인 목소리로 지식과 정보를 전달하고자 하는 어조를 드러낸다. 교설적敎說的인 글로서 예증과 지식의 객관적 사실에 의한 근거를 제시하여 보다 설득적이며 해석적 목소리를 내고 있다. 이에 주관성을 축소하고 전설을 잔잔히 들려주는 설화적인 목청이 들린다. 이 점에선 앞의 예문과 상통하는 바다. 둘 다 필자보다는 독자를 하위 수준으로 설정하여 풀이하고 해설하며 전달에 더욱 치중한 글이다.

〈예문 3〉

나는 이 6·25전쟁의 와중에 한 여자 친구를 잃었다. 담임선생의 심부름으로 가끔 들르는 미장원에서 일을 하던 분례는 나와 동갑이며 그의 어머니와 우리 어머니는 친한 사이였다. 통학을 하던 내가 새벽 6시쯤 기차를 타기 위해 역으로 가는 도중에 분례가 있는 곳에 들르면 그녀는 무척 반가워했다. 추운 겨울날 따끈한 차를 끓여 주기도 하고 그때는 귀했던 빵을 주기도 했다. 그러던 그녀가 인민군이 물러나고 국군이 진군하자 어디론가 행방을 감추고 말았다. 그녀가 있던 미장원도 문이 닫혔고 들리는 소문에 의하면 그녀가 주인아주머니를 따라 빨갱이 짓을 하다 지리산으로 들어갔다는 것이다.

그때는 도저히 믿기지 않았다. 그러나 시일이 흐르면서 그녀가 그럴 수 있었을 것이라는 심증이 갔다. 그녀는 몹시도 학교를 다니고 싶어 했다. 그리고 가난한 것을 그렇게도 한탄했다. 공산당의 시대가 오면 빈부의 격차가 없고 누구나 공부할 수 있는 세상이 올 것이라는 주인아주머니 말에 그녀는 설복 당했을 것이다.

내가 다니던 순천시에는 가끔 빨치산이 들어와 경찰서를 습격하고 학교도 방화하는 등 기습이 심했다. 그럴 때면 누더기를 입은 빨치산의 시체가 어느 때는 시가지에 또 어느 때는 산을 오르는 계곡에 피투성이가 된 채 널려 있었다. 나는 그 시체 속에 혹시 분례의 시신이 섞여 있지 않나 하는 생각을 매번 해 왔다.

그 후로 세월은 40년이 넘게 흘렀다. 그리고 세상은 많이 바뀌었다. 빨치산에 대한 소설도 나오고 영화도 방영되고 또 생생한 기록도 많이 소개되었다. 그럴 때면 혹시 분례에 관한 이야기가 없나 하고 유심히 읽어 보지만 그럴 만한 기록을 발견하지 못했다. 그녀가 이데올로기에 대하여 무엇을 알았을까. 그러나 입산 즉시 죽지 않았다면 그녀도 나름대로 이념의 투사가 되었을지도 모른다. 그래서 자기 성취와 자기만족의 경지에 도달했을지도 모른다.

나는 2년 전 독일이 통일되던 날 베를린에 있었다. 베를린 장벽의 잔해를 바라보며, 이렇게 무너질 이데올로기의 벽인데 그토록 무수한 사람의 생명을 뺏고 또 무모한 인민들이 얼마나 고통을 받았는가를 생각했다. 베를린 장벽을 지나 동독에 있었던 포츠담을 찾아가면서 나는 문득 6·25때 자취를 감춘 분례가 떠올랐다. 혹 인천상륙으로 북한으로 가는 길이 막혔지만 태백산맥을 타고 북한으로 넘어가 지금 그녀는 북한의 어느 곳에서 살고 있는 것은 아닐까? 한국군의 포로가 되어 전향한 후 어디선가 단란한 가정을 꾸리고 살고 있는 것은 아닐까? 그렇지 않으면 이것도 저것도 아닌 회색분자가 되어 이름 모를 시골이거나 어느 도시의 달동네에 살고 있으면서 지난날의 인생의 역정을 되씹고 있는 것은 아닐까?(윤형두, 「크나큰 業報」 일부, 『아버지의 山 어머니의 바다』, 범우사, 1995, 155-157면)

이 글은 과거를 회상하며 추억에 잠겨서 아쉬운 듯 정감의 어조가 드러난다. 이처럼 감성적인 글임에도 시대상을 반영하여 관념과 사상의 언어를 선택하여 다소 둔탁한 어조가 병립한다. 추상의 개념성 단어로 아픈 과거를 돌이키다 보니 경험한 사실의 어둠과 침울한 분위기는 묵중한 목소리를 내게 하고, 이것은 사건 서술을 향한 요약적 단어를 나열하게 한다. 개인의 회상적 사건에 지나치게 확산적 제재인 독일 통일을 연결시키다 보니 균형감이 위태롭다. 상충되는 어조와 목소리는 바로 이에서 연유하는 것으로 보인다.

〈예문 4〉

초록은 참 다양하다. 지금 가장 연한 초록은 엊그제 모내기한 벼다. 품앗이 온 사람들로 북적이며 모내기하던 예전과 달리 이젠 다 이앙기가 한다. 기계 모는 사람이 심던 모보다 훨씬 어리다. 그래도 땅에 심어만 놓으면 하루가 다르게 초록이 진해진다. 논이 물을 담자 마을에 호수가 여럿이다. 달뜨면 천 개까지는 아니어도 논마다 달을 품어 달 부자가 된다. 그 논에서 개구리와 두꺼비가 목청껏 노래한다. 주어진 삶의 조건을 다 받아들이면서 순연하게 달빛과 별빛을 노래하는 그 소리는 뭐 해 달라, 뭐 해 달라 조르지 않고 그저 하늘에 바치는 기도이다.

상추 잎도 연초록이다. 우리 집 상추는 크게 자라면 군데군데 검은 점이 찍히는 점백이다. 자라면서 얼굴에 주근깨가 생기는 어린이들처럼. 펄 밭떼기마냥 거름기 하나 없는 생흙이라 도무지 싹을 낼 것 같지 않았는데도 흙은 정직하다. 상추씨에서는 상추가 쑥갓 씨에서는 쑥갓이, 근대 씨에서는 근대가 커 나온다. 사실 채소 씨를 뿌리고 거기서 채소가 나오는 걸 보는 건 난생 처음이다.

우리 집에서 제일 무성한 초록은 남천이다. 지난 가을 매혹적인 빨간 열매와 황홀한 단풍을 보여주었던 남천은 봄이 되자 시나브로 잎이 져 죽는 건 아닌가 걱정스러웠다. 집 뒤편인 북쪽 데크 끝에 벽을 세우고 그 벽 앞에 화단을 만든 거라 너무 춥거나 너무 메마르지 싶었다. 하지만 날이 풀리고 해가 서쪽에 머무는 시간이 많아지자 그간 걱정시킨 걸 벌충이라도 하듯 남천은 무성하게 잎을 피웠다. 이파리 모양새조차 얼마나 아름다운지. 요즘 자잘한 흰 꽃망울을 소담하게 매달고 있다. 중정에 앉아 남천을 바라보며 마시는 연녹색 차 한 잔은 보약이다.(정순진, 「초록 예찬」 일부, 『기쁨이 노을처럼』, 푸른사상, 2010, 43-44면)

이 글은 관조적이고 사색적이며 정감을 느끼게 한다. 애정이 담긴 사랑스러운 목소리가 들려 여유에 잠기게 한다. 자연의 변화에 대한 찬탄과 신비를 느끼며 화자는 모든 것을 기꺼운 심정으로 받아들인다. 이에 맞추어 읊조리는 어조는 잔잔하고 정겨운 분위기를 조성한다. 따스하고 온화한 정조에 낮게 들리는 목소리가 차 한 잔을 마시며 나누는 정담에 조응한다. 쓰인 단어 역시 자연과 생물과 천연의 색감을 드러내는 말들이다. 은근한 어조에 담겨 생기 넘치는 목소리를 동반하여 안온한 전원 풍경에 잘 어울린다.

〈예문 5〉

간혹 우리 주변의 동창회란 걸 보면 불순스런 요소도 없지 않은 것을 보아 왔으니 자연 술이나 한잔하며 친목을 도모한다는 동창회 본연의 목적에 더욱 애착이 가지 않을 수 없는 바다. 물론 우리 모두가 다 사회인이고 생활인이니 만큼, 각양의 직업을 가진 동창 모임에서 서로의 생활 정보를 교환하고 또 생활의 편의를 도모하는 일이야 환영받을 만한 일이다.

어쨌든 이런 생각을 가진 나의 동창 모임의 참석 의도는 그야말로 동창이 동석하여 동락하고 동고하는 '3同'에 있다 하겠다. 여기엔 반드시 술자리가 있어야 맛이 난다. 거창한 칵테일식이나 호화스런 방석집 스타일의 좌석은 제 멋이 나지 않는다. 이런 곳의 분위기나 대화는 극히 의례적이기 일쑤다. 지나가는 바람 소리처럼 서로 안부나 묻는 형식이 아니면 국회의원 출마의 예행연습이라도 하는 듯 악수 세례를 퍼붓는 연습장이 되고 보니 그저 삭막하고 씁쓸하다.

그러니 뭐니 해도 동창 모임의 술 좌석은 불고기에 소주 정도면 제격이요 고급이다. 한마디로 서민적이어야 할 일이다. 학창 시절에 누가 잘나고 똑똑한 사람이 있을 수 없었듯이 역시 그 시절의 분위기로 돌아가려면 가식 없고 순순한 술자리이고 볼 일이다. '가고파'의 노랫말처럼 '온갖 것 다 뿌리치고' 철없이 순수했던 불알친구의 시절로 한 번씩 돌아감은 긴장된 생활의 질곡에서 해방시켜주니, 정신 위생학적으로도 좋지 않을까 한다.(이유식, 「동창회 주석(酒席) 유감」 일부, 『그대 떠난 빈자리의 슬픔』, 도서출판 장원, 1993, 256-257면)

이 글은 수다스러운 자연스러움이 주조적 분위기다. 사용한 단어의 "~니, ~만큼, ~아니면, ~듯"의 어미는 여유롭고 수다스런 목소리를 들으며 편안한 심정의 어조를 읽게 한다. 작가의 생각을 펼치는데 그것이 논쟁적이거나 설득적이라기보다는 "~않을까 한다"에서처럼 너그럽다. 심사가 느긋한 모임에서 자유분방한 의견을 저마다 펼치는 개방성과 포용성을 느끼게 하는 말투이다. 그러므로 문장이 전반적으로 장문이 많은 만연체의 문체를 동반하여 너그러움과 여유로움을 지원한다.

〈예문 6〉

성깔 사나운 제주 바다라고 사람들은 말하지만 사나운 건 기실 바다가 아니다. 바람이다. 술이 물로 된 불이라면 바다는 물로 된 바람이다. 멈추어 있는 것들을 충동질하는 바람, 세상 모든 움직임 뒤에 바람이 있다. 바람은 신이다. 폭군이다. 변덕쟁이다. 근원을 흩트리는 음험한 동인(動因)이다. 어디를 가도 따라오는 바람, 바람이 살지 않는 대지는 없다. 기껏 비바람을 피해 건물은 지은 사람들도 그 안에 강제로 환기구나 송풍장치를 밀어 넣는다. 나를 예까지 불러들인 것도, 낯선 바람 속에 세워두는 것도 다 바람의 계략일 것이다. 모슬포에서, 용눈이 오름에서, 나는 겸허히 그를 영접한다. 내 안에 사는 천 개의 바람이 만장처럼 펄럭이는 바람의 섬에 안겨, 나는 가끔 접신의 기쁨을 맛본다.

전생이 아니면 내생에서라도 바람이 되고 싶었다. 어떤 포충망에도 걸리지 않는 바람, 자유의 다른 이름이 바람일 것 같았다. 구름을 갈라 비를 쏟고 물을 뒤집어 파도를 세우고 싶었다. 꽁꽁 언 흙을 버성기게 하여 여린 싹을 밀어올리고, 발 묶인 꽃씨들의 꿈을 실어 나르고 싶었다. 인사동과 한강, 북촌 언저리를 서성거리며 낯익은 건물, 그리운 얼굴들은 쓰다듬고 싶었다. 철조망을 뚫고 다리를 건너 구석구석 마음대로 떠돌고 나면 타클라마칸 사막 한가운데서 회리바람으로 소멸한다 해도 더는 미련이 없을 것 같았다.

그러나, 내려앉고 싶은 데에 내려앉지 못하고 그저 어깨나 스쳐야 한다면, 이생의 그리운 것들을 만나고도 머물지 못하고 지나쳐야 한다면, 애달프기는 마찬가지 아닐까. 늙은 어부의 거룻배를 뒤엎고, 죄 없는 동백의 모가지를 분지르고, 목장 울타리를 넘어뜨리는 일도 내 의지는 아닐 것이다. 머물고 싶은 데 머물지 못하고 닿고 싶은 데 닿지 못하고 하고 싶지 않은 일을 할 수밖에 없다면 바람 또한 자유의 표상이 아니다. (최민자, 「바람은 자유혼인가」 일부, 『손바닥 수필』, 연암서가, 2012, 243~244면)

이 글은 깔끔한 관념의 유희가 넘친다. 필자가 상상의 바다에서 노니는 듯, 바람에 대한 다양한 이미지가 펼쳐진다. 필자의 생각을 자유롭게 펼치며 넘치는 이미지는 고백적이다. 당연하게 어조는 독백체 목소리를 띄게 마련이고, 쓰이는 단어는 내밀한 언어가 주를 이룬다. 개인적 관념과 주관적 사념은 정의를 사용하여 "~는 ~다"의 언명으로 내면 정서를 드러낸다. 때로는 푸념이나 상념의 전개를 불러오기도 하며 이것은 결국 주관성을 강조하여 유희적 관념의 목소리에 잠긴다. 이 글에서 독자는 자못 이차적이다. 이 목소리와 정조에 공감할 수도 있지만 지나친 작가의 주관에 동조하지 못하는 경우도 있을 것이다. 양자의 소통이 어려우면 돌아올 길 없이 허공에 외치는 외로운 목소리에 그치기 쉽다. 이점은 독백체의 문체가 가지는 함정일밖에 없다.

〈예문 7〉

　한동안 '진달래' 시리즈 우스갯말이 유행하던 시절이 있었습니다. "진짜 달래면 주나?" 언감생심, 이 글을 쓰는 나는 좀 까칠하답니다. 염색을 거부하는 흰머리 소녀죠. 경고하건대 점잖은 선비는 흰달래를 넘보지 않습니다.

　청첩장들 받아보셨죠. 여자들은 봄에 시집을 간답니다. 강남 갔던 제비가 돌아온다는 음력 3월 3일, 삼월 삼짇날은 음기(陰氣)가 깊은 계절입니다. 봄바람이 겨우내 껴입었던 여인네의 속곳을 벗기게 되는데요. 연분홍 치맛자락을 휘날리며 나물을 뜯으러 갑니다. 이름 하여 '화전(花煎)놀이'입니다. 찹쌀을 동그랗게 빚어 진달래꽃 한 송이씩 얹어 번철에 지져내는 꽃전입니다. 꼬맹이 소꿉동무들이 캐는 달래 냉이 씀바귀 정도의 들나물을 캐는 수준이 아니랍니다.

화전놀이 가는 아녀자들의 자태가 곱습니다. 아지랑이 아롱아롱 피어오르는 산등성을 오르노라면 마른나무 가지 사이로 다문다문 핀 진달래꽃이 환하죠. 자세히 눈여겨 본 사람은 아시겠지만, 꽃잎 빛깔이 제각각 다르답니다. 흰달래, 연달래, 진달래, 난달래, 안달래 빛깔이죠. 진달래꽃은 홑겹 명주 치마보다도 실루엣이 얇습니다. 일명 두견화(杜鵑花)라고도 하는데 꽃술에서 들리는 두견새 울음소리가 애절한 규방가사입니다.

선녀들이 있는 곳을 나무꾼들이 훔쳐봅니다. 휘파람소리 들리시나요? "에구머니! 남세스러워라." 과수댁이 놀란 듯 벌떡 일어나 휘이휘이 쫓아내는 시늉을 하며 앞장섭니다. 치맛바람에 제비쑥·원추리·참취·잔대와 홑잎이 뾰족뾰족 솟아오릅니다. 봄처녀는 짐짓 나물 캐어 담는 다래끼를 떨어뜨립니다. 호시탐탐 기회를 엿보던 청년이 다래끼를 집어 들고 냅다 뛰어가며 "나, 잡아봐라~!" 숨바꼭질을 합니다. 어디 압구정동에만 로데오 거리가 있나요. 신사동 가로수 길에만 '야타족'이 있나요. 흐드러지게 핀 꽃뿐이던가요. 덤불 속에 찔레순까지 손짓하며 부릅니다. 산과 들, 천하가 온통 요조숙녀 군자호구(窈窕淑女 君子好逑)입니다.

잠깐! 여기서 꽃 빛깔은 여성의 치마 빛깔이 아니랍니다. 젖가슴의 유두(乳頭) 빛깔입니다. 예로부터 유선이 봉곳하지도 않은 생리 이전의 흰달래 어린 소녀를 범하면 동산에 난데없이 하얀 진달래가 피었다고 합니다. 나라에 변고가 생겼다고 한탄을 하였다지요. 요즘 연분홍빛의 연달래 아가씨들은 혼기가 넘어도 아이와 남편, 고부와 장서의 갈등에 지레 겁을 내어 결혼을 꿈꾸지 않아 걱정이라죠. 활짝 핀 농염한 진분홍빛의 진달래 마님들은 자체만으로도 으뜸인데, 보톡스 문신 피부박피로 청담동 사모님 풍을 꿈꾸

고, 멍석 위에 널어놓은 푸르스름한 팥알 빛깔의 난달래 대비마마
님들의 다이어트와 건강식품도 날개를 단 듯 팔린다고 합니다. 세
상은 이제 된장에 호박잎 쌈만의 자연 맛이 아니랍니다. 얼굴만
보고 여자 나이를 가늠할 수 없게 되었습니다. 더벅머리 청년도
여인의 뒤태만 보고 쫓아왔다가 "안달래"라며 손사래로 내칩니
다.(류창희, 「여자&남자」 일부, 『논어에세이 빈빈』, 선우미디어, 2014,
68-70면)

이 글은 "~습니다"의 경어체 말투지만 오히려 야유성 비판적 거리를
얻는다. 관음적觀淫的 시선을 드러내며 타자화된 전달자의 목소리에는
시치미 떼기의 어조가 담긴다. 작가는 세상을 비판적으로 보면서 풍자
적 관점에서 들려오는 세상사의 소문을 전하는 듯 능청스럽기만 하다.
자연과 인생 사이에 일정한 거리를 두고, 그곳에 화자는 존재하지 않는
것처럼 멀리 떨어져 지켜보는 완전한 타자의 시선이다. 야유조의 목소
리면서 의외로 차분한 어조는 작가의 의미 전달에 제격이다. 일면 다소
무거운 주제인데도 이러한 어조의 선택으로 희화시켜 독자가 거부감
없이 동조하게 한다. 주제와 어조의 자연스럽고 유기적인 결합이 성공
적으로 보인다.

〈예문 8〉

지난가을, 우등버스를 타고 시골에 갈 때였다. 학생 시절에 꼴
등을 했더라도 누구나 우등버스를 탈 자격이 있다. 나는 초등학교
때부터 더러 우등상을 탄 적이 있어서, 구태여 우등버스를 타지 않

아도 되는데, 돈 아까운 줄 모르고 올랐다가 탈이 생겼다.

좌석번호를 찾아 자리를 잡고 있으려니, 이내 예쁜 여성이 내 곁에 나타났다. 척 보아하니, 딸기미인대회에 나설 만한 미녀였다. 그 아가씨가 앉아 있는 내 몰골을 얼핏 보고 흠칫 놀라는 기색을 보이더니, 뒤 켠 빈자리로 허겁지겁 가 버렸다. 실로 행복은 기적처럼 왔다가 행복처럼 사라졌다. 나는 헤벌어진 입을 다물고 잠시 인생철학자가 되었다.

내가 세상이라고 나와서 예순아홉 살이 되는 어느 해, 어느 달, 어느 날, 몇 시에, 어디 가는 무슨 버스, 창 쪽 몇 번 자리에서 아름다운 처녀와 나란히 앉는 행운이 있었다. 삼신할머니가 점지한 뜻을 어기고 내 곁을 마다한 여성도 세상에 나오기도 전에, 이미 그날 그 버스에서 나와 만나는 인연을 타고 나왔다. 나와 그 여인의 인생을 보태면, 어림잡아 100년, 그 길고 깊은 연분이 한순간에 나무아미타불이 되어 버렸다. 내 나이 마흔아홉에 이런 봉변을 당했다면, 석간신문에 날 만한 소동이 벌어졌을 것이다.

나도 소싯적에는 알아주는 다혈질자요 비분강개형 우국지사였다. 툭하면 흥분하고 걸핏하면 고함을 쳤다. 나이가 들어도 철이 들지 않았다. 저녁마다 뉴스를 볼 때는 거의 이성을 잃었다. 얼굴에 하회탈을 쓴 정상배들이, 누가 예쁘다고 미소를 짓고 나타나면, 폭언을 퍼붓고 삿대질을 하고, 노발대발, 얼굴을 붉으락푸르락 노기충천하여 금방 무슨 일이 날 듯하였다. 이렇게 난리를 치르면, 수면제를 먹어도 한 주먹은 먹어야 잠을 잤다. 틀림없이 국회의원들하고 제약회사하고 서로 짜고 치는 고스톱을 하는 모양이었다.

노처가 어지간히 걱정이 된 듯하였다. 옛날에 기독학생회 부회장을 지낸 할머씨라, 무슨 계시를 받았는지 기상천외한 방책을 내놓았다. 나는 그 제안을 쾌히 따라 하기로 하였다. 안 보는 것이 상책인데, 죽치고 앉아서 저녁 뉴스를 볼 때마다 내 엉덩이가 벌써 들썩거리며,

"저런! 저런! 천하에……."

하면, 우리 할머씨가 얼른 추임새로 받아서,

"죽일 놈! 살릴 놈! 몹쓸 놈! 벼락을 쫓아가 나잇수 대로 맞을……."

하고 맞장구를 쳤다. 내가 연습을 시킨 대로 하였으나, 성이 어림 반 푼어치도 가시지 않았지만, 내가 할 말을 할머씨가 감당하였다. 이러기를 여러 날 되풀이하다 보니, 내 마음이 고요해지고 얼굴에 사나운 기운이 사라졌다. 요사이 노처는 내 대신 혈압 약을 열심히 복용하고 있다. 열 효자 부럽지 않다. 조강지처 덕분에 심장병을 모르고, 범사에 감사하고 초연한 심성을 지니게 되었다.

할아버지가 손자들과 밥을 먹는데, 멋모르고 갈비찜에 손을 댔다가 할머씨한테 꾸중을 들어도 천하태평이었다. 명동의 웬 다방에 들었다가 아가씨가 심히 못마땅해 했을 때도, 너는 할아버지도 없느냐고 큰 소리를 지르지 않았다. 나의 유일한 잡기인 짓고땡을 치다가 삼팔 광땡을 잡아도 관자놀이의 혈관이 발딱거리지 않았다. 우리 축구팀이 일본에 5:0으로 져도 천하태평이었다.(김진악, 「우등버스에서 생긴 일」 일부, 『안경잡이 전봇대』, 수필과비평사·좋은수필사, 2015, 45-47면)

이 글에 흐르는 정조는 해학과 풍자가 대세다. 작가는 자아비판적인 목소리를 쉴 새 없이 쏟아 붓는다. 단문과 쉼표를 자주 사용하며 빠른

호흡의 어조를 만든다. 이와 함께 반어적 페이소스가 넘치는 글은 신속하게 전개된다. 개인적인 성격을 자조적 비판의 시선으로 펼치다가 이 사회의 문제와 만나면서 목소리가 더욱 비분강개로 변하는데, 문체는 앞의 경우와 동일하다. 그러다보니 사회 비판은 진정성을 잃고 화풀이의 푸념으로 전락한다. 이 대목에선 제재의 확장에 맞는 어조로 변화시켜야 적절한데, 앞의 어조를 그대로 밀고 나오면서 의미 전달에 장애로 작용한다. 화제와 어울리는 어조의 선택이 왜 중요하고 필요한지 알게 한다. 작가의 개성적인 문체라도 제재에 따라서는 변화가 필요하다.

〈예문 9〉

간간이 발걸음 소리가 끊어지기도 했다. 아버지는 그 때 골목 중간쯤에 있는 전봇대나 담벼락을 붙잡고 밤하늘을 올려다보았을지도 모른다. 희망이라는 것들은 죄다 하늘로 올라가서 이제는 따 오지도 못할 별이 되고 말았다는 아버지의 푸념 소리가 골목 어딘가에 남아 있을 것 같다.

밤이 깊어갈수록 내 귀는 더 밝아졌다. 옆에서 잠든 동생들은 내 낙방 사실을 잊었는지 편안한 숨소리를 내고 있었고, 안방에 계신 어머니도 아무 기척이 없었다. 차라리 고마운 일이었다. 슬픔과 아픔에 절고 절어 내 몸이 오롯이 소금 한 줌으로 남는다 해도 나 혼자 감당하고 싶었으니까. 그런데 아버지는 이 밤 어디에서 이 못난 딸의 슬픔을 되새기고 계시는지.

잠깐 잠이 들었던 모양이다. 철커덕, 대문 흔들리는 소리가 났다. 벌떡 일어나 달려 나갔다. 내복 바람의 어머니도 부스스한 머리칼을 손가락으로 훑어 내리며 마루로 나오셨다.

대문에 들어서는 아버지에게서 술 냄새가 확 풍겨왔다.

"아버지….."

"어이구, 이 가서나야."

아버지도 목이 메는 듯 목소리가 갈라졌다. 부축하려는 나에게 아버지는 잠깐 있어 보라고 했다. 그리고 잠바 안주머니에 손을 넣어 뭔가 꺼내려고 애를 쓰셨다. 휘청거리는 아버지 손끝에 겨우 딸려 나온 것은 신문지에 둘둘 말린 무엇이었다. 마루 끝에 서 있던 어머니가 그게 뭐냐고 물었다.

"돼지고기 반 근이다."

내게 그 뭉치를 건네주시며 아버지는 내 어깨를 한 번 짚으셨다. 그 순간 내 속이 다 녹아내리는 것 같았다. 아버지 품속의 온기가 아직 남아 있는 돼지고기 반 근을 손에 들고 나는 그대로 마당에 서 있었다.

"너거 아버지는 돈이 없어서 너거들 소고기도 못 사 먹인다."

는 혼잣말을 하며, 아버지는 어머니의 팔을 잡고 힘겹게 마루를 오르셨다.(정성화, 「돼지고기 반 근」 일부, 『돼지고기 반 근』, 수필과비평사·좋은수필사, 2014, 18-19면)

이 글은 비애와 우울한 분위기에 처진 낙망의 목소리가 들린다. 의기 소침하고 불안하여 걱정하는 작중화자의 초조함이 비쳐지고, 비탄과 근심의 실망스런 어조가 주조음이다. 작품 전반에 내면화된 침울한 분위기와 침잠의 기운이 슬픔의 정조를 만들고, 대화는 이런 분위기를 실감하게 구체화시킨다. 동색同色의 정감에 상응하는 부녀간의 대화에서 양자가 부르고 답하는 호응의 구체성은 더욱 생생한 현장의 목소리를 들려준다. 지나간 과거의 슬픈 한 시절을 회상하며 작가는 그 안에 담긴 잔잔한 부성애를 드러내지만 감정을 억눌러가며 애써 담담한 듯 그려냈다. 이 과정에서 집의 안팎에 감도는 가라앉은 기운을 타자의 체험인 듯 인내하며, 최대한 객관화하려고 어조를 조절하고 목소리를 조근조근 대며 최대한 낮춘다. 이것은 밤의 적막과 밤하늘의 허공과 어울려 주조를 형성한다.

〈예문 10〉

중학교 일학년 때 가정선생이 브래지어 검사를 했다. 반 아이들은 교복 상의를 벗고 런닝 바람으로 서서 브래지어 착용을 검사받았다. 나는 그때 브래지어를 하고 있지 않았다. 중학교에 가면 그것을 해야 한다고는 알았지만 막연했다. 그 정확한 착용시기가 언제인지 알 수 없었다. 내 가슴은 그즈음 젖멍울이 갓 생기기 시작했다. 그래서 별로 부푼 것도 없이 밋밋했다. 납작한 가슴에 봉긋한 브래지어란 도무지 우스꽝스럽다고 여겼다. 그러나 가정선생은 내 생각과 달랐다. 가슴 발육이 어찌되었건 무조건 착용해야한다고 했다. 내 런닝 아래로 브래지어 끈이 만져지지 않았을 때, 선생의 표정은 매서워졌다. 내가 그날 저녁 브래지어를 사 입은 것은, 나 자신이 아니라 가정선생을 위해서였다. 선생의 낯빛이 구겨지는 것을 또 다시 보고 싶지 않았다.

처음으로 브래지어를 했을 때의 기분은 복잡했다. 가슴의 모양을 보정해준다는 두 개의 둥글게 융기된 틀. 그것을 가슴께에 둘러매자 보정할 무엇도 없던 나는 거부감이 일었다. 내 세계와 하등 조화를 이루지 못하는 이물질에 불과한 헝겊, 그것이 내 육체를 간섭

하는 것 같았다. 내게 함부로 가하는 윗세대의 횡포처럼 느껴졌다.

나는 아프리카 토인 여자처럼 가슴을 방치하고 싶었다. 그녀들의 가슴은 손이나 귀처럼 공개되었다. 배 위로 늘어뜨린 두 개의 젖가슴은 아름답진 않았으나 자유로워 보였다. 젖가슴은 그것을 가진 여자의 소유였으므로, 나는 뜻대로 가슴을 관리할 권리가 있다고 생각했다. 적어도 브래지어의 착용 시기에 대한 결정은 내가 하고 싶었던 것이다. 그러나 세상은 그런 나를 허용하지 않았다. 내 가슴을 강제로 은폐하려 들었다. 사람들의 시선이 미치지 않는 깊숙한 곳, 레이스와 와이어로 만들어진 옥獄에 나의 그것을 감금시키려고 들었다. 그때 생각했다. 여자의 가슴이란 불온한 것인지 모른다고. 나를 젖 먹여 키워준 엄마의 가슴을 한 번도 불온하게 여긴 적 없었으나, 그런 엄마의 가슴도 늘 브래지어 속에 감춰져 있지 않았는가. 수유기授乳器로 빚어졌지만 수유의 순간을 제외하면 젖가슴이란 결국 사람들의 눈을 피해야할 은밀한 것이었다. 내가 아니라고 우겨봤자 소용없었다. 감추고 숨겨야할 가슴이어서, 그런 것을 몸에 지니고 있어야 해서 중학교 일학년 여자아이는 우울했다.

처음으로 브래지어를 할 때, 다른 소녀들의 기분은 어땠을까. 나와는 조금 달랐을까? 나처럼 슬프기만 했을까? 처음으로 엄마와 똑같이 브래지어를 한 날, 나는 그랬다. 코뚜레를 꿴 지 이미 오래 전인 어미 소 옆에서 방금 뚫은 코의 통증에 괴로워하는 송아지가 된 것 같았다. 이 년 뒤, 첫 생리가 나온 날엔 별 감흥이 없었다. 그러나 브래지어를 처음 한 날에는 분명히 느꼈다. 내 존재가 여자라는 성性의 카테고리에 구겨 넣어지고 있다는 것을.(성낙향, 「브래지어」 일부, 『낯선 계단 위의 에세이』, 작가와 문학, 2014, 80-82면)

이 글은 반항적이고 비판적 어조에서 출발한다. 가정선생으로 대표하는 세상의 기성적인 질서에 대한 거부와 반발의 목소리가 격렬하다. 이는 간결하고 짧은 문장의 단정적 관점에서 드러난다. 특히 "~였다, ~했다"의 경험적 사실을 언급하고 그에 대한 주관적 해석과 비판적 관점의 어조를 발견한다. 냉정한 시선으로 소녀 시절에 처음 만난 '브래지어'에 관한 복잡다단했던 기분을 요약적으로 전달하면서 그 안에 감춰놓은 저항의 불쾌함을 전달한다. 이런 불만의 목소리는 결코 높을 수 없다. 착 가라앉은 목청이 저 가슴 밑바닥에서 올려 보낸 저음의 소리를 연상케한다. 낮은 어조는 완만한 속도의 목소리에 어울린다. 글에선 단문이 많고, 쉼표를 자주 사용하고 물음표를 적절하게 배치했는데, 의문을 던지기보다 주관을 강조하는 장치로 사용한다.

3

인물 묘사

수필은 일반 사물에 대해서도 관심을 보이지만, 일차적 관심사는 인간의 삶이다. 특히 작가 자신의 삶에 보다 적극적 관심을 보인다. 수필의 특징 중 하나가 자아 성찰이듯, 작자 자신이 대상이든, 다른 인물의 삶에 관심의 초점을 맞추든 인물 묘사가 중요하다. 달리 말해 인물 묘사는 수필의 공통 요소로서 인물에 관한 여러 정보를 제시한다. 또 인물에 대한 느낌을 제시하며 그 인물이 가진 생각을 환기시킨다. 사람에게 가장 매력인 것은 사람 자체이기 때문이다. 이것은 수필의 대부분이 실재하는 인물과 보편적 인간의 유형을 제시하기에 그러하다. 허구인 소설에서도 인물, 이른바 캐릭터의 형성은 중요한 요소이다. 이에 못지 않게 수필에서도 생생하고 완전한 인물의 초상을 그릴 수 있어야 한다.

인물을 다룬 수필을 읽으면서 그에 대한 묘사를 어떻게 다루고 있는지, 세부적 인물 묘사에 특별히 유의해 읽어야한다. 이것은 소설의 인물처럼 수필의 인물도 세부 묘사를 하면서 삶의 구체성이 드러나기 때문이다. 즉 이것은 수필가에게 구체적 묘사를 요구하는 이유라 하겠다. 수필 독자들도 더욱 생생하고 구체적 인물 묘사를 원한다. 작가가 느끼고 생각한 인물 이미지대로 묘사하고 그려주길 바란다. 달리 말해 작가와 동일한 감정으로 그 인물에 다가서고 싶어 하기 때문이다. 이것은 공감을 원하고 그 인물과 함께 상상적 동행을 하기 위한 마땅한 요구이자 권리다.

수필에서 인물 묘사를 더욱 생생하게 하는 것은 세부에 달려 있다. 독자는 수필을 읽을 때 세부 묘사에 주의하면서 읽기 좋아한다. 그러므로 작가가 세부 묘사에 집중하여 집필한다면 수필은 훨씬 구체적이고 생생하며 현실감을 유지하게 된다. 이는 작가와 독자의 원활한 소통을 넘어 공감의 폭을 넓히는 긍정적 결과를 낳기에 이른다.

〈예문 1〉

　　주인을 반길 줄 모르는 배짱 좋은 개가 있다. 우리 집 개다. 인기척이 나면 현관까지 달려왔다가도 나인 것을 확인하고는 어슬렁어슬렁 되돌아간다. 다른 식구들이 들어올 때 반가워 껑충껑충 뛰어오르는 것과는 대조적이다. 그에게 있어 나는 인정받지 못하는 주인이다.

　　어느 날, 주말을 맞아 지방에서 올라오니 강아지 한 마리가 집에 있었다. 딸아이의 친구가 주었다는 4개월 된 '시추'라는 종이었다. 아이들이 개를 기르자고 할 때 나는 반대했다. 시골에 살 때에도 기르지 않았는데 아파트에서 어떻게 기른단 말인가. 그런 눈치를 알아차렸음인지 놈은 처음부터 나를 반기지 않았다. 제 영역에

예고 없이 들어온 이방인쯤으로 간주하기로 한 것 같았다. 다른 가족이 안고 있어도 나를 보기만 하면 심하게 짖어댔다. 다음 날도 또 다음 날도 밖에서 돌아오면 언제 보았냐는 듯이 짖어대곤 했다. 그에게 나는 언제나 낯선 사람이었다.

몇 달이 지나 연휴로 며칠째 집에 머물게 되었다. 이제는 어지간히 얼굴도 익어 나를 알아줄 만도 했다. 그동안은 띄엄띄엄 집에 오는지라 몰라보았다 치더라도 여러 날 같이 있었으니 당연히 기대할 만했다. 내가 저를 좋아하든 않든 간에 우리 집 개인 저는 나를 주인으로 대접해야 할 의무가 있지 않은가. 그런데 그게 아니었다. 밤늦게 돌아온 나를 보고 이웃에 민망할 정도로 짖어대는 거였다.

"이래서는 안 되지. 이건 분명히 본분 이탈 행위야. 어떤 조치를 해야만 돼. 사람이건 개건 말 안 듣는 놈에게는 체벌이 최선의 교육이려니…."

짖으며 도망가는 그를 쫓아가면서 체벌을 가했다. 호된 교육의 덕택일까. 더는 나를 보고 짖지 않았다. 대신 눈이 더 싸늘해졌다.

"쳇! 나를 때리고 차! 당신이 주인이라고? 우리가 자기네 상전이 된 지 이미 오래인데 뭘 몰라도 한참 모르네. 보이는 것도 없나? 그러니 시대에 뒤떨어진다는 소리를 듣지."

그런 비아냥거림이 눈에 서려 있는 것 같았다.(서성남, 「견격과 인격1-만남」에서, 『나의 단골 이발사』, 에세이문학출판부, 2015, 141-143면)

이 글에는 작중 화자와 개가 등장한다. 둘 다 묘사 대상인 인물이다.

글에서 '나'는 개와 사이가 안 좋다. 개와 서로 눈치 싸움을 하나 결국엔 개한테 지고 만다. 이와 달리 개는 아주 영리하고 눈치가 빠르다. 처한 상황을 읽고 그 대처가 약삭빠르면서 단호하다. 상반되게 주인인 '나'는 사태 파악에 둔하고, 상황 대처 능력에서 개보다 뒤진다. 이 모든 것을 작가의 인물 묘사로 읽는다. 주인이라고 위세나 부리면서 개의 마음조차 읽지 못해서 뒤통수를 맞는 사람과 이와 대조적으로 눈치 하나로 상황 판단과 대처 능력이 뛰어나다 못해서 주인에게 조언까지 하는 개. 정황 묘사가 눈에 선하게 다가온다. 실재성과 생생함이 현실로 다가온다. 인물 묘사의 힘이다.

〈예문 2〉

그녀가 웃습니다. 배꽃처럼 배시시 웃습니다. 그녀의 창백한 얼굴에서 퍼져 나온 웃음이 한 줄기 햇살 같습니다. 병실에 드리워져 있던 우울의 그림자를 걷어냅니다. 옆 침대의 환자가 웃고, 병문안 온 친구들이 웃고, 마지막으로 제가 웃습니다. 진짜 광대는 관객이 웃어도 웃지 않겠지만 저는 어설픈 초보 광대이니까요.

이곳은 부산 근교 한 종합병원의 입원실입니다. 저는 제법 긴 병력을 갖고 있는 파킨슨 환자입니다. 다행히 약을 잘 복용하면 증상이 완화되어 정상적인 생활이 가능합니다. 다만 지금처럼 병원에 입원하여 약의 종류와 양을 조절해야 하는 때가 있습니다. 환자인 듯 환자 아닌 환자라고 해야 할까요. 그래서 비교적 가벼운 마음으로 입원한 것이 사실입니다.

첫날 간호사를 따라 병실에 들어섰는데, 제 침대와 벽 쪽 침대 사이에 커튼이 처져 있었습니다. 얼마 지나지 않아 그 이유를 알 수 있었습니다. 쉴 새 없이 가래를 뽑아내는 소리가 들려왔기 때문입니다. 아마도 중환자가 입원해있는 것 같았습니다. 들숨날숨마저 자유롭지 못해서 삽입된 관으로 가래를 뽑아내는 소리는 제 폐부를 찔렀습니다. 새벽이 되면 내내 숨죽여 흐느끼는 울음소리도 들렸습니다. 그 소리 또한 저를 너무 슬프게 만들었습니다. 덕택에 저는 지난 3일간 수면제에 의지하며 겨우 세 시간 남짓밖에 잘 수 없었습니다.

그녀는 파킨슨 증후군 환자였습니다. 참고로 증후군은 급속히 진행하는 나쁜 파킨슨이죠. 일어나 앉기는커녕 음식조차 삼키지 못해 그녀는 목에 구멍을 뚫어 놓고 있었습니다. 저보다 두 살 많다고 침대 머리맡 이름표에 적혀 있더군요.(서영희, 「행복한 광대」에서, 『행복한 광대』, 도서출판 세리윤, 2016, 113-114면)

226

이 글 역시 작중 화자와 다른 인물 둘이 등장한다. 서술자는 파킨슨 환자이고, 또 한 사람은 파킨슨 증후군 환자이다. 같은 병실에 입원한 환자인데, 병증에 차이가 있다. 서로의 상태를 화자는 상세하게 묘사한다. 이 글을 읽으면 병실의 풍경이 떠오른다. 병실 안에 있는 시설과 사람의 표정과 상황이 직접 현장에서 보고 있는 듯 선명하다. 작가이며 환자인 '저'의 심리 상태까지 추정해 볼 수 있다. 이것은 더욱이 경어체를 채택하여 서술함으로써 희화화가 아닌 경건함마저 느끼게 한다. 이 작가가 병을 대하는 태도가 그러할 것이다. 고통보다는 정신 수양하는 어떤 사람의 자세가 깃들어 있는 듯 담담하고 무심한 듯 인물의 내면과 외양을 묘사하고 있다. 이 담백한 거리두기는 역으로 독자에게 공감의 거리를 좁히는 구실을 하고 있다.

아침에 목욕을 하셨다는데 엄마의 하얀 머리카락이 모두 곤두선 채로 말라 정말 하얀 밤송이같이 부풀어 있다. 물수건으로 한 올 한 올 가라앉히니 엄마 얼굴이 금세 말쑥해 보인다. 원래 얼굴 빛이 맑고 깨끗한 분이다.

"큰일이다."

"무엇이?"

"빨리 죽어야 할 텐데 죽을 기미가 통 보이지 않으니…."

"엄마, 그게 무슨 소리우?"

"아픈 데는 없지만, 네가 나 때문에 너무 힘들어서…."

"아니, 나 힘 안 들어. 엄마 때문에 힘든 일 하나도 없어. 여기서 다 해 주잖아. 그러니까 빨리 가실 생각일랑 안 하셔도 돼."

"너만은 백 살까지 살라고 매일 기도한다."

"엄마! 백 살까지는 너무했다."

나는 내가 구십이 훨씬 넘을 때까지 살면 어쩌나 걱정인데, 우리 엄마는 욕심도 많으시다.

그렇지 않아도 우리 집 수명이 여자 쪽이 훨씬 길다. 외증조되신 분은 육이오를 겪으면서도 팔십을 넘게 사셨고, 그분 딸인 외할머니도 허약하셨지만 팔십 넘게 사셨다. 우리 엄마도 구십은 훨씬 넘었으니 장수라면 장수하신 것이다. 그런 피를 물려받은 나는 아무리 짧게 잡아도 팔십이 아니라 구십 너머까지 너끈히 살 것 같아 걱정이 태산인데, 거기다 기도까지 해 주신다니 이를 어쩌면 좋아.(최문정, 「엄마의 기도」에서, 『오래된 피아노』, 이지출판, 2016, 70~71면)

이 글에서 작가는 장수에 대해 걱정하는 화자이다. 작가의 모친 역시 장수 상태의 노년이다. 두 노인 모녀 대화가 인물에 대한 생생한 구체성을 띠게 한다. 직접 서술이 아니라 대화로써 인물상을 구현한다. 모녀 사이에 서로 건강을 걱정하고 염려하는 마음씨의 인물상이 그려진다. 구십이 넘은 모친과 보살피는 늙은 딸 사이의 대화가 정겨움을 지나쳐 장수를 우스개로 하는 듯 풍경이 온화하고 따뜻하다. 마치 날씨좋은 날 야외로 풍경 산책을 나온 소풍객의 대화처럼 한가롭고 포근하다. 이런 분위기 역시 작가의 인물 묘사 덕이다. 그만큼 독자에게 실감을 전하는 정경이 아닐 수 없다.

〈예문 4〉

삼십 년 한곳에 살았다는 말에 집을 산 사람이 칭찬인지 비아냥거림인지 한마디 던진다. 부동산이 가장 확실한 재산증식의 수단이었던 과거 우리 사회의 흐름으로 보아 나의 이 집에 대한 사랑은 참으로 아둔한 것이었다. 주택에서 아파트로, 몇 년 살던 아파트에서 새 아파트로 옮겨가며 눈 밝은 사람이 재산을 불릴 동안 나는 잠을 잤다. 주위에 아랑곳없이 뿌리박힌 나무처럼 한자리를 지켰다.

마당에 내려서니 흙냄새가 훅 끼친다. 이 기막힌 향기, 땅속 깊은 곳에서 뿜어져 나오는 생명의 냄새다. 집의 근본이 땅이란 걸 남의 손에 넘어갈 즈음에야 눈이 열려 깨닫는다. 우리 가족을 오롯이 보듬어 비바람을 막아준 건물보다 마당을 더 사랑했던 것이 무의식 속의 의식, 흙에의 끌림이었던가. 긴 세월 동거하면서 한 번도 눈을 맞춰 본 적이 없는 땅, 참으로 오랜만에 우리는 마주 바라본다. 울컥, 고마움이 가슴을 치고 올라온다. 생명의 모태인 흙으로부터 받기만 하고 아무것도 준 것이 없다.

그저 피어있는 풀 한 포기도 새삼 정겹다. 햇살이 춤추는 마당가에 붓꽃이 한창이다. 수십 년 쌓은 정이 간단치 않다. 가슴 한구석이 보랏빛으로 아릿하게 물든다. 그러나 어쩌랴. 어떤 아름다운 인연도 끝이 있게 마련이니 언젠가 한 번은 겪어야 될 이별이 아닌가. 누군가 새 주인이 이 땅에 들어오면 그들이 누구든 흙은 또 묵묵히 새로운 생명의 기를 그들에게 뿜어낼 것이다. 애착을 떼려고 짐짓 고개를 모로 돌린다.(박헬레나, 「이사1-오래 살던 집」 일부, 『꽃이 왔네』, 에세이문학출판부, 2016, 70-71면)

이 글에서 다루는 인물은 작자 한 사람이다. 화자는 세상 변화에 무심했던 자신을 자책하더니 체념에서 전환하여 새로운 의미로 해석해 풀어간다. 자신을 부정하는 상태에서 시작하지만 결국 긍정으로 변화를 이끌어낸다. 이런 심리 변화를 서술하면서 자연과 대비하여 펼쳐내는 심정의 묘사가 이채롭다. 그만큼 독자에게 설득력을 안겨 준다.

〈예문 5〉

뒷집 1층에 노처녀가 살았다. 가끔 아버지나 남동생이 다녀가는 눈치였지만 거의 혼자 지내는 듯했다. 그녀의 감색 물방개차 뒷좌석에는 늘 피아노 교본이나 개의 사료 같은 것이 실려 있곤 했다. 그녀는 개를 길렀다. 한 마리도 아니고 서너 마리를 키웠는데 회색 털에 꼬리가 뭉텅한, 그리 흔하지 않은 품종이었다.

뒷집 개들은 그녀가 외출하고 나면 현관에 붙어 서서 바깥 동정에만 신경을 쓰는 듯했다. 내가 밖에서 돌아와 이층계단을 오르면 유리문을 박박 긁으며 합창으로 짖어대었다. 개는 영특한 동물이라 주인의 발자국 소리쯤은 구별한다는데 뒷집 개들은 그렇지도 않은 듯했다. 한낮의 고요함을 깨고 택배 기사라도 올라치면 개들은 '여기요, 이 집이요' 하듯 와르르 짖어댔다. 이웃 사람들의 불평이 수시로 터져 나왔고, 그 화살은 고스란히 주인집 할머니한테로 돌아갔다.

그녀는 피아노 레슨을 한다고 했다. 이웃에 그녀와 이야기를 하고 지내는 사람은 거의 없는 듯했다. 그녀와 나는 가끔 담벼락을 사이에 두고 얘기를 나눴다. 날씨가 좋아 빨래가 잘 마른다든가, 비가 올 것 같다든가, 요즘 어떤 영화가 재미있다든가 하는 아주 일상적인 대화였다. 집 밖에서도 종종 덩치 큰 개를 안고 다니는 그녀와 마주치곤 하였다.

어느 날, 빨래를 걸고 있는데 고양이 소리가 들렸다. 고양이는 아가씨가 살고 있는 현관을 쳐다보며 울었다. 잠시 후 그녀가 먹을 것을 들고 나왔다.

"왔니? 잘 지냈어?"

"냐옹~"

그녀는 접시를 고양이 앞에 놓았다. 고양이는 핼끔거리며 접시에 담긴 것을 다 먹었다. 그들의 행동으로 봐서 어제 오늘 일이 아닌 듯했다. 윤기 흐르는 갈색 털에 다갈색의 구슬 같은 눈. 어쩌다 마주치면 동그란 눈으로 슬쩍 곁눈질하며 경계를 늦추지 않던 놈이 아가씨랑은 친해 보였다. 간혹 뒷집 담장 위에서 무료하니 햇볕을 쬐거나, 화단 귀퉁이에서 선하품을 하며 졸고 있던 게 다 이유가 있었구나 싶었다.(송연희, 「고양이를 부탁해」 일부, 『따뜻한 그늘』,

도서출판 소소리, 2014, 13-15면)

이 글에서 작자는 등장하지만 묘사 대상이 아니어서 정확하게 드러나지 않는다. 관찰자 시점으로 화제가 되는 이웃집 노처녀 묘사에만 집중하기 때문이다. 수필은 대체로 작가 자신을 서술 대상으로 삼는 것이 대종이지만 이처럼 타인을 제재로 삼아 쓰기도 한다. 서술 대상과 적절한 거리에 화자가 위치하여 관찰하고 때로는 대화를 나누면서 인물의 심리 상태와 행동을 다룬다. 개와 고양이를 키우고 보살피는 그녀는 혼자 살아가는 피아노 레슨 강사이다. 화자의 눈에 비친 그녀는 특이하게 다가왔고, 사사로운 정보도 어느 정도 파악하고 있다. 낯설고 기이한 그녀가 보여주는 행동에서 화자는 어느 사이 친근감을 느끼고 작품의 주인공으로 등장시키기에 이른다. 이런 모든 과정은 화자의 꼼꼼하고 치밀한 인물 묘사에서 비롯한다. 때론 분석적이고 이해심을 은근하게 드러내는 것도 모두 이 때문에 가능한 것처럼 보인다.

〈예문 6〉

그때 조금은 알았어야 했다. 우리가 가는 곳이 기타를 메고 캠핑 가는 셈치고 갈 수 있는 그런 나라가 아니라고. 그러나 철부지 아내와 그런 엄마를 하늘같이 믿고 따라 나선 두 딸은 비행기 안에서만큼은 완전 행복했다. 그리고 우리를 기다리고 있는 남편은, 아빠는 무엇이든 해결해 줄 수 있는 슈퍼맨이었다.

트리폴리 공항에서 새까맣게 그을린 남편이 허연 이가 다 보이도록 얼굴 가득 웃음을 띠고 우리를 반겨 주었다. 훅, 더운 열기가 순식간에 온몸으로 느껴졌다. 솥뚜껑을 열었을 때 올라오는 열기 같았다. 순식간에 땀이 비 오듯이 흘렀다.

우리는 국내선 비행기를 갈아타고 벵가지 시로 향했다. 고물 비행기는 덜컹거렸고 시트가 뜯어져서 속살이 나와 있었다. 틈새 없이 꽉 닫혀야 할 출입문은 아귀가 벌어졌는데도 대수롭지 않은 듯 이륙을 했다.

"괜찮타. 국내선 비행기라 낡은 게 쫌 많은데 사고는 안 나더라."

남편은 태연했는데 나는 작은 틈새로 두 딸이 빠져 나갈 것만 같아 치맛자락을 꼭 붙잡았다.

"저 밑으로 보이는 파란색이 지중해 아이가. 색깔이 어떤 때는 초록색도 되고 어떤 때는 시퍼렇게도 된다. 허옇게 보이는 것은 사막이고 해안 길 따라 쭉 사람들이 모여 산다. 땅 넓제?"

남편은 그리워하던 가족들을 자기 영역으로 데리고 온 것이 무척 기쁜 듯 우쭐대기까지 하며 설명을 하는데, 나는 고물 비행기 안에서 아이들을 붙잡고 있느라 손에 쥐가 났다.(朴純,「리비아로 캠핑을 떠나다」일부,『얼굴 없는 가수』, 이지출판, 2014, 163-164면)

이 글에는 한 가족이 모두 등장한다. 각자가 처한 상황에 따라 어떤 행동을 하고 말을 하는지 간략한 묘사지만 특징이 뚜렷하다. 자신감이 넘치는 남편과 낯선 타국에 대한 두려움과 어설픔이 묻어나는 철부지 아내와 철모르는 두 딸의 태평은 대조적으로 확연하다. 진술과 대화로 인물의 특성을 묘사하여 직접성과 구체성을 담아낸다. 독자의 상상을 자극하고 이해시켜 공감으로 이끌어간다.

4

배경의 중요성

수필에서 반드시 배경을 제시할 필요는 없다. 사실 대다수 작품에서 다루는 사건은 시간과 공간 안에서 일어난다. 특히 서사 수필은 항상 배경이 따른다. 수필이 사람의 이야기에 관심을 두기 때문이며 인물은 주어진 장소와 시간에서 행동하기에 그렇다. 실제로 많은 수필에서 배경은 필요한 환경으로서만 기능한다. 작품에 서술된 특정한 시간과 공간은 흔히 분위기를 조성하는 데 작용하지만 어쨌든 일부 수필에서 배경은 의미 형성에 필수적이기도 하다. 이런 유형의 수필에서 배경은 대체로 어떤 상황을 상징하게 마련이다.

수필에서 배경을 고려할 때 그것이 무엇을 하는지 또 기능하는 것이 무엇인지 물어야 한다. 배경은 분위기를 조성하는가? 어떠한 분위기를 만들며, 그러하다면 왜 그러한가? 그 배경이 과연 상징적인가? 어떻게 상징적이고 무엇이 그렇게 만드는가? 이와 같은 질문은 배경이 현저

한 수필에서 핵심이 된다. 언제나 습관적으로 배경의 세부 묘사를 찾아보고 유념하는 게 필요하다. 수필의 배경은 인물 묘사에서 사용한 것과 어떤 종류의 목소리를 만들어 내는 것들에 비해 중요성이 작지 않다. 배경의 이런 기능을 살리려면 모든 구체화 장치를 충분히 적용해야 가능한 일이다.

〈예문 1〉

요즘 같은 각박한 세상에 어디 가서 그런 뿌듯함을 구하랴. 그것은 백성을 위하는 임금에게만 주어지는 하늘의 선물일 터, 그들을 위해 더욱 바삐 움직여야 한다. 어느 때는 키 작은 매화나무가 볕을 잘 받게 하기 위해 키 큰 모과나무 가지를 한쪽으로 붙들어 매야 하고, 같은 터전에 사는 장미와 철쭉은 꽃피는 시기에 맞춰 품앗이로 볕을 양보하게 해야 한다. 뒤꼍의 잣나무들은 아래쪽 화초들의 볕 바라기를 위해 몇 년에 한 번씩 밑쪽의 가지를 잘라주어야 한다. 옆으로 뻗지 못하고 껑충하게 위로만 뻗어 올라가는 나무가 안쓰럽지만, 신민들을 고루 잘살게 하는 일이니 어쩌겠는가.

바른 정치를 하려면 국민들의 사정을 알아야 하듯 '정원왕국'을 다스림에 있어서도 신민들 각자의 특징과 성질을 알아야 한다. 무턱대고 '나를 따르라!'는 식으로 밀어 붙였다가는 뜻하지 않게 낭패를 볼 수도 있다. 농원에서 열매가 잘 여는 것을 확인하고 감나무를 사다 심었는데, 몇 년이 지나도 감이 달리지를 않았다. 알고 봤더니 가지를 치면 결실을 하지 않는다는 것이었다. 그것도 모르고 옆의 나무와 높이를 맞추기 위해 해마다 가위질을 해댔으니……. 어쩌면 감나무는 빨간 머리띠를 두르고 내게 삿대질을 하고 싶지 않았을까.

　정원의 기품을 높여 주는 소나무들의 성질도 알아 두어야 한다. 저들은 홀대 받았다고 생각하면 스스로 싱싱함을 거두어들이며, 다닥다닥 솔방울을 매다는 것으로 불편한 심기를 드러낸다. 볕을 욕심내지 않고 거름도 사양하며 물도 어쩌다가 마시는, 고매한 선비 같은 나무라 그에 맞게 대접해 주어야 한다. 봄마다 조경사를 불러다 풍채를 다듬어 주고, 발아래 맷방석만큼의 넓이에는 아무 것도 심지 말아야 한다. 가끔씩 밑동을 쓰다듬고 안부를 물으면 가지를 설렁설렁 흔들어 흔쾌한 기분임을 알려준다.

　이렇듯 알뜰하게 보살펴 주면 그들도 보답을 한다. 자기들 각자의 재능과 아름다움을 한데 모아 '정원 왕국'의 멋스러움으로 조화를 일구어 임금인 나를 즐겁게 한다. 그 멋스러움이 가장 돋보일 때는 왕국의 축제 기간이라 할 수 있는 사월 하순부터 오월 중순까지가 아닌가 한다. 먼저 잔디들이 연초록 융단을 깔아 잔치 준비를 시작하면, 야생화 싹들이 연보라 물감을 칠한 붓끝 모습으로 고개를 내밀고, 겨우내 알몸이던 나무들이 가지마다 풋대추만한 잎눈으로 치장을 한다. 일찍 핀 개나리나 앵두꽃이 아직 지지 않고 있는데, 목련과 모란이 앞서거니 뒤서거니 경쟁하듯 꽃잎을 연다. 그러면 금세 나도 있다는 듯 홍자색 박태기 꽃이 촘촘히 떼를 지어 피어난다.(강철수, 「어진 임금이고 싶다」 일부, 『내 마음속의 해와 달』, 에세이문학출판부, 2010, 78-80면)

　이 글의 배경에서 시간은 드러나지 않고 공간만 있다. 작가의 집 정원이 공간 배경이다. 배경이면서 제재이다. 정원에 심어놓고 기르는 화초와 초목에 대한 이야기다. 사건을 진행하는 일정한 스토리가 있는 것은 아니나, 나무별로 해당하는 그만의 스토리가 있다. 주로 정원수를 관리하는 애환이 그것인데, 이것을 정원이란 한정된 공간 배경에서 펼친다. 이를 구체적으로 상세하게 세부 묘사하여 화가라면 이 글만으로도 그림을 그릴 수 있을 정도이다.

〈예문 2〉

樂天湯이라 했다. 금은보화거나 권력이거나 잘났거나 못났거나 이런 세상의 옷들은 훌훌 벗어버려야만 입장시켜 주는 곳, 팔목이나 발목에 옷장 번호표를 걸고 저마다 그 번호로만 불리는 곳. 하늘만큼 소중한 당신 잠시 그곳에서나마 세상 잣대 버리고 하늘평화 즐기시라는 염원에서 지은 건 아닐까.

어쩌면 그곳은 에덴동산일지도 모른다. 선악과를 따먹기 전의 아담과 하와가, 벗은 몸이 부끄럽지 않은 아담과 하와가 그곳에서 자연으로 노닐고 있을지도, 홀쭉하거나 뚱뚱하거나 나이 들어 처진 뱃살이거나 망가진 몸들이 나뭇잎으로 가릴 생각 전혀 없는 곳, 조물주가 흙으로 주물럭주물럭 빚은 자연 그대로의 몸으로 활보하고 다니는 그곳은.

그러다 어쩌다 아담과 하와는 선악과를 따 먹어버리고 세상에 눈 밝아진 이들이 온탕과 냉탕을 오가며 찬 맛 뜨거운 맛 다 본 후에 어쩌나, 벗은 몸이 부끄러워 얼른 옷 주워 입고 나오는. 잠시 아담과 하와가 되는 낙천탕은 에덴동산의 지구 간이출장소, 우리 곁의 낙원 같은 쉼터일지도 모른다.

낙천탕에서는 사장님도 사모님도 없다. 옷장 번호표의 번호로만 나를 증명한다. 변한 몸을 보며 부끄러워하는 이도 없다. 우리 서로가 그것은 소중한 삶의 흔적임을 잘 알고 있기 때문이다.(박은숙,「낙천탕」일부,『달팽이의 집』, 도서출판 세리윤, 2014, 30-31면)

이 글 역시 시간 배경은 찾을 수 없고 공간만을 다룬다. 실내 목욕탕이 그곳인데, 이 또한 그곳의 사람 풍경이 제재이다. 일정한 폐쇄 공간에서 정중동의 장면이 흥미롭다. 정경만의 묘사가 아니라 이에 대한 작가 해석이 곁들여진다. 목욕탕 실내를 그린 그림을 보며 해설가의 잔잔한 설명을 듣는 듯하다. 작품 배경과 제재 대상이 동일하다.

〈예문 3〉

서울의 황학동 벼룩시장은 청계천 8가에 있다. 중앙시장이라고도 하지만 도깨비시장이란 재미난 이름으로도 불린다. 이름이 세 가지나 되는 것처럼 이 시장의 모습도 그만큼 다양하다. 나는 자주 이곳에 들러 보물찾기를 한다. 이 어수룩하게 보이는 곳에는, 그러나 귀중한 우리네 문화재가 숨겨져 있다. 그뿐만 아니라 그곳에서는 그런 골동품 못지않게 소중한 사람들도 만난다.

좁은 골목에서 서로 지나다 부딪쳐도 다투는 법이 없다. 골동품 같은 생각으로 거리에 나선 느긋한 여유 때문이리라. 그래서 사람들은 고물시장이라 하지만 나 같은 애호가들에겐 보물시장이다.

나이가 50이 넘은 '제니스' 라디오는 인기품목 단연 1위다. 눈에 띄자마자 팔려 나간다. 카페나 교외 찻집에서 실내 장식용으로 눈독들이기 때문이다.

구한말이나 일제 강점기에 장안의 호사가들이 쓰던 골동품들도 많다. 하지만 조심해야 한다. 진짜보다 가짜가 더 많아서다.

광해군이 애용하던 긴 담뱃대가 나와 웃은 일도 있었다. 임진왜란 후에 담배가 들어와 급속히 유행하였는데, 대소 신료들이 너도 나도 담배를 피워 아래위 구분이 없었다. 이에 광해군은 신하들의 입에서 나는 담배 냄새가 지독하다 하여 대궐에 들어오는 날은 금연을 명하였다. 어른 앞에서 담배를 피우지 않는 예절은 이때 생겼다고 한다. 그러고 보면 광해군도 나라의 존립을 위해서 명나라와 청나라 사이의 등거리 외교정책 다음으로 큰일을 하나 더한 것이라고나 할까.

어느 날은 명성황후가 후원에서 사격 연습용으로 사용했다던 육혈포가 등장하여 잠시 관심을 끌기도 했다. 명성황후의 정치적 숙적이던 시아버지 흥선대원군 사군자가 낙관까지 선명하게 찍혀 푼돈에 거래되기도 하였다. 그야말로 대낮에 벌어지는 도깨비놀음이었다.(이호철, 「도깨비시장」 일부, 『소금으로 쓰는 편지』, 북나비, 2014, 106-107면)

이 글은 벼룩시장을 제재로 삼는데 역시 배경이 동일하다. 골동품을 사고파는 사람의 행태와 풍경이 자못 진지하다. 배경과 제재가 분리되지 않고 동일체이듯 연관이 깊다. 작가의 배경 선택이 얼마나 중요하고 필요한 일인지 알게 한다. 어느 배경을 선택하는 일은 곧 무엇을 제재로 삼겠다는 선언이자 표찰인 셈이라 할 수 있다.

〈예문 4〉

팔달산은 수원시 중심에 있으며 높이는 143m이고 옛 이름은 탑산이었다고 한다. 이태조가 조선을 개국하고 탑산에 은거해 있는 삼학사 중 한 사람인 이고에게 조정에 나올 것을 누차 권고했으나 나오지 않자 화공을 시켜 탑산을 그려오도록 했다. 화공이 그려온 탑산을 본 이태조는 사통팔달 통하는 산이라고 하며 산 이름을 팔달산이라 명명하였다고 한다.

팔달산에 오르면 수원을 한눈에 볼 수 있고 화성과 강감찬 동상, 약수터 산책로 등 문화유적과 휴식공간이 마련되어 있어 팔달공원이라고도 부른다. 화성과 문화유적을 들러보는데도 며칠은 다녀야 했다. 그러는 동안 성안에 살고 있을 식물들이 늘 궁금했다. 어떤 희귀한 식물들이 자생하고 있을까? 마침 숲속 여행을 떠난다기에 동참하게 됐다. 안으로 들어서자 식물도감을 펼쳐 놓은 것 같았다. 도심에 이런 식물들이 살고 있다니.

강감찬 장군의 동상을 지나 숲으로 들어서자 땀으로 찐득거리던 살갗이 벌써 서늘한 기운을 느끼도록 보송보송 해졌다. 이것은 나무 그늘이라서만은 아니란다. 온실가스의 주범인 이산화탄소를 주식으로 먹고 산소를 내뱉은 숲에 사는 식물의 덕택이란다. 이미 내 피부는 식물이 내뱉은 피톤치드가 모낭충을 잡아 먹어버린 덕택인지 숨구멍을 한껏 열고 숨쉬기운동을 열심히 하고 있었다.(이태선, 「꽃다지」 일부, 『화투 한판 치고 싶다』, 에세이문학출판부, 2015, 54-55면)

239

수필 제대로 읽어보기

이 글은 제재와 배경이 수원시의 팔달산이다. 팔달산을 오르며 필요한 정보를 제공하고 곁들여 작가의 탐방 경험과 개인적 감상을 서술한다. 수필의 제재가 무한하듯, 그에 따르는 배경 공간 역시 무한정하다. 이는 인간의 삶이 어느 한 공간에 한정되지 않기 때문이다. 감옥에 갇혀 사는 죄수가 아닌 한 무한대의 공간으로 삶을 확장하고 그것을 수필의 제재로 삼을 수 있기 때문이다. 독자가 미처 경험해보지 못한 다양한 지구상의 여러 공간을 수필을 읽으며 간접 경험할 수 있다. 배경이 수필의 필수 요소인 이유이고, 이처럼 작가의 작품을 읽고 팔달산을 함께 오르게 되는 셈이다.

〈예문 5〉

뉴욕의 맨해튼은 각 구역이 반듯반듯하게 네모져서 길 찾기가 아주 쉬웠다. 5번가, 6번가, 7번가…… 이런 식으로 구역이 나뉘어 있으니 좀처럼 길을 잃을 염려가 없었다. 지도 없이도 얼마든지 혼자 다닐 수 있었다. 그렇게 다니던 어느 날 뉴욕대학 근처, 워싱턴 스퀘어에 갔을 때 일이다. 그 옆 동네가 바로 그리니치빌리지라는 사실을 알고는 그냥 지나칠 수 없었다. 그곳이 바로 저 유명한 오 헨리의 소설 〈마지막 잎새〉의 무대가 아니던가.

동네 초입에 들어서자 울긋불긋 색칠을 한 어느 집 담벼락이 눈에 들어왔다. 그림의 모양이 어쩐지 소설 속의 화가 베어먼 노인이 그린 담쟁이덩굴 같았다. 그뿐이 아니었다. 골동품 가게를 기웃거리며 보도를 걷자니까 병상에서 시들어 가던 가냘픈 존시도 보였고, 마음씨 착한 그녀의 친구 수우도 눈에 띄었다. 실제는 아무 연관이 없는 행인들에 불과했지만.

그렇게 소설 속의 현장에 들어간 듯 묘한 환상에 빠져서 걸어가는데, 이게 웬일인가. 길이 자꾸만 어긋났다. 나온 데가 또 나오고, 나올 만한 데가 안 나왔다. 나 같은 길 선수로서는 있을 수 없는 일이었다. 지도를 안가지고 간 것이 잘못이었다. 동행하던 아내의 눈치를 살피느라 진땀이 났다. 하는 수 없이 길가 카페에서 맥주 한 잔을 사 마시면서 가게 주인의 도움을 받아 간신히 그 미로 같던 그리니치빌리지를 빠져나올 수 있었다.(윤온강,「맨해튼에서 길을 잃다」일부,『맨해튼에서 길을 잃다』, 비가람, 2015, 87-88면)

이 글 배경은 미국 뉴욕의 맨해튼이다. 평소에 길을 잘 찾던 작가는 길을 잃게 되고 결국은 현지인의 도움을 받아 길을 찾았다는 경험을 서술한다. 이는 배경으로 삼은 장소와 제재가 깊게 연관되었다. 배경인 그곳에 가지 않았으면 이런 경험을 할 수 없을 것이고 역시 글도 쓸 수 없었을 것이다. 이처럼 수필에서 공간이 얼마나 중요한 필수 요소인가를 확인할 수 있다. 수필에서 배경은 단순히 이야기가 펼쳐지는 물리적 공간으로서 평면적 의미만을 갖는 게 아니라, 보다 입체적이고 구체적인 의미를 함께 지닌다는 점을 확인한다. 이 글에서 독자는 뉴욕 맨해튼의 길이 구역마다 번호를 붙여서 쉽게 찾을 것 같지만 실상은 그렇지 않다는 것을 간접 경험한다. 수필을 읽으며 배경을 왜 유의해야 하는가 하는 이유이기도 하다.

〈예문 6〉

뼛속까지 추웠다. 아니 사막의 밤은 냉혹하다는 표현이 더 어울린다. 거대한 피라미드나 스핑크스를 직접 볼 수 있다는 게 가슴을 설레게도 했지만 무엇보다 여행 일정에 사막 체험이 포함되어 있어 두 번 생각할 것도 없이 이집트 행으로 마음을 정했다. 그러나 사막의 밤은 냉기가 예리한 칼로 피부를 후비듯 파고들어와 뼛속으로 안개처럼 눅눅히 스며들어 추위가 공포로 변하는 과정을 생생하게 체험하게 하였다.

손에 잡힐 듯 쏟아지는 별들과 이미 잊혀가는 은하수에 대한 노랫말처럼 하얀 쪽배가 걸려 있는 밤하늘, 문명에서 멀찍이 앉아 바람결에 출렁이는 밀밭 같은 모래 언덕, 사막여우가 별을 보며 헤매는 곳을 그리며, 떠나기도 전에 내 마음은 낙타를 타고 사막을 떠돌고 있었다.

출발 전에 사막의 밤이 춥다는 인솔자의 연락을 받고 나는 열대의 땅으로 가면서 시베리아라도 가듯 준비를 했다. 공항에 도착해 동행하는 사람들의 짐과 비교하니 내 가방은 이삿짐에 가까웠다.

카이로에 도착하니 날씨가 따뜻해 추위에 대비한다며 호들갑을 떨었던 게 겸연쩍었다. 그러나 사막의 밤은 달랐다. 내복을 입고 털 스웨터에 한겨울 바지와 두꺼운 오리털 코트까지 껴입고 양말은 두 켤레에 구두까지 신고서 침낭에 들었다. 그 위에 또 두꺼운 담요를 덮고 텐트의 지퍼를 단단히 채웠다. 그래도 잠을 이룰 수가 없었다. 웅크리기도 힘들만큼 껴입어서 불편하기도 하려니와 발끝부터 치고 들어온 냉기에 몸이 그대로 얼어 굳어 버릴 것 같았다. (이춘희, 「사막의 밤」 일부, 『구름은 좋겠다』, 선우미디어, 2015, 54-55면)

242

이 글은 작가가 이집트에서 사막의 밤을 경험하고 쓴 것이다. 사막의 밤이란 특수한 곳이 이 작품의 배경이자 제목이기도 하다. 그만큼 배경이 핵심인 셈이다. 아예 배경을 제목으로 삼고 그에 관해서 한편의 글을 쓰게 되었으니 말이다. 바로 앞의 작품 〈맨해튼에서 길을 잃다〉역시 이와 같다. 이 글은 다른 예문에서 특별하게 드러나지 않는 시간이 함께 배경으로 쓰인다. 제목에서 명시한 것처럼 '밤'이 그렇다. 제목은 이 시간과 공간 배경을 동시에 제시한다. 물론 다른 예문도 명시적으로 제시한 것은 아니나 이야기가 펼쳐지는 시간은 '낮'이다. 하지만 이 〈사막의 밤〉은 시공의 배경을 명확하게 드러낸 것이 다르고, 그만큼 두 요소가 작품에서 차지하는 의미가 무척 중요하다고 하겠다.

여러 편의 예문을 통해 수필에서 배경의 중요성을 확인한다. 인간은 제한된 시간과 일정한 공간에서 살아간다. 이 두 요소 안에서 펼쳐지는 개인의 삶을 수필은 제재로 삼는다. 그러므로 당연하게 시공이 수필에 등장하며 중요한 요소가 된다. 하지만 각자의 삶이 다양하므로 작품에 나타나는 양상은 저마다 다를 수 있다. 여기서 알 수 있듯 작가와 작품마다 다른 배경을 독자는 유의해서 읽어야 하고 작가는 특별하게 선택하여 창작하게 되는 배경이 작품에 필연성을 갖도록 의도적으로 장치해야 한다는 점을 함께 명심할 일이다.

5

구체성 문제

　수필의 또 다른 특징은 구체성이다. 구체성은 이른바 수필의 주제, 무형적인 사유나 감정을 시각적 이미지나 상상으로 지각할 수 있게 구체화하는 것을 뜻한다. 등장인물 또는 작가의 사유와 감정의 추상성을 독자가 이해하기 쉽게 구체성으로 전환시키는 것은 수필이 갖춰야 할 필수적 요소의 하나라 하겠다.

　무형적 관념이나 지각하기 어려운 정신적인 주제는 현실 세계에서 어떤 형태와 부피를 가진 사물과 연관시키거나 구체적으로 제시할 때 가장 잘 이해할 수 있기 때문이다. 실제 예를 들어 이념과 감정을 유형적인 어떤 것으로 변화시켜야 한다. 수필에서 이와 같은 구체성 중에 대표적인 것이 이야기이고, 인물 묘사이며 나아가서 목소리와 산문의 리듬을 포함한다. 더욱이 글을 펼쳐가며 실재하는 작중 화자인 작가가 바로 구체성을 대표한다.

독자는 작가가 사유를 어떻게 구체화하는지 관찰하고 그것을 실제적인 내용으로 수용한다. 글에서 보이는 것과 이미지, 묘사 등 무엇일지라도 독자를 의식하면서 서술해야 하는 이유다. 이점을 작가는 유의해야 한다. 유명 작가는 최소한의 실례를 사용하고 스토리와 다시 연결한다. 이 과정에서 은유를 쓰기도 하고 작가의 사유를 구체화하는 상징을 이용하기도 한다.

어떤 수필을 쓰더라도 가능한 구체성을 확보하는 게 좋다. 4개나 5개 이상의 추상성 문장을 계속 진행하는 것은 문제가 아닐 수 없다. 은유와 추상적 사유의 연결을 독자가 감지할 수 있도록 작가는 구체적 실재성을 어떻게 만들 수 있는지 유념할 필요가 있다. 이 구체성은 혈기가 넘치게 하는 글의 힘이고 삶을 진솔하게 지탱하게 하는 실재이기 때문이다.

〈예문 1〉

그런데 어느 새벽엔 먹이는 것마다 약효가 없었다. 굶은 채 현관문을 나갔다. 체크무늬 스커트 아래 졸가리 같은 다리, 짊어진 책가방은 한 짐이나 되고…… 나는 가슴이 아팠다. 아파트 단지 안 과일가게가 문을 열자 바로 찾아갔다.

"바나나 한 개는 얼마예요?"

"1,500원입니다."

바나나 값은 묻기도 겁이 났다. 두꺼운 종이에 싸주는 걸 들고 네댓 정거장 버스를 타고 학교 본관 건물 가까이 갔다. 아이들 눈에 잘 띄지 않는 담 밑에 쭈그리고 앉아 쉬는 시간 종이 울리기를 기다렸다. 종소리가 나자 복도로 뛰었다. 놀라면서도 좋아하는 딸을 만나 다시 담 밑으로 왔다. 그날 우리 모녀의 순발력은 극치였다.

"얼렁 먹고 들어가. 배 아픈 데는 바나나가 젤이래!"

"엄마도 한 입."

"난 그런 거 싫어해."

"……."

허기가 졌을 텐데 크지도 않은 바나나 한 개를 어린 딸은 아주 조금씩 먹고 있었다. 입술에 달라붙는 맛이 아깝기라도 한 것처럼.(윤연희, 「바나나 한 개」, 『무지개 뜨는 방』, 에세이문학출판부, 2016, 169-170면)

이 글은 구체성을 위한 숫자 단위가 여럿 눈에 띈다. '한 짐, 1,500원, 네댓, 한 입, 한 개' 따위는 바로 이를 위해 선택한 단어다. 이렇게 서술해야 독자에게 실감이 나는 구체성을 전달할 수 있다. 여기에 '체크무늬, 졸가리, 책가방, 과일가게, 바나나' 등의 사물 역시 구체성을 위해 동원한 낱말이다. 제목부터 '바나나 한 개'로 구체적이다.

〈예문 2〉

횡단보도가 가까워졌다. 녹색 신호등의 역삼각형이 하나 둘 셋……. 반쯤 남았다. 뛸까? 뛰면 횡단의 물결에 합류할 수 있다. 뛸 수 있다는 건 생명의 약동이고, 자유이고, 축복이다. 뛰자. 빠르게, 아주 빠르게, 마음은 알레그로 비바체로 뛴다. 아, 그런데 뛸 수가 없다. 발을 다쳐 석고붕대를 하고보니 몸의 명령을 따라야 한다. 느리게, 아주 느리게, 라르고의 음조로 걸으며 횡단의 대열을 바라본다.

　녹색 삼각형이 한 개 남았다. 그런데 그때 할머니 한 분이 횡단 보도를 건너기 시작한다. 허리는 반쯤 구부리고 지팡이를 짚었다. 왕복 8차선 도로다. 금방 빨간불로 바뀐다. 벌써 오토바이 몇 대는 쏜살같이 달리고, 멀리 떨어진 정지선에서 슬슬 움직이려던 자동 차 운전자들은 일제히 할머니의 행보에 시선을 꽂으며 기다린다.

　숨죽이는 정적, 그 길 가운데를 할머니는 모노드라마의 주인공 처럼 혼자, 느릿느릿 걷는다. 반대쪽 네 개 차선에 있던 차들은 이 미 기세 좋게 달리기 시작했다. 휴우, 할머니가 겨우 양쪽 차선을 가르는 노란 선 안에 섰다. 이쪽에서 할머니를 주시하던 차량들이 달리기 시작한다. 자동차들이 앞뒤로 쌩쌩 달리는 경계선에 서 있 는 할머니를 보기가 아슬아슬하다.(민명자,「횡단보도를 건너다」, 『새벽 한 조각』, 비가람, 2016, 43-44면)

　이 예문 또한 구체성을 마련하기 위해 '하나 둘 셋, 8차선, 네 개'의 숫자를 썼고, 구체물로는 '횡단보도, 역삼각형, 석고붕대, 지팡이, 빨 간불, 자동차, 오토바이'를 찾을 수 있다. 석고붕대를 하고 건너가야 할 횡단보도를 마주친 작가는 할머니가 아슬아슬하게 길을 건너는 것을 보게 되고, 그 조마조마함을 서술한다. 작가가 경험한 그 긴박한 심정 을 여러 구체물을 제시하여 표현한다. 이런 구체물을 접하면서 독자는 사건 현장을 실감한다. 만약에 이런 경험을 구체화하지 않고 요약적으 로 진술했다면 독자가 수용하는 느낌은 대단히 막연하여 작가가 그 현 장에서 느꼈을 긴박감에는 상당히 부족했을 것이다.

〈예문 3〉

전쟁 후 60여 년이 흘렀다. 해외 유학생이 2011년 통계 대학생 289,000명, 학위 과정 164,000명이라고 한다. 서구에 대한 선망은 날로 더해가고 있다. 사람들은 앞 다투어 머리에 물을 들이고 색깔 있는 렌즈를 끼고 피부를 하얗게 하려고 야단이다. 남자나 여자나 하얗게 더 하얗게! 피부를 가꾼다. 내 그토록 부끄럽게 여겼던 갈색 머리, 갈색 눈동자와 하얀 피부를 많은 사람들이 선호하는 시대가 도래했다. 덕분에 나는 저절로 유행을 앞서가는 격이 되었다. 사실 나는 유행을 좇아 사는 부류는 못 되어서 그런 오해도 그다지 탐탁치는 않지만, 남의 눈에 띄어 거북한 눈총을 받지 않게 된 것만으로도 얼마나 다행인가. 가끔 사람들은 내게 묻는다.

"머리색이 자연스러워요. 무슨 염색약을 쓰셔요?"

남들은 염색을 하느라 번거로운데 나는 그런 수고를 하지 않아도 된다. 이걸 축복이라 해도 될까. 어릴 적부터 뭇사람들의 미심쩍은 눈초리를 의식하며 살아온 내가 요샌 부쩍 세련되었다는 말을 듣게 되니 어리둥절하다. (김정수, 「튀기? 아이노꼬?」, 『청색 수국』, 에세이스트사, 2016, 47-48면)

이 글 역시 구체성을 위한 연도와 통계숫자를 사용한다. 어떤 상태나 상황을 인지하는 데는 숫자가 과학적이고 객관적이다. 이는 구체성이 갖춰야 할 필수 요소이다. 수필은 더구나 허구의 사건이나 가상의 상황을 다루지 않으므로 더욱 이렇게 제시하는 게 필요하다. 독자는 이런 구체성에 힘입어 작가가 서술하는 사건이나 상황을 공감할 수 있는 셈이다.

〈예문 4〉

기적 소리를 울리며 기차는 출발했다. 창밖으로 검은 연기가 흩어지고, 플랫폼에 선 사람들이 한 발자국씩 물러서며 일제히 손을 흔들었다. 실내는 많이 흔들렸고 사람들은 몹시 시끄러웠다. 하지만 나는 멋진 여행이 되리라는 기대감으로 한껏 들떴다.

키 낮은 구름이 빗방울을 머금고 있어 여행하기엔 더 없이 좋은 날씨였다. 시모노세키역에서 아홉 시 삼십육 분에 출발하는 완행열차를 타고 신시모노세키역에 내렸다. 거기서 오사카로 가는 신칸센을 바꿔 타고, 신야마구치역에서 세 번째 바꿔 탄 쓰와노 행 증기기관차이다. 열두 시 삼십구 분에 도착이라니 한참은 가야겠다.

토요일과 일요일 하루에 한 번 운행하는 기차라 많이 서둘렀다. 사실 먼 길을 떠날 때의 설렘이나 호기심도 있었지만 다른 때와는 달리 조금 걱정스러웠다. 낯선 곳에서 기차를 세 번씩이나 바꿔 타야하고, 가다가 모르면 전화로 행선지를 물어볼 수도 없으니까 말이다. 무작정 나서는 일이 무모하다는 생각도 들었다. 하지만 지도를 들고 역 앞에만 서면 보물 상자를 여는 순간처럼 가슴이 뛰었다.(임진옥, 「증기기관차를 타다」, 『동그라미를 그리다』, 도서출판 세리윤, 2014, 31-32면)

이 글은 구체성을 위해 실제 지명을 등장시킨다. '시모노세키, 오사카, 쓰와노' 등과 역시 구체적 시간까지 사용한다. '아홉 시 삼십육 분,

열두 시 삼십구 분' 등으로 시공간의 배경을 실재하는 그대로 제시하여 이 글의 구체성을 독자에게 각인시킨다. 여행기이므로 이런 구체적 시간과 지역명은 당연한 필수 요소이기도 하다.

〈예문 5〉

나는 연못의 물을 삼분의 일 가량 뽑아내고 새 물을 받아 넣었다. 그리고 초조한 마음으로 연못을 들락거렸다. 잉어는 일반적으로 지하수로 기르지만 수돗물을 받아 하룻밤 두었다가 써도 되었다. 비단잉어의 화려한 색채는 깨끗한 공기와 맑은 물이 만들어 낸다는 것이다. 산소가 많이 녹아 있는 알칼리성 물이면 더욱 좋다.

다음 날 아침 연못에는 또 한 마리의 잉어가 떠올랐다. 이번에는 등에 검은 점이 박힌 힘이 있어 보이는 삼색어였다. 무늬는 머리와 등 사이에 있는 것이 좋아 보이지, 꼬리 부분에 검은 무늬가 있으면 몸놀림이 무거워 보인다.

나의 마음은 초초함을 넘어 비참해졌다. 이 일을 어쩌나, 살릴 방법이 없으니……. 속수무책으로 하루하루를 보냈다. 잉어가 한 마리씩 떠올랐다. 황금색 잉어도 떠올랐다. 연못에 잉어들이 일주일에 걸쳐 모두 하늘나라로 올라갔다. 나는 떼 초상을 치른 후 허탈한 기분으로 얼마를 지냈는지 모른다.

사실 집에서 잉어를 기르는 일은 쉬운 일이 아니다. 연못에서 겨울을 지낸 잉어들이 봄에 물이 풀리면서 죽은 적도 있다. 그다음 겨울에는 연못에 전기등을 설치하여 물의 온도를 조절하다가 전기등이 깨지면서 전기 쇼크로 또 한 번 떼죽음을 치렀다. 큰 어항을 만들어 실내에서 겨울을 보냈는데 전기가 나가는 날에는 고기들이 죽기 직전까지 되었다가 살아난 일도 있었다. 이렇게 우여곡절을 치르면서 오랫동안 잉어를 길러 왔지만 나무 소독 후 떼 초상을 치른 다음에는 연못에 잉어를 기르지 않기로 했다.(김국자,「비단잉어」,『들리는 것 들리지 않는 것』, 에세이문학출판부, 2013, 130-131면)

작가의 집 정원에서 '비단잉어'를 기른 경험이 이 글의 제재이다. 당연하게 구체적으로 '삼색어, 황금색 잉어'의 이름과 '산소, 알칼리성, 전기 쇼크' 등의 과학 용어까지 동원한다. 이런 용어를 사용하여 작가는 글의 구체성을 구현하고 이를 읽고 독자는 실감을 얻게 마련이다. 작가와 독자의 소통이 이처럼 구체성으로 실현되는 셈이다.

〈예문 6〉

급히 집안으로 뛰어 들어가 수건으로 새를 감싸 안고 드라이어로 더운 바람을 쐬어 준다. 배에, 엉덩이에, 날개 밑에 계속 바람을 집어넣자 꼼짝 않고 굳어 있던 새가 한순간 꿈틀한다. 멈추었던 심장이 다시 뛰기 시작했는지 규칙적으로 몸이 흔들린다. 그러다 갑자기 내 손을 벗어나 '푸드득' 목욕탕 바닥으로 떨어져 물똥을 찍싼다. 막혔던 물길이 뚫렸나보다. 정신을 차린 새는 본능적으로 날려고 한다. 날개를 몇 번 퍼덕거리며 서너 걸음 불안하게 내닫다가 기어이 바닥에 머리를 박는다.

내 손에서 떠나기에는 아직 무리다. 품에 안고 다시 뜨거운 바람을 불어 넣는다. 살 길이 무엇인지 깨달은 새는 눈을 감은 채 셔츠의 단춧구멍을 단단히 그러쥐고 뜻대로 하시라며 순순히 몸을 맡긴다. 축축한 털이 보스스 살아나고 몸도 따뜻해졌다. 이제 안정을 취해야 된다. 방바닥에 수건을 깔고 작은 몸을 살며시 내려놓고 나온다.

미루어 두었던 아침 설거지를 끝낼 즈음, 작은 방이 갑자기 소란스럽다. 문을 빠끔히 열어보니 그새 회복된 새가 활개를 치며 온 방안을 누비고 다닌다. 죽음의 목전에서 돌아온 새는 삶에 대한 의지가 더 강렬해진듯하다. 방문을 활짝 열자 전등갓에 붙었다 창문에 박치기를 했다가 갈피를 못 잡는다. 기껏 익사를 면하게 해놓았는데 이제 뇌진탕으로 갈 판이다. 잠시 커튼 자락을 붙들고 숨을 고르고 있는 새를 수건으로 덮쳐잡아 밖으로 나가 살짝 턴다. 뒷덜미에 선명한 승리의 'V'가 박힌 곤줄박이는 힘차게 날갯짓을 하며 잣나무 숲으로 사라진다.(송혜영, 「고마워 곤줄박이야」, 『심각한 이야기』, 도서출판 여초, 2015, 170-171면)

작가는 이 글에서 '곤줄박이'를 구원한 경험을 제재로 삼는다. 어떤 과정으로 곤줄박이를 구원했는지 세부 묘사로 구체성을 살린다. '꿈틀, 흔들린다, 박는다, 붙들고, 덮쳐잡아, 턴다, 누비고'의 동사로 동적인 순간을 묘사하고, 곤줄박이의 상태 변화를 '보스스, 살며시, 빠끔히, 박치기, 활개 치며'의 단어로 가세하여 구체적이다. 한 편의 동영상을 보고 있는 듯 구체성이 살아 뛴다.

수필은 삶의 현장을 주요 제재로 쓰는 글이다. 인생 현장은 언제나 구체적이고 생생하기 마련이다. 이런 까닭에 어느 수필에서도 자연스럽게 구체성을 대면한다. 다만 작가별로 다양한 삶의 현장에 따라서 구체상具體狀이 다를 뿐이다. 독자는 작품에서 색다른 구체성을 만나고, 작가는 작품별로 구체성을 다르게 제시하는 차이는 있으나, 구체성이 작품으로 구현되면서 상호 소통하는 점은 동일하다.

비유에 관해

수필의 구체성은 비유와도 직결된다. 구체화는 무형적인 것, 사유와 감정을 감각의 경험으로 형태를 부여하여 제시하는 것이기 때문이다. 이 감각의 경험은 시각, 후각, 청각, 미각, 촉각, 근육 감각을 망라한다. 이러한 비유는 일반적으로 시와의 관련을 언급하지만, 수필에서도 얼마든지 찾을 수 있다. 그 중의 대표적인 것이 바로 의인화 수법이다. 그렇기는 하지만, 수필에서 가장 설득적인 방식은 일반 언어처럼 은유다. 즉 유추에 의한 비유적 표현 말이다. 이것은 명시적이냐 암시적이냐의 차이가 있지만, 은유에서 양 대상은 동일하지 않은 것을 비교한다. 비교 대상은 필연적으로 동일하지 않은 것에서 유추가 바탕이 되어 비유를 형성한다. 이런 은유의 방식을 통한 설득은 안전하다. 수필의 내용이 직설적이거나 정보적인 경우라도 은유가 담겨 있고, 그중에 많은 핵심에는 은유가 포함되거나 구조적으로 은유이기도 하다.

수필의 각 구절에서 은유는 필자의 생각을 구체적으로 만든다. 작가는 글을 쓰면서 의중에 둔 독자가 수필의 핵심을 쉽게 파악하는 스포츠나 일상적인 생활 용어로 표현한다. 이것은 필자가 생각한 것을 독자는 모른다고 추정하기 때문이다. 이를 해소하고자 작가는 독자가 이미 알고 있는 쉬운 용어를 사용하여 전달하려 하는데, 이럴 때는 비유를 사용하는 것이 효과적이다.

말하자면 비유는 시인과 마찬가지로 수필가에게도 중요한 하나의 표현 방책이다. 독자에게 다가가 무형적 사념과 감정을 진실하게 소통하길 바라는 작가는 비유를 이용하여 중요한 표현과 전달 도구를 마련한다. 무형적인 것을 보고 듣고, 냄새 맡고 맛보고, 만지고 피부나 근육으로 감각해야 독자는 진실하게 이해한 것으로 느끼기 때문이다. 작가가 하는 것은 사고와 감정을 감각으로 솎아내는 일이고 그것을 감촉할 수 있게 하여 실제적인 것으로 만드는 일이다. 작가는 처한 입장이 무엇일지라도 그것을 독자에게 확신시키려고 애써야 한다. 작가가 은유를 사용하여 독자를 감명시킬 수 있다면 좋은 기회를 잡은 것이다. 만일에 독자가 호응할 만한 은유가 없다면, 표현하는 내용의 정당한 근거를 확보하기 위해서라도 새롭게 은유를 만들어야하기 때문이다.

255

〈예문 1〉

라일락 향기가 그윽한 4월이다. 아침마다 어린이대공원에서 운동을 하고 나면 공원을 한 바퀴 돌곤 한다. 붉은 아스팔트 길 위에 하얀 벚꽃이 눈처럼 날리고, 하늘을 덮고 있는 벚꽃들 사이로 햇살이 내려앉는다. 그 길을 걷고 있노라면 마치 그림 속으로 걸어가는 듯한 착각을 할 정도다.

빨강·노랑 튤립 꽃에 단조롭게 뻗은 초록색 줄기와 잎, 마치 방금 색칠을 해놓은 듯 선명하다. 며칠 뒤 꽃들이 시들었겠다 싶으면 요술을 부린 것처럼 황금색 금송이 꽃으로 바뀌어 있다. 몇 걸음 걷다 보면 탐스러운 장미가 눈길을 끌었다. 돌돌 말아놓은 것 같은 꽃잎, 연분홍에 주홍색이 섞인 색은 볼수록 신비로웠다. 게다가 흰색과 노란 장미의 향기는 누구에겐가 전해 주고 싶은 생각이 들곤 한다. 이 근방에 사는 주민들에게는 이곳이 낙원이다.(박종금,「무허가 까치집」,『날아간 군만두』, 이지출판, 2005, 115-116면)

이 글에서 사용한 비유는 '~듯, 처럼, 같은,' 직유다. 일반적으로 산문에서 가장 많이 사용하는 비유는 직유다. 보다 선명한 이미지를 얻기 위해서 가장 효과적이고 직접적이기 때문이다. 다만 얼마나 참신한 비유를 제시하는가는 작가의 역량에 달렸다 하겠다. 오랫동안 글에서 관용적으로 사용한 식상한 직유를 넘어 개성적인 독특한 비유를 얻기 위해서는 상당한 수련과 노력이 필요한 일이라, 작가는 늘 관찰과 사색을 게을리하지 말아야 할 것이다.

〈예문 2〉

제주도를 못 잊는 것은, 못 잊어 노상 마음이 달려가 서성이는 것은, 유채꽃이 환해서도 아니고, 천 일을 붉게 피는 유도화가 고와서도 아니고, 모가지 째 툭 툭 지는 동백꽃이 낭자해서도 아니다.

어느 아득한 전생에서인가 나를 버리고 야반도주한 여자가, 차마 울며 잡지 못해서 놓쳐 버리고만 여자가, 삼태성을 지나 북두칠

성을 돌고, 은하수 가에서 자잘한 별무리들 자분자분 잠재운 가슴
으로 어느 봄날 문득, 할인 마트나 주말여행을 다녀온 여인처럼,
아무 일 없었다는 그런 표정으로 나타나서, 이별의 세월만큼이나
불은 젖무덤으로 나타나서, 나를 기다리고 있기 때문이다.

　　가슴 언저리 어디쯤 얼굴 묻고 누우면, 누워서 한나절이나 반나
절이나 칭얼거리다가, 모슬포 앞 바다 자갈밭을 핥는 파도도 칭얼
거리다 지쳐서 잠이 들 때쯤이면 청동 거울처럼 반질한 내 해묵은
불면증도 곤히 잠들고 싶어서다. (손광성, 「제주 오름」 전문, 『하늘잠
자리』, 을유문화사, 2011, 41-42면)

　　이 글은 온통 비유적 인식으로 한 편의 작품을 완성한다. '제주도를
못 잊는 것은' 작가에겐 둘째 문단에서 서술한 어떤 '여인처럼' 직유로
다가와 '나를 기다리고 있'는 '제주 오름' '때문이다.' 제목이면서 이 글
의 제재인 '제주 오름'을 작가는 온통 비유로 인식하고, 그 이미지를
'해묵은 불면증'을 곤하게 잠들게 하는 은유로 형상한다. 이 글은 '제주
오름'에 대한 작가의 이미지를 특이하게 비유만으로 형상화한다. 그러
므로 독자가 제목을 알지 못하는 상태에서 이 글을 읽게 된다면, 말하
자면 원관념이 없는 보조 관념만으로는 비유 대상을 알아내기 어렵다.
혹은 첫 문단의 '제주도를 못 잊는 것'으로 오독할 수 있고, '제주 오름'
의 특정 제재 대상이 '제주도' 전체로 확대 해석하게 될 것이다. 자칫 비
유를 남용하면 관념의 유희에 빠져 진상眞相을 놓칠 수 있다. 양날의 칼
같은 비유의 양면성에 자못 유념할 일이다.

〈예문 3〉

사내아이 같은 대학생인 손녀에게는 잔잔한 소국을 그려서 조신했으면 하는 마음을 전하고 싶다. 키가 작아서 고민인 손자에게는 죽순처럼 쑥쑥 크라고 죽순을 곁들인 대나무를 쳐주고 싶고, 또한 어린 손주들에게는 석류처럼 꽉 차라고 석류 두 알을, 멋이 한창 들어가는 손자에게는 늘씬한 대나무를 그려주고 싶다. 딸이 쓰던 것이라며 친구가 준, 구색도 맞지 않는 물감으로 그림을 열심히 그린다. 그런 다음 그럴듯한 덕담을 써넣는다.

애들이 어릴 때는 큰 부담 없이 각자에게 맞는 책이나 옷, 장난감을 골라 덕담 카드와 함께 주곤 했다. 선물을 살 때 각각 아이들에게 맞는 물건을 고르는 재미도 있었고 받는 애들도 즐거워했다. 훌쩍 커버린 지금은 봉투 속에 현금이 들어 있기를 더 원하는 것 같다. 세상이 자꾸만 물질 만능으로 흘러가는 것 같아 안타까운 생각이 들기도 한다. 머리들이 크니 적은 돈은 성에 안 찰 것이고 흡족하게 넣어주자니 주머니 사정이 어렵다. 변해버린 세태가 나를 힘들게 한다. 은행 창구에서도 새 돈을 바꾸려면 당연히 만 원권이려니 한다. 차마 천 원 권으로 바꿔 달라는 말이 안 나와 오천 원권으로 바꿔 놓았다.

우리 어렸을 때는 사탕 몇 알이나 공책 두어 권 살 돈이면 입이 벌어졌는데, 요즘은 원하는 물건의 단위가 높다. 아이패드, 스마트폰, 노트북, 게임기 등. 가난한 할미로서는 감당하기 어렵다. 많이 가졌다고 펑펑 쓰는 것도 옳은 일은 아니겠지만 나도 돈이 많았으면 좋겠다. 좀 사치스러우면 어떠랴. 손자들이 원하는 것, 제 부모들이 분수에 맞지 않는다고 해주지 않는 것들을 선물하고 싶다.

흐뭇해하는 모습을 보고 싶고, 그래서 '인기짱'인 할머니가 되고 싶다.(홍경희, 「할미의 흔적 남기기」, 『주행가능거리』, 에세이문학출판부, 2015, 168-169면)

이 글에서 작가는 '같은, 처럼'의 직유를 이용하여 할머니의 손자 손녀 사랑을 표현한다. 직설법의 서술이 주조이지만 비유는 없을 수 없다. 자연스럽게 수필에서는 비유를 사용하기 마련이다. 이처럼 직설直說의 경우에서도 이를 확인한다.

〈예문 4〉

거실 바닥 매트 위에는 아내가 혼자 잠들어 있었다. 그 모습은 그믐달 같았다. 오랫동안 앓아온 심장병으로 반듯하게 눕지 못하는 아내, 다시는 보름달이 될 수 없는 안타까운 눈썹달이었다.(한준수, 「눈썹달이 된 아내」, 『눈썹달이 된 아내』, 에세이문학출판부, 2013, 277면)

이 글은 은유로 인식한 내용이 주요 제재이다. 노처의 이미지를 '보름달'의 세월이 지나가서 이제는 '눈썹달'이 된 것으로 작가는 그려낸다. 제재 대상의 인식은 은유이나 서술한 표현은 '그믐달 같았다'는 직유를 사용했다. 비유의 사용 방식은 다르지만 직유와 은유도 유사성에 토대를 둔 비유인 점은 동일하고, 이것은 작가의 정념을 구체화하는 과정에서 자연스럽게 작용하기 마련이다.

7

리듬이란

수필에서 소리와 리듬은 인물 형상보다 더욱 직접적이고 구체적이다. 인물의 형상을 상상하지 않아도 소리가 귀로 들리고 근육으로 리듬을 느낄 수 있기 때문이다. 심지어 설명을 서술 방법으로 주로 사용한 수필에서도 리듬은 관련이 있다. 소리와 리듬은 단어 조합으로 만들어진다. 때문에 이 점은 시인만의 전유물이 아니라 수필가도 고려할 수 있다. 분명한 것은 수필가는 시인만큼의 주의를 기울일 수가 없다는 사실이다. 그렇다 해도 단어가 어울려 어떻게 소리를 내는지에 관심을 두는 게 좋다. 한 단어가 특별한 이유도 없이 거칠거나 더듬거리는 소리로 낭독의 리듬에 걸릴 때는 삭제해야 마땅하다. 그러므로 설명의 산문일지라도 소리와 리듬에 관심을 두고 그 효과에 주목할 필요가 있다. 왜냐하면 산문도 낭독하기 좋은 소리와 리듬이 필요하기 때문이다.

수필을 읽으면서 독자는 소리와 리듬에도 관심을 보인다. 만일 문장과 구절의 소리와 리듬이 특별한 기능을 가진 것이라면, 글을 읽거나 쓸 때에 문장과 리듬이 어떻게 작용하는지 주의하여 살필 수 있다. 산문의 리듬은 마땅한 도구가 없어서 분석하기는 실제로 어렵다. 특히 여러 수필마다 각 구절에 각각의 방식으로 리듬이 작용하고 리듬감을 지니기 때문이다. 어떤 것은 빠르게 어떤 것은 묵직하게, 또는 평탄하게 산만하게 작용한다. 통사는 이러한 리듬의 차이를 조성하는 데 많은 관련이 있다. 통사적으로 짧게 구성되어 간결한 문장의 구절이나 글은 많이 빠른 리듬을 갖는다. 반면에 길게 짜여 통사적으로 복잡한 문장은 둔중하거나 느린 리듬을 보인다.

소리와 리듬에 유의한다면 어떻게 글을 써야 하는지 탐구해 볼 수 있다. 문장이 간결하고 짧은가? 왜 그러하고 무슨 효과가 있는가? 문장이 길고 복잡한가? 왜, 어떤 효과를 노려서 그러한가? 특히 산문 문장은 길이와 통사 구조가 다양한 게 정상적이다. 글을 쓰고 그것을 소리 내어 읽어볼 때에 글의 의미와 연결되고 효과를 내지 못한 채 소리만 두드러진다면, 그 구절이나 문장을 수정하는 것이 바람직하다. 비극적 의미의 내용에서 리듬이 빠르다면 그건 어울리지 않는다. 유쾌한 내용이라면 보다 빠르고 짧게 써서 경쾌한 리듬을 만들고, 어둡고 비극적인 내용이라면 그 정조와 분위기를 살려서 길고 복잡한 문장으로 유장한 리듬을 갖추는 게 좋다.

특히 수필을 마무리할 때는 '종결감'의 리듬을 생각해보는 게 필요하다. 수필의 결말을 아주 만족스럽게 만들 수 있으나 명확하게 설명할 수는 없다. 필자는 수필의 끝에서 시에서처럼 종결감을 제공할 수 있는데 특별한 주의가 요청된다. 이것은 수사적 이유 때문이기도 한데, 급격한 정지의 통사적 문장을 끝에 배치하고 큰 소리로 읽을 때 종결감을 얻을 수 있다. 이 종결감은 독자에게 수필의 구성을 이해하는 효과를 위한 가치가 있다. 그것은 수필 작품이 끝난 것처럼 느끼게 하는 결말을 만들기 때문이다. 그로써 작가가 설정한 주제를 보다 강렬하게 인식시킨다. 간혹 이 종결감을 위해 한 문장 문단으로 글을 마무리하는 경우를 본다. 이는 문단 조직의 관점에서 결코 바람직하지 않다.

〈예문 1〉

프리지어는 듬뿍 꽂혀 있는 것도 좋지만 대여섯 줄기, 많아야 여남은 줄기쯤 꽂혀 있을 때가 더 사랑스러워 보인다. 초록빛 줄기가 잘 드러나 보이도록 목이 긴 유리병이라면 더욱 좋으리라. 깔끔한 식탁보가 씌워진 탁자 위에도 잘 어울리지만, 침침한 지하 카페의 허름한 탁자 위에 놓인 두어 줄기의 황금빛 프리지어도 나를 즐겁게 해준다. 봄의 전령과도 같은 그 화사함과 향기가 사악한 것을 물리친다는 향불처럼 이 세상의 모든 어두운 것들을 거두어 가버릴 것 같은 느낌을 주는 것이다.

얼마 전까지만 해도 나는 봄을 그리 반기는 편이 아니었다. 시름시름 앓게 만드는 나른함도 싫었지만, 새털처럼 가볍고 헤퍼지려는 마음도 마땅치 않아서였다. 그러나 솔직히 말하자면 나이 든 여자의 심술이 보다 큰 원인이었을 것이다. 순식간에 지나가 버린, 그리고 다시는 돌아오지 않을 내 인생의 봄이 슬프고 아쉬워서, 그 봄을 향유하고 있는 젊음을 시샘하는 마음이었던 것 같다. 자기 손이 미치지 않는 곳에 달린 포도를 보고 "저 포도는 틀림없이 실거야" 하며 돌아서는 여우의 심리와도 같은 것이었다고나 할까.(이혜연, 「양동이 속의 봄」, 『숨은 길』, 에세이문학출판부, 2007, 73-74면)

이 글의 리듬은 바람에 날리는 봄철, 늘어진 수양버들처럼 낭창거린다. 대체로 통사가 길게 조성되어 나타나는 결과다. 적절하게 쉼표를 이용하여 그 유장한 리듬을 효과적으로 형성한다. 특히 '~리라'의 추정이나, '~할까'의 미정은 단정보다 유연하게 읽힌다. 그만큼 리듬은 나긋나긋하며 여기에 '~스러워, ~지지만, ~처럼, 지려는' 따위의 유성음이 가세하여 효과를 배가한다. 봄날의 나른한 정서를 그려내는 데 적합한 리듬의 조성으로 보인다.

〈예문 2〉

마크는 다시 자전거를 타고 비 오는 거리를 지나서 그의 집으로 갔다. 이차선 도로를 건너고 드러그 스토어를 지나 군데군데 패인 흙길을 가는 마크를 빌라 창 너머로 보았다. 어느 순간 가게 옆 골목으로 사라져 보이지 않을 때까지.

나는 그가 놓고 간 팬케이크에 버터를 넉넉하게 발랐다. 그 다음엔 메이플 시럽을 올려서 천천히, 아주 천천히 먹었다. 행여 식을까 열심히 자전거 페달을 밟았을 그의 낡은 샌들과 젖은 등을 생각하면서. 그리고 그가 사라진 골목 어디쯤에 있을 그의 집을 상상하면서.

체에 친 것들을 달걀 푼 것에 넣고 가볍게 저어서 매끄럽게 떨어지는 반죽을 만든다. 팬에 기름을 두른 후 한 국자 떠 넣고 동그랗게 부친다. 불을 아주 약하게 해야 카스텔라처럼 서서히 부풀어 오른다. 그리고 분화구 같은 작은 구멍들이 생기면서 부드러운 단내가 난다.

구멍들을 보고 있으면 웃음이 난다. 꼭 나 같다. 난 구멍투성이

인 사람이다. 멀쩡해 보여도 생각보다 무르고 실수도 많다. 게다가 소심하기까지 하다. 실수로 낸 구멍만 있는 게 아니라 상처로 뚫린 구멍도 많다. 만약 가슴이 헝겊이라면 아버지가 입던 '난닝구' 등판처럼 되어 있으리라. 그리고 보면 산다는 것은 구멍 난 속옷 위에 멀쩡한 겉옷을 걸치는 게 아닐까. 아무렇지도 않게 슬픔을 삭이고 아무도 모르게 아픈 구멍을 가리는 것처럼 말이다.(최지안, 「행복해지고 싶은 날 팬케이크를 굽는다」, 『행복해지고 싶은 날 팬케이크를 굽는다』, 이지출판, 2016, 81-83면)

이 글의 리듬은 화자의 복잡한 심사를 드러내는 데 기여한다. 감정을 안으로 추스르며 진정시키는 화자의 심리는 다소 불안정한 상태다. 이 불안은 문장의 종결어미를 생략하게 만든다. 처음 두 문단의 '때까지, 생각하면서, 상상하면서'가 그러하다. 과거를 상상하며 흔들리던 감정은 다소 안정감을 회복하니 셋째 중간 문단에선 종결어미가 확실하다. 그러다가 끝 문단에선 다시 '~리라'나 "~닐까' 등으로 추정과 미정의 종결을 혼용한다. 앞의 세 문단의 통사는 길게 짜였으나, 마지막 문단의 통사는 대체로 짧은 문장이 많아진다. 이처럼 내용의 변화에 따라 리듬의 변화를 읽을 수 있다.

〈예문 3〉

지 등껍떼기 좀 보슈. 때깔이 얼마나 고고헌가. 대뜸 봐도 흑진주 같잖유? 가장자리에 금줄까지 둘렀슈. 줄방개라 불리는 물땡땡이허군 차원이 다르유. 모냥새는 얼추 비슷허지만 지는 단백질이

들어있는 것만 골라서 먹유. 육식성이란 거쥬. 물땡땡이가 썩은 식물을 먹어치우는 연못의 청소부 노릇을 한다면, 지는 붕어마름, 물옥잠, 생이가래 같은 푸성귀 따윈 죽어도 입에 안 대유. 입이 고급이란 말유. 입만 고급인 줄 알유? 취향도 고급이유.

물자라, 물장군, 장구애비 같은 족속과는 분명히 다른 구석이 있슈. 물에 사는 곤충이라고 한통속으로 보면 곤란허유. 습성이 다 같지는 않으께유. 물장군은 먹이를 닥치는 대로 집어 삼키는 탐욕이 흠이구유, 장구애비는 작은 물고기를 잡아서 즙을 쪽 빨아먹고 껍데기만 남기고서는 시침 뚝 떼는 응큼한 구석이 있어 정이 안 가더만유.

원젠가 물매암이가 비아냥거리며 묻데유. 너는 왜 가만있질 못허고 여기저기 헤집고 싸돌아 댕기고는 허능겨? 때 움시 철학자처럼 실눈을 떴다 감았다 당최 눈꼴 시려서 못 보겠다야. 세상이 뭐 별거냐? 니가 무슨 스쿠버다이빙을 한답시고 물속을 들락거리며 자맥질을 해쌓고 그려. 나처럼 실바람 물결에도 뱅글뱅글 춤을 추며 살면 오죽이나 좋아. 궁상 작으메 떨구 저처럼 할랑할랑 스텝이나 밟으며 가비얍게 살라고 어벌쩍 훈수를 두더라구유.(전민, 「물방개의 변」, 『낮은 음계로』, 도서출판 소소리, 2013, 23-24면)

이 글에서 우리는 구어체 리듬을 만난다. 충청도 사투리의 구어체, 쓰인 단어부터 종결어미에 이르기까지 생생한 구어체 리듬이 풍성하다. 구성진 판소리 가락 같이 능청대며 이어지는 구수한 리듬이 흥겹다. 내용은 약간 풍자적이고 비판적이며 해학적이다. 이것이 끈적대는 듯 늘어지며 휘감기는 리듬을 타면서 매우 경쾌하게 이어진다. 풍자와 비판이 있지만 그 속에는 유모와 해학이 저류하기 때문이다. 이것이 리듬의 의미와 함께 감겨들면서 더욱 실감 나게 읽힌다. 리듬이 수필에서도 시에 못지않게 중요한 역할을 하고 있다는 점을 확인하게 한다.

〈예문 4〉

휴양지의 한 콘도에 여인들이 하나 둘 찾아온다. 예순을 넘긴 초로의 여인들이다. 과거 백 바지를 입고 명동을 휘젓고 다니며 꿈과 사랑으로 열띤 한 시절을 보낸 바 있는 여고 삼인방들이다. 얼마 전 남편이 죽었는데도 얼굴이 몰라보게 예뻐진-재분. 금실이 금쪽같았던 남편이 지금은 파킨슨병에 걸려 그를 헌신적으로 돌보고 있는-옥란. 많은 유산을 남기고 간 남편 덕으로 여행을 다니며 유유히 사는-혜숙. 오랜만에 그들은 만났다.

'수다'를 뒤집어 읽으니 '다수'가 된다. 다수가 모여 이야기를 한다? 하지만 수다 뒤에는 '하다' 동사가 아닌 '떨다'라는 동사가 붙는다. 이 동사는 하다의 서술어보다 훨씬 고조된 감정을 실어 준다. 하여, 수다는 서로의 감정과 기분을 마음껏 떨어내는 일종의 정화 작업처럼 보인다. 연극 〈아름다운 꿈 깨어나서〉는 인생의 희로애락을 다 겪고 이제는 세상에 별 흥미도 새로울 것도 없는 여인들이 모여 수다를 떠는 내용이다. 무대는 아무런 장치 없이 세 개의 의자와 작은 테이블이 놓여있다.

현재의 자신과 과거의 학창시절, 살아온 결혼 생활과 그런저런 이야기들이 뒤섞이면서 '나'라는 정체성과 맞닥뜨린다. 살아온 배우자와는 정녕 행복했는가? 사랑했는가? 혼자 살아가는 자의 외로움을 아는가? 온몸이 서서히 굳어져 가는 남편 옆에서 대소변을 받아내며 언제까지 그 모습을 지켜보아야 하는 자신은 뭔가? 사랑이라는 감정을 다시 가질 수 있을까? 여자의 진정한 욕망을 남편들은 아는가? 일흔을 바라보는 여인들은 자존심과 부끄러움 없이 적나라하게 자신을 벗어 보인다.

　수다는 그 자체가 즐겁다. 정녕 남자들이 이해할 수 없는 그 즐거움에는 카타르시스의 효과가 있다. 핑퐁처럼 오고 가는 이야기가 갑자기 어디로 튈지 모르고, 롤러코스터를 타는 것처럼 이야기의 시점은 뒤죽박죽 어지럽다. 그래도 '수다' 속에 빠진 여자들은 이야기의 맥을 잘 이어간다. 맥은 공감이며 소통이다. 인생을 다 알 것 같은 나이에 마음은 여전히 외롭고, 사랑에 대한 욕망과 삶의 스트레스를 너도 그렇게 앓고 있구나. 그래 나도 앓고 있다. 그런 진정성이 오가는 연극의 대사는 바로 우리의 숨겨진 모습이기도 하다.(박영란, 「수다를 떨다」, 『랄랄라 수필』, 청조사, 2012, 126-127면)

　수다스런 내용에 어울리게 이 글의 리듬은 다소 번잡스럽다. 긴 호흡으로 읽게 하고 쉼표와 물음표를 많이 사용하며 긴 통사의 문장이 주를 이룬다. 사용한 쉼표와 물음표에는 잠깐의 휴지가 온다. 실제 수다를 떨다가도 지친 나머지 잠시 휴식을 갖는 셈이다. 내용상으로도 노년의 여인들이 모여서 수다를 떠는 내용의 연극 관람기다. 작가는 관람한 후에 공감하는 바가 있어 수필 한 편을 쓴다. 같은 여자로서 '진정성이 오가는 연극 대사'에 빠져들고 그 결과는 이처럼 작품으로 재탄생한다. 삶에도 당연히 리듬이 있게 마련이다. 이 삶에 숨겨진 리듬을 찾아내 작품화하는 것은 수필가의 임무이고, 맡겨진 몫이다. 결국 그것은 이 글에서처럼 읽을 때 리듬으로 구현되어야 하겠다.

〈예문 5〉

　　초승달은 갓 태어난 아기 모습이다. 아직 젖내조차 가시지 않은 신생아 말이다. 눈도 뜨지 못해 고물거리지만 한 해 동안 자라는 성장이 얼마나 경이로운가. 초승달은 그런 모습이다. 초승달을 바라보고 있으면 눈이 시리다. 밤하늘이 너무 광활하다. 그러나 진작 홀로 서기를 깨달은 것일까, 이미 제 빛을 낼 줄 아는 것을 보면. 튼실해져 가는 종아리에서 삶을 살아가는 용기와 지혜를 본다.

　　상현달은 어른이 되고 싶은 사춘기 아이 모습이다. 경기 침체니 대학 입시니 해서 꿈과 갈등을 함께 겪고 있지만 그래도 빨리빨리 자라고 싶은 아이들의 모습이다. 여백 속에 미래에 대한 꿈과 희망이 있다.

　　보름달은 인생의 절정을 지나는 청, 장년기의 모습이다. 꿈과 실천이 함께 어우러져 전설을 만들기도 한다. 보름달의 밤하늘이 유독 아늑하고 풍요롭게 느껴지는 건 채움의 미학이다. 보름달은 열정이다. 그러나 달의 형상이 햇빛의 반사에 의해 생기는 것이라면 일찌감치 스스로를 비울 줄도 알아야 한다. 비우고야 채워지는 비움의 원리, 우리가 하필이면 가장 둥근 달인 대보름날에 소원을 비는 것도 달의 마음 비우기 작업을 배우려는 것이 아닐까.

　　하현달은 훌쩍 중년의 길목에 들어선 내 모습이다. 인생의 한 획을 긋기는 했으나 할 일은 여전하다. 정신은 풍부하고 맑아야 하는데 여의찮다. 땀 흘려 일한 보람은 함께 나누는 것에 더 큰 의미가 있듯 몫을 줄여 나갈 때다. 삶에 대한 절망이 아니라 너그러움을 배울 때다. 고통을 나누는 것에도, 받아들이는 것에도 겸허해할 줄 알고, 삶을 사랑하는 여유와 세월 속에 담긴 또 다른 의미를 깨달을 줄도 안다. 눈가의 주름과 희끗희끗한 흰머리가 결코 헛된 세월이 아니었음을 느끼고 싶어 한다. 이때쯤은 체념도 배워야 할 때인 듯싶다.

그믐달은 칼날 같은 빛으로 누군가는 미인의 아미라고도 노래했고 과수의 한이라고도 노래하지 않았던가. 삶을 정리하는 노년의 정기가 때론 저렇게 정갈할 수도 있다는 생각이 든다.(김윤선, 「달」, 『무인카메라』, 에세이문학출판부, 2015, 115-116면)

이 글에서 보게 되는 리듬은 정제되어 단정한 리듬이다. 달을 보며 떠오른 상념을 제재로 삼은 이 글은 고요한 상태에서 달마다(초승달, 상현달, 보름달, 하현달, 그믐달) 다른 이미지를 서술한다. 작가의 개인적인 달의 이미지를 그려내면서도 호들갑스럽거나 들뜨지 않고 차분한 상태를 유지한다. 이런 작가의 심리가 그대로 반영되어 안정된 평탄조의 리듬으로 드러난다. 이런 글을 읽는 독자는 평온한 리듬을 타고 심리적 안정감을 얻을 수 있다. 수필을 읽고 치유력을 얻을 수 있다면 바로 이러한 리듬의 혜택을 본 것이라 말할 수 있다.

〈예문 6〉

주위를 살폈다. 아무도 보이지 않았다. 손에 들고 있던 도시락을 덤불숲에 던졌다. 딸그락, 빈 도시락에서 수저가 날카로운 쇳소리를 냈다. 가슴이 콩닥거렸다. 머리 위에선 큰 매가 원을 그리며 날았다. 집으로 가는 길은 멀었고, 나는 가파른 잿길을 어질어질 현기증을 일으키며 겨우 걸었다.

이튿날 담임선생에게 불려나갔다. 도시락의 행방을 물었다. 고개를 숙인 채 우물거렸다. 대답이 미처 끝나기도 전에 손바닥에 회초리가 떨어졌다. 아이들이 키득거렸다. 선생은 도시락을 덤불숲에 버려두고 간 이유를 물었다. 나는 끝내 대답하지 못했다.

젖가슴이 부풀어 오를 나이였다. 조숙한 아이들은 총각 선생이었던 담임에게 연정을 품었다. 하숙을 하던 선생은 종종 빈 도시락을 집에 가져가는 심부름을 시켰다. 여자 아이들은 서로 그 일을 하기 위해 다툼을 벌였다. 숫기가 없던 나는 안타깝게 차례가 돌아오기만 기다렸다.

마침내 선생이 나를 불렀다. 나는 선생의 눈을 똑바로 보지 못했다. 선생은 등을 토닥이며 도시락을 건넸다. 닳아서 반질반질해진 나일론잠바가 그날처럼 창피해본 적은 없었다. 교문을 나서는데 눈치 빠른 친구들이 등 뒤에서 놀려댔다. "좋아한대요, 좋아한대요! 얼레리꼴레리 얼레리꼴레리!" 얼굴이 화끈거렸다. 나는 도시락을 움켜쥔 채 뛰었다.

분한 것도 같고 부끄러운 것도 같았다. 아니라고 소리라도 버럭 질러줄 걸. 얼굴이 빨개져서 그냥 도망쳐 온 것이 더 속상했다. 등줄기에선 식은땀이 흘렀고, 김치 국물이 배인 도시락 보자기에선 신 김치 냄새가 났다. 귓가에는 친구들의 외침이 맴맴 돌았다. 와락 눈물이 쏟아졌다. 나는 움켜쥐고 있던 도시락을 덤불숲에 던졌다.

그 이후 선생은 다시는 아이들에게 도시락 심부름을 시키지 않았다. 나는 잿길을 지날 때마다 도시락을 버렸던 길섶을 기웃거렸다. 도시락은 간데없고 덤불숲에선 마른 잎들만 버석거렸다. 옆구리를 스치던 아릿한 허기, 그땐 그것이 무언지 몰랐다. 그 해 겨울

은 모질게 추웠고, 나의 첫사랑도 싱겁게 끝이 났다.(노혜숙,「첫사
랑」전문,『비밀번호』, 수필과비평사, 2015, 13-14면)

이 글은 수필의 내용 전개와 리듬이 얼마나 밀접하게 작용하는지 알
게 한다. 총 6개 문단으로 구성된 이 글 각 문단의 문장은 7개-7개-5
개-7개-7개-5개이다. 각 문단의 글자 수를 헤아리면, 113자-100
자-109자-136자-129자-122자이다. 여기서 확인할 바는 글 전반의
문장 수는 후반과 같지만, 실질적인 분량으로는 전반이 적고 후반에서
늘어난다는 사실이다. 여기서 특히 주목할 바는 끝의 여섯째 문단의 문
장 수는 5개이나, 글자 수로는 적지 않고 상대적으로 다른 문단보다 긴
통사구조의 문장이 많다는 점이다. 이 간략한 서사를 일어난 사건의 시
간 순서대로 재구성한다면, 3문단-4문단-5문단-1문단-2문단-6문
단 순이다. 작가는 첫사랑의 과거 스토리를 플롯화하여 풀어낸 셈이다.
이를 리듬과 관련시켜 본다면 종결감을 제공한다는 점이다. 내용상으
로도 종결을 확인하는 단어, '그 이후, 다시는, 몰랐다, 그 해, 끝이 났
다'로 뚜렷하다. 음악의 스타카토처럼 짧게 끊어지는 단문(각 문단의 첫
문장을 비교해 보라)이 주조음으로 이어져 비극적 결말을 예고하며 긴박
한 리듬을 조성하더니, 마지막 문단에선 호흡이 늦춰진다. 5개 문장 모
두 길다. 가쁜 호흡으로 치달려 오던 리듬이 여기에선 숨을 고르며 조
정기를 거친 뒤에 마지막 끝의 두 문장의 중간 호흡, 즉 쉼표를 두어 리
듬의 숨을 돌린 뒤에 치달려오던 리듬을 마무리 짓는다. 즉 리듬상의
종결감을 산뜻하게 획득한다.
　수필의 리듬은 그만이 홀로 존재하지 않는다. 만일 그런 경우가 있
다면 그것은 잘못이다. 반드시 수필은 제재와 내용과 문장 구조와 어

271

울려서 함께 앙상블을 이룰 수 있고 그래야만 하는 것이다. 앞에서 살펴본 예문은 이런 관점에서 참고할 만하고 수필을 쓰려고 한다면 이 리듬에 관한 것을 면밀하게 이해하고 실제의 창작에서 응용해야 마땅하다. 이 리듬을 작품상에서 구현하는 것을 자동으로 체화하기 위해선 역시 많은 수필을 읽는 것이 관건일 것으로 보인다.('수필 제대로 알아보기'는 Edward Proffitt, 『PROSE IN BRIEF-Reading and Writing Essays』의 69-90면을 바탕으로 예문을 제시하여 수정하고 보완한 것임.)

제 3 부

수필 제대로
바라보기

1

시와 수필의
서정성

수필도 시처럼 서정을 담는다. 서정은 감정을 펼친다는 뜻이다. 인간은 사고하기도 하지만 감정도 품는다. 서정은 이 감정을 주로 드러내어 표현한다는 의미다. 이 서정을 대표하는 문학 장르는 시를 으뜸으로 꼽는다. 시의 성격 중에서 두드러진 것이 서정으로, 시를 달리 서정시라 부를 정도로 시의 핵심적 속성이다. 이 서정성이 수필에도 시와는 다른 방식으로 담겨 있다. 이를 수필의 서정성으로 부를 만하다.

수필의 서정성은 시의 서정성과 어떻게 비교할 수 있는가. 같거나 유사한 점은 무엇이고, 변별 측면이 있는가 알아보자. 시와 수필의 공통적 서정성에 대해 먼저 살펴본다. 첫째로 시와 수필에서 드러나는 서정은 개인의 개별적 정서이다. 창작 행위는 개인적 독자 활동이므로 당연한 말이다. 독자와 공감을 나눌 수는 있지만, 한 개인이 느끼는 감정이고 정서이다. 또는 누구라도 느낄 수 있지만, 누구도 느껴보지 못한 고유한 한 개인의 감정을 펼칠 수 있다. 그만큼 독창적인 감정이 서정성, 문학 서정성의 특질이다. 이 점에서 시와 수필의 장르적 차이는 없다.

둘째로 시와 수필로 드러난 서정성이다. 여기서 드러난다는 것은 인간의 내면에 잠복하거나 저류에 침잠한 감정이 아니라, 문자로 표현된 서정이다. 서정에서 중요한 것은 펼쳐내어 일종의 형상을 이룬 서정이다. 독특한 어떤 감정을 어느 순간에 품는다 해도 그 상태로 머물러 있다면 그건 서정이 아니다. 그대로 막연한 채 무한한 감정일 뿐이다. 인간이라면 누구나 일어날 수 있는 감정의 원형질이다. 이 감정은 인간의 다종多種한 표현 양식으로 드러나기 전의 원재료인데, 이것이 문학과 예술의 서정이 되려면 표현매체(vehicle)로 형상화하여 지각할 수 있는 어떤 것이 되어야 한다. 시와 수필에선 문자 시스템을 거쳐 형상이 드러난 형태의 공통적인 서정성이다. 언어화된 서정, 즉 형상화된 서정을 말한다.

셋째로 사유와 연결된 서정성이다. 감정은 사유와 별개로 존재하지 않는다. 감정을 품고 느끼는 것도 두뇌의 작용이다. 두뇌의 반응 지점이 다르고 전개 양상이 다를 뿐 한 사람의 뇌에서 발생하고 인지하거나 자각한다. 상반된 것처럼 보이는 인간의 정신활동은 상호 연계적이다. 온전히 사고 작용 없이 감정만 단독으로 발생하기는 불가하다. 두 현상이 동시에 일어나지 않고 선후가 있으며 강약에 차이가 날 뿐 별개로 발생할 수는 없다. 분명히 좌우 뇌로 분리되어 발생하는 거라 해도 한 인간의 두뇌 안에서 일어나는 정신 작용이라 서정도 사유가 부분적으로 담긴 것으로 보는 것이 온당한 이해일 것이다. 상상력과 허구성의 구별이 있을 수 있지만 시의 서정과 수필의 서정에서 어떤 사유가 동반하지 않는 건 불가하다. 즉 사유가 없이 온전한 감정뿐인 서정은 문학에선 의미가 없다. 무질서한 상태와 사유로 통제되지 않는 무의식, 무절제하거나 균형감을 상실한 서정은 바람직하지 않다. 문학에서 요구하는 서정은 사고와 조화를 이룬 서정일 때 가치가 있다는 의미다. 현대 소설과 시에서 무의식의 자유로운 발현이라는 미명하에서 자동기술법에 의한 문학이 한때 발생했다. 그러나 냉정히 말하면 그것도 어느 정도 사고의 통제를 받아야 가능한 현상이다. 단어를 선택하고 (그냥 떠오른다 해도) 문장이 되어 글이 되기 위해서는 적은 상태로도 통제된 사고가 필요하다. 다만 기존의 서술과 표현보다 즉흥성과 임시성, 작위성의 거품이 벗겨진 상태로 가공되지 않은 사유요 감정에 방점을 둘 뿐 전면적인 방언(종교적)이나 넋두리(정신질환자)가 아니다. 시와 수필에서 요구하는 서정성은 균형을 갖춘 사유 활동으로서의 서정이어야 하고, 그러한 서정성이 문학적 가치를 갖는 서정이다. 말하자면 정돈된 서정을 요구한다.

그러면 시와 달리 수필에서만 찾을 수 있는 서정성을 대조적으로 알아보자. 첫째, 수필의 서정성은 연속된 서정이다. 시의 서정이 대개 단편적이고 단일한 서정이 많다면, 수필의 모든 서정은 기-서-결을 갖춘 서정이다. 또한 순간적이고 일시적 서정이 시에서 보는 서정이라면, 수필의 서정은 지속적이고 장기적인 서정이다. 시의 서정이 집약적인 서정이며 수필의 서정은 확산적이라 하겠다.

둘째, 수필의 서정성은 설명적이다. 시의 서정이 제시적이고 이미지적 서정이라면 수필은 서술적이고 설득적인 서정이다. 수필의 서정은 이미지로 드러내기 어렵고 스토리를 동반한 체험적 사실적 시공간에서 드러나는 서정이다. 시의 서정은 상상을 넘어선 허구적 시공간의 가공적 서정인데 반해, 수필의 서정은 작가의 체험적 실체를 드러낸 서정이므로 시의 서정성보다 직접적인 서정이다. 시의 서정이 추상적일 수 있다면 수필의 서정은 구상적일 수 있다는 말이다.

셋째, 시의 서정이 율동적이라면 수필의 서정은 서술된 서정이다. 이는 시의 서정이 입체적이라면 수필의 서정은 평면적이라 말해도 좋다. 이건 가공을 통한 허구의 사실에서 유발한 상상의 차이에서 연유한다. 때문에 수필의 서정은 상상으로 추론하거나, 독자를 공감시키기 위한 공력을 시에 비해 많이 소모하지 않아도 된다. 다시 말하면 독자와 작가 사이 서정의 공감대가 자리하는 거리가 시에 비해 그리 멀지 않다.

이상으로 수필의 서정성을 시와 비교하고 대조하여 알아보았다. 여기서 수필의 서정을 시와 견주어 살피며 공통성과 차별성을 살폈지만, 이들은 상당히 유사하여 서로 넘나든다. 엄밀히 말하자면 동일한 서정이나, 시와 수필의 장르적 특성에 따라 외적으로 드러난 양상에서 차이가 난다고 말할 수 있다. 동일한 감정도 시로 표현할 때와 수필로 서술할 때는 장르의 특성에 따라서 변질되고 변형되어 조정된다는 점이다. 특히 우리는 시인과 수필가의 작품에 드러나기 이전에 잠복한 원질의 감정을 알 수 없고 추정만 할 뿐이다. 그러므로 독자가 글에 형상화된 서정을 읽고 수용하는 데는 일정 부분 한계가 있다는 것을 인정해야 한다. 왜냐하면 드러나기 전의 작가가 품었던 감정感情의 원석은 작품으로 가공한 이후의 보석 감정鑑定만으로 추정하기 때문이다. 다만 여기서 명심할 것은 수필에서도 서정성은 시에 못지않게 중요한 특징적 장르 요소란 점이다. 따라서 수필에서도 서정성을 표현하고 감상하며 인식하는 일이 무엇보다 요긴하다 하겠다. 다음 예문을 보면서 더 알아보기로 하자.

고향집 뒤란, 작은 단지 큰 항아리들이 옹기종기 모여 있는 장
독대

고추장 단지, 새우젓 독, 된장항아리……납작한 단지, 길쭉한
독, 평퍼짐한 항아리, 입술이 도톰한 단지, 코가 비뚤어진 독, 귀가
찌그러진 항아리, 이마가 반짝이는, 목덜미가 붉은, 허리가 굵은
독, 항아리들이 간장 고추장 된장을 가슴에 담고 가부좌를 튼 채
참선에 들었습니다

비가 오고 바람이 불고 서리가 오고 눈이 내려도 미동도 하지 않
습니다 뻐꾸기 독경소리, 딱따구리 목탁소리, 매미들의 법패, 달
님도 별님도 지켜봅니다 바람도 숨을 죽입니다

저 보살들 다 성불하시면 참 맛난 세상이 되겠지요(임문혁, 「아
주 오래된 사원」 전문, 『귀·눈·입·코』, 시와 소금, 2016, 34면)

이 시는 고향집 장독대를 제재로 한 서정시다. 장독대의 항아리들을
서정의 대상으로 삼아서 시인의 감정을 펼친다. 첫째, 전 4연의 모든 서
정은 일시적이고 순간적이며 서로 단편적이고 분리된다. 제1연은 풍
경으로서의 서정, 개괄적인 서정을 펼친다. 제2연은 항아리의 개별화
된 형태적 서정이다. 예컨대, '납작한, 길쭉한, 평퍼짐한, 도톰한, 비뚤
어진, 찌그러진, 반짝이는, 굵은' 수식어에서 외형적 특징을 드러낸다.

화자가 여러 항아리를 바라보면서 떠오르는 감정은 일시적인데, 이 모든 항아리는 '가부좌를 튼 채 참선에 들'은 느낌이다. 제3연은 역시 다른 서정의 펼침이다. 자연 풍경, '비, 바람, 서리, 눈, 달님, 별님' 따위와 불교적 정서, '독경, 목탁, 범패' 등으로 조화시킨 감정의 제시로 순간적이고 일시적인 서정이다. 이렇게 연별로 분리된 서정은 제4연에서 집약된 서정 '참 맛난 세상'으로 마무리한다. 제1연의 '단지, 항아리'들은 제4연에 이르러 어느 사이 '보살들'로 변전하여 '성불'을 고대하길 기원하는 '아주 오래된 사원(제목)'의 주인공으로 탈바꿈한다.

둘째, 이 시의 서정은 가공적이고 허구적이다. 단지와 항아리를 보살로 보거나, 가부좌 틀고 참선하여 성불한다는 설정은 허구이고 가공적 상태이다. 사물인 단지를 보살로 본다는 자체가 현실 세계에선 있을 수 없다. 그야말로 상상이 빚어낸 허구이다. 이 허구에서 빚어진 서정은 설명하거나 설득하려고 하지 않는다. 시인이 만든 이미지를 제시할 뿐이다. 독자가 이를 공감하든지 수용하는 것과는 사실 관련이 없다. 그렇다 보니 구상적이라기보다 추상적 서정일 뿐이다. 왜 항아리가 보살이 되는지 구체적으로 설명하거나 설득하려 들지 않는다. 이런 이미지를 던져놓고 제시하는 것으로 그만이다. 이것이 시의 서정을 드러내는 방식이다.

셋째, 이 시의 서정은 율동적이고 입체적이다. 율동성을 위해 여러 개의 쉼표를 사용하고, '~습니다, 요'의 경어체를 선택한다. 제1연은 서술어나 종결어미도 없다. 명사 '고향집, 뒤란, 단지, 항아리들, 장독대'와 형용사와 부사인 '작은, 큰, 옹기종기' 등만 사용하여 율동성을 배가한다. 이밖에도 동일한 음운 쌍, '~는, ~은, ~고, ~도, ~다'를 의도적으로 율동에 맞게 배치한다. 평지의 장독대 항아리를 천체의 별과 달, 사계의 변화와 연결하고, 인간의 불교 신앙과 연계하여 시공간으로 펼쳐 입체화한다.

〈예문 2〉

이삿짐을 풀고, 정자동 재래시장에서 춤이 두 자가량 되는 단지 다섯 개를 사왔다. 갖가지 플라스틱 통에 담겨 있던 장무새를 단지에 한 가지씩 옮겨 담았다. 이들도 우리처럼 산뜻한 새집으로 이사하는 것을 환호했다.

숨 막히는 통에서 빠져나온 장무새는 사람의 옷이 날개이듯이 매초롬한 단지에 담기는 순간부터 때깔이 달라졌다. 뒤태도 앞태도 그만이다. 볼수록 옹골지다. 마른 수건으로 자꾸 닦는다. 그리고 다섯 개 단지에게 이름표를 붙인다. 우리 집 맛깔의 대표 주자인 간장 단지에는 '맛순이', 오래된 친구 같은 묵은 된장 단지에는 '죽마고우', 풋풋한 새색시 같은 햇된장 단지에는 '새댁', 품격 높은 고추장 단지에는 '홍장미', 그리고 봄의 향기를 사철 담아내는 매실 효소액 단지에는 '매향이'라고. 단지들은 이름을 지어주니 싱싱한 생기가 돌아 살갑게 다가온다.

다용도실 장독대 자리는 우리 집에서 정동향이다. 그래서 장독들은 일출과 월출 시에 가장 먼저 해와 달을 맞이하는 특권을 누리고 있다. 언제부터인지 나도 이 친구들에 끼어서 일출과 월출을 맞는 느꺼움을 맛보고 있다. 해가 거듭될수록 그 횟수가 잦아진다. 동탄 쪽 산 위에 붉게 솟은 햇덩이를 통째로 품은 불룩한 단지를 보면, 새날의 기대감으로 가슴이 부푼다. 저녁에는 달빛을 흡입하여 윤기 자르르한 단지들은 신비함까지 배어나며, 끝없는 생각의 바다로 이끈다. 단지들은 이렇게 묵은지 같은 친구 자리를

281

수필 제대로 바라보기

하나씩 꿰차고 존재감을 과시한다.

　네 딸들의 입시와 취업시험이 계속될 때였다. 마음이 볶음 냄비에 기름 닳듯 자글거릴 때면 장독대로 나가 조용히 마음 문을 열었다. 큰딸과 둘째 딸의 혼삿날을 받아놓고 질정 없는 마음을 달래주던 곳도 이 장독대였다. 어디 그뿐인가? 남편과 찌그락짜그락 복닥거린 후에도 이곳에서 위로를 받곤 했다. 그래서 이들 앞에 서면 너울 같던 마음의 파도가 영랑호 수면처럼 잔잔해진다.(김덕임,「장독대」일부,『심껏 살다 보면 좋은 끝이 올 겨』, 생각나눔, 2015, 93-94면)

　이 수필은 앞의 예시처럼 장독대를 제재로 한다. 이 글이 시와 어떻게 다른 서정성을 펼치는지 보기로 하자. 첫째 시와 달리 연속적이고 기-서-결로 연결되어 확산하는 장편 서정이다. 첫 문단에서 이사하며 단지를 사와 장독대를 마련한다. 둘째 문단에서 이 단지에 간장, 된장 고추장 등을 옮겨 담는다. 셋째 문단에서 자리 잡은 단지와 작가는 서로 존재의 일체감을 형성한다. 넷째 문단은 복잡한 가정사를 이들이 위로한다. 앞의 시(예문 1)에서 화자는 등장하지 않는다. 장독대의 서정만 드러낼 뿐이다. 이와 달리 이 수필에는 화자 즉 작가가 등장하여 장독대에 대해 어떤 감정을 지니는지를 기-서-결의 스토리로 연속시켜 긴 시간의 서정을 보인다. 장독대는 어느 사이 화자와 일체가 되어 감정을 교류하는 존재로 변전한다.

　둘째 이 수필이 보여주는 서정은 설명적이고 설득적이며 직접적이고 구상적이다. 시와 달리 장독대의 단지에 대한 감정을 이미지로 제시하지 않고 설명하고 독자를 설득한다. 어떤 때 왜, 장독대와 일체감을 갖

게 되었는지를 직접적으로 설명하고 설득한다. 이 과정에서 장독대로
향한 감정의 정체를 낱낱이 설명하여 구상적으로 드러낸다. 집의 정동
향 자리에서 일출과 월출을 먼저 맛본다거나, 생각의 바다로 이끌어 존
재감을 과시하며 화자에게 새날의 기대감으로 가슴을 부풀게 한다고
말한다. 종국에는 가정사의 위기나 곤란에 처할 때 화자의 심란함을 달
래주고 위로해준다며 구체적으로 설명하여 독자에게 작가의 감정을 설
득한다. 시와 전혀 다른 서정성의 표현과 전달 방식이다.

셋째 이 수필이 표현하는 서정성은 서술적이고 평면적이다. 설명 방
식의 서술이 그러하고 해와 달이 등장해도 화자의 감정을 연결하여 입
체화를 시도하는 대신 평면적으로 맞이하는 '느꺼움'을 맛볼 뿐이다.
이러한 서정은 구체적 체험에서 우러나온 사실적 서정이기에 허구적
서정인 시와 달리 입체적으로 가공할 필요가 없기 때문이다. 이런 수필
의 서정은 독자가 별도의 상상을 펼치려고 애쓰지 않아도 수월하게 공
감의 자리로 불러들인다. 그만큼 독자와 작가의 거리는 가깝고 친근감
이 더 깊어진다고 보겠다.

앞에서 시와 수필의 서정을 비교하여 대조적으로 살펴보았다. 시와
수필 모두 '장독대'를 주요 제재로 각기 다른 장르의 문학을 생산하였
는데, 서정성의 질에서 편차가 있고 재현 방식에서 차이를 보였다. 이
렇다 해서 공통점이 없는 것은 아니다. 시는 스토리가 없는 정적인 서
정이라면, 수필은 이야기가 따른 동적인 서정인데 둘 다 사물에서 일어
나는 개인적 서정이라는 공통점이 있다. 하나는 정물화라면 다른 하나
는 영상이라고 비유할 수 있겠다. 또한 시는 정의적定義的이고 관찰적
서정인데 반해, 수필은 체험적이고 현실적 서정이다. 말하자면 시에서
는 '장독대'를 관찰하여 그 의미가 어떠하다고 명명하는 서정이라면,
수필에서의 '장독대'는 작가가 현실에서 체험하면서 자연스레 우러나

온 서정인 점에서 차이난다. 하지만 시인의 관찰과 정의 역시 수필에서
도 사용한 방식이고, 수필가의 현실 체험 역시 시인에게도 해당하는 숨
겨진 과정이다. 시인이 그려내는 '장독대'의 서정이 순전히 허구적 상
상으로만 펼쳐질 수 없다. 어느 시절 시인은 고향집 뒤란에 옹기종기
모여 있는 단지와 항아리들을 관찰하거나 만난 기억이 있을 것이다. 아
니라면 고향집과 유사한 어느 곳에서 비슷한 장면을 체험했을 것이다.
다만 이것이 기억 속에 잠겨 있다 어느 순간에 시로 형상화되면서 서정
으로 재현했을 터이다. 구현된 서정의 양상은 시와 수필의 장르적 특
성으로 구별이 되나 근본적 서정의 원형질은 둘 다 상통하는 점이 적지
않을 것이다. 결론적으로 둘의 서정성은 소통한다는 말이다.

2

소설과 수필의
서사성

수필도 소설처럼 서사가 기본 바탕을 이룬다. 서사는 인물, 사건, 배경으로 이루어진다. 이른바 주인공 인물이 등장하여 일정한 시공간을 배경으로 삼아 사건을 일으키고 그 사건을 풀어가는 과정이 서사이다. 소설만이 아니라 드라마도 역시 서사가 근본적 구성 요소이다. 이 서사는 스토리로 이루어진다. 수필은 소설과 드라마와 함께 서사를 바탕으로 한 주인공, 수필의 작자가 실제로 겪은 사건을 중심 제재로 삼는다. 이 점에서 소설과 드라마와 상통하는 면과 구별되는 양면성을 품는데, 이 유사점과 상이점을 살펴보면 수필에서 서사의 특징이 드러날 것이다.

그러면 먼저 서사의 기능을 알아보자. 누구에게나 살아오면서 자연스럽게 축적한 경험이 있기 마련이다. 이것을 글로 쓰면서 경험의 일부를 다듬고 사용하여 일어난 인생 사건으로 주제를 예증하고 내용의 요점을 펼쳐낸다. 그렇지만 글쓰기 초심자들은 자신의 이 경험을 충분하게 다루지 못한다. 그동안 살면서 쌓아놓은 세상의 경험과 그 경험적 지식을 글로 녹여내는 데 어려움을 겪는다. 때문에 이런 글들은 어설 프고 직접적 현실성의 감각과 거기서 뿜어져 나오는 현장의 활기가 떨어진다. 유능한 작가는 자신의 경험을 적절하게 끌어들이고 알맞은 효과를 찾아서 활용한다. 따라서 글을 쓰면서 주제와 관련된 인생 사건을 적절히 인용하여 말이 살아있게 만들고 유연하게 펼칠 수 있게 한다. 이처럼 서사의 효과적 활용은 글이 아주 생생하고 훨씬 큰 공감을 불러 일으킬 수 있게 한다.

여기서 주의할 것은 글에서 '나'를 서사에 자주 등장시키면 독자는 지루하게 느낀다는 점이다. 글에서 다루는 서사는 필자 자신이 주인공이 되어 펼쳐 놓은 이야기이므로 특별히 언급하지 않아도 작가임을 독자는 알게 마련이다. 그런데 '나는~'이 자주 등장한다고 생각해보자. 독자에겐 지루한 것을 넘어서 짜증이 날 수도 있고, 글의 리듬마저 깰 수 있다. 그러므로 필자의 경험적 서사를 다룰 때는 '나'의 남용을 경계해야 한다. 수필이 필자의 경험적 고백이 주요 제재인 만큼 당연히 주인공이 일인칭 나인 것이 뻔한데, 문장마다 '나는~'이 반복되는 것을 독자로서는 결코 유쾌하게 받아들일 수 없다.

수필의 전부가 서사로만 이루어진 경우도 적지 않다. 전기적이거나 자전적 수필, 특히 전형적인 경우는 역사적 인물과 사건을 이야기하는 인물전 등이 대표적이다. 이런 종류의 수필은 한 인물이 시간의 흐름 속에서 사고하고 행동하는 전반적 경험의 세계를 담아낸다. 이 수필의 서사는 당연히 시간 구성으로 짜인다. 많은 수필에서 주제를 예증하기 위해서 작가는 스토리를 이야기한다. 아니면 다루는 핵심 의미를 밝히려고 서사를 이용한다. 왜냐하면 필자의 직접 체험을 담아서 입증하는 데는 서사처럼 강력한 설명 도구가 없기 때문이다.

그러면 먼저 수필 서사와 소설 서사의 공통점을 알아보자. 그 공통점은 첫째는 두 장르 모두 서사 구성의 본질 요소인 인물, 사건, 배경을 필요로 한다는 점이다. 이 요소는 서사의 구성요소이어서 이것이 빠지면 서사가 성립할 수 없으므로 당연한 일이다. 다시 말하면 서사의 기본 요소를 충실히 담고 있어 한 인물이나 또는 여러 인물이 반드시 등장하는 점이다. 이는 문학의 특성에 해당하는 것인데, 인간이 중심을 이룬다는 것이고 여타 예술과 변별되는 요소다. 혹 사물을 주인공으로 다룬다 해도 의인화라는 수법으로 인물로 전환하여 가상적이지만, 인간처럼 말하고 생각하고 행동한다는 면에서는 사람과 그 기능에서 차이가 없다. 결국 문학에서 다루는 사물과 동식물은 인간과 동일시되므로 인물이 서사의 중심이라는 면에서는 공통적이다. 넓게 보아 문학의 여러 장르는 표현 양식과 전달 방법이 상이하나 근본 바탕에는 인간의 체험적 삶을 기반으로 한다는 점을 확인하게 된다.

287

둘째는 서사의 필수 요소로 사건을 다룬다는 점이다. 사건의 양상은 다를 수 있지만, 사건을 빼고는 서사가 존립할 수 없다. 이 사건이 실제로 체험하고 겪은 사건이거나, 상상과 허구에 의한 사건인가의 차이는 있을 수 있다. 그 사건이 한 개인에게 일어난 것인가, 다수의 인물과 사회와 민족, 국가에서 일어난 사건인가의 범위에도 차이는 있다. 하지만 반드시 어떤 사건이 단일하건 복합적이건, 과거나 현재 혹은 미래일지라도 사건이 일어나야 한다는 점은 분명하다.

셋째는 서사는 필수적으로 시공간적 배경을 동반한다. 여기에서 시간과 공간은 실제로 분리될 수 없다. 동일 시간에 다른 공간이 있을 수 있고, 같은 공간에서도 시간적 차이는 있을 수 있으나 시간과 공간이 분리된 사건은 존재할 수 없고 인간 체험에서는 불가하다. 다만 이것을 인간이 지각하는 과정에서 동시적인가 현실적인가, 가상적 현실(VRvirtual reality)인가로 다를 수 있지만 서사에서 시공간의 요소는 당연히 포함된다. 이 점에서 수필 서사나 소설, 드라마의 서사는 동일하다.

다음에는 수필 서사와 소설과 드라마 서사와의 차별성에 주목해 보자. 바로 이 차별성이 장르의 독자적 존재 근거이고, 별개 문학으로 성립할 수 있는 바탕이라 하겠다. 수필 서사성의 특성, 또는 차별성은 역시 앞에서 언급한 서사의 필수 요소 셋과 관련된다. 공통적 요소를 기본적으로 소지하나, 그 전개 양상에서 수필 나름의 변별성을 갖는다. 수필이 허구성을 장르적 기반으로 갖고 있는 여타 문학, 시와 소설, 드라마와 본질적으로 구별이 되는 소이다. 이점은 서사에서도 가장 근본적인 차이로 작용한다.

첫째, 서사의 첫 요소인 인물의 존재 양상이다. 수필에 등장하는 인물의 본 바탕은 실재성이다. 작가를 주 인물로 하든, 다른 인물을 등장시키든 그 인물은 반드시 인간세계에 실재하거나, 실재했던 인물이란 점이다. 물론 문자로 형상화하는 과정에서 일부 가감되고 첨삭되는 면이 당연하지만, 그 본질적 속성은 실제 세상에서 존재하는(또는 존재했던) 인물이란 점이다. 이건 수필 작가에게서 기억의 재현장치와 형상화의 기교 사이를 건너며 반드시 변형된다. 변형시키지 않고는 수필 서사의 인물로 생명을 얻을 수 없기 때문이다. 작가의 기억력과 상상력으로 문장의 형상화 능력에 따라 차이는 날지라도 생몰연대가 분명하거나 확인할 수 있는 지구상의 실존 인물이란 점이다.

수필의 주인공으로 다루는 그는 문학적 가치의 의미에 따라 글에 등장하며 나름의 서사 주인공이 된다. 실제 인물에서 변형되고 굴절하지만 작품에서 다루어지는 순간, 그는 수필문학의 서사적 자아로서 존립한다. 이 인물에 대해 기록적 측면만 부각하면 일대기나 자서전에 등장하지만, 수필에서 다루면 그는 문학 서사의 주인공이 되어 근본적으로 다른 인물상으로 그려진다. 작가 나름의 관점에 따라 객관적 인물상을 획득하게 되므로 자서전과 일대기의 인물상과 공유되는 부분이 있을지라도 분명 다른 것이다. 이 점에서 문학과 비문학, 혹은 준문학의 차이가 드러난다.

둘째, 수필 서사의 사건은 실재했거나 실재한 사건을 서사로 재구성한 것이다. 허구적 요소(상상)가 다소 있거나 구성상에 변환이 있을지라도 그 기본 출발점은 존재했던 사건이라는 점이다. 그 사실성의 객관적 일치가 신문 기사의 사건 서술과 차등이 나도 이건 작가의 관점과 형상화에서 연유하는 것이지만, 실재성을 의심할 여지는 조금도 없다. 이 실재한 사건이 수필 서사의 차별성이다. 이 때문에 허구적 가공성의 부재로 실재성의 이미지화에 다소 손상을 입는 경우가 있지만 분명한 것은 필자 자신이거나 작가가 직접 체험한 인물이란 점이 공감의 장점으로 작용하게 한다.

셋째, 서사의 세 번째 요소인 시공간성에서 수필 서사만의 독특성을 알아보자면 그것은 작가 나름의 허구적 시공간이 아니란 점이다. 나날의 일생에서 누구라도 대면하는 소소한 일상의 시공간이다. 우리 인간의 일상은 낭만적이거나 아름답기보다 현실적이고 누추한 경우가 더 많다. 그러한 것처럼 언제나 우리 곁에서 만나게 되는 시간과 공간이므로 신비하거나 대단하지 못한 일상성의 시공간이란 점이다. 이 점에서 문학의 한 요소인 꿈과 환상의 세계 재현에는 미치지 못하지만, 허상을 걷어낸 날것 상태로 삶의 실체를 생생하게 목도하는 진정성은 배가할 수 있다. 이 점에서 다른 문학 갈래와 서사의 차이점을 인식한다면 수필의 다소 답답하거나 지리한 일상, 또는 작가 주변의 신변잡사에 특별한 애정의 가중치를 수용할 수도 있겠다.

수필은 어찌 보면 일상성의 문학이다. 그것도 작가와 작가 주변에 국한되는 작은 세계의 사소함과 따분함, 지겨움과 반복성, 되풀이되는 나날의 삶 속에서 작은 의미를 찾아내고 끊임없이 가치화를 시도하는 서민의 문학이다. 영웅이 등장하여 세상의 문제를 들춰내고 그것의 해결을 시도하는 소설과 드라마와 달리, 주변에서 쉽게 보게 되는 인물과 사건, 실제 시공간에서 탐색하는 인간의 작은 의미 찾기이고, 허무한 인생살이에서 작을지라도 가치 있는 세계로 이끌려는 인간의 의미 부여다. 결국 인간이기에 거부할 수 없는 몸부림과 발버둥치는 활동이고 현장인 셈이다. 여기에 가치를 두고 시시포스 신화에서처럼 굴러 떨어질 수밖에 없는 인간의 숙명적 삶이지만 포기하지 않는다. 외면하지 않으며 주어진 운명과 한계를 향해 지극히 인간다운 투쟁을 하는 것이며 도전하는 시도가 바로 수필 문학의 장르적 속성이라 하겠다. 그 중에서 서사는 핵심 줄기로서 작용하고, 이 서사성을 근간으로 수필은 문학의 한 갈래로서 제 몫을 맡는다.

소설과 수필 모두 서사성을 위해 스토리와 플롯이 필요하다. 시공간의 배면에서 사건의 단순한 서술은 스토리에 차중하는데 이것은 사건의 재현적 기록이므로 개인의 역사 서술과 다르지 않다. 이 사실적 서술이 문학성을 얻기 위해서 사건과의 인과 관계와 연결 관계를 밝히는 플롯을 갖춰야 한다. 소설에는 플롯을 당연하게 기본 장치로 사용하는 데 비해 수필은 플롯에 등한하거나 인식이 불충분한 경우가 흔하다. 수필이 문학성을 획득하기 위해선 서사에서도 플롯을 갖추는 게 마땅하다. 연속되는 사건 사이에 치밀한 논리적 인과관계를 제시하느냐 못하느냐는 수필의 서사에서 문학성을 획득하는 기본적 관건으로 볼 수 있기 때문이다.

〈예문 1〉

　나는 6·25전쟁이 터진 그해 여름과 다음 해 초겨울 두 차례나 이 다리를 건너 피란길에 올랐었다. 그때의 일들이 주마등처럼 눈앞에 스친다. 6·25 당일 강둑에는 도강 인파로 인산인해를 이루었다. 북쪽에서는 쿠~웅 쿵 대포 소리가 점점 가까이 다가와 사람들을 겁먹게 했다. 그런 와중에도 몇 척의 나룻배가 피난민을 실어 나르고 있었다. 그 쪽배를 타려고 아귀다툼을 벌여야 했다. 건너갔던 배가 이쪽으로 되돌아오기가 무섭게 흙탕물 속을 달려가 서로 타려고 아우성들이었다. 오직 내 가족을 먼저 태우겠다고 발버둥치는 모습이 지옥과 다름없는 아수라장이었다.

　몇 번씩이나 배를 놓친 후에야 겨우 우리 가족도 배에 오를 수 있었다. 가뜩이나 작은 배에 발 디딜 틈도 없이 사람들로 빽빽한데 황소까지 끌고 탄 사람도 있었다. 운 좋게 뱃머리에 쪼그리고 앉은 몇몇 사람을 제외하곤 서로의 몸을 의지한 채 불안한 자세로 서 있을 수밖에 없었다.

　좌우로 기우뚱거리던 배가 막 떠나려 할 때쯤이었다. 갑자기 어머니가 어지러워 안 되겠다며 도로 내리라는 것이었다. 천신만고 끝에 올라 탄 배였기에 그냥 가야 한다고 형이 소리치듯 말했지만 소용이 없었다. 어머니는 이미 머리에 이고 있던 보퉁이를 갯벌에 던져버리고 작은누나를 떠밀 듯이 먼저 내리게 했다. 그리고 허리까지 차 오른 물속에서 어머니가 나를 안아 내렸다. 순간 출렁대던 흙탕물이 입과 코로 들어왔다. 우리는 하는 수 없이 허벅지까지 빠지는 갯벌을 헐떡이며 다시 걸어 나와야 했다. 쓰러지듯 강둑에 앉아 거친 숨을 몰아쉴 때쯤이었다. 사람들의 아우성이 들려왔다. 방금 우리가 탔던 그 배가 강 한가운데쯤에서 뒤집혀버린 것이다. 허공에 두 손을 뻗쳐 허우적대는 사람들과 황소의 모습을 속수무책으로 바라볼 뿐이었다. 누구하나 뛰어들어 구할 엄두조차 내지 못하고 "아이고 저를 어쩌나!" 하며 안타까워할 뿐이었다. 다시 배를 타기 위한 아귀다툼이 계속되었다. 결국 그날 알 수 없는 어머니의 불길한 그 예감이 우리를 살렸던 것이다.

일시에 많은 생명들을 삼켜버렸던 그 강물은 오늘도 말없이 유유히 흘러만 간다. 그날 어머니 치맛자락을 움켜쥔 채 잔뜩 겁에 질려 얼굴을 묻고 있던 내 모습이 저만치에 보인다.(김대원, 「백학산(白鶴山)의 가을」, 『먼 산에 달이 오르네』, 에세이문학출판부, 2015, 58-60면)

〈예문 2〉

무진에 명산물이 없는 게 아니다. 나는 그것이 무엇인지 알고 있다. 그것은 안개다. 아침에 잠자리에서 일어나서 밖으로 나오면, 밤사이에 진주해 온 적군들처럼 안개가 무진을 뼁 둘러싸고 있는 것이었다. 무진을 둘러싸고 있던 산들도 안개에 의하여 보이지 않는 먼 곳으로 유배당해 버리고 없었다. 안개는 마치 이승에 한(恨)이 있어서 매일 밤 찾아오는 여귀(女鬼)가 뿜어 내놓은 입김과 같았다. 해가 떠오르고, 바람이 바다 쪽에서 방향을 바꾸어 불어오기 전에는 사람들의 힘으로써는 그것을 헤쳐 버릴 수가 없었다. 손으로 잡을 수 없으면서도 그것은 뚜렷이 존재했고, 사람들을 둘러쌌고, 먼 곳에 있는 것으로부터 사람들을 떼어 놓았다. 안개, 무진

의 안개, 무진의 아침에 사람들이 만나는 안개, 사람들로 하여금
해를, 바람을 간절히 부르게 하는 무진의 안개, 그것이 무진의 명
산물이 아닐 수 있을까!

버스의 덜커덩거림이 좀 덜해졌다. 버스의 덜커덩거림이 더하고
덜 하는 것을 나는 턱으로 느끼고 있었다. 나는 몸에서 힘을 빼고
있었으므로 버스가 자갈이 깔린 시골길을 달려오고 있는 동안 내
턱은 버스가 껑충거리는 데 따라서 함께 덜그럭거리고 있었다. 턱
이 덜그럭거릴 정도로 몸에서 힘을 빼고 버스를 타고 있으면 긴장
해서 버스를 타고 있을 때보다 피로가 더욱 심해진다는 것을 알고
있었지만, 그러나 열려진 차창으로 들어와서 나의 밖으로 드러난
살갗을 사정없이 간질이고 불어 가는 유월의 바람이 나를 반수면
상태로 끌어넣었기 때문에 나는 힘을 주고 있을 수가 없었다. 바람
은 무수히 작은 입자(粒子)로 되어 있고 그 입자들은 할 수 있는 한,
욕심껏 수면제를 품고 있는 것처럼 내게는 생각되었다. 그 바람 속
에는, 신선한 햇볕과 아직 사람들의 땀에 밴 살갗을 스쳐보지 않았
다는 천진스러운 저온(低溫), 그리고 지금 버스가 달리고 있는 길을
에워싸며 버스를 향해 달려오고 있는 산줄기의 저편에 바다가 있
다는 것을 알리는 소금끼, 그런 것들이 이상스레 한데 어울리면서
녹아 있었다. 햇볕의 신선한 밝음과 살갗에 탄력을 주는 정도의 공
기의 저온 그리고 해풍(海風)에 섞여 있는 정도의 소금끼, 이 세 가
지만 합성해서 수면제를 만들어낼 수 있다면 그것은 이 지상(地上)
에 있는 모든 약방의 진열장 안에 있는 어떠한 약보다도 가장 상쾌
한 약이 될 것이고 그리고 나는 이 세계에서 가장 돈 잘 버는 제약
회사의 전무님이 될 것이다. 왜냐하면 사람들은 누구나 조용히 잠
들고 싶어 하고 조용히 잠든다는 것은 상쾌한 일이기 때문이다. (김

승옥(金承鈺), 「무진기행(霧津紀行)」, 권영민 엮음, 『해방40년의 문학1, 소설』, 민음사(民音社), 1985, 398-399면)

위의 예문 1, 2는 수필과 소설의 각각 일부이다. 소설과 수필 서사의 차이점을 확인하기 위해 비교하고 대조하며 읽어 보기로 하자. 수필과 소설 모두 사건을 다루는 서사는 분명하다. 한 인물이 일정 시공간의 배경에서 펼치는 사건을 서술한다. 서사의 삼 요소인 인물, 사건, 배경은 둘 다 동일하다. 삼 요소의 첫째인 인물부터 보자. 수필의 인물인 나는 '김대원' 수필가임은 이론의 여지가 없다. 작가가 '6·25전쟁'을 실제로 겪은 체험이고, 그 주인공은 실재하고 연락하면 언제든지 대면할 수도 있다. 이에 그치지 않고, 이 수필에서 밝힌 체험과 상관되는 다른 체험 또한 들을 수 있다. 한편 소설의 인물인 나는 누구인가. 작가 '김승옥金承鈺'은 절대로 아니다. 그럼 어떤 인물인가. 작가가 필요해서 허구로 만들어낸 가공인물이다. 세상의 모든 수단과 방법을 가리지 않아도 그를 실재 세계에선 만날 확률은 제로다. 현실에 존재하지 않는다는 말이다. 이것이 수필과 소설 서사의 첫째 요소인 인물의 차이다. 글 속에 등장하는 똑같은 인물이지만 하나는 실존하고 하나는 실존하지 않는다.

둘째 요소인 사건에 관해 알아보자. 이 수필의 사건은 명확한 시간과 장소에서 실재한 사건이다. 작가가 서술한 이 사건의 다른 인물들, 피난민, 어머니, 형과 작은 누나도 그 사건 현장에 있었다. 저마다 처한 입장과 상황은 다를지라도 분명하게 동일한 시간과 장소에서 같은 사건을 겪었다. 역사로 기록이 안 되었을 따름이지 이 땅 그곳에서 벌어진 사건이었다. 그렇다면 소설의 사건은 어떠한가. 글에서 나는 '무진'으로 버스타고 가며 다양한 상념에 잠긴다. 수필과 소설 모두 지나간 일을 어느 시점에서 회상하는 방식이지만, 수필은 기억 속의 실제 사건이나, 소설의 사건은 작가가 허구적으로 만들어낸 사건이다. 글 속에서만 있고 그 밖으로 나오면 실제는 존재하지 않았던 사건이다. 둘 다 독자가 읽는 순간에는 상상에서 실재할 수 있으나 책장을 덮는 순간 하나는 지속하고 다른 하나는 사라진다. 꿈을 꾸다가 깨고 나면 허전한 상태와 같다. 따라서 소설은 읽고 나면 허상이 사라지나 수필은 실상이 남아 있다.

셋째 요소인 배경을 따져보자. 앞의 두 요소처럼 수필의 배경은 실재했던 시공간이다. 세월이 지나서 시간이 흘렀고, 변화하여 장소의 형태는 달라졌을지라도 작가의 기억 속에 실재하고 현실 세계에서 존재했던 시간과 장소이다. 소설의 경우는 어떠한가. 소설의 공간인 '무진'은 이 땅 어디에도 없다. 동일하게 그 시간도 원래 없던 시간이다. 작가에 의해 창조된 허상의 가상적 허구의 시공간이다. 소설 안에서만 존재하는 실제 인간의 삶과는 연결이 안 되는 지면에만 남아있는 배경이다. 다만 소설가가 참고하거나 경험한 비슷한 곳은 있다. 작가의 출신지와 관련하여 전남 순천만을 모델로 삼았다고 한다. 그렇다고 소설 속 배경의 실재성의 성격이 달라지는 것은 아니다. 모델이 된 실제 장소가 있지만, 분명 소설의 장소와는 이름부터 다르기 때문이다.

수필의 서사성을 소설과 대비하여 살펴보았다. 두 장르 사이의 차이는 실제와 허구의 간극이 핵심이다. 이 핵심에서 여러 다른 서사의 성격이 비롯한다. 수필의 약점이자 강점인 허구성의 부재 또는 부인과 실재성의 가공 또는 소설의 개연성에서 다르다. 수필의 서사는 역사와 연결되나 소설의 서사는 환타지(fantasy)로 이어진다. 서사를 기점으로 현실과 꿈이 공존하고 연결되는 관계망 속에 소설과 수필이 장르상으로 공생하는 관계라 할 수도 있다.

3

수필과 연극성

　수필은 연극과 여러 차이가 있다. 연극은 무대 위에서 실연되는 현장성으로, 음악과 미술, 무대와 배우의 연기들이 어우러진 종합예술이다. 이처럼 차이가 두드러진 연극과 수필이지만, 수필도 이 연극성을 갖고 있다. 이 연극성을 적재적소에 활용하는 것도 수필의 문학성을 고양시키는 중요한 기법이 된다.

　연극은 무대에서 실연하기 위한 대본인 희곡, 즉 극본이 있는데 이 극본 역시 수필처럼 문자로 실재한다. 인간사회에서 일어난 여러 사건을 다루면서 소설과 같은 서사성을 연극도 갖추고 있다. 그런데 소설과 수필처럼 문자에 국한하지 않고 인간의 실제 발화가 연극의 주요 표현방식이다. 서사에 등장하는 인물의 대화가 그것이다. 무대에서 재현되는 것은 인물 간의 현장감에 충실한 대사 즉 대화인데, 희곡과 수필 사이의 가장 근본적 차이다. 이 연극의 특징인 대화를 수필에서도 활용할 수 있기에 살펴볼 필요가 있다.

수필의 대화는 일상을 재현하는 수필의 공간에서 생생한 현장감을 제공한다. 수필의 서사 공간에서 발생하는 사건은 등장인물의 언행으로 나타난다. 이 언행으로 인물의 구체성과 사건이 발생한 현장성을 드러낼 수 있다. 이 언어의 직접성은 상황과 인물의 특성을 서술만으로 묘사하는 것보다 더욱 분명하고 명료하게 제시할 수 있다. 그렇지만 이의 지나친 사용은 수필의 산문성과 서사성의 약화를 가져올 수 있으나, 적절한 지점에서 사용하는 발언과 대화의 활용은 수필의 감동적 요소로 작용할 수 있다. 대체로 수필은 과거의 지나간 사건을 기억으로 재현하는 경우가 일반적이다. 이 과거의 사라진 현장을 재구성하면 그 당시의 상황과 분위기를 독자에게 실제처럼 제공하여 환기시킬 수 있다. 그러므로 이 연극적 요소를 활용하여 독자에게 공감의 폭을 넓히고 나아가 문학성을 고양시킬 수 있다.

수필은 산문 문학이고, 산문의 특성을 견지한다. 산문은 상황과 상태, 사건을 평면적이지만 회화적이며 감각적으로 묘사하고 설명하며 해설하거나 논증한다. 이러한 산문의 평면성에 대화 요소를 도입하여 극적 입체성을 살릴 수 있는데 이 점이 수필에서 연극성이 필요하고 이를 효과적으로 활용해야 하는 까닭이다.

〈예문 1〉

- 백지에 풀칠해서 겹쳐 덮는다. 그렇지만 질식할 듯한 고통 때문에, 입 구멍을 막기 때문에 그때마다 외마디 소리치고, 백지에 풀칠해서 덮는 짓이 반복된다. 입 구멍이 뚫릴 때마다 질러대는 소리가 다음과 같이 이어진다.

아가, 거기 있냐?

저리가, 보믄 못 쓴다!

자맥질해 버릇해서 어미는 괜찮다. 저기 가거라, 잉.

……

저 애가 나서 젖을 못 먹고 컸어요.

그래, 생전 기상이 피질 않아요.

자맥질해서 호구하는 처지에 저 애가 생겼어요.

……

천지간에 저 나 둘뿐이라, 집 기둥에다 포대기 싸서 띠 둘러 매

놓고 자맥질 다녔어요.

해 걸음에 돌아와 보면, 애가 기함을 해 늘어져서, 젖 갖다 물려

도 물지를 못했어요.

　　- 다시 백지에 풀칠해서 안면을 덮는다. 고통에 몸을 비틀다가
입가의 백지를 잡아 뜯고서, 곁의 두렁박을 잡고, 물장구를 치면
서, 창으로 모자의 신세를 하소연한다.(오태석, 「어미」, 『오태석 희
곡집·아프리카』, 오상출판사, 1986, 132면)

〈예문 2〉

　　숙소에 든다. 창을 열어 공기를 바꾼다. 파도만 모래톱을 적시
고 있다. 낮도 아니고 밤도 아닌 푸른 시간이다. 사람들에게는 일
생 중에 한 때가 있다고 한다. 우리 부부의 한 때는 언제일까. 남편
은 지금이라고 우긴다.

"학자는 남들 보기에 맛이 간 것 같다네요. 젊어서 화려하고 활달한 기질을 뽐냈대도, 학자 생활 삼십 년이면 초췌한 영감으로 변한대요."

남편의 속을 끓이기로 작정하고 변죽을 울려 본다.

"초췌한 영감?"

너털웃음을 웃는다. 팔뚝을 들어 이두박근에 힘을 준다. 내친 김에 어깨를 두어 번 움츠려 들어올린다.

"웬 삼두박근? 잘난 척하기는."

밤바다의 파도소리와 빈 배의 흔들리는 소리에 귀 기울이며, 그이와 밤늦도록 살아가는 이야기를 나눈다. 마음이 평온해진다. 옆방의 사위와 딸은 상큼한 맛이 있는 부부라면 우리는 숙지근해져 멋이 있는 부부랄 수 있을까.(전화숙, 「정동진에서」, 『작은 의자에 앉다』, 도서출판 세리윤, 2015, 193-194면)

예문 1은 희곡이고 예문 2는 수필이다. 표기에서 약간의 차이만 제거하면 둘은 크게 달라 보이지 않는다. 희곡의 지문은 수필의 문장과 별로 다르지 않다. 수필에 삽입된 대화와 희곡의 대사 역시 차이를 찾아내기 쉽지 않다. 이러한 외면상의 차이는 실상 중요한 것은 아니다. 희곡에선 대사가 극을 이끌어가는 핵심이고, 수필의 대화는 현장감을 살리기 위한 하나의 방책에 그친다는 점이다. 다시 말해서 희곡에선 대사 즉 대화가 주이고 지문이 종이라면, 수필에서 대화는 종이고 서술 문장이 주라는 주종主從의 차이만이 두드러질 뿐이다.

수필에서 연극성은 독자에게 현장감을 제공하는 요소가 주요 기능이듯, 이를 남용하거나 오용하는 것은 바람직하지 않다. 산문 문학의 고

유성에 호응하여 적절하게 연극 요소인 대화를 선별적으로 활용하는 수필 작가의 감식안이 요청된다 하겠다. 다시 말하여 수필의 문학성을 고조하기 위한 리얼리티의 확보를 위해서만 효율적으로 연극성, 즉 대화를 인용하는 게 좋을 것이다.

수필의 교설성

수필이 가진 또 하나의 요소에 교설성敎說性이 있다. 교설은 산문 문학 특성의 하나로 수필의 본질적 요소 중 하나이다. 교설은 글에서 작가의 지시적 관념을 노출하는 것을 말한다. 이것을 독자에게 제시하여 이해를 구하고 동의를 얻고자 하는 것이 글을 쓰는 기본적 동기의 하나이다. 산문은 일반적으로 작가의 관념을 설명하거나 논증하면서 진행하게 마련이다. 이것을 독자에게 설득하는 차원을 넘어 지식을 과시하거나 계몽성을 띠고 혹간 교훈적으로 다가서는 데서 문제가 발생한다. 문학에서 교시성은 본질적 측면이긴 하지만, 이를 암시적 방법으로 제시하거나 독자 스스로 깨닫고 공감하며 발견해내도록 해야 좋다. 왜냐하면 작가가 직접적으로 나서서 주장하고 강요하는 방식은, 독자가 거부감을 느끼거나 때론 불쾌하게 받아들여 바람직하지 않다고 보기 때문이다.

교설성이 문학적 통제를 받지 못하면 철학 산문이 되거나 따분한 훈계의 글로 전락할 수 있다. 수필에서 교설적 요소는 그 의미의 가치에 있기보다 그것을 드러내는 표현의 기교에 있다. 문학과 비문학을 가를 수 있는 경계 지점에 교설이 자리한다. 수필은 어떠한 것도 다룰 수 있는 제재의 무한대적 자유를 누린다. 인간 세상만사 어느 것도 수필의 제재가 될 수 있고, 그에 대한 수필가의 다양하고 심원한 해석과 의미부여, 가치화 또한 가능하다. 그리고 이것이 수필만의 특성이자 장점이며, 타 문학 장르와 변별되는 고유성이기도 하다.

이처럼 수필에서 제재가 될 수 있는 무한정한 교설의 대상에는 필연적인 제약성이 있다. 이것은 교설의 대상에 대한 수필가의 태도와 표현 방식에서 성패가 갈린다는 의미다. 제약적 조건을 얼마나 유연하게 대처하는가의 여부이다. 수필로서의 교설 요소를 효과적으로 배분하고 특성을 살려 이 교설성을 고양시키는 것이 바람직하다. 물론 작가의 제재 대상에 대한 독특한 시각과 가치 있는 해석과 의미부여가 일차적 관건이다. 이어서 이의 형상화 또는 표현하는 실체, 즉 수필 작품의 문학적 완성도에 달려있다. 이러한 것을 성공적으로 성취하기 위해선 수필가는 교설의 서술 대상에 대한 끊임없는 탐구와 관찰, 해석적 폭과 깊이를 고도화하기 위한 사유의 수련이 필요하다. 여기엔 철학자 못지않은 탐색과 사유, 과학자의 논리와 예술가적 감성을 구비해야 한다. 다시 이것을 글로 전환하기 위한 문학적 해석과 의미화, 나아가 장르적 특징까지 드러내야 한다. 결국 수필의 교설성은 작품에 드러난 실재로서만 한정할 수 있다.

인간의 일상사 중에서 시대적이고 사회적 대상은 대체로 신문의 기사에서 다루어진다. 언론의 사건에 대한 태도는 객관적 사실의 기술과 그에서 유발하는 당대적 의미, 그중에서도 시사적 의미를 찾는 데 주력

한다. 당대의 가치를 찾고 현상적 의미를 탐색하는 데로 언론의 교설태
도가 지향한다. 이와 달리 수필의 일상사에 대한 태도는 당대적 의미보
다 보편적 의미와 특정한 상황에서 벌어진 우연하고 특수한 현실적 의
미를 추동하고자 한다. 때문에 개별 인간 특유의 현상만이 아니라 인류
전반의 항구적이고 보편적 의미를 찾아 확산적 가치를 지향하려는 공
시적 관점에 자리한다. 수필과 기사문이 다른 것은 바로 지향하는 이
가치와 의미 찾기에서 일시적 우연성이냐, 항구적 필연성이냐의 관점
과 해석의 상이함에 있는 것이다.

다음에는 지식과 정보를 전달하는 목적을 가진 산문과 달리 수필은
지식과 정보 그 자체에 있지 않고 그것을 넘어서는 이면적 가치에 관심
을 둔다. 이것은 정보와 지식의 객관적이고 과학적 실용성에 관심을 두
지 않고, 그것의 인간적이고 본질적 심미성에 관심을 두고자 한다는 말
이다. 이점에서 신문의 사설과 칼럼과 수필은 본질적 지향점에서 다르
다 할 수 있겠다.

수필에서 교설성은 문학과 비문학의 경계를 가를 수 있는 지점에 놓
여 있다. 하지만 이것을 어떻게 넘어서서 문학의 지평으로 나아갈 수
있는지 여부는 작품으로서의 성취를 넘어서 수필 문학의 존립 자체를
위협할 수 있는 핵심 요소인 것이다. 즉 교설성을 바라보는 관점에 따
라 문학의 주류에 진입하는가, 혹은 변두리 장르로서 추락하는가의 판
정 준거가 될 수도 있다는 의미다. 이런 연유로 수필을 교술 문학으로
특정하기도 한다. 이는 수필만의 고유한 특성, 또는 본질을 이 교설에
서 찾고 그 존재 가치와 토대를 형성한다는 말이다.

〈예문 1〉

「셴」은 한국 사람이 가장 많이 구경했던 서부영화다. 물론 전 세계적으로 히트했으나 각국 인구별 관람률을 조사한 것을 보니, 한국이 최고위 중에 속했음을 보고 그 영화의 무엇이 한국인에게 당겼으며, 한국인의 어떤 의식상태가 그 영화의 무엇에 영합(迎合)됐는가 생각해 보고 싶어진 것이다.

선량한 농부 집에 기식하는 「셴」이 그 인근 무법자들의 갖은 난폭과 악행과 도발에도 응하지 않는 그 과정이 이 영화의 대부분이다. 바꿔 말하면 이 무법자들에게 시달리는 양민의 묘사요, 이 시달리는 전 과정을 한 외로운 청년인 「셴」이 은인자중(隱忍自重)하는 데 묘가 있다. 그리고 한계에 이르렀을 때 「셴」의 권총이 뽑혀지고 채 1분도 안되어 이 악당은 소탕된다. 클라이막스가 끝이었다.

서양 사람들은 그 악당들의 횡포가 벌어졌을 때마다 「셴」의 권총이 뽑혀지길 기대했을 것이다. 하지만 그것은 어디까지나 상황에 즉각 대처하는 서양의식(西洋意識)의 기대다. 하지만 영화 「셴」은 은인자중하는 동양의식으로서 처리되었으며, 이 상황에의 축적(蓄積)된 대처가 한국인을 끌어당긴 요인이 아니었던가 생각되는 것이다.

한국인은 「탄탈로스의 접시」인 것이다. 화학실험 기구인 탄탈로스의 접시에서 물이나 액체가 부풀어 오르다가 일정 한계에 이르면 그 모두가 쏟아져 버리게 돼 있다. 곧 한국은 일체의 무(無)다. 그러기에 탄탈로스의 한계에 이르지 않게 조심스레 부풀리고 어느 시기에 멎는다는 것이 이 실험에 있어 묘(妙)다.

한국인은 속을 달굴 대로 달군다. 그리고 달군 끝에 탄탈로스의 한계에 이르러 폭발해버린다. 그것이 「센」처럼 의로운 것이면 그런대로 가치를 이루기도 하지만 경우에 따라서는 탄탈로스의 물처럼 자학자멸(自虐自滅)해 버리기도 한다.(李圭泰,「탄탈로스의 접시」일부,『韓國人의 意識構造(上)』, 文理社, 1977, 184-185면)

〈예문 2〉

"전각? 전각이 뭐지, 판화의 일종인가?"

전각(篆刻) 갤러리를 젊은이들이 기웃거린다. 전서(篆書)로 대표되는 조형언어를 돌, 나무, 금속 등에 새기는 것의 총칭인 전각은 한마디로 시서화각(詩書畵刻)의 예술이다. 사실, 그리거나 쓰는 행위 이전의 보다 더 원초적 표현 방법은 새기는 것이었다. 전각은 붓의 부드러움에 칼의 날카로움이 더하는 것으로 부드러움과 강함, 경쾌함과 무거움, 둔탁함과 날카로움의 양면성을 모두 아우른다.

이즈음의 전각 작가들의 작품은 문자뿐 아니라 자연물의 형상화와 추상적 형태미의 추구로 지평을 확대한다. 색조와 형태의 단순성, 동양화가 지니는 넉넉한 여백의 미, 의미의 함축성과 집약 등에 깃든 명상과 성찰적 이미지들은 구성의 세련미를 갖추고 독특한 하나의 양식을 마련하고 있다. 현대의 정서와 맞닿아 있는 이러한 전각의 확장된 예술적 재조명 작업이 심상치 않다.

한 시대를 풍미했던 문화의 매개물은 역사의 뒤안길로 사라지기도 하고 전통을 현대에 접목한 새로운 형태가 그 자리를 차지하기도 한다. 이제 세로짜기 서적들에서 풍기던 활판인쇄의 맛이 사

라진 것이 못내 아쉬운 대신에 조형예술로서의 전각의 멋으로 인
사동 거리가 화창하다.(서숙, 「전각이 뭐예요?」, 『그래서, 너를 본다』,
북 나비, 2016, 119-120면)

위의 두 예문은 본질적으로 흡사하다. 지향하는 바가 거의 동일해 보
이기 때문이다. 예문 1은 신문에 연재하던 칼럼이요, 예문 2는 수필집
에 실린 수필이다. 뭐가 같고 다른지를 살펴보기로 하자. 예문 1은 한국
인의 의식 구조는 '탄탈로스의 접시'마냥 한계상황까지 참다가 어느 순
간 폭발한다는 주제를 논증하고 설득하려는 글이다. 예문 2는 전통 문
화의 하나인 전각 예술이 현대에도 접목하게 되어 반갑다는 작가의 관
념을 설명하는 글이다. 두 글 모두 작가의 각 분야에 대한 지식이 대중
독자의 상식을 넘어선다. 독자보다 상대적으로 지식이 우월하지만 그
것의 사용 방식과 태도는 다르다. 전자는 주제를 설득하기 위해 완만한
태도를 보이지만 논거로 지식을 동원한데 반해, 후자는 작가의 관념을
펼치기 위해 관련 지식을 보충한다. 그 결과로 전자는 타인(독자)을 향
해서 '자학자멸해 버리기도 한다'처럼 그 지식을 사용하나, 후자는 화
자를 향해서 개인적 식견, '인사동 거리가 화창하다'로 자아에게 귀착
한다.

결국 수필의 교설성은 은근한 방식으로 작가의 관념을 제시하며 그
것을 전달하기보다 드러내어 표현하는 데 집중하고, 칼럼의 교설성은
적극적 방식으로 작가의 주장을 강조하며 주입하려고 의도한다. 그러
므로 칼럼은 비문학이고 수필은 문학인 셈이다. 학습으로 비유하자면
전자는 교수자가 주입식으로 강제하려 한다면, 후자는 학습자가 주도
적으로 발견하고 수용하도록 방임하는 방식을 선호한다. 동일한 지식

이라도 이처럼 수필과 일반 산문의 사용 의도와 지향점이 다른 양태를 보인다. 한 번 더 강조하자면 수필은 작가의 자아 중심 문학이어서 교설적 내용을 다루더라도 암시적이고 명상적으로 접근하고자 의도한다. 그렇지만 이런 경계 지우기는 대단히 미약하고 유연하여 상호 넘나듦에 확연한 선을 긋기가 그리 용이하지 않다.

5

수필과 역사,
철학, 예술

308

수필은 어떤 사건을 제재로 쓸 때 서사로 다룬다. 이 서사는 한 인물의 개인 역사가 중심이다. 사건의 사실성에 충실하면 역사이고, 이 사실성에 문학의 의미와 해석을 펼치면 수필로 전환이 가능하다. 사실과 해석, 기록과 의미의 분화에 따라 문학과 역사를 구분한다. 물론 역사도 단순한 사실의 집적만을 일컫지 않고, 시대별 주류 사관에 따라 역사가의 가치관에 따라 사실의 선택이 달라지지만(취사선택), 그에 관한 해석적 시선과 미를 추구하려는 예술적 의도를 담지 않는다면 그것은 그대로 역사이다.

수필에서 역사성은 바로 사실적 기록이다. 허구적으로 사건을 가공하지 않고 필자가 겪은 사건을 그대로 나열하면 역사 기록이다. 이 역사 기록의 지향점은 진실성이다. 실재성과 상통하는 진실성, 시와 소설이 결코 넘볼 수 없는 실제 사건에서 얻게 되는 진실성이 수필의 강점이며, 여기에서 수필과 역사성이 만나는 지점이다. 사실의 세계가 역사이고, 이 역사를 수필은 중요한 제재로 삼아 문학으로 변환시킨다. 다시 말해 문학적 의미와 예술적 가치를 담아서 문학성을 확보하면 수필이다. 간혹 수필가가 사실성을 더욱 진실되게 다루고자 상상을 얹어 가다가 허구의 유혹을 느낄 수 있다. 만약 이에 넘어가면 그것은 수필로서 벗어나 어설픈 소설의 지평에 놓인다. 이때는 이미 수필의 영역을 넘어선 것으로 보는 게 타당한 인식이다.

수필은 한 주제를 중심으로 글을 구성한다. 이 주제는 관념성을 띄게 마련이다. 관념을 펼치는데, 사실을 경험하고 상상한 실제를 대상으로 삼고 관념을 펼쳐나가는 점에서 수필의 철학성을 언급할 수 있다. 수필에 이런 관념이 없이 사건의 서술만 담는다면 그건 문학이라 보기 어렵다. 한 인간의 일상을 다룬 실록이거나, 르포, 생활문에 지나지 않는다. 또는 개인적 일기의 수준에 머문다. 개인의 경험 사실을 열거하거나 집적에만 멈추지 않고 문학의 자격을 갖추기 위해서 수필은 반드시 관념으로 통칭할 수 있는 주제, 의미(사건에 관한) 부여와 해석적 가치를 담아야 한다. 이것의 있고 없음에 따라 일화의 기록인지, 문학인지 판가름이 난다. 이 관념의 존재 여부가 바로 수필에서의 철학성을 뜻한다. 그러므로 어떤 형태일지라도 수필의 철학성은 필요하고 그것이 스며들건 드러나건 수필에 담겨야 한다. 철학을 발견할 수 없는 수필은 한갓 신변잡기에 불과하다. 왜 수필집의 제목이 '생활(인)의 철학'이란 표제까지 달았겠는가. 바로 이점에서도 수필의 철학성을 확인할 수 있다.

수필은 예술성을 담고 있다. 예술은 미를 추구하고 지향하는 일련의 시도와 활동, 결과물을 일컫는다. 이러한 점에서 수필 역시 예술성과 유관하다. 시와 소설처럼 수필 역시 문학인 한 예술적 미를 지향한다. 수필에서 예술성은 수필의 제재와 주제, 이것의 형상화 부분에서 함께 드러나고 추구한다. 아름다운 인간의 경험, 아름다운 생각과 감정, 이것을 마땅히 제재로 선정하여야 하고 이를 형상화하는 과정에서 미적 추구는 한 지향점이다. 수필이 예술적 미를 갖추지 못하면 그것은 문학적 가치를 포기하는 셈이다. 인간은 모든 면에서 아름다움을 지향한다. 인간의 본능적 행위의 하나인 미적 탐구와 향유, 소유는 본능적 욕구이다. 따라서 수필 역시 이를 담아내는 것은 존재 이유의 하나로 보겠다. 수필의 예술성 추구는 다른 형태인, 음악과 회화 조각들과 달리 표현매체가 다르다. 인간의 기본 생활도구인 언어가 그 매체이므로 여러 종류의 상이점이 있다. 언어는 본질 면에서 미학적 탐구를 위한 매재媒材는 아니다. 의사소통을 위한 표현과 전달의 기능적 본질은 때로 예술성 탐구에 장애요소가 되는 것도 확실하다. 의사소통을 위한 의미의 실체가 순수한 미적 표현과 추구에는 방해 요소가 분명하나 이것을 넘어서려는 시도 역시 값지다 할 수 있다. 수필의 예술성은 여타 다른 문학에서처럼 동일한 한계와 넘어서야 할 벽은 있지만 수필만의 고유한 방식의 미적 추구 또한 언제나 열려 있어야 하는 셈이다.

1. 저서와 논문

金昌辰, 『작문의 정석』, 삼영사, 2016.

방인태, 『한국 근대시의 종결유형연구』, 서울대 대학원 석사학위논문, 1984.

──, 『우리시문학연구』, 집문당, 1991.

──, 「작문 원고 분량 기준 試案」, 『초등국어교육』 제22호, 서울교대 초등국
　　어교육연구소, 2014.

──, 『중용, 혹은 삼류 문학의 길』, 국학자료원, 2002.

손광성, 『손광성의 수필쓰기』, 을유문화사, 2008.

윤모촌, 『수필 쓰는 법』, 보성사, 1992.

정달영, 『국어 작문 교육에서의 단락 이론과 그 적용에 관한 분석 연구』, 한양대
　　대학원 박사학위논문, 1992.

최명환, 『글쓰기 원리 탐구』, 지식산업사, 2011.

Edward Proffitt, 『PROSE IN BRIEF—Reading and Writing Essays』, Harcourt
　　Brace Jovanovich Publishers, 1990.

캐슬린 E. 설리번, 최현섭·위호정 옮김, 『작문, 문단쓰기로 익히기』, 삼영사,
　　2000.

311

2. 수필집

강철수, 『내 마음속의 해와 달』, 에세이문학출판부, 2010.

김국자, 『들리는 것 들리지 않는 것』, 에세이문학출판부, 2013.

김대원, 『먼 산에 달이 오르네』, 에세이문학출판부, 2015.

김덕임, 『심껏 살다 보면 좋은 끝이 올 겨』, 생각나눔, 2015.

김애자, 『점은 생명이다』, 수필과비평사, 2015.

김윤선, 『무인카메라』, 에세이문학출판부, 2015.

김정수, 『청색 수국』, 에세이스트사, 2016.

김진악, 『안경잡이 전봇대』, 수필과비평사 · 좋은수필사, 2015.
노혜숙, 『비밀번호』, 수필과비평사, 2015.
류창희, 『논어에세이 빈빈』, 선우미디어, 2014.
민명자, 『새벽 한 조각』, 비가람, 2016.
朴純, 『얼굴 없는 가수』, 이지출판, 2014.
박영란, 『랄랄라 수필』, 청조사, 2012.
박은숙, 『달팽이의 집』, 도서출판 세리윤, 2014.
박종규, 『꽃섬』, (주)폴리곤커뮤니케이션즈, 2015.
박종금, 『날아간 군만두』, 이지출판, 2005.
박헬레나, 『꽃이 왔네』, 에세이문학출판부, 2016.
방민, 『미녀는 하이힐을』, 태학사, 2015.
방민, 『용서의 언덕 너머―카미노 데 산티아고』, 에세이문학출판부, 2016.
서성남, 『나의 단골 이발사』, 에세이문학출판부, 2015.
서숙, 『그래서, 너를 본다』, 북 나비, 2016.
서영희, 『행복한 광대』, 도서출판 세리윤, 2016.
성낙향, 『낯선 계단 위의 에세이』, 작가와문학, 2014.
손광성, 『하늘잠자리』, 을유문화사, 2011.
송연희, 『따뜻한 그늘』, 도서출판 소소리, 2014.
송혜영, 『심각한 이야기』, 도서출판 여초, 2015.
신복희, 『돌아온 길』, 에세이문학출판부, 2014.
윤연희, 『무지개 뜨는 방』, 에세이문학출판부, 2016.
윤온강, 『맨해튼에서 길을 잃다』, 비가람, 2015.
윤형두, 『아버지의 山 어머니의 바다』, 범우사, 1995.
이유식, 『그대 떠난 빈자리의 슬픔』, 도서출판 장원, 1993.
이춘희, 『구름은 좋겠다』, 선우미디어, 2015.
이태선, 『화투 한판 치고 싶다』, 에세이문학출판부, 2015.
이혜연, 『숨은 길』, 에세이문학출판부, 2007.
이호철, 『소금으로 쓰는 편지』, 북나비, 2014.
李熙昇, 『벙어리냉가슴』, 일조각, 4292.
임진옥, 『동그라미를 그리다』, 도서출판 세리윤, 2014.
전민, 『낮은 음계로』, 도서출판 소소리, 2013.
전화숙, 『작은 의자에 앉다』, 도서출판 세리윤, 2015.

정순진, 『기쁨이 노을처럼』, 푸른사상, 2010.

정성화, 『돼지고기 반 근』, 수필과 비평사·좋은수필사, 2014.

최문정, 『오래된 피아노』, 이지출판, 2016.

최민자, 『손바닥 수필』, 연암서가, 2012.

최운식, 『능소화처럼』, 보고사, 2015.

최지안, 『행복해지고 싶은 날 팬케이크를 굽는다』, 이지출판, 2016.

한준수, 『눈썹달이 된 아내』, 에세이문학출판부, 2013.

홍경희, 『주행가능거리』, 에세이문학출판부, 2015.

3. 수필 작품

강정주, 「화살촉」, 『에세이문학』, 2016년 가을, 에세이문학사.

곽숙자, 「제외된다는 것은」, 『에세이문학』, 2016년 봄, 에세이문학사.

김경희, 「초록 손가락」, 김대원 외, 『수사자의 꼬리』, 에세이문학출판부, 2015.

김미옥, 「절묘한 타이밍」, 『에세이문학』, 2016년 가을, 에세이문학사.

김선식, 「매를 아끼면」, 『에세이문학』, 2016년 봄, 에세이문학사.

金聖嘆, 「白雪賦」, 『한국의 명수필 88선』, 을유문화사, 1995.

김형구, 「할아버지의 가을 그리고 겨울」, 『에세이문학』, 2016년 겨울, 에세이문
학사.

노천명, 「서울의 봄」, 『한국대표현대수필선1』, 돛대, 2003.

류창희, 「전삼일, 후삼일-오불여제, 여부제」, 『에세이문학』, 2016년 가을, 에세
이문학사.

맹광호, 「색깔과 편견」, 『에세이문학』, 2016년 가을, 에세이문학사.

염귀순, 「컷, 말하는 도시」, 『에세이문학』, 2015년 겨울, 에세이문학사.

오세윤, 「꽃자리」, 『에세이문학』, 2016년 가을, 에세이문학사.

왕린, 「익숙한 것들과의 밀회」, 김대원 외, 『수사자의 꼬리』, 에세이문학출판부,
2015.

유병근, 「가다가 쉬고 가다가 쉰다」, 『에세이문학』, 2015년 겨울, 에세이문학사.

윤영전, 「내 마음의 유언장」, 서성남 외, 『Y의 하루』, 에세이문학출판부, 2013.

윤오영, 「까치소리」, 『한국대표현대수필선1』, 돛대, 2003.

이복희, 「3월은 봄이 아니다」, 『에세이문학』, 2015년 겨울, 에세이문학사.

장현심, 「읽지 않은 편지」, 『에세이문학』, 2016년 겨울, 에세이문학사.

정해경, 「알람브라는 나를 꿈꾸게 한다」, 김대원 외, 『수사자의 꼬리』, 에세이문
　　　학출판부, 2015.

조유안, 「횡재」, 서성남 외, 『수사자의 꼬리』, 에세이문학출판부, 2015.

지영선, 「연을 쫓는 여자」, 『에세이문학』, 2015년 겨울, 에세이문학사.

최장순, 「문」, 『수필미학』, 2016 여름, 수필미학사.

함순자, 「꿈속의 정원」, 『에세이문학』, 2016년 가을, 에세이문학사.

4. 기타

권영민 엮음, 『해방40년의 문학1, 소설』, 民音社, 1985.

김광일, 「의족(義足) 삼바」, 조선일보, 2016. 9. 10, A26.

오태석, 『오태석 희곡집·아프리카』, 오상출판사, 1986.

오태진, 「여름으로 달려가던 봄의 발을 붙잡네」, 조선일보, 2016. 5. 3,
　　　A37.

李圭泰, 「탄탈로스의 접시」, 『韓國人의 意識構造(上)』, 文理社, 1977.

임문혁, 『귀·눈·입·코』, 시와 소금, 2016.

한현우, 「엘리베이터의 그 여자는 어떻게 되었나」, 조선일보, 2016. 8. 27, B3.

한현우, 「바나나의 추억」, 조선일보, 2016. 9. 10, B3.

수필, 제대로 쓰려면

초판 1쇄 인쇄   2017년 8월 14일
초판 1쇄 발행   2017년 8월 18일

지은이 | 방민
펴낸이 | 지현구
펴낸곳 | 태학사
등   록 | 제406-2006-00008호
주   소 | 경기도 파주시 광인사길 223
전   화 | (031)955-7580~1(마케팅부) · 955-7587(편집부)
전   송 | (031)955-0910
전자우편 | thaehak4@chol.com
홈페이지 | www.thaehaksa.com

값은 뒤표지에 있습니다.

ISBN 978-89-5966-818-2   03810